SEMEUSE DE REVES

Plume Blanche
ÉDITIONS

ISBN : 978-2-38199-067-5
ISSN : 2430-4387
Semeuse de rêves

Maquette : Marion Barril
Correction : Relis Tes Ratures

Oxanna Hope

SEMEUSE DE RÊVES

(Roman)

PROLOGUE

Les soldats et leurs montures traversèrent la ville au galop. Les sabots des chevaux martelaient les pavés réguliers dont les rues étaient tapissées et leur écho se répercutait partout autour d'eux dans un fracas semblable au tonnerre. Les villageois affolés s'écartèrent sur leur passage, les suivant d'un regard d'incompréhension mêlée d'inquiétude tandis qu'ils filaient vers le palais de la reine Ynglinga.

Lorsqu'ils arrivèrent aux portes de l'immense château aux allures de forteresse et aux magnifiques façades ocre, ils franchirent le petit pont qui débouchait sur la cour intérieure. C'était en ce même lieu qu'ils avaient pour habitude de se rassembler pour recevoir leurs ordres quand la souveraine du royaume exigeait leur présence. Mais cette fois-ci, c'était différent. Ni le chevalier Søren ni aucun des soldats sous son commandement n'avait été convié à venir au palais. Ils mirent pied à terre et se dirigèrent vers deux hautes et larges portes. Le poing fermé, Søren tapa trois coups sur le bois peint de rouge et d'or, trépignant presque sur place que l'on mette tant de temps à lui ouvrir. Quand, enfin, les vantaux s'écartèrent en grand, il fit signe à ses hommes de le suivre au lieu de se perdre en remontrances à l'attention des serviteurs. Les arrivants traversèrent la seconde cour en diagonale, puis gravirent un escalier de pierre greffé à la paroi qui le soutenait. Ils débouchèrent dans un long couloir dont les murs étaient ornés de peintures de toute beauté. Les lieux s'emplirent du son de leurs souffles rapides, de leurs cottes de mailles bruissant légèrement sous leurs mouvements et de leurs pas réguliers qui sonnaient comme un compte à rebours inexorable.

Toujours en tête, Søren s'arrêta devant une nouvelle porte, celle-ci, magnifiquement décorée de sculptures gravées dans le bois d'ébène dont elle était faite. Il y porta deux coups secs et brefs. Puis il entra.

Assise sur son impressionnant trône de chêne massif, le dos calé contre son haut dossier, la souveraine le regarda approcher sans prononcer un mot. Ses longs cheveux roux, remontés en une coiffure composée de mèches torsadées et de rubans assortis à sa robe aux tons bleutés, faisaient ressortir son teint de porcelaine. Ses yeux, d'un vert sombre, étaient maquillés de noir, ses interminables cils élégamment recourbés. Près d'elle se trouvait un second trône occupé par son époux. Le roi Herulf était un être chétif au regard aussi fuyant que son menton. Son visage ne reflétait rien d'autre que l'ennui de n'être qu'un simple faire-valoir pour sa femme au caractère nettement plus affirmé.

Comme à chaque fois qu'il venait ici, le chevalier Søren jeta un rapide coup d'œil circulaire dans l'immense pièce au plafond haut débordant de moulures d'or. De longues tentures historiées étaient fixées sur certains murs. Révélatrices de la richesse et de l'opulence dans laquelle vivaient les seigneurs des lieux, elles rendaient cet endroit presque étouffant. Cette richesse qui creusait un fossé impossible à combler entre eux et les villageois, bien que la pauvreté n'existe pas réellement dans ce royaume. Søren avait beau être bien nanti lui aussi, il n'avait jamais été un grand fervent de ce genre de déballage. Il préférait la nudité des murs de la caserne dans laquelle il résidait avec les autres soldats.

Il reporta son attention sur la reine. Elle n'avait pas très bonne mine. Ses traits tirés et les cernes sous ses yeux faisaient peser plus que d'ordinaire le poids des années sur son visage.

— Vos Altesses, salua-t-il les époux royaux en posant un genou à terre.

— Qu'est-ce qui t'amène, Søren ? s'enquit Ynglinga avec son habituelle pointe de condescendance dans la voix.

— Votre Majesté, je me présente devant vous pour vous informer d'un fait grave.

La souveraine esquissa une moue troublée.

— Parle.

— Je reviens à l'instant de la tour aux rêves.

— La tour aux rêves ? N'étais-tu pas plutôt supposé garder les portes de Drömlik avec tes hommes ?

— Si, mais le veilleur m'a convoqué de toute urgence.

— Et donc ?

— Il vous informe que la matrice est au plus mal.

Un pli de contrariété se creusa entre les sourcils finement taillés de la reine. D'un geste nerveux, elle rabattit une mèche rebelle derrière son oreille avant de se mettre à tapoter des ongles sur l'un des accoudoirs de son trône. Søren réalisa à quel point cette nouvelle la crispait, même si elle gardait le silence. Il se retint lui-même de dire quoi que ce soit, préférant attendre qu'elle se décide à réagir. Et puis de toute façon, qu'aurait-il pu ajouter ? Il n'en savait guère plus que ce que le veilleur de la matrice lui avait intimé de rapporter à la souveraine. Cela avait néanmoins suffi à Søren pour comprendre que celle-ci allait bientôt cesser de fonctionner. Et s'il ignorait ce que cet arrêt brutal engendrerait précisément pour les Drömliens, il se doutait que rien de bon n'en découlerait. La matrice était tout ; elle faisait de Drömlik le paradis qu'il était et Søren avait toujours vécu sous son égide. Si elle ne protégeait plus le royaume, à n'en pas douter, la vie de ses habitants risquait fort de se compliquer.

— Combien de temps lui donne-t-on ? s'enquit la souveraine.

— Quelques semaines, si ce n'est quelques jours.

— Voilà qui est très fâcheux, j'espérais la voir fonctionner encore plusieurs années.

Ynglinga se redressa et se dirigea vers la fenêtre la plus proche. Elle resta ainsi durant un petit moment, immobile, à regarder à l'extérieur.

— Depuis toujours, Drömlik a été porté par une matrice, nous ne pouvons pas nous permettre de nous en passer, murmura-t-elle comme si elle se parlait à elle-même.

Au lieu de regagner son siège royal, elle marcha en direction du mur face à elle. Chaque fois qu'elle passait devant une fenêtre, les rayons du soleil, qui perçaient au travers et zébraient le parquet, se reflétaient sur les nombreuses pierreries brodées sur sa robe de taffetas. Au bout de quelques mètres, elle pivota sur ses talons et revint tout aussi lentement vers son trône. Son pas était lourd, donnant l'impression que ses jambes étaient lestées de plomb.

Elle s'immobilisa devant Søren.

— Relève-toi, lui ordonna-t-elle.

Il s'exécuta, remerciant intérieurement la souveraine de l'avoir enfin libéré de cette position inconfortable.

— Si la matrice est en fin de vie, il va falloir en quérir une autre avant qu'il ne soit trop tard.

Au-delà de la contrariété qu'il perçut dans la voix de la reine, Søren y décela également de l'inquiétude. Était-ce la peur de ne pas parvenir à la remplacer très vite ou bien de ce qui arriverait si elle ne l'était jamais ? Il l'ignorait, mais ce sentiment irradiait de la souveraine comme une puissante aura et commençait à imprégner l'air d'une lourdeur malaisante.

— Où trouver celle qui lui succédera, Votre Altesse ?

Ynglinga retourna vers son trône, jeta un bref regard à son époux, puis se renfonça dans son siège en soupirant. Elle n'imaginait pas devoir renoncer à sa précieuse matrice, et encore moins que celle-ci disparaisse du jour au lendemain.

— Pars avec tes plus vaillants hommes quérir des informations auprès d'Ingemar. Elle saura vous orienter vers la nouvelle matrice.

— Ingemar ? La völva qui vit dans la forêt de Tudag ?

— Elle-même. Cela te pose-t-il un problème ?

— Non, Votre Altesse, assura-t-il, bien qu'anxieux à l'idée de se retrouver face à une jeteuse de sorts.

S'il considérait les völur comme des êtres maléfiques et les craignait peut-être autant qu'il les détestait, il n'était pas question pour Søren de désobéir à la souveraine. Parce qu'en tant que soldat, il lui avait prêté allégeance. Ce qu'elle ordonnait, il l'exécutait.

— Pars maintenant et ne lambine pas en route.

Il acquiesça, salua le couple royal avec déférence puis se retira. Une fois dans le couloir, il pivota vers ses hommes qui attendaient silencieusement.

— Messieurs, il est temps de partir à la recherche de la prochaine matrice, annonça-t-il.

— Où donc ? demanda l'un d'eux.

— La forêt de Tudag où nous pourrons trouver la völva Ingemar.

La même expression crispée s'afficha sur les visages de tous les soldats, mais aucun ne protesta.

Ils retournèrent auprès de leurs chevaux et montèrent en selle. En compagnie de sa troupe, Søren redescendit la colline sur laquelle siégeait le château. Les cavaliers prirent le galop sur le long chemin de sable bordé d'arbres touffus qui reliait la demeure royale au village en contrebas puis ils se dirigèrent vers la sortie de Drömlik pour gagner le reste du monde.

Là où tout était possible, le pire comme le meilleur.

Mais surtout le pire.

1

VÖLVA

1
FREYA

Assise sur le muret qui jouxtait la ferme familiale, je regardais mon petit frère tourner inlassablement autour du feu de camp de la nuit passée. Il n'en restait plus que des cendres froides, mais Linus, qui avait fêté ses cinq ans la veille, continuait à y trouver autant de plaisir que lorsque les flammes crépitaient encore au centre du cercle de pierres. Ce spectacle me renvoya à cette soirée où toute la famille avait veillé tard. Tous installés près du feu au-dessus duquel mon père avait mis à rôtir un énorme cochon acheté le jour même en vue de l'évènement festif. L'odeur de la viande grillée avait embaumé à cent mètres à la ronde. Et tandis que les discussions de mon père et mes oncles, de ma mère et mes tantes, étaient allées bon train, je m'étais laissé absorber par des flots de réflexions intérieures au sujet de mon avenir. J'avais beau apprécier ce genre de moments apaisés où le feu réchauffait nos cœurs et nos âmes, je ne pouvais m'empêcher, à chaque fois, de m'imaginer loin des miens, parcourant les chemins poussiéreux du royaume de Tudag et d'ailleurs pour vendre les tableaux que je passais des heures à peindre sur des toiles de lin.

Un talent que mes parents voyaient d'un mauvais œil. Pour eux, être artiste n'était nullement un emploi, plutôt une déviance de la normalité. Chaque fois que j'avais tenté de leur parler de mes souhaits de vie, ils s'y étaient fermement opposés, me servant toujours les mêmes discours. « Être artiste à Tudag, ou dans n'importe quelle contrée environnante, est mal vu. » « Qui peut espérer vivre de banals dessins esquissés sur des toiles ? » Pire encore, ils me dépeignaient les tristes façons dont avaient terminé certains d'entre eux. Les plus chanceux finissaient au fond d'un cachot, les autres, décapités en place publique sous le fil aiguisé d'une hache. Il m'était déjà arrivé, lorsque j'étais plus jeune, de voir des têtes pourrissantes plantées sur des pics aux abords du palais du roi Lothar. Mes parents m'avaient expliqué qu'elles étaient là pour rappeler qu'il n'existait nul autre maître en ce royaume que son souverain, aussi mauvais soit-il, et que dévier des sentiers balisés menait fatalement à ces pics. Pourtant, malgré cette peur distillée en moi par mes propres géniteurs, j'étais tiraillée entre le respect des lois et mes aptitudes créatives doublées de mes envies de liberté, et je ne pouvais m'empêcher de m'entêter.

Quelque part, j'étais convaincue que ce qui motivait mes parents à m'effrayer de la sorte tenait plus de la volonté de garder la mainmise sur moi. Qui d'autre, à part leur fille de dix-sept ans, pour veiller sur le troupeau de yorgäls de la famille ? Pour mon père et ma mère, il n'y avait que cela qui importait : surveiller les bêtes et les protéger, car ces chèvres à six cornes étaient convoitées de tous côtés, notamment par ces sales petits lutins de snaghars de la taille d'un demi-bras qui volaient leur lait dès qu'on avait le dos tourné. J'avais beau avoir conscience que le lait de nos yorgäls était vital à la survie de notre famille, tant sur le plan personnel que professionnel, je refusais de sacrifier mon existence à garder du bétail. J'avais d'autres aspirations. Au fil des années, j'avais fini par ne plus parler de mes désirs d'évasion. À quoi bon puisque je me heurtais systématiquement aux objections de mes parents ? Je conservais mon rêve tout au fond de moi, à l'abri, bien au chaud. Et quand viendrait le bon moment, alors je partirais.

— Regarde, Freya !

La voix de Linus m'arracha à mes pensées. Un sourire étira mes lèvres en le voyant se lancer dans d'habiles cabrioles. Avec ses petites joues toujours rosies par le vent frais du matin, son visage poupin et son perpétuel air joyeux, il avait le don de m'attendrir, quoi qu'il fasse. Si je ne m'étais pas encore décidée à quitter ma famille, c'était surtout pour lui, pour le voir s'épanouir et veiller sur lui.

— Fais attention, Linus.

— Mais je suis grand maintenant ! Regarde ce que je…

Il n'eut pas le temps de terminer sa phrase que son pied buta contre une des pierres délimitant l'âtre du feu de camp.

— Linus !

Je bondis. Tandis qu'il basculait en avant, je me précipitai dans sa direction, consciente que je n'arriverais pas assez vite pour lui éviter la chute. Sous mes yeux, il s'affala lourdement au milieu des cendres froides, soulevant un nuage grisâtre et irritant tout autour de lui. Je me jetai à genoux au sol. Une douleur sourde irradia dans une de mes rotules alors qu'elle percutait une des pierres, mais je l'ignorai et attrapai mon frère qui pleurait à chaudes larmes. Je le ramenai sur mes cuisses, son dos collé contre ma poitrine.

— Ce n'est rien, Linus.

Ses vêtements et sa figure étaient maculés de cendres et il sentait le feu. Je me penchai vers son pied, dénouai le bracelet de cuir qui fermait sa chaussure et la lui ôtai doucement. Ses orteils étaient cramoisis, mais je n'y vis rien d'inquiétant.

— Calme-toi, lui soufflai-je. La douleur va passer.

Avec la manche de ma robe, j'essuyai ses joues sur lesquelles ruisselaient de grosses larmes puis j'enroulai mes bras autour de son petit corps tressautant au rythme de ses sanglots.

— J'ai mal… j'ai mal, bredouilla-t-il entre deux reniflements.

Je le berçai doucement dans l'espoir de l'apaiser. Même s'il n'avait rien de grave, l'entendre pleurer ainsi me remuait le cœur. Comme il ne se calmait pas, je m'emparai de l'une de ses mains et l'emprisonnai dans la mienne. Puis je rapprochai mes lèvres de son oreille droite.

— Veux-tu que je t'emmène dans un endroit qui te fera oublier ta douleur ? lui chuchotai-je.

Il hocha faiblement la tête en geignant. Je fermai alors les yeux et pris une profonde inspiration. Aussitôt, un sentiment de quiétude m'emplit et je me détendis de la tête aux pieds tandis que je sombrais dans un demi-sommeil. Je pouvais encore tout percevoir ; les spasmes qui secouaient Linus blotti dans mes bras ; ses gémissements ; les palpitations de son cœur battant au double de la vitesse du mien. Et même le vent léger qui tournait autour de nous depuis que nous étions sortis de la maison. Cependant, je me trouvais désormais ailleurs. Dans un ailleurs où j'avais la capacité de peindre ce que je voulais sur la toile de mon esprit à l'aide de mes seuls pensées et désirs. J'y esquissai un paysage. Peu importe que je sois dorénavant privée de la vue, je savais que chaque chose que je créais était en train de prendre corps dans la réalité. Jusque-là d'un bleu terne criblé de nuages, le ciel se teinta de jolies nuances pourpres. Puis j'ébauchai une volée d'oiseaux aux longues ailes irisées qui traversa l'horizon avec grâce.

Je sentis Linus commencer à s'agiter dans mes bras à mesure que les orbes de toutes les couleurs dont je ponctuais mon œuvre apparaissaient. D'une simple pensée, je fis tournoyer les sphères qui répandirent des traînées de poudre scintillante autour d'elles, telles des étoiles filantes.

— Oooooh ! C'est beau ! s'extasia Linus.

Toujours concentrée sur la création du paysage que je voulais offrir à mon petit frère, je concédai néanmoins à relâcher mon étreinte autour de lui afin qu'il puisse se dégager sans mal. Il n'attendit pas plus longtemps. Je l'entendis courir, clopin-clopant, vers les orbes. Je n'avais pas besoin de voir Linus pour savoir qu'il devait tourner dans tous les sens, les bras levés, pour essayer de les attraper.

Je souris quand son rire cristallin se diffusa partout autour de moi, pénétrant la bulle dans laquelle je m'étais isolée.

2

FREYA

— Freya ! Cesse cela tout de suite !

Les orbes scintillants éclatèrent un à un dans mon esprit, comme des bulles de savon, tandis que la voix de ma mère me vrillait les tympans. À leur tour, les oiseaux aux plumages de toutes les couleurs et le ciel pourpre se dissipèrent dans un nuage de fumée imaginaire. J'ouvris les yeux et les posai, non pas sur ma mère, mais sur Linus. À quelques pas de là, il avait encore les mains brandies dans les airs. Il les abaissa enfin puis pivota vers moi. Son sourire ravi me fit chaud au cœur ; il avait oublié sa douleur.

Mon frère disparut soudain de mon champ de vision alors que ma mère, les poings calés sur ses hanches, se plantait devant moi. Le visage barré par une expression de colère, elle me considéra avec dureté.

— Freya, je t'ai déjà interdit d'utiliser ta magie !

— Ce n'est pas de la magie, mère.

— Tu peux bien l'appeler comme cela te chante, tu ne dois pas en user.

— Je ne faisais rien de mal, ripostai-je avec aplomb. Linus était tombé et…

— Ce n'est pas une raison ! Tu sais que ton père et moi ne voulons pas que Linus s'imagine que tout cela est réel. Il ne doit pas vivre dans un monde chimérique.

Je me relevai lentement et époussetai distraitement ma robe pour éviter son regard courroucé. Je savais déjà tout cela. Mes parents me l'avaient assez souvent répété pour que leurs mots restent gravés à vie dans ma tête. Mais évidemment, comme avec ma passion pour la peinture, je ne tenais aucun compte de leur interdiction. J'avais très vite compris que ce n'était pas la crainte de voir mon frère sombrer dans un monde imaginaire créé par moi qui les inquiétait, mais juste mon don qui les effrayait. Une fille qui se complaisait dans le rôle d'artiste, mais qui, en plus, pouvait donner corps à ses rêves dans la réalité, voilà qui les poussait à redouter que le ciel leur tombe sur la tête.

Ou bien les soldats du palais de Tudag, songeai-je.

Personnellement, je m'en fichais bien. Nous vivions dans un endroit assez isolé du centre-ville de Skáld pour que personne n'assiste à mes prouesses. Et à mon avis, le roi Lothar s'en moquait bien, lui aussi, trop occupé qu'il était à dévorer tout ce qui lui passait sous le nez ; trop occupé aussi à dormir toute la sainte journée. De ce côté-là, je n'avais pas trop à m'inquiéter. Et puis, je ne voyais pas quel tort je pouvais causer en utilisant mes capacités créatives si cela pouvait apporter un peu de bonheur à ceux qui en avaient besoin. Mes parents prétendaient que c'était dangereux, que ce genre de magie n'avait pas lieu d'exister, et a fortiori sous leur propre toit. J'avais déjà usé de mon don pour mes cousins et cousines, parfois même pour certains amis proches, et rien de fâcheux ne m'était jamais arrivé. J'en avais donc conclu qu'une fois de plus, ils me l'interdisaient pour de mauvaises raisons.

— Linus, rentre tout de suite à la maison, lui ordonna notre mère.

Je regardai mon petit frère revenir sans grand enthousiasme vers nous en boitillant. Je m'en désolai, mais je ne pouvais rien faire.

— Quant à toi, jeune fille, tu as un troupeau à mener paître. Dépêche-toi donc au lieu de bayer aux corneilles.

Je lâchai un soupir dépité. À l'instant où j'ébauchai un pas en direction de la yorgällerie, Linus fonça droit sur moi et se jeta dans mes bras. Je m'arrêtai d'un bloc et enfouis une main dans ses cheveux aussi blonds que l'étaient les miens, tout en inclinant la tête vers lui. Il releva la sienne et me fixa d'un œil brillant.

— Linus ! gronda notre mère.

Il l'ignora et continua à me dévisager.

— Merci, Freya. Je t'aime, me souffla-t-il.

Je le gratifiai d'un sourire que j'espérais le plus bienveillant possible.

— Moi aussi, je t'aime, petit homme.

Je le laissai repartir vers la maison. Notre mère me jeta un dernier regard malcommode puis lui emboîta le pas.

Je repris ma progression, parcourus le sentier de terre battue qui joignait la yorgällerie puis m'emparai du vieux bâton, qui me servait de canne, posé sur la façade du bâtiment. J'ouvris la porte. Les bêtes m'accueillirent dans un concert de bêlements excités. Forcément, entre l'air confiné de leur stalle et celui, pur, de Tudag, elles avaient déjà choisi. Je tirai le verrou qui les gardait enfermées et m'écartai prestement de leur chemin tandis qu'elles se déversaient dans une marée odorante jusqu'à l'extérieur en remuant des fesses. Si je ne craignais pas les insignifiantes ruades de yorgäls, j'avais beaucoup moins d'inspiration concernant les coups de cornes mal placés. Je me dirigeai ensuite vers les ballots de foin entassés au fond du bâtiment. De ma main libre, je farfouillai pendant quelques instants entre deux d'entre eux et en extirpai un petit balluchon dans lequel se trouvaient des toiles roulées et tout mon matériel de peinture. Je le hissai sur mon épaule puis quittai les lieux.

— Koy ! Koy !

Obéissants, les yorgäls se rassemblèrent dans un rang plus ou moins ordonné et me laissèrent me frayer un chemin parmi eux pour repasser en tête. Puis je me mis en marche vers le pâturage le plus proche en plantant mon bâton dans la terre au rythme de mes pas.

Je progressai ainsi en fredonnant jusqu'à ce que les longues clôtures de bois délimitant le pré de notre famille apparaissent dans mon champ de vision. C'était mon père et mes oncles qui les avaient installées, voici quelques années de cela.

Tout en continuant à chantonner, je gagnai la barrière, la déverrouillai et m'écartai pour libérer le passage.

— Koy ! Koy !

Les animaux se dispersèrent à la hâte dans le pâturage. Certains se mirent à courir comme s'ils avaient le démon Eidrum aux fesses, d'autres se jetèrent sur l'herbe tendre de ce chaud mois de Sommar. Je caressai le chanfrein d'un jeune yorgäl qui s'attardait auprès de moi puis posai mon bâton sur son arrière-train pour le pousser à avancer.

— Allez, file !

Une fois qu'il eut rejoint les autres, je rentrai à mon tour dans le champ et verrouillai la barrière derrière moi. Ensuite, comme à chaque fois que je venais ici, j'allai m'installer à mon endroit de prédilection. Mon coin, protégé des rayons ardents du soleil par un épais chêne centenaire, était masqué à l'arrière par un petit bosquet bien fourni. Je déposai bâton et balluchon à terre puis m'accroupis et plongeai un bras dans le buisson. J'en ressortis mon chevalet construit de mes mains à l'aide de planchettes chapardées dans l'atelier de mon père. Par peur que mes parents ne mettent la main dessus et me le confisquent, j'avais pris l'habitude de le cacher ici où personne d'autre que moi ne viendrait l'y chercher. J'enfonçai dans l'herbe ses pieds taillés en pointe que j'avais conçus courts pour pouvoir peindre en restant assise.

Je dénouai ensuite mon balluchon, y récupérai pinceaux et pigments ainsi qu'une petite boîte de métal dans laquelle je stockais un peu d'eau que je changeais tous les deux jours. Je plaçai le tout sur ma droite, puis sortis l'une de mes toiles vierges. Je la déroulai et la coinçai dans le chevalet pour la conserver bien tendue. Enfin, j'humectai un de mes pinceaux, le trempai dans un pigment bleu et traçai une ligne pour délimiter le ciel de l'œuvre que je m'apprêtais à peindre.

3
SOREN

Je resserrai la pression sur mes rênes et Alsvid passa du galop au petit trot. Je levai un bras pour signifier à mes hommes de ralentir à leur tour tandis que je reprenais le pas. Je balayai les environs d'un regard attentif. Nous avions franchi la limite de Drömlik depuis déjà deux longues heures et nous nous trouvions désormais à Tudag, royaume voisin du nôtre. Dans mon dos, j'entendis un cheval se rapprocher de moi. Je ne m'en souciai pas plus que cela, sachant d'avance qu'il s'agissait de mon second, Magnus. Ce dernier qui, parce qu'il avait vingt ans de plus que moi, estimait que le rôle de chef aurait dû lui revenir. Tout, dans son attitude, depuis que j'avais hérité du poste de meneur de troupes, indiquait qu'il ne rêvait que de m'évincer pour s'emparer de ma place. J'étais presque certain que s'il avait l'opportunité de m'enterrer vivant par la même occasion, il ne ressentirait aucun remords. Même s'il ne me faisait pas peur et que je le savais prudent sur ce point, je m'en méfiais tout de même.

Son cheval arriva au niveau du mien et se cala sur son pas tandis que Magnus laissait ses rênes posées nonchalamment sur l'encolure de sa monture, comme une volonté de me montrer qu'il n'en avait nul besoin pour la conduire où bon lui semblait. Je lui jetai un bref coup d'œil.

— Un problème ?

Il garda les yeux fixés droit devant lui. Je ne cherchai pas à répéter ma question ; s'il ne disait rien, c'était sans doute parce qu'il n'avait rien à dire.

— C'est donc dans ces bois que se cache la völva ? lâcha-t-il au bout de quelques minutes.

Cette fois-ci, je ne me donnai pas la peine de tourner la tête dans sa direction. Tout comme lui, je préférai fixer l'horizon de troncs imposants aux branches entremêlées qui, à quelques mètres de là, nous barraient la route.

— Celle-là même, répondis-je.

— Dieu seul sait combien de temps cela va nous prendre pour trouver cette créature démoniaque.

J'y réfléchissais depuis l'instant où nos pas nous avaient menés dans la zone environnant cette forêt. La völva se cachait peut-être dans cet enchevêtrement de branches et de verdure, mais nous ne possédions pas plus d'informations sur son lieu de vie précis et, ces bois paraissant immenses, cela revenait à chercher une aiguille de pin dans un parterre de feuilles mortes. Si j'avais au départ envisagé que nous franchissions d'une traite l'orée de la forêt jusqu'à ce que nous ayons mis la main sur Ingemar, la fatigue des chevaux et celle des hommes me firent changer d'avis.

— Nous allons établir notre camp pour la nuit ici. Les hommes et les chevaux doivent se reposer avant d'entrer dans ce dédale d'arbres.

— Nous avons encore quelques heures devant nous avant que le soleil ne se couche, objecta Magnus.

Je soupirai intérieurement. Quoi que j'ordonne, il aurait toujours matière à contester. Je tournai la tête vers lui et il en fit autant. Nous nous affrontâmes du regard.

— Ne commence pas à discuter mes directives, Magnus. Il est préférable d'avoir plus que quelques heures pour trouver la völva. Et arpenter cette forêt de nuit nous expose à des dangers dont nous ne savons rien.

— C'est toi qui décides, concéda-t-il sur un ton qui laissait percer sans mal son agacement.

Comment aurait-il pu en être autrement alors que le moindre de mes ordres l'irritait au plus haut point ? Je pouvais comprendre qu'il s'estime lésé en matière de commandement, mais ce n'était tout de même pas ma faute si la reine m'avait préféré à lui pour prendre la tête des troupes. Je gageai qu'il s'imaginait que je ne devais cette promotion qu'au rang de noblesse de mon père, mais il n'en était rien ; je méritais largement la place que j'occupais, n'en déplaise à Magnus.

— Charge-toi du campement avec les hommes, lui lançai-je sèchement.

Il rebroussa chemin après m'avoir jeté un regard noir.

— Tout le monde à terre ! ordonna-t-il.

J'avançai encore un peu puis m'arrêtai et descendis de ma monture.

— Profite de ce bel herbage, Alsvid, dis-je en flattant sa puissante encolure.

Je laissai ma jument broyer le gazon à coups de dents et allai me poster devant la lisière de la forêt. Tout en la considérant d'un air songeur, j'essuyai mon front humide de sueur du plat de la main.

Je n'étais pas habitué à cette touffeur presque brûlante et il n'y avait bien que dans les contrées voisines qu'elle se répandait. Grâce à notre matrice, notre atmosphère était toujours au beau fixe, jamais trop chaude ni trop froide ; à tel point que nous ne vivions sous l'égide d'aucune saison. Cette chaleur qui accablait chacun des hommes de notre troupe, de même que nos montures, ne nous avait pas aidés à chevaucher sans entamer sérieusement nos outres.

À notre départ de Drömlik, j'avais pris le parti de parcourir le plus de chemin que nous le pouvions dans un délai le plus court possible, et même si nous avions transpiré plus que de coutume, avec nos pourpoints de cuir sanglés sur nos cottes de mailles, je me félicitais que nous soyons arrivés là. En toute logique, nous aurions dû mettre une heure de plus pour joindre la lisière de cette forêt. L'effort des troupes pour prendre cette large avance me confortait dans l'idée qu'une pause était nécessaire si nous voulions garder nos chevaux à leurs pleines capacités.

Je me concentrai sur les branchages. Imbriqués les uns dans les autres sur plusieurs mètres de hauteur, ils m'évoquaient une barrière de bras entrelacés, placés là dans une volonté d'empêcher quiconque de pénétrer ce lieu que les frondaisons des arbres assombrissaient alors même qu'il faisait encore jour. Cet endroit n'avait rien de commun avec les zones boisées ponctuant les terres de Drömlik. Celles de notre royaume étaient bien moins inquiétantes et plus clairsemées. Mais ce qui me contrariait surtout était ce sentiment que cet agencement de végétation n'avait rien de naturel.

— Peut-on allumer un feu, chevalier ? entendis-je quelqu'un demander dans mon dos.

Je ne répondis pas, toujours focalisé sur la forêt. Tout en la considérant, je songeai à la matrice de Drömlik et à son déclin rapide de ces derniers jours. D'après le veilleur, ce ne serait plus très long avant qu'elle ne cesse définitivement de fonctionner, aussi avions-nous tout intérêt à ce que cette mission soit la plus brève possible. L'enjeu était de taille et tous, nous savions quelle importance revêtait la matrice pour Drömlik.

Je me rappelais encore la couleur du ciel au moment de notre départ. Un voile sombre le recouvrait et altérait les rayons du soleil. Tout était plus gris depuis des semaines déjà et cela n'avait fait qu'empirer à mesure que l'état de la matrice se détériorait. Les maisons des drömliens avaient perdu leurs belles teintes et des fissures étaient apparues un peu partout sur les bâtiments du royaume. La végétation, jusque-là des plus splendides et fournies, s'était modifiée. Les étendues vertes avaient viré au jaune cassant, les fleurs aux multiples variétés et aux couleurs chatoyantes s'étaient ternies et avaient piqué du nez. Certaines s'étaient même flétries en quelques heures.

Tout comme la flore, la faune souffrait aussi du dépérissement de la matrice. Des espèces d'oiseaux avaient totalement disparu du paysage ; les abeilles parmesia, au corps d'un beau bleu, se raréfiaient à défaut d'avoir quelque chose à polliniser. C'était tout l'environnement de Drömlik qui se délitait sans que personne n'y puisse rien.

Et forcément, cela se répercutait sur le moral des habitants du royaume déjà au plus bas. Une partie d'entre eux restait cloîtrée chez elle, convaincue que la fin du monde était venue, d'autres avaient si peur que cela les rendait agressifs, voire dangereux. Je ne comptais plus les accrochages dans les tavernes pour des peccadilles. Combien de fois mes hommes et moi avions-nous dû intervenir pour calmer les esprits ? Nous avions même dû devenir menaçants pour que l'on nous obéisse, mais malgré nos avertissements, la grogne continuait et les choses empiraient.

— Søren !

Je sursautai malgré moi à l'instant où la voix de Magnus résonna près de mon oreille. Je posai sur lui un regard interrogateur.

— Les hommes t'ont demandé s'ils pouvaient allumer un feu.

— Je suppose que nous pouvons nous y autoriser, nous ne sommes pas encore dans la forêt et ça gardera d'éventuels prédateurs à distance.

Magnus acquiesça puis repartit auprès des soldats. De mon côté, je retournai vers Alsvid. Je farfouillai dans la sacoche fixée à ma selle et en sortis un parchemin. Je le déroulai et l'étudiai. La carte en ma possession n'était pas précise sur la topographie de Tudag, mais c'était ce que nous possédions de mieux sur ce royaume, à défaut de le parcourir souvent et d'entretenir des rapports cordiaux avec le roi Lothar, un fainéant qui ne devait son titre qu'à la couronne vissée sur son crâne gras. Tudag était bien plus vaste que Drömlik. On y trouvait montagnes et accès à la mer. C'était aussi un passage obligé pour quiconque voulait se rendre dans les contrées voisines par la terre, mais les Drömliens, en majorité, préféraient encore se rallonger la route par bateau plutôt que de traverser ce lieu puant dans lequel Lothar aimait parfois exhiber des têtes tranchées, comme s'il s'agissait pour lui de montrer aux arrivants le sort qu'il réservait à quiconque lui déplaisait. À Drömlik, il était de notoriété publique qu'en plus d'être un fainéant, Lothar était également un sauvage inculte. Quoi qu'il en soit, si cette contrée avait des aspects positifs, à n'en pas douter, les points négatifs les surpassaient largement. Les terres étaient plus ou moins en friche, les maisons ternes et mal bâties, les voies de circulation, de simples chemins à peine déboisés qui se transformaient en rivière de boue lorsqu'il pleuvait. Quant à la politique du souverain, elle était plus que douteuse. Par tous les dieux, aucun Drömlien sain d'esprit n'aurait échangé sa place contre celle d'un Tudague.

— En attendant, où trouver cette fichue völva ? grommelai-je.

Je roulai mon plan, le calai dans ma ceinture et m'emparai de mon outre.

— Maudites créatures, grognai-je en avalant une gorgée d'eau.

Je détestais ces völur et croiser le chemin de cette Ingemar ne m'enchantait pas. Pour moi, elles n'étaient bonnes qu'à apporter le chaos. Ce n'était pas pour rien qu'elles étaient interdites de séjour à Drömlik.

Finalement, je décidai de rejoindre le reste de la troupe, assise autour du feu que l'un des soldats s'affairait à faire grossir. Déjà, le fond de l'air commençait à se refroidir. Nul doute qu'à la nuit tombée, nous grelotterions après avoir sué comme des bœufs toute la sainte journée. Je m'installai sur un petit rocher et, durant quelques instants, m'absorbai dans la vision des flammes qui faisaient craquer le bois sec. Je songeai à ma famille, à mon père, à mes frères et sœurs que je n'avais pas vus depuis des semaines à cause de mes tours de garde. Puis mes pensées dérivèrent sans suivre de chemin précis.

— Que trois d'entre vous aillent chasser un peu de gibier pour ce soir, ordonna Magnus.

Les soldats se concertèrent pour savoir à qui allait échoir cette tâche, puis les élus se levèrent, chacun un arc en main. Ils se dispersèrent et s'éloignèrent du camp. D'un œil éteint, je regardai Magnus s'approcher de moi. Il s'installa à mes côtés sur la pierre, sans doute histoire de ne pas se sentir inférieur à moi s'il s'asseyait par terre.

— Quel est le plan ?

Je lui tendis ma carte d'un mouvement sec. Il s'en saisit sans plus de douceur et la déroula.

— D'après la carte, c'est le seul chemin pour rejoindre le repaire de cette völva, déclarai-je tandis qu'il l'étudiait.

— Eh bien, si c'est le seul, il faudra s'en contenter.

— Effectivement, mais j'ai examiné les branches tout à l'heure, cela va nous prendre un certain temps pour les couper. Tant que nous n'aurons pas ouvert une voie manuellement, il sera impossible aux chevaux de pénétrer dans cette forêt.

— J'ordonnerai aux hommes de se lever dès les premières heures du jour pour s'en charger.

— Je préfère que tu te concentres sur le chemin à suivre pour trouver la völva, rétorquai-je, de la sécheresse dans la voix.

Magnus me jeta un coup d'œil en biais. Je le devinai noir sous l'effet de l'irritation, mais je l'ignorai. Face à mon indifférence, il s'abstint néanmoins de m'envoyer une de ses piques dont il aimait user. Ça m'arrangeait, je n'avais aucune envie d'une joute verbale entre nous à cet instant. Je voulais juste manger et dormir.

Un hurlement strident déchira subitement le calme ambiant. Magnus et moi nous levâmes dans un même mouvement vif. Nous tirâmes chacun notre épée de son fourreau et tournâmes la tête vers l'endroit d'où provenait le cri : la forêt.

4
SOREN

— Tenez-vous sur vos gardes ! aboyai-je à l'attention des soldats.

Accompagné de Magnus, je me dirigeai vers la lisière de la forêt tandis que les hommes s'étaient redressés et attendaient, épée à la main. Aussi troublés l'un que l'autre, Magnus et moi nous campâmes devant les branches entremêlées.

— Le cri est bien venu de là, non ?

— Il m'a semblé, confirma Magnus.

Je fis courir mon regard le long du mur végétal, à la recherche d'une brèche quelconque. En vain ; je ne vis rien. Je ne comprenais pas. Rien ne paraissait avoir bougé, pas plus arbres que branches.

— C'est Arrow ! lança un des soldats dans notre dos.

Je me retournai et le considérai avec incrédulité.

— Arrow ? Tu es sûr ?

L'homme hocha la tête, les traits crispés par l'inquiétude.

— Oui, certain. Il a pris cette direction pour aller chasser. Je l'ai vu.

— Comment aurait-il pu entrer ? s'étonna Magnus. Il n'y a aucun passage.

— Pourtant c'était bien sa voix, insista le soldat.

Je ne cherchai pas à en apprendre plus sur la façon dont Arrow aurait pu pénétrer dans ces bois. Peut-être avait-il ouvert une brèche infime sans que personne ne le remarque et s'était-il enfoncé dans la forêt ? Si tel était le cas, il avait désobéi aux ordres, mais le moment n'était pas aux remontrances. S'il s'était imprudemment engagé dans cette forêt, il n'était pas question de l'y laisser, à plus forte raison s'il était en danger. Je resserrai les doigts sur la poignée de mon épée puis me mis à tailler dans la verdure à coups de gestes secs et nerveux pour me frayer un chemin au milieu de cette végétation inhospitalière. Au bout d'un petit moment à me regarder m'acharner, Magnus se décida à m'imiter.

La tâche n'était pas aussi aisée qu'il n'y paraissait ; les branches étaient dures comme du métal et résistaient quelque peu aux assauts de ma lame. Je gageai que cette résistance inattendue de la part de simples bois n'était pas plus naturelle que la présence de cet étrange mur de branchages, et que nous devions cela à la völva Ingemar. La question n'était pas de savoir comment elle avait réussi ce tour, mais surtout pourquoi elle l'avait réalisé.

À force de sueur et de coups d'épée, nous parvînmes à nous frayer un petit passage. Nous nous engageâmes dans la faille pour nous rendre très vite compte que la couche de branches brisées laissait place à de nombreuses ronces contre lesquelles il semblait vain de se battre. Par chance, nos pantalons de toile épaisse et nos mailles, doublées de nos plastrons, nous protégeaient bien. Seuls nos mains et nos visages exposés enduraient les griffures acérées des piquants.

Un nouveau cri retentit tandis que nous nous débattions pour avancer. Nous nous figeâmes et un frisson glacé me parcourut de la tête aux pieds. Plus qu'un cri, c'était un hurlement, de douleur et d'effroi.

— Dépêchons-nous ! lançai-je.

Nous reprîmes notre progression, tentant d'accélérer la cadence malgré les ronces qui se plantaient dans nos paumes brandies devant nos figures en guise de bouclier protecteur. Au bout d'une dizaine de mètres, l'étroit couloir dans lequel nous avancions à grand-peine s'élargit et l'environnement se dégagea au profit d'arbres aux fûts noueux. Le sol était recouvert de milliers d'épines de pin qui absorbaient le bruit de nos semelles. Des champignons crinière de lion avaient poussé par grappes un peu partout sur les écorces et exhalaient des effluves âcres, mélange de moisissure et de terre mouillée.

Immobiles, nos épées en main, Magnus et moi examinâmes les lieux d'un regard circonspect, passant d'un tronc à l'autre, tandis que les rayons du soleil couchant peinaient à percer les épaisses frondaisons. Nous ne détectâmes pas un mouvement, n'entendîmes plus un bruit à présent que nous étions à l'arrêt, pas même le gazouillement d'un oiseau. Le silence pesant me fit l'effet d'une chape de plomb qui tentait de m'écraser.

Indécis sur le chemin à prendre, je me dirigeai vers la droite à pas prudents.

— Ne t'éloigne pas, Søren.

J'ignorai Magnus et continuai à explorer les lieux.

Un nouveau cri me stoppa net. L'oreille tendue, je tournai sur moi-même pour essayer de le localiser.

— Ça vient de par ici ! s'exclama Magnus en me désignant un endroit.

— Non, plutôt de par là ! renchéris-je en indiquant le côté opposé.

Réalisant que l'écho de ce cri s'était réverbéré autour de nous, nous empêchant d'en déterminer l'origine, nous ne bougeâmes pas. Tout à coup, du coin de l'œil, je détectai un mouvement parmi la végétation.

— Là !

Sans attendre, nous nous élançâmes dans cette direction. Nous courûmes sur plusieurs mètres avant de prendre conscience que la couverture des arbres s'était densifiée de façon inquiétante. Nous nous étions enfoncés dans les entrailles de la forêt sans même nous en rendre compte ni trouver trace d'Arrow. En comprenant notre erreur, je fis signe à Magnus de s'arrêter. Le silence retomba, uniquement ponctué par nos respirations haletantes.

— On s'éloigne trop, c'est dangereux, conclus-je. Et le cri d'Arrow m'avait semblé bien plus proche de la lisière des bois.

Magnus hocha la tête en guise d'assentiment et, sans que j'aie besoin de l'exprimer verbalement, il commença à rebrousser chemin. Je lui emboîtai aussitôt le pas.

— Arrow ! appelai-je.

— Arrow, répéta Magnus. Réponds, bon sang !

Mon regard capta un nouveau mouvement parmi les broussailles.

— Magnus, soufflai-je.

Il s'arrêta et se tourna vers moi tandis que je me rapprochais de l'endroit en question. Je ne trouvai rien de plus que des herbes qui s'agitaient doucement, sans doute à cause du passage d'un animal quelconque.

— Au nom de tous les dieux ! entendis-je soudain Magnus jurer.

Je pivotai vers lui.

— Qu'est-ce que tu as ?

En guise de réponse, il leva un bras et, de l'index, me désigna un groupe d'arbres. Je braquai aussitôt la tête vers ceux-ci.

— Non d'une..., jurai-je à mon tour.

Le soldat égaré était là. Suspendu entre deux arbres comme un supplicié, une main clouée sur chaque tronc. Son plastron gisait au sol, près de son arc, brisé en deux, et sa cotte de mailles, fendue au niveau de la poitrine, laissait entrevoir une plaie béante qui partait de son nombril pour remonter jusqu'à sa gorge. Je réprimai un haut-le-cœur devant la vision de ses entrailles qui pendaient dans le vide et se reflétaient sur mes rétines. Le sang du malheureux Arrow coulait sans discontinuer en filets qui avaient formé une flaque rubiconde que même le tapis d'épines n'avait pas pu absorber.

— Arrow, murmurai-je d'une voix éraillée par l'émotion.

De mémoire d'homme, de soldat et d'habitant de Drömlik, je n'avais jamais rien vu de tel de toute ma vie.

Jamais...

5
SOREN

— Qui a pu faire cette horreur ?

— Aide-moi à le décrocher, me contentai-je de répondre, le cœur au bord des lèvres.

Nous rangeâmes nos épées puis nous nous plaçâmes chacun d'un côté de la dépouille encore fraîche. Dans un geste identique, nous refermâmes les doigts sur les pieux de bois qui transperçaient les poignets d'Arrow pour plonger dans l'écorce des arbres auquel il était suspendu.

— Prêt ?

Magnus confirma d'un hochement de tête et nous retirâmes les pics en même temps. Le corps d'Arrow commença à s'effondrer. Nous glissâmes aussitôt un bras sous ses aisselles pour arrêter sa chute, comme si nous craignions qu'il se fasse mal en heurtant le sol. Ensuite, nous le déposâmes à nos pieds.

— Si je tenais le responsable de ce carnage, grogna Magnus entre ses dents.

— C'est sûrement cette maudite völva.

— Mieux vaudrait filer d'ici.

Ses paroles me laissèrent de marbre. Je pensai à ce pauvre Arrow. En temps normal, j'aurais aimé qu'il soit enterré, par respect pour son âme, mais Magnus avait raison, en tant que soldat et vu les conditions tragiques de la fin d'Arrow, s'attarder là n'était pas prudent. Surtout si ce qui lui avait infligé cette mort atroce rôdait encore dans le coin.

Je m'accroupis, récupérai sa dague dont le manche était couvert de sang, puis lui retirai ses bijoux d'oreilles et sa bague d'onyx. Ils seraient remis à sa famille comme il était de coutume en cas d'impossibilité de rapatrier le corps d'un défunt dans son royaume. Je les glissai dans ma poche et me relevai.

— Son épée a disparu, je suppose qu'il l'aura laissée tomber un peu plus loin. Donne-moi deux minutes pour voir si je la retrouve, et ensuite nous partirons.

Magnus se racla nerveusement la gorge, signe qu'il n'approuvait pas ma décision, mais je ne comptais pas abandonner une arme en chemin. Si nous devions traverser cette forêt le lendemain, j'entendais que nous ayons de quoi nous défendre du danger qui régnait ici.

Tout en continuant à jeter des coups d'œil prudents autour de moi, j'explorai les environs proches de l'endroit où nous avions trouvé la dépouille d'Arrow. Magnus, qui faisait le guet un peu plus loin, épée en main, ne semblait guère plus rassuré que moi.

Un éclat argenté retint soudain mon attention. Je me penchai au-dessus d'une masse de fougères que j'écartai. Les feuilles me piquèrent la peau comme du verre, mais je réprimai mon envie de les lâcher. L'arme d'Arrow était là, abandonnée sur un tapis de mousse comme si on l'y avait volontairement dissimulée. J'allongeai le bras vers elle et repliai mes doigts sur sa poignée. La lame était immaculée, Arrow n'avait pas dû avoir l'occasion de s'en servir pour se défendre.

— Nous perdons du temps, Søren, allons-nous-en.

— Je l'ai, déclarai-je en me redressant, une épée dans chaque main.

Je m'approchai de Magnus et lui tendis celle d'Arrow. Il l'attrapa avec dextérité puis rangea la sienne dans son fourreau.

— Fichons le camp, maintenant, déclarai-je.

Nous nous figeâmes subitement alors qu'un bruit venait troubler le silence enveloppant les lieux. On aurait dit des branches qui se brisaient sous un poids imposant. Nos regards balayèrent les environs tandis que mon cœur, et sans doute également celui de Magnus, se mettait à cogner plus fort dans ma poitrine. Semblant provenir de partout à la fois, le bruit perdura et j'eus la désagréable impression que quelqu'un tournait autour de nous, comme un fauve étudiant sa future proie.

— Je crois que nous ne sommes plus seuls.

— L'avons-nous jamais été ? grogna Magnus.

Une ombre sortit de derrière un arbre pour filer vers le suivant. Son mouvement fut si rapide que je n'eus pas le temps d'entrevoir grand-chose d'elle sinon qu'elle était massive et grande. Je resserrai ma prise sur la poignée de mon épée.

— Tu l'as vue ? soufflai-je à Magnus.

— Et comment !

J'étais pratiquement certain qu'il ne s'agissait pas d'un animal. J'aurais plutôt misé mon solde sur une personne puisqu'elle se tenait debout. *La völva*, songeai-je. Magnus et moi échangeâmes un regard entendu, puis nous nous déployâmes autour de la zone où nous l'avions aperçue, chacun avançant prudemment de son côté.

— Montrez-vous !

Personne ne me répondit et le silence s'éternisa. Du coin de l'œil, je vis soudain une nouvelle ombre filer sur ma gauche. Je me retournai d'un bloc dans cette direction.

— Søren !

L'avertissement de Magnus arriva trop tard. Une créature, qui n'avait rien d'humain, fondit sur moi dans un saut magistral. Sous le coup de la surprise, j'en lâchai la dague d'Arrow. Son faciès était celui d'un loup, babines retroussées sur d'énormes crocs entre lesquels s'écoulaient des filets de bave rougeâtre. Son poitrail était impressionnant, nettement plus développé que celui d'un loup ordinaire, ne laissant aucun doute sur la puissance de sa musculature malgré la toison qui le recouvrait de la tête aux pattes. Sa taille n'était guère supérieure à la mienne, cependant, sa façon de se tenir debout avait quelque chose d'étrange qui ajoutait à ma peur. Je bondis en arrière et le monstre retomba sur ses deux imposants membres postérieurs dans un grognement guttural.

Il se précipita de nouveau vers moi avec la claire intention d'atteindre ma gorge. Je projetai mon bras armé en avant pour parer son attaque en même temps que je tirais ma dague de son fourreau. Mon assaillant émit un nouveau grognement dans lequel il me sembla discerner de la douleur tandis que je tentais tant bien que mal d'enfoncer ma lame dans son poitrail.

Du coin de l'œil, j'aperçus une seconde créature sortant de derrière un autre arbre. Magnus l'intercepta aussitôt pour l'affronter. Je me reconcentrai sur mon adversaire couvert de poils drus et noirs comme la nuit. Il abattit l'une de ses pattes sur mon poignet. La douleur générée par sa griffure détendit mes doigts jusque-là repliés sur le manche de ma dague et mon arme voltigea dans les airs. Elle retomba à plusieurs mètres de là.

Je mis toutes mes forces dans un mouvement pour repousser la bête. Elle revint aussitôt sur moi. Je projetai alors mon épée vers sa gorge, mais elle l'évita avec une agilité qui contrastait avec son imposante corpulence. Ma lame trancha dans le vide. Tandis que les bruits de lutte de Magnus contre son adversaire résonnaient, le mien se repositionna face à moi et tenta à nouveau de me griffer le visage. Je parai le coup avec mon bras et une douleur remonta jusqu'à mon épaule. Je reculai de quelques pas et la créature se rua une fois de plus dans ma direction. Je crus qu'elle était sur le point d'arriver à ses fins. Dans un geste désespéré, je réussis à bloquer sa patte droite avec mon épée, entaillant sérieusement sa chair. Elle gronda avec férocité tandis que je mettais toutes mes forces dans le maintien de mon arme dans la même position. Blessée et privée de ses défenses du côté droit, la bête projeta alors sa patte gauche vers ma poitrine. Je tentai d'esquiver, mais je devais lâcher mon épée pour cela et il n'en était pas question. Ses griffes se plantèrent si profondément dans mon plastron qu'il fut tranché net. Au lieu de les retirer, la créature les enfonça un peu plus et mes yeux s'écarquillèrent à mesure que la panique m'envahissait. Leurs pointes acérées se cramponnèrent aux mailles de ma cotte et tirèrent dessus.

Si ce monstre parvenait à déchirer ma cotte, il n'aurait ensuite aucun mal à mettre ma tunique en pièces, puis à tailler directement à vif dans ma chair. À la terrifiante idée de finir mes jours comme Arrow, je redoublai d'ardeur pour la forcer à déloger sa patte de là, mais la bête s'accrocha. Je sentis les mailles de métal se déformer sous la pression de ses griffes. Puis j'eus l'impression de les entendre céder, une à une. Malgré cela, je continuai à me démener pour repousser la créature. La sueur glissait le long de mes tempes, sinuait entre mes omoplates. Je ramenai mon bras armé en arrière, prenant le risque de libérer sa patte droite, pour me donner assez d'élan. Je projetai alors ma lame en direction de mon assaillant. Le fil affûté de mon épée se planta à l'horizontale dans son cou et du sang commença à dégorger de la plaie, ruisselant sur son pelage.

La créature entrouvrit la gueule et des filets de bave s'en écoulèrent, ses yeux s'emplirent de l'éclat puissant de la souffrance. Elle enfonça un peu plus encore ses ongles acérés dans ma cotte de mailles, comme un réflexe plutôt qu'une riposte à mon attaque. Cette fois-ci, ce fut à moi d'éprouver la sensation que la vie s'échappait de moi. J'expulsai un cri alors que la bête perçait la chair au niveau de mon ventre. Une douleur brûlante explosa en moi que rien ne put éteindre. Je me cramponnai à la poignée de mon épée comme si c'était elle, désormais, qui me maintenait debout. Je m'entêtai, je m'obstinai...

Quitte à mourir, je ne partirais pas seul.

Les mâchoires crispées, je continuai à faire avancer ma lame dans sa chair, coûte que coûte. Lorsque celle-ci arriva au niveau de sa trachée, la créature se figea, telle une statue de granit grimaçante. Je rassemblai mes dernières forces et la lame termina sa course à l'autre bout de son cou.

Sa tête se détacha de son corps, tomba dans un bruit étouffé et roula sur le tapis d'épines. La dépouille de la bête s'affaissa lourdement et ses griffes sortirent enfin de mon ventre, m'arrachant un nouveau hurlement. Pendant quelques instants, je me sentis désorienté, incapable de me rappeler où je me trouvais. Mes oreilles bourdonnaient et mon cœur palpitait avec véhémence contre mes tempes. Je posai ma main libre sur ma plaie pour contenir le sang qui s'en échappait tandis que des larmes de douleur brouillaient mon champ de vision. Je lâchai mon épée et m'effondrai à mon tour près du corps sans vie de la créature, ses yeux encore ouverts braqués sur moi.

6
FREYA

Une fois mon déjeuner avalé, je ne m'attardai pas à la ferme comme je l'avais fait la veille. Je m'empressai de rassembler mes bêtes après avoir récupéré mon arc et mes flèches au cas où des snaghars auraient dans l'idée de venir m'importuner au pâturage. Ma mère s'était chargée de me rappeler que partir sans avoir de quoi défendre le troupeau était parfaitement inconsidéré, même si cela ne l'étonnait guère de ma part. Pour autant, si j'avais décidé d'obéir, une fois n'était pas coutume, je n'avais renoncé ni à mes pinceaux ni à mes pigments. Si je devais passer le reste de la journée à scruter les mamelles des yorgäls, autant que je m'occupe à quelque chose de plus passionnant que de guetter ces stupides snaghars.

Mon long bâton en main, les bêtes derrière moi, il me sembla entendre un bruit inhabituel dans le lointain alors que je marchais sur le sentier menant au pré. Je m'immobilisai un instant et, les sourcils froncés, je tendis une oreille attentive. Seul le piaillement des oiseaux voletant de branche en branche résonna contre mes tympans. Je haussai finalement les épaules.

— J'ai dû rêver.

Je repris ma route et replongeai à pieds joints dans mes pensées. Après avoir parcouru les derniers mètres qui me séparaient de la barrière du pâturage, je l'ouvris tout en lâchant un bâillement sonore. Je laissai les yorgäls gambader comme bon leur semblait et filai m'asseoir dans mon coin de prédilection pour continuer ma peinture de la veille, même si j'aurais bien troqué mes pinceaux pour un petit somme. « Pense aux snaghars, Freya ! » me réprimanda la voix de la mère dans mon esprit.

Je levai les yeux au ciel et soufflai.

— Ah, oui… ces maudits snaghars, grommelai-je.

Chevalet et toile installés, pigments et pinceaux sortis, je me mis à la tâche. J'étais plutôt fière de moi, les prémices de ma peinture étaient assez proches du paysage dont j'avais rêvé avec récurrence, ces derniers jours. À nouveau, je me demandai d'où avaient pu me venir de telles images. Un ciel d'une pureté absolue, des plaines couvertes d'une herbe d'un vert ardent ; tout était si vif que cela donnait à l'ensemble un sentiment d'irréalité propre aux songes. Pourtant, je savais que ça n'en était pas un. Ce dont j'étais néanmoins certaine, c'était qu'il ne s'agissait pas d'un endroit à Tudag. Pour la bonne raison qu'il n'en existait, à ma connaissance, aucun qui puisse évoquer des collines aussi verdoyantes. Ici, l'herbe séchait vite, entre les jours où le soleil était brûlant et ceux où des pluies torrentielles s'abattaient sur les terres. Elle jaunissait avec une telle rapidité que c'était comme si une maladie rongeait le sol qui la portait et abîmait tout. Et puis les plaines n'étaient pas légion dans le coin. Le paysage était relativement plat jusqu'à la jonction avec le royaume de Dagur où une chaîne de montagnes marquait la délimitation entre nos deux contrées. Celle-ci s'étendait jusqu'à Viku, un endroit qui partageait également une frontière avec Tudag et était infesté de marécages puants où des hordes de véracyols iridescents et voraces flottaient au-dessus de l'eau.

Je songeai alors à la troisième frontière, celle, presque impénétrable, qui séparait Tudag de Drömlik. Un soupir de dépit s'échappa de mes lèvres. Au fond de moi, j'étais convaincue que tous ces paysages qui me venaient en tête étaient liés à ce lieu. Malheureusement pour tous les gens qui, comme moi, caressaient le rêve d'aller à Drömlik, l'endroit était fermé au reste des contrées avoisinantes. Seuls les marchands ambulants avaient l'autorisation d'y pénétrer les jours de marché avant de devoir replier bagage sitôt ceux-ci terminés. Pour cela, ils devaient présenter un laissez-passer durement obtenu auprès de la commission de commerçants itinérants qui siégeait à Drömlik. Autant dire que c'était un précieux sésame. À leur retour, les marchands ne manquaient jamais de se répandre en descriptions élogieuses à l'égard de cette contrée un peu mystérieuse. Ils disaient que les couleurs y étaient plus vives, plus intenses et nombreuses que partout ailleurs sur le continent ; que les bâtiments et les maisonnées étaient tous enjolivés de fresques épiques et de dorures, comme si l'or y pleuvait ; que les rues et les routes étaient recouvertes de pavés bien alignés et que le château de la reine Ynglinga était somptueux vu de l'extérieur. J'imaginais que l'intérieur devait l'être encore plus.

Mais cela ne m'empêchait pas d'espérer pouvoir un jour y mettre les pieds pour vendre mes toiles, à défaut de m'y installer durablement, loin de l'austérité de Tudag.

Parfois, lorsque je grimpais sur la butte qui surplombait Skáld pour y admirer les sommets ouvragés des hautes tours du château de Drömlik, je me demandais comment il était possible que jamais un seul nuage ne gangrène leur ciel. Je ne comprenais pas pourquoi le mauvais temps ne semblait pas ternir l'existence des Drömliens. Ce royaume avait cette réputation d'être une contrée où la vie était facile et où bonheur et joie régnaient en maîtres.

En somme, un paradis.

— Pff... comme si ce genre d'endroit pouvait exister, soufflai-je avant de suspendre mon mouvement dans les airs, mon pinceau coincé entre mes doigts.

Les yeux braqués sur le troupeau, j'aperçus soudain une petite tête qui dépassait de derrière la jambe d'un des yorgäls. Je lâchai aussitôt mon pinceau, m'emparai de mon arc et encochai une flèche. Je visai le snaghar qui s'était à présent décalé de la bête sans se rendre compte que je l'observais.

— Grand merci à toi, sale troll sans cervelle, murmurai-je à l'idée de l'atteindre avec plus de facilité encore que je ne me l'étais imaginé.

J'armai la corde de l'arc, prête à tirer.

— Mademoiselle ? appela soudain une voix.

Sous le coup de la surprise, je lançai ma flèche trop tôt. Celle-ci alla se ficher à une dizaine de centimètres du snaghar. Le petit être posa ses minuscules yeux de braise sur le trait qui l'avait manqué de peu puis me dévisagea d'un air horrifié. Il n'attendit pas que je me décide à réitérer mon tir et se précipita vers un trou dans lequel il plongea, tête la première, pour regagner son monde souterrain peuplé de trolls écervelés.

— Saleté ! soufflai-je avant de reporter mon attention sur la barrière du pré.

Un homme vêtu d'un plastron sanglé sur un haubert de mailles se tenait là. Les bras posés sur les croisillons de bois, il me considérait d'un air impatient.

— Qu'est-ce qu'il me veut, celui-là ? grommelai-je.

7
FREYA

En m'approchant de plus près, je réalisai que l'arrivant n'était pas seul et je regrettai presque d'avoir déposé mon arc au sol. *Reste calme et tout ira bien*, me serinai-je. Derrière lui, alignés sur le chemin de terre, plusieurs hommes à cheval me regardaient d'un œil indifférent. Eux aussi portaient plastron et haubert, mais s'il me semblait évident que j'avais affaire à des soldats, je m'étonnai de ne point voir l'emblème du roi de Tudag sur leur tenue. Il n'y en avait aucun, d'ailleurs. Intriguée, je me campai non loin de la barrière et considérai l'individu de l'autre côté. Il avait peut-être une quarantaine d'années, des épaules massives et des cheveux tirant sur le brun noués en arrière. De son visage, légèrement tanné par le soleil, se dégageait quelque chose de particulier. Un mélange de force tranquille et de gravité.

— Votre plastron est tout rayé, lui fis-je remarquer.

— Et vous, vous avez du crayon sur la figure.

Je portai aussitôt mes doigts sur la naissance de mon nez, là où trois points noirs étaient tatoués à la verticale. Je ne jugeai pas utile de toucher la ligne, verticale elle aussi, sur mon menton. Il avait des yeux pour la voir également.

— Ce sont des signes de distinction de mon peuple, cela vous dérange ?

— Pas le moins du monde, rétorqua-t-il sans cesser de me fixer. Mais je ne parlais aucunement de vos apparats tudagues.

— Ah non ?

Je n'avais pas souvenance de m'être barbouillé le visage de pigments, mais visiblement, je me trompais.

— Sûrement de la peinture, ajoutai-je pour me répondre à moi-même.

— Fort bien. Je m'appelle Magnus, je fais partie de la garde royale de Drömlik.

J'écarquillai les yeux. Et dire que je pensais à ce même royaume, quelques minutes plus tôt. Le hasard faisait étrangement les choses.

— Pourquoi des soldats de Drömlik se promènent-ils à Tudag ?

— Nous sommes à la recherche d'une personne.

— Ah oui ?

Il confirma d'un hochement de tête.

— Une femme. Plus précisément, une völva répondant au nom d'Ingemar. La connaissez-vous ?

De plus en plus intriguée, je me rapprochai encore de la barrière et grimpai sur l'un des piliers de bois solidement rivés au sol. Ledit Magnus m'observa sans broncher. Il ne réagit pas davantage lorsque je fronçai les sourcils en me rendant compte que son plastron n'était pas seulement griffé, il était aussi tacheté de traces sombres dont je n'aurais su dire de quoi il s'agissait, mis à part que ce n'était certainement pas de la peinture.

— Oui… je la connais.

Une lueur d'intérêt s'alluma dans les pupilles de mon interlocuteur.

— Auriez-vous l'amabilité de nous indiquer où elle demeure ? Nous sommes passés par la forêt, mais…

— La forêt ? m'exclamai-je. Ça m'étonnerait vu que personne ne peut y pénétrer.

— Navré de vous détromper, mais nous l'avons fait.

— Ah…, fut la seule chose que je trouvai à répondre tant je peinais à accorder crédit à ses paroles.

Pourtant, il était si sérieux que je doutais qu'il mente.

— Ce qui est étonnant n'est pas tant que nous y soyons brièvement entrés, mais que nous en soyons sortis, ajouta-t-il avec une certaine sécheresse dans la voix.

— Je veux bien vous croire.

— Quoi qu'il en soit, il nous est impératif de rencontrer cette völva. Pouvez-vous nous indiquer un autre chemin à suivre que celui de la forêt ?

Songeuse, je restai silencieuse, bien que mon interlocuteur attende ma réponse. Je connaissais Ingemar pour l'avoir croisée et avoir parlé avec elle de nombreuses fois lorsque je descendais vendre le lait des yorgäls à Skáld. Elle vivait dans un endroit qui n'avait rien d'aisé à expliquer. J'ignorais si c'était le fait de savoir que cet homme et ces soldats arrivaient tout droit de Drömlik, ce royaume qui m'attirait tant, ou bien parce que le goût amer des remontrances de mes parents remontait dans mon palais à cet instant précis, mais je ne pus contenir les paroles qui me vinrent à l'esprit.

— Je vais vous accompagner, ce sera plus simple.

Un sillon de contrariété se creusa entre les sourcils de mon interlocuteur tandis qu'il me fixait avec une insistance presque dérangeante. Je ne voyais pas où était le souci, à moins que ma proposition lui ait paru indécente. À cette pensée, je le gratifiai d'un sourire amusé, comme si cela avait le pouvoir d'arranger les choses.

— Je ne crois pas que ce soit une très bonne idée, demoiselle. Dites-nous juste où nous pouvons trouver cette Ingemar et nous nous débrouillerons.

Sa réponse me fit l'effet d'une douche froide et mon sourire laissa place à une grimace de déception. Ce n'était qu'un banal trajet pourtant, et j'avais tellement envie de m'évader quelques heures, loin de mon sinistre quotidien. Je me recomposai une expression neutre, puis sautai de mon perchoir.

— Tant pis alors. Bonne chance ! dis-je en lui tournant le dos pour regagner mon petit coin ombragé.

— Attendez ! m'interpella-t-il brusquement.

Je m'arrêtai, un sourire malicieux au coin des lèvres. Je m'empressai de le ravaler puis pivotai vers l'homme et posai sur lui un regard faussement interrogateur.

Il soupira.

— Veuillez m'excuser un instant, lâcha-t-il.

Je réavançai vers la barrière tandis qu'il retournait vers les autres cavaliers. Il se dirigea vers celui qui se trouvait à l'avant et dont les cheveux châtain cendré lui arrivaient à mi-dos. Placé comme il l'était, je ne pus apercevoir qu'une partie de son profil qui me sembla bien jeune. Une épaisse tresse démarrait de sa tempe et s'étirait jusqu'à mi-chemin de sa chevelure. À Tudag aussi, beaucoup d'hommes et de femmes portaient les cheveux longs, souvent enrichis de nattes. La sienne, à la différence des miennes, fines et réparties de chaque côté de ma tête, était agrémentée de petits anneaux dorés accrochés à intervalles réguliers qui brillaient sous les rayons du soleil.

Au bout de quelques instants, Magnus s'éloigna de lui et revint dans ma direction.

— C'est entendu, demoiselle. Si vous voulez bien nous accompagner, nous vous ramènerons ici dès notre mission accomplie.

Mes lèvres s'étirèrent jusqu'aux oreilles sur un sourire satisfait.

8
FREYA

Après m'être empressée d'aller cacher tout mon matériel de peinture et mon arc dans ma cachette habituelle, j'enjambai la barrière sous le regard perplexe de Magnus. Il me mena ensuite jusqu'à sa monture dont la robe sombre semblait étinceler sous les rayons du soleil. Je ne résistai pas au plaisir de passer une main sur son encolure soyeuse tout en posant les yeux sur le dos du cavalier assis sur le cheval précédant celui de Magnus. C'était l'homme à qui ce dernier avait parlé et probablement demandé l'autorisation de me laisser venir. J'en conclus qu'il devait être le chef du groupe, ce qui justifiait qu'il se tienne à l'avant. Il ne daigna pas tourner la tête vers moi, ni pour me saluer ni même pour simplement croiser mon regard. Je trouvai cela un brin impoli, mais je m'abstins de tout commentaire ; je ne voulais pas que les cavaliers changent d'avis en m'abandonnant dans mon pâturage. Magnus glissa un pied dans son étrier et se hissa sur sa selle puis il tendit une main vers moi. Je la saisis sans hésitation et il me souleva pour que je m'installe derrière lui.

Je verrouillai mes doigts sur son épaisse ceinture de cuir. Magnus tourna la tête sur le côté, suffisamment pour me faire comprendre qu'il s'apprêtait à me parler.

— Par où ? me demanda-t-il.

— Allez tout droit pour le moment, je vous indiquerai l'endroit où il faudra changer de direction.

— Tout droit ! répéta-t-il à la cantonade. Accrochez-vous bien, ajouta-t-il à mon attention.

Je ne pus m'empêcher de lever les yeux au ciel. Jusqu'à preuve du contraire, je savais encore tenir sur un cheval ; je savais même monter à dos de yorgäl et je doutais qu'aucun de ces hommes en soit capable. Pourtant, quand Magnus partit au galop, à la suite de celui qui le précédait, je resserrai instinctivement mes bras autour de sa taille. J'étais bien forcée d'admettre que les chevaux dont j'avais l'habitude étaient loin d'être aussi sanguins. Ceux-là étaient si rapides, leurs mouvements si aériens, que j'eus presque l'impression de m'envoler.

Nous galopâmes sur un bon kilomètre avant que le cavalier en tête lève un bras à l'approche d'un embranchement formé par quatre chemins de terre. Il l'abaissa aussi vite qu'il l'avait brandi, comme si ce geste lui était trop pénible pour être prolongé.

— Quelle direction ? s'enquit Magnus.

— À droite, puis tout droit jusqu'au pont surplombant la rivière, déclarai-je.

— À droite, puis tout droit jusqu'au prochain pont ! répéta-t-il plus fort.

Le cavalier en tête bifurqua aussitôt et le reste de la troupe suivit sans hésitation. À nouveau les chevaux allongèrent le pas avant de repartir au galop en faisant ronfler leurs naseaux sous l'effort.

Les bras toujours enroulés autour de la taille de Magnus, je profitais depuis déjà trois quarts d'heure du voyage, et surtout de cette sensation enivrante du vent me fouettant le visage. Les yeux rivés sur le dos du soldat qui nous précédait en guise d'horizon, je devais avoir l'air d'une cruche avec mon sourire jusqu'aux oreilles. Au détour d'un léger dénivelé sur la route, il me sembla soudain que le cavalier devant nous penchait de plus en plus à droite tandis que son cheval continuait à avancer. Je craignis qu'il ne finisse par chuter.

— Attention ! criai-je en vrillant les tympans de Magnus.

— Qu'est-ce qui vous prend ? Vous êtes folle ? me hurla-t-il en retour.

Mais comme je l'avais redouté, le chevalier de tête bascula sur le côté ; son corps s'écrasa au sol sans qu'il tente quoi que ce soit pour se retenir. Magnus stoppa net son cheval et mes épaules butèrent sèchement contre les siennes. Il leva aussitôt la main pour signaler l'arrêt au reste de la troupe et je me dis que l'inverse aurait été plus judicieux et sans doute un peu moins douloureux pour moi.

Il sauta à bas de sa monture, puis se dirigea vers le cavalier à terre et s'accroupit près de lui.

Restée sur le cheval de Magnus, j'observai la scène sans savoir comment réagir. Peut-être devais-je me contenter d'attendre que les choses se règlent, après tout, cela ne me regardait en rien. Cependant, plus les secondes s'égrenaient, plus je me sentais le besoin d'aller voir par moi-même ce qui se passait. Je mis pied à terre et vins m'accroupir à côté de Magnus. Inquiète, je posai les yeux sur le jeune chevalier gisant au sol.

— Remontez à cheval ! m'enjoignit aussitôt Magnus.

— Que lui arrive-t-il ? m'enquis-je en ignorant royalement son ordre.

— Je… je vais bien, souffla le jeune homme en tentant en vain de se redresser.

— Permets-moi d'en douter, Søren, rétorqua Magnus.

Le regard fiévreux et injecté de sang du dénommé Søren croisa furtivement le mien, mais il ne parut pas vraiment me voir. Il semblait fiévreux et son visage était d'une pâleur inquiétante.

— Que vous arrive-t-il ? lui demandai-je.

— Rien du tout, lâcha sèchement Magnus à sa place. Aidez-moi donc si vous tenez tant à vous rendre utile.

J'arrimai un bras autour de la taille dudit Søren, tandis que les muscles de ses mâchoires se crispaient. Il se redressa avec raideur. Respirer semblait lui coûter. Je ne pouvais pas imaginer que sa chute puisse être responsable à elle seule d'une telle souffrance.

— Appuyez-vous sur nous, lui intimai-je.

Sans répondre, il glissa un bras autour de la nuque de Magnus, l'autre autour de la mienne. Magnus et moi le fîmes avancer à pas lents jusqu'au bas-côté puis nous le déposâmes doucement sur l'herbe. Étendu sur le dos, je pus enfin voir la totalité de son visage altéré par la douleur. Je fixai le magnifique bijou en forme de dragon dont le corps longeait le cartilage de son oreille gauche. Il devait valoir son pesant d'or. Puis mes yeux descendirent sur sa cotte de mailles et sur le large accroc au niveau de son abdomen. Poussée par la curiosité, j'en écartai les bords du bout des doigts.

— Mais il est blessé ! m'exclamai-je.

Il tressaillit et je retirai aussitôt mes doigts.

— Quel sens de l'observation, me cracha Magnus en se relevant.

Je comprenais mieux la raison de sa position instable sur son cheval, puis sa chute. Il était mal en point bien avant de tomber à terre, c'était une évidence.

— Je me disais bien, aussi, que votre passage dans la forêt n'avait pas pu se faire sans le moindre accroc…

Magnus ignora ma réflexion, preuve que j'avais deviné une réalité qu'il s'était bien gardé de me partager. Au moment où je me redressais, Søren me harponna le bras.

— Que… voulez-vous… dire ?

Je le dévisageai, presque étonnée qu'il me pose cette question. Il semblait si souffrant que mon estomac se tordit. Lentement, je me réaccroupis près de lui et plaçai ma paume sur son front couvert d'un mélange de terre et de sueur.

— Vous êtes fiévreux.

— Répondez… moi, bredouilla-t-il.

— La forêt de…, commençai-je.

— J'ai bien peur que nous soyons obligés de nous arrêter pour le moment, m'interrompit brusquement la voix de Magnus qui s'adressait aux soldats. Mettez pied à terre et occupez-vous des chevaux.

Je me dégageai de la main de Søren d'un mouvement sec. Il ne tenta pas de me retenir et laissa son bras choir dans l'herbe. Je me redressai dans un bond et me campai face à Magnus.

— Comment ça, vous arrêter ?

— Notre meneur n'est pas en état de continuer la route pour l'instant, vous le voyez bien.

— Mais… je dois être rentrée avant la tombée de la nuit ! Ce n'est pas possible ! m'exclamai-je.

Magnus me toisa.

— Vous avez voulu nous accompagner, vous allez devoir vous adapter.

Je rouvris la bouche pour protester à nouveau, mais en me rendant compte que j'étais incapable de trouver le moindre argument pour contrer ses paroles, je la refermai dans un soupir de dépit.

J'imaginais déjà le savon que mes parents allaient me passer quand ils découvriraient que j'avais abandonné mon troupeau et filé en douce…

9
FREYA

Assise sur le bas-côté, non loin de Søren, je gardais les jambes repliées et les bras obstinément croisés sur ma poitrine dans une attitude semblable à celle qu'adoptait mon petit frère lorsqu'il boudait. J'étais tellement dépitée par l'annonce de Magnus que je ne cessais de ruminer ma colère. Mais plus encore ma bêtise d'avoir voulu fuir mon devoir, l'espace de quelques heures. J'aurais dû rester à ma place au lieu de partir à l'aventure en compagnie de ces soldats dont j'ignorais tout. C'était complètement idiot. Et plus idiot encore le fait que je ne pouvais rien changer à l'affaire. À présent, je n'avais plus d'autre choix que d'attendre que ce cavalier aille mieux pour être en mesure de remonter en selle.

— Quelle poisse, bougonnai-je.

Pourtant, malgré ma volonté de m'isoler de tout ce qui m'entourait, je ne pus m'empêcher de tendre l'oreille pour écouter la conversation entre Søren et Magnus, accroupi près de lui. Parce que je n'étais pas que sotte, j'étais aussi curieuse.

— Il faut… aller trouver cette… völva au plus vite, souffla Søren entre deux grognements de douleur.

— Tu n'es pas en état de chevaucher. Peut-être pourrions-nous diviser la troupe en deux. Je partirais quérir la völva tandis que toi, tu resterais ici le temps de retrouver des forces, proposa Magnus.

— Il n'est pas… question que les hommes soient séparés, ils ne sont pas en assez… grand nombre.

— Dis plutôt que tu ne veux pas que je dirige l'expédition sans ta présence.

— Cela… n'a rien… à voir… La matrice doit absolument être remplacée, certes, mais pas au risque de perdre des hommes. C'est à moi, et non à toi, qu'Ynglinga a… confié cette mission… Je dois être… présent… pour parler à cette Inge…

Il ne termina pas sa phrase. Secoué par une quinte de toux, il expulsa un cri de souffrance qui me fit sursauter. Je tournai aussitôt la tête dans sa direction.

— Dans ce cas, si tu insistes tant pour mener cette besogne à bien, cesse de geindre et laisse-moi te soigner, lâcha Magnus sur un ton qui me sembla empli de ressentiment et d'amertume.

À ces dernières paroles, je n'y tins plus. Je me redressai et allai m'accroupir près des deux hommes. Magnus me considéra d'un œil sévère tandis que les traits de Søren étaient déformés par la souffrance. Je m'emparai du morceau de tissu coincé dans la main de Magnus.

— Laissez-moi m'en occuper, vous vous y prenez comme un manche.

— Je n'aime pas bien la façon dont tu me parles, petite paillarde.

— J'ai soigné plus de blessures qu'il n'en faut dans ma vie, figurez-vous, ce qui n'est sûrement pas votre cas.

Il ne se donna pas la peine de répondre. Les lèvres pincées, comme s'il venait de mordre à pleines dents dans un fruit acide, Magnus continua à me fusiller du regard. Je voyais bien que je l'agaçais, et cela depuis l'instant où il était allé à ma rencontre dans mon pâturage. Mais j'imaginais qu'en lui parlant sur ce ton, j'étais montée d'un cran sur l'échelle de son irritation. Tant pis pour lui. Il se redressa et traversa le chemin de terre pour aller rejoindre les soldats installés de l'autre côté.

— Il n'est pas commode, votre ami, dis-je en passant le tissu mouillé sur le visage de Søren.

Il papillota plusieurs fois des paupières avant de me fixer pour de bon.

— Ce n'est pas… mon ami, souffla-t-il.

— Vous faites bien, je n'aimerais pas qu'il soit le mien non plus.

Je posai les mains sur le bas de sa cotte de mailles, doublée de sa tunique, et commençai à les remonter toutes deux. Il se tendit de la tête aux pieds.

— Je dois voir votre blessure pour la soigner, lui expliquai-je.

Malgré sa douleur, il ne tenta pas de contrer mon geste et je pus mettre sa poitrine à nu. J'observai les griffures qui avaient creusé de larges sillons dans sa chair. Du sang avait séché tout autour, mais les plaies continuaient à saigner. Précautionneusement, je nettoyai le contour de chacune d'entre elles, m'arrêtant chaque fois que Søren se raidissait.

— Je ne comprends pas pourquoi vous avez eu l'imprudence de vous aventurer dans cette forêt alors qu'elle est proscrite.

Il se cambra légèrement au passage du tissu humide sur ses blessures, puis se décrispa sitôt que je m'en fus éloignée.

— Nous ne... nous ne venons pas...

— Vous arrivez de Drömlik, oui, je sais.

Évidemment, n'étant pas un Tudague, ni lui ni les soldats qui l'accompagnaient ne pouvaient savoir que ces bois étaient à éviter à tout prix. Mes yeux remontèrent vers son visage. De grosses gouttes de sueur glissaient sur sa peau comme s'il avait fait un effort intense.

— Ne vous agitez pas, ce n'est pas bon dans votre état.

Il se raidit de nouveau, en proie à un spasme de douleur. J'abandonnai le tissu imbibé de sang près de moi et arrachai une poignée d'herbe. Je disposai ensuite ces dernières à l'horizontale sur ses blessures.

— Qu'est-ce que... c'est ? bredouilla Søren.

— Des hélinia feradis. Elles ont des vertus médicinales. On en trouve partout par ici.

Comme il ne répondait pas, se contentant de respirer avec lenteur pour limiter sa souffrance, je continuai mon cataplasme en appliquant une seconde couche de verdure sur les plaies, dans le sens vertical, cette fois-ci.

— Il devait être gros, repris-je.

— De quoi... parlez-vous ?

— La créature qui vous a attaqué. C'était un gros spécimen, j'imagine, non ? Sinon il n'aurait pas réussi à déchirer votre cotte de mailles.

— Et mon plastron, ajouta-t-il.

Voilà qui augurait d'un agresseur plus puissant encore que je l'aurais pensé.

— C'était... un affreux loup campé sur ses pattes arrière. Monstrueux et... terriblement fort, termina-t-il en expirant avec peine.

— Les lamparögs ne sont pas réputés pour être faibles et faciles à éradiquer. Comment vous en êtes-vous tiré ?

— J'ai réussi à… lui trancher la tête, et Magnus… m'a aidé à ressortir des bois. Sans lui… je serais mort.

— Il faut croire qu'il est plus gentil que son attitude le suggère, alors, remarquai-je.

Il essaya de sourire, mais ses lèvres se crispèrent dans un rictus de douleur.

— Magnus aime bien se donner des… airs supérieurs. Comment avez-vous dit que cette créature s'appelait ?

— Un lamparög. Si la forêt est interdite, c'est à cause d'eux. C'est là qu'ils résident.

— Je… je croyais que c'était la völva qui…

— Ingemar ? Vous pensiez qu'elle était responsable de la présence de ces monstres dans les bois ? m'esclaffai-je en posant ma paume à plat sur le cataplasme.

— Ça et les branches qui bloquaient le passage.

Je haussai les épaules avant de me rappeler qu'il ne pouvait pas savoir de quoi il retournait puisqu'il ne vivait pas à Tudag. Ici, tout le monde savait que ces bois étaient proscrits, car ils étaient infestés de lamparögs, cette race hybride de loups qui évoluaient sur leurs pattes arrière comme des humains et aimaient jouer avec leurs proies pour mieux les dévorer ensuite. Carnivores jusqu'au bout de leurs canines, des griffes aussi longues que mes doigts, il n'y avait pas grande chance de survivre à une de leurs attaques. Beaucoup de villageois avaient perdu bétail et membres de leurs familles sous les assauts de ces monstres jusqu'à ce que la völva de Skáld condamne l'ensemble à coup de magie.

— Ingemar a lié les arbres, effectivement, continuai-je tout en pressant de plus en plus fort ma main sur ses plaies. Mais c'est pour garder les lamparögs prisonniers dans leur habitat. Pour qu'ils ne viennent plus tuer les bêtes ou les gens. À une époque, certains se jetaient sur les enfants et les emportaient dans la forêt pour les dévorer. Si vous saviez le nombre de parents qui ont retrouvé leur progéniture suspendue aux arbres par ces monstres… C'est une vision que j'imagine atroce.

— Je vous le confirme, grimaça Søren en supportant avec peine la pression de ma paume. Une vision… abominable, souffla-t-il.

J'ôtai ma main et constatai avec satisfaction que les herbes avaient viré au gris. C'était bon signe, leur travail de cicatrisation des plaies avait débuté.

Bientôt, le cataplasme serait totalement noir et il faudrait le remplacer par un nouveau, mais de l'herbe médicinale, ici, ce n'était pas ce qui manquait.

— Je changerai votre pansement d'ici une petite heure. En attendant, vous devez rester tranquille et vous reposer. Je vais aller chercher de l'eau pour vous hydrater.

Je rabaissai sa tunique, mais laissai son haubert remonté pour lui éviter trop de poids sur ses plaies. Il ne réagit pas, se contenta de fermer les yeux et de réguler sa respiration. Lorsqu'il les rouvrit, je réalisai que je n'avais pas pris la peine de détailler son visage, trop occupée à tenter de soulager sa souffrance. Ses iris étaient d'un bleu limpide que la douleur intensifiait. *Bleu comme le ciel de Drömlik*, songeai-je. Mais en vérité, ils m'évoquaient plus la couleur des océans qui entouraient notre continent et me donnaient envie de me perdre dedans. Troublée, je m'arrachai à ma contemplation futile et me relevai.

— Comment vous appelez-vous ? me demanda-t-il d'une voix altérée par la souffrance.

— Mon nom est Freya, lui répondis-je avant de me détourner de lui pour gagner la rivière, non loin de là.

10
FREYA

Je passai sur le bord gauche du pont de pierre, là où la terre, rendue glissante par l'humidité, descendait vers le lit de la rivière. Je remontai ensuite le bas de ma robe et le coinçai entre mes cuisses avant de m'accroupir devant le cours d'eau. Un instant, j'observai le va-et-vient des gerris qui couraient par centaines sur sa surface. Si je n'avais jamais particulièrement apprécié les araignées, celles-ci ne me donnaient pas le moindre frisson. Sans doute parce même surnommées comme telles, elles n'en avaient pas du tout l'aspect. Finalement, d'un geste de la main, je chassai les plus proches puis récupérai le bas de ma robe. Des bulles remontèrent à la surface tandis que j'immergeai le tissu dans la rivière. J'attendis qu'il se gorge du précieux liquide puis le ressortis en prenant garde de ne pas le laisser retomber à terre. Je gravis la petite butte dans le sens inverse et, le bas de ma robe toujours coincé entre mes mains, retournai vers Søren.

— Ouvrez la bouche, lui intimai-je en me plaçant debout au niveau de sa tête.

Il me considéra avec perplexité, comme si j'étais folle. Je n'en tins pas compte et positionnai le bout trempé de ma robe au-dessus de son visage. Plusieurs gouttes s'écrasèrent sur ses joues rougies par la fièvre et il comprit le but de ma manœuvre. Ses lèvres se descellèrent pour dévoiler sa gorge et je commençai à essorer le tissu. Tout doucement, pour réguler le flux et perdre le moins d'eau possible. Je continuai ainsi à l'abreuver jusqu'à ce que ma robe ne dégorge plus du précieux liquide. Je m'agenouillai ensuite près de lui et épongeai sa figure avec pour lui offrir la fraîcheur du tissu humide. Le soupir qu'il laissa échapper me confirma que cela lui faisait du bien. Quoi de plus logique avec cette chaleur qui stagnait dans l'air, surtout quand on était blessé, fiévreux et incapable de se mouvoir ?

— Qu'est-ce que c'est, la matrice ? demandai-je soudain.

Ses prunelles brillantes se posèrent sur moi.

— Cela ne vous… regarde pas.

Son ton cassant me refroidit. Je donnais de mon temps pour le soigner, j'avais même trempé ma robe pour lui permettre de boire sans avoir le moindre effort à fournir, et lui refusait de répondre à une toute petite question ? Quel manque de reconnaissance ! Je me rendis compte que si j'avais toujours idéalisé Drömlik, il semblait que ses habitants soient taciturnes et discourtois au possible.

— Bien, si c'est un secret, alors, répliquai-je d'une voix tout aussi sèche.

À présent qu'il était soigné et désaltéré, je n'avais plus de raisons de m'attarder auprès de lui. Je me relevai et me dirigeai vers un coin d'herbe un peu plus loin.

— Freya…, me rappela-t-il.

Je pivotai de nouveau vers lui.

— Attendez.

Je levai les yeux au ciel. J'imaginais que si je devais m'assurer que son état s'améliore au lieu de se détériorer, rester à ses côtés serait plus judicieux. Je me résolus à me réinstaller près de lui, puis me focalisai sur les chevaux des soldats qui broutaient paisiblement, leurs rênes nouées aux arbres.

— Combien de temps faut-il… pour arriver chez cette völva ? demanda soudain Søren.

— Sa maison se trouve à environ trois heures de route d'ici, l'informai-je en tournant la tête vers lui.

Il reporta son attention sur le ciel.

— La nuit devrait tomber d'ici trois heures... J'avais espéré que nous ayons le temps de faire l'aller-retour avant... la fin de la journée, mais...

Comme je restais silencieuse, me contentant de contempler les petits anneaux d'or fichés dans son épaisse natte, il reposa les yeux sur moi. Même si j'avais parfaitement conscience qu'il m'observait avec insistance, comme s'il essayait de graver chacun de mes traits dans sa mémoire – à moins qu'il ne fasse une fixation sur mes tatouages – je fis mine de ne pas m'en apercevoir.

— Vous deviez être... rentrée avant la nuit, je suppose.

— En effet, lâchai-je.

— Je suis désolé... Je n'aurais pas dû accepter... de vous laisser venir avec nous.

Je me décidai enfin à affronter son regard et plongeai à pieds joints dans l'océan de ses iris.

— Non, c'est ma faute. J'ai bêtement cru que la liberté ne tenait qu'à une promenade à cheval, rétorquai-je finalement en m'allongeant près de lui pour fixer le ciel.

Søren ne dit plus un mot. Je supposai qu'il avait lui aussi reporté les yeux sur l'infinie étendue bleue parsemée de nuages. À moins qu'il les ait fermés pour se reposer comme je le lui avais conseillé.

11
FREYA

Le temps s'écoula lentement pour tout le monde. Les soldats s'étaient mis en quête de gibier pour compenser leur faim, ou bien leur ennui, je n'en savais trop rien. Magnus était resté près des chevaux, visiblement aux prises avec un paquet de choses sur lesquelles réfléchir. Je n'avais pas cherché à lui demander ce qui pouvait le tracasser, ce n'était ni mon problème ni une de mes préoccupations. En me remémorant les propos que lui et Søren avaient échangés un peu plus tôt, j'avais cru comprendre que leur relation était quelque peu conflictuelle. J'en avais conclu à une forme d'amertume et de jalousie chez Magnus qu'il ne tentait même pas de dissimuler sous des dehors affables. Passé toutes ces considérations qui avaient empli mon esprit pendant un long moment, j'avais fini par m'endormir, le corps doucement chauffé par les derniers rayons du soleil.

Lorsque j'émergeai enfin, le ciel s'était assombri. La nuit arrivait, et avec elle, la peur de la réaction de mes parents à mon retour resurgit. Je n'avais aucun doute sur la façon dont ils me puniraient. D'abord des corvées à n'en plus finir puis je devrais restée isolée dans ma chambre pour réfléchir à la légèreté de mes actes… Je m'en réjouissais d'avance… Néanmoins, ils ne s'inquiéteraient de mon absence qu'une fois l'obscurité totalement tombée sur Tudag. J'aurais largement le temps de ruminer sur ce qui m'attendait. Je m'assis, m'étirai puis braquai la tête vers Søren. Toujours allongé, il ne semblait pas avoir bougé d'un poil, comme s'il s'était transformé en statue. Je me décidai à lui changer son cataplasme. Je m'agenouillai près de lui. Pendant un instant, un frisson remonta le long de mon échine en songeant qu'il était peut-être mort. Son visage était si livide et les cernes sombres qui ourlaient ses yeux rendaient le contraste avec sa pâleur plus violent encore. Sa poitrine se souleva d'un coup puis s'abaissa lentement et je soufflai de soulagement. Je posai une main sur son front. Il était tiède, la fièvre avait perdu en intensité. Précautionneusement, pour ne pas le réveiller, je remontai sa tunique pour découvrir son torse.

Comme je m'y attendais, les premières herbes apposées sur ses plaies avaient viré au noir. Certaines s'étaient même presque nécrosées. Je retirai l'ensemble et examinai ses blessures. Elles étaient toujours ouvertes, mais ne saignaient plus et semblaient moins enflammées. C'était encourageant.

Je récupérai de nouvelles touffes d'herbes et me donnai pour tâche de les aligner. Une couche à l'horizontale, une autre à la verticale. Au moment où j'attaquais la troisième pour en renforcer les effets, Søren toussa. Je plaquai aussitôt ma main sur sa peau pour éviter que toutes les herbes quittent leur emplacement avant d'avoir adhéré aux plaies. Puis je relevai les yeux vers lui.

— Vos blessures sont en voie de guérison, lui annonçai-je.

— Comment est-ce possible que ce soit si rapide ? Vous êtes un médecin hors pair.

Je haussai les épaules avec une pointe de nonchalance.

— Je vous l'ai dit, ces herbes ont de grandes vertus.

— Ne négligez pas vos talents de guérisseuse.

Je ne pus m'empêcher de sourire à ses mots.

— Je vous assure que je n'y suis pour rien. Et puis, je soigne plus souvent le bétail que les humains, cette appellation ne me correspond pas vraiment, lui fis-je remarquer.

À son tour, il sourit face à ma réflexion.

— Nous ne repartirons définitivement pas ce soir, lâcha-t-il.

— Non, confirmai-je, consciente tout comme lui que la nuit tomberait bientôt et qu'il n'était pas encore prêt à tenir sur un cheval.

— Y a-t-il d'autres créatures monstrueuses que ces lamparögs que l'on doive craindre durant la nuit ? demanda-t-il.

— À part les sangliers et les loups ordinaires, vous voulez dire ? Il n'y a donc aucune bête sauvage à Drömlik ?

— Non, nous n'en avons pas. La faune n'est pas hostile par chez nous.

— Drömlik est vraiment un endroit de rêve, murmurai-je, plus pour moi-même que pour lui.

Dommage pour moi, il ne rata pas une de mes paroles.

— Oui, jusque-là..., reconnut-il d'un air songeur.

Je levai les yeux vers lui.

— Jusque-là ? m'étonnai-je en appuyant avec force sur le cataplasme avec ma main.

Tout comme la première fois que j'avais exercé ce mouvement, il grimaça et réprima de force un grognement de douleur. Puis j'allégeai ma pression et il se détendit.

— Notre pays est en souffrance actuellement, reprit-il alors.

— À cause de votre matrice ? ne pus-je m'empêcher de lâcher sur un petit ton ironique.

Il me considéra dans un froncement de sourcils, les lèvres pincées.

— Comment savez-vous cela ?

— Je vous ai entendu en parler avec Magnus tout à l'heure.

— C'est la raison pour laquelle il est impératif que nous trouvions la völva, se contenta-t-il de répondre, éludant ainsi ma question sur cette fameuse matrice.

Il fallait que ce soit un secret vraiment très secret pour qu'il se donne la peine de faire tant de cachotteries. Je ravalai mon agacement puis ôtai ma main de son abdomen. Après m'être assurée que l'herbe était bien passée du vert au jaune, j'abaissai sa tunique.

— Encore un cataplasme comme celui-ci et je pense que vous serez à même de vous lever demain matin. Voulez-vous que je vous ramène un peu d'eau ?

— Oui, merci Freya.

Je le gratifiai d'un sourire aimable, aussi étonnée que gênée par sa gratitude. En dehors de mon petit frère Linus, je n'avais pas l'habitude qu'on me remercie pour quoi que ce soit.

12
FREYA

Le feu crépitait, faisant jaillir des dizaines de minuscules braises rougeoyantes en son centre. Les soldats, rassemblés en cercle autour de celui-ci, fixaient d'un œil éteint les deux lapins embrochés qui terminaient de rôtir sur des croisillons de bois. L'odeur entêtante de viande grillée embaumait les environs. Un des hommes commença à découper le gibier et à en distribuer des morceaux. J'attrapai celui qu'il me tendait. Affamée, je mordis dedans à pleines dents. Tout en me pourléchant, j'essuyai d'un revers de manche le jus épais et chaud qui s'écoulait sur mon menton. Malgré ce semblant général de quiétude, l'ambiance était tendue et les soldats se contentaient de manger sans échanger un traître mot. Parmi eux, Magnus en faisait autant, une expression préoccupée peinte sur le visage. Peut-être s'inquiétait-il de l'état de Søren. Je ne connaissais ni l'un ni l'autre pour pouvoir me permettre de comprendre ou juger ce qui se passait exactement entre eux, mais je savais que la haine entre deux personnes pouvait parfois cacher plus d'attachement qu'il n'y paraissait au premier abord. Lassée de toutes ces mines d'enterrement, je terminai mon repas, puis récupérai la part de viande destinée à Søren. Personne ne tenta de me retenir lorsque je m'éloignai du feu de camp. Je traversai la route qui me séparait de ce dernier et vins m'installer près de lui. S'il n'était pas encore bien vaillant, il ne dormait toutefois pas.

— Tout va bien ? demandai-je en prenant place à sa droite.

Il hocha la tête puis entreprit de s'asseoir lui aussi, mais ses blessures compliquaient un peu la donne.

— Attendez, je vais vous aider. Vos plaies sont en train de se refermer, ce serait dommage qu'elles se rouvrent.

De ma main libre, je glissai un bras dans son dos pour le soutenir et il parvint à se redresser. Je lui tendis la portion de viande qui lui était destinée. Il s'en saisit, me remercia d'un vague mouvement de tête, puis mordit dedans. Je le regardai mastiquer son morceau sans appétit. Il se força à enchaîner sur un second qu'il termina de mâcher avant de s'arrêter de manger.

— Il faut que vous vous nourrissiez, vous avez besoin de reprendre des forces pour guérir.

— Je crois que rien ne pourra passer pour l'instant. Vous la voulez ?

Je fis non de la tête.

— C'est la vôtre.

— Je n'ai vraiment pas faim, protesta-t-il à voix basse.

— Mangez quand même, insistai-je.

Il soupira puis mordit à nouveau dans sa cuisse de lapin et en avala toute la chair jusqu'à ce qu'il n'en reste plus que l'os.

— Voilà, vous êtes contente ? lâcha-t-il en le jetant un peu plus loin.

— Je suis ravie. Maintenant, rallongez-vous, je vais vous soigner.

Il s'exécuta, sans doute trop vidé de ses forces pour chercher à me contrer. Dans la pénombre de plus en plus prononcée, je m'occupai de changer son cataplasme. J'étais plutôt satisfaite de constater que ses plaies étaient belles et propres. Dans son malheur, finalement, il avait eu de la chance que ses blessures ne soient pas plus profondes, auquel cas il aurait fallu des jours entiers pour espérer voir les chairs se refermer. Il avait même beaucoup de chance d'avoir survécu à une attaque de lamparög. D'ordinaire, les proies de ces prédateurs n'en réchappaient pas. Je pressai le cataplasme pour qu'il adhère parfaitement à sa peau et cette fois-ci, il ne manifesta qu'une petite crispation passagère, signe qu'il allait beaucoup mieux.

— Comment est-ce ? lâchai-je dans un souffle.

— Quoi donc ?

— Drömlik. Comment est-ce ?

Il garda le silence et je crus qu'une fois de plus, il allait éluder ma question comme il l'avait déjà fait au sujet de la matrice.

— Eh bien, Drömlik est une merveilleuse contrée. J'y suis né voici dix-neuf ans et je n'ai jamais éprouvé le moindre désir d'aller vivre ailleurs. Je crois qu'aucun habitant n'a jamais eu envie de quitter notre royaume.

— Je vois, rétorquai-je, étonnée qu'il me réponde au final. Vous n'avez jamais eu des rêves de voyage ? Allez à Viku par exemple ?

— Avec ses marécages, ses ignobles reptiles de krapiætas et ses araignées mordorées ? Non merci.

— À Dagur alors ?

— Il y fait bien trop froid.

— Je ne vous demande pas si Fostüdi et Gardag vous tentent, j'imagine que vous allez me répondre non également.

— Vous faites bien, oui. Nous avons tout ce qu'il nous faut à Drömlik, il y fait toujours beau, nous avons la mer, de magnifiques forêts, de la nourriture en abondance, et tout y est paisible. Que souhaiter de plus ?

— J'aimerais y aller un jour.

— Malheureusement, en dehors des natifs du pays, personne n'a le droit d'y séjourner.

— Je le sais bien, je ne faisais qu'énoncer un désir de longue date, mais je trouve assez injuste que cette contrée soit si fermée aux étrangers. Que craignez-vous ?

Søren secoua la tête, m'indiquant par là qu'il n'avait pas vraiment d'arguments à me donner à ce sujet. J'imaginais que les habitants de Drömlik, même des soldats, ne pouvaient pas avoir toutes les réponses sur les enjeux des lois édictées par leurs souverains. Il y avait plein de règles que je considérais particulièrement mauvaises à Tudag ; pour autant, j'aurais été bien en mal de savoir pourquoi elles existaient tant certaines étaient absurdes. Sans doute Drömlik craignait-il juste que des hordes de gens venus des contrées voisines ne s'installent chez eux et ne leur volent tout ce qu'ils possédaient.

— Et qu'y feriez-vous ?

— Oh... eh bien, j'y vendrais mes toiles.

— Vos toiles ? J'ignorais que j'avais affaire à une artiste, en plus d'une guérisseuse.

Mes lèvres s'étirèrent dans un sourire.

— Je ne suis ni l'une ni l'autre. J'aime juste peindre ce que je vois dans mon esprit.

— On appelle cela un artiste, confirma Søren en me rendant mon sourire.

— Eh bien dans ce cas, mettons que j'en sois une, alors.

— Et que peignez-vous donc ?

Troublée, je ne répondis pas immédiatement. Si je n'avais pas l'habitude qu'on me remercie pour ce que je faisais, j'avais encore moins l'habitude qu'on s'intéresse à mes œuvres ou même tout simplement à moi.

— Vous voulez voir ? lui demandai-je.

— Volontiers.

Je rabattis son vêtement sur ses plaies puis m'allongeai à côté de lui. Mon bras droit collé contre le sien, je percevais la chaleur dégagée par son corps toujours sous l'emprise d'une petite fièvre. Du coin de l'œil, je le vis tourner la tête vers moi, mais je gardai mon attention rivée sur le ciel. J'attrapai la main de Søren et repliai mes doigts sur sa peau.

— Fermez les yeux et laissez-vous porter, lui soufflai-je.

13
SOREN

L'aube se levait à peine lorsque je m'éveillai. Je ressentis tout de suite un sentiment de légèreté sans savoir exactement d'où il pouvait provenir. Mon premier réflexe fut de m'asseoir et je réalisai que c'était beaucoup moins difficile que la veille. Je soulevai mes vêtements pour voir l'état de ma blessure. Une douleur était toujours logée dans mon abdomen, mais elle n'était rien en comparaison de ce que j'avais éprouvé jusque-là. Mes doigts effleurèrent le cataplasme d'herbes noircies. Je le tirai tout doucement. Les plaies m'apparurent sous la forme des griffes du monstre qui avait choisi de planter sa patte dans ma chair, mais il n'y avait plus que des cicatrices dont je doutais qu'elles disparaissent un jour. Leurs contours étaient encore un peu rouges et boursouflés, mais elles étaient enfin refermées, comme recousues par des fils invisibles. *Ces herbes sont sacrément puissantes*, songeai-je en terminant de les ôter. Je m'attardai quelques instants sur ce résultat en me demandant pourquoi nous n'avions pas ce genre de plantes à Drömlik. Notre médecine était certes réputée plus évoluée par rapport aux contrées voisines, mais pas forcément plus efficace, au final. Cela dit, personne par chez nous ne risquait pareilles blessures, pour la bonne raison que les lamparögs n'existaient pas à Drömlik. Il n'empêchait que ces herbes auraient sans aucun doute leur utilité dans d'autres cas. *Tout comme les guérisseuses telles que Freya.*

À cette pensée, je rabaissai mes vêtements et tournai la tête vers l'endroit où elle s'était endormie. Elle était toujours là, à quelques centimètres de moi. Recroquevillée comme un petit animal souffrant du froid de la nuit, ses jambes repliées disparaissaient sous le tissu de sa robe et ses cheveux couvraient en partie son visage. C'était à elle que je devais cette guérison en un temps record. Tandis que je la regardais, je repensai au rêve étrange que j'avais fait cette nuit. Ce n'était pas un cauchemar, pourtant, il me semblait que ça ne tenait pas du rêve non plus. Je ne m'en rappelais que quelques bribes, surtout de paysages aux couleurs inhabituelles. Nacre et pastel, aux reflets irisés, ces images étaient emplies de créatures sur lesquelles j'aurais été bien en peine de mettre un nom. Pour la bonne raison que je ne les avais jamais vues de ma vie. Il y avait des oiseaux aux plumages chamarrés qui s'ébattaient dans le ciel, puis une forme beaucoup plus imposante qui, ailes déployées, traversait le panorama hérissé de hautes montagnes aux pics enneigés. Une vouivre fut le mot qui me vint en tête. Ces dragons légendaires qui peuplaient les récits de mon enfance.

J'aurais dû éprouver de la peur, mais au contraire de cela, je m'étais senti comme à cet instant : apaisé. Mais les rêves ne servaient-ils pas à cela ? À s'évader et à occulter la réalité lorsqu'elle était trop pénible à supporter ? J'avais besoin d'oublier ce que j'avais vu dans la forêt de Tudag, le corps éventré d'Arrow, le lamparög et ses crocs acérés, puis sa tête tranchée roulant à mes pieds. Moi qui ne me rappelais pas, ou fort rarement, mes rêves, j'étais étonné d'avoir conservé tant de souvenirs de celui-ci. La dernière fois que j'en avais fait un qui m'était resté à l'esprit un long moment, c'était lorsque dans ma prime jeunesse, je m'étais amusé à siffler le verre de liqueur d'ambre de mon père alors qu'il avait le dos tourné. Les effets de cet alcool puissant ne s'étaient pas fait attendre et j'avais roulé sous la table au bout de deux minutes. À mon réveil, j'avais eu l'impression d'être demeuré prisonnier d'un monde étrange et anarchique, aux contours déformés et terrifiants. Il m'avait fallu plusieurs heures avant de réussir à m'ancrer à nouveau totalement dans la réalité.

Mais ici, c'était encore autre chose, et dans ma tête, je continuais à voir ces paysages et les couleurs vives qui refusaient de quitter mes pensées.

J'ignorais à quoi cela était dû. Peut-être à la fièvre qui m'avait affaibli depuis ma blessure. Ou bien à un effet psychotique des herbes médicinales avec lesquelles Freya m'avait soigné.

J'entrepris de me relever. J'y parvins avec quelques difficultés et sensations de tiraillements. Je pris un instant pour inspirer profondément. Les effluves de la végétation environnante s'infiltrèrent dans mes narines. Si nous avions une flore bien plus belle et plus diversifiée à Drömlik, les odeurs parfumées de Tudag n'en étaient pas moins agréables. Elles étaient plus puissantes, plus entêtantes. Même celle de l'humidité de l'herbe qui imprégnait mes vêtements était plus forte. Je n'avais jamais rien senti de tel à Drömlik.

J'avisai les soldats qui constituaient ma troupe de l'autre côté du chemin de terre. En les voyant tous dormir à poings fermés autour du feu en passe de s'éteindre, une pointe de colère m'envahit. Aucun d'entre eux ne montait la garde. Je cherchai Magnus du regard, mais ne l'aperçus nulle part. Quelle bande d'incapables, grondai-je intérieurement. Freya avait pourtant bien indiqué que des sangliers et des loups erraient dans les environs de nuit. Et même sans cela, la simple mort d'Arrow et ma blessure auraient dû inciter les hommes à se montrer plus vigilants que d'ordinaire.

Je pivotai vers Freya. Ses épaules frémissaient chaque fois qu'elle respirait, comme si elle était secouée par des frissons à répétition. Elle aussi dormait profondément. J'étais donc le seul à avoir les yeux ouverts. J'imaginais que cela compensait pour tout ce temps où je les avais gardés fermés. Je me dirigeai vers la rivière pour étancher ma soif. Je chancelai un peu, tout en avançant d'un pas mal assuré tandis que des points noirs dansaient devant mes prunelles, mais je m'entêtai et continuai à progresser en plissant les paupières. Je titubai encore sur quelques mètres, me faisant l'effet d'avoir dépensé tout mon solde à la taverne, avant que ma vue commence à s'éclaircir et ma démarche à se stabiliser. Lorsque j'arrivai au niveau du petit pont, j'y voyais parfaitement clair et mes muscles s'étaient suffisamment déliés pour me permettre des mouvements plus amples.

J'empruntai la légère déclivité sur le côté pour atteindre la berge de la rivière. Cheminant tranquillement dans son lit, elle était si transparente que le tapis de galets qui le composait n'était pas du tout troublé. Je m'accroupis devant le cours d'eau et plongeai les bras jusqu'aux coudes dans le liquide glacé. Je m'aspergeai le visage à plusieurs reprises, profitant de cette sensation de fraîcheur qui me ragaillardissait.

— Comment te sens-tu ? lâcha une voix dans mon dos.

Surpris, je tournai vivement la tête.

— Beaucoup mieux, répondis-je en ignorant la main tendue de Magnus.

Il la rengaina puis m'emboîta le pas tandis que je regagnais le camp.

— Alors, que faisons-nous ? demanda-t-il au moment où je me dirigeais vers ma jument. Je flattai son encolure puis me baissai pour attraper sa selle.

— Nous avons perdu assez de temps à cause de ma blessure, annonçai-je en l'installant sur le dos d'Alsvid. Freya m'a dit qu'Ingemar se trouvait à trois heures de route d'ici. Plus tôt nous partirons, plus tôt nous pourrons ramener Freya chez elle et rentrer à Drömlik.

— Es-tu sûr de vouloir que cette gamine nous accompagne ?

— Elle sait où habite la völva, nous n'avons pas le choix. Et puis on ne va pas l'abandonner au milieu de nulle part. Sans compter que je pourrais avoir encore besoin de ses soins. Elle est plutôt douée de ce côté.

Magnus ricana.

— Ça ne m'étonnerait qu'à moitié que ça en soit une, elle aussi.

Je braquai la tête vers lui, mais m'abstins de répondre. Il était vrai que les connaissances de Freya sur les plantes médicinales la classaient d'office dans la catégorie des völur. C'était du moins la définition très succincte que l'on pouvait lire à leur sujet dans les livres drömliens. Ces créatures démoniaques maniaient certes les herbes et leurs vertus avec dextérité, mais de mon côté, je faisais une différence entre ces femmes enveloppées d'obscurité et les guérisseuses qui se contentaient d'utiliser ce que la nature avait à offrir pour soulager les malades. Et d'après les propos de Freya elle-même, elle soignait plutôt les animaux, aussi je repoussai l'idée qu'elle fût une semblable de cette Ingemar après laquelle nous courions.

— C'est juste une bergère, Magnus. Et elle vient avec nous. Réveille tous ces incapables, nous partons dans dix minutes.

Magnus ne discuta pas et se détourna de moi pour appeler les troupes.

14
FREYA

Réveillée par un brouhaha général, j'ouvris les yeux. La première chose que je vis fut l'emplacement où Søren était allongé la veille. Il était vide. Je me redressai sur mon séant et, les paupières encore lourdes de sommeil, j'observai les soldats s'agiter de toute part. Occupés à harnacher leurs chevaux, aucun ne prêta attention à moi. Je cherchai Søren du regard parmi eux. Je le repérai un peu en retrait, occupé à caresser sa monture déjà sellée. Je me levai et allai le rejoindre.

— Bonjour !

Il se retourna. Ses traits tendus se décrispèrent légèrement en me voyant. Pas beaucoup plus, mais suffisamment pour qu'il me gratifie d'un sourire.

— Bonjour, Freya.

— Vous semblez aller mieux.

— Oui, grâce à vos bons soins. Merci encore.

— Avec plaisir. Nous partons ?

Il acquiesça puis abaissa ses étriers.

— Je vous en prie, m'invita-t-il en désignant son cheval d'un geste de la main. Elle s'appelle Alsvid.

J'hésitai un instant, m'attendant, je ne savais trop pourquoi, à voir Magnus s'interposer, mais il m'ignora royalement. J'en conclus qu'il préférait voyager seul. Cela m'arrangeait, je n'avais guère envie de passer le reste du trajet en sa compagnie non plus. Je me hissai sur le dos de l'équidé. Une fois que je me fus bien installée, Søren grimpa à son tour.

— Doucement avec votre blessure, lui conseillai-je.

Il se contenta de m'adresser un hochement de tête et se cala dans sa selle. Avant même qu'il m'intime de le faire, j'enroulai mes bras autour de sa taille. Je le sentis se tendre et je devais avouer que cette proximité soudaine avec lui me troubla plus que je ne voulais me l'avouer. Je ravalai néanmoins ma gêne.

— En route ! ordonna-t-il.

Sans attendre que ses hommes réagissent, il avança sur plusieurs mètres puis allongea le pas. Lorsque sa troupe se rassembla derrière lui, il lança Alsvid au galop.

Nous chevauchâmes à vive allure sur la voie qui semblait s'étirer à l'infini. Lorsque le prochain croisement se profila enfin, je glissai la direction à suivre à l'oreille de Søren pour nous éviter un arrêt inutile. Il s'exécuta sans prononcer un mot. Nous parcourûmes de nombreux chemins, tournant et virant dans un labyrinthe de verdure. Le paysage défilait sous mes yeux sans que je me lasse de le regarder. Tudag n'était pas le royaume de mes rêves, mais il avait pour lui de beaux coins.

— Nous devrions faire une pause, lui suggérai-je au bout d'une heure. Vous êtes fatigué.

— Malheureusement, c'est impossible. Le temps nous est compté, notre reine nous attend au plus vite.

Ynglinga. Je me disais parfois que si nous avions une souveraine telle qu'elle à la tête de Tudag, notre royaume ne s'en porterait que mieux. Mais mon père estimait que nous avions le roi que nous méritions. *Un coupeur de têtes, un égoïste et un fainéant, tu parles d'une chance,* songeai-je avec une certaine amertume. Une dizaine de minutes plus tard, Søren allongea de nouveau le pas et Alsvid repartit au galop. Je refermai mes bras autour de Søren et me laissai porter.

Deux nouvelles heures s'écoulèrent et je reconnus enfin le domaine sur lequel était bâtie la maison d'Ingemar. D'un signe de la main, je désignai à Søren un petit chemin sinuant entre les hautes herbes.

— C'est par ici, Ingemar habite tout près de là.

Søren exerça une pression sur ses rênes et s'engagea dans le sentier bordé d'arbres aux troncs noueux dont les racines disparaissaient sous de nombreuses fougères. Les chevaux repassèrent au pas et, tandis qu'ils ponctuaient le silence de leurs renâclements, je réalisai que les épaules de Søren s'étaient légèrement affaissées.

— Je vous avais bien dit que vous auriez dû faire une pause, lui fis-je remarquer.

— Ne craignez rien, je vais bien.

— Il n'empêche que vous êtes fatigué.

Au loin, une chaumière se profila.

— Est-ce la maison de la völva ?

— Oui, c'est elle, confirmai-je.

Søren ralentit un peu plus son cheval comme s'il appréhendait d'arriver trop tôt à destination. Je m'en étonnai, lui qui semblait jusque-là si pressé de trouver Ingemar. Peut-être appréciait-il tellement ma compagnie qu'il avait envie de prolonger ce moment. *Que tu es bête*, me lançai-je en levant les yeux au ciel. Je me réjouissais tout de même du voyage de retour, collée contre son dos, les mains autour de sa taille.

— Idiote, murmurai-je.

Søren tourna légèrement la tête.

— Vous m'avez parlé ?

— Moi ? Non, non, rétorquai-je, trop heureuse qu'il ne puisse voir le rouge qui venait d'embraser mes joues.

Pour oublier mes malheureuses paroles, je me focalisai sur la maison d'Ingemar. Je n'avais mis les pieds ici que deux fois. La première quand ma mère, qui n'arrivait pas à tomber enceinte, s'était décidée à la consulter. La visite avait été productive ; trois mois plus tard, elle attendait Linus. La seconde lorsque mon cousin s'était brûlé le bras en basculant sur un feu de jardin. À coup de prières et d'onguent, Ingemar avait réussi à barrer la douleur et toutes ses lésions s'étaient résorbées dans les jours qui avaient suivi.

Søren reprit ses rênes en main et je perçus sa crispation. Une tension dans tout son corps.

— Vous avez peur d'Ingemar ?

Il resta quelques instants silencieux, cheminant sur le sentier avec la lenteur d'un escargot.

— Je n'aime pas vraiment les völur.

— Pourtant, elles sont bien utiles.

— Dites cela aux pauvres animaux qu'elles sacrifient pour effectuer leurs rituels et aux victimes de leurs vilains tours, riposta-t-il.

— Hmm, vu sous cet angle, forcément…

— La première fois que j'en ai croisé une, c'était au nord de Viku. Mon père était venu rendre visite à une amie de la famille et je l'accompagnais. Sa voisine était une völva du nom d'Ida, elle était aussi laide que malcommode.

— Une vieille chouette alors, me moquai-je gentiment.

— J'avais six ans. À cet âge, on est impressionnable. Toujours est-il qu'en plus d'être terrifiante, je l'ai surprise en train de sacrifier un veau à l'arrière de sa maison puis de barbouiller le corps nu d'un garçon avec le sang de ce pauvre animal. Depuis ce jour, ma peur s'est muée en haine pour les völur.

— Elles ne sont pas toutes comme ça, vous savez. Mais je vous accorde que parfois, leurs méthodes sont un peu étranges.

— Permettez-moi d'en douter. À mes yeux, les völur ne savent que semer le malheur et la discorde.

— Dans ce cas, j'imagine que vous ne devez pas avoir très envie de rencontrer Ingemar.

— On ne peut rien vous cacher, lâcha-t-il en s'arrêtant. Mais je n'ai pas le choix, les ordres sont les ordres.

Il mit pied à terre tandis que Magnus nous rejoignait. Sans se soucier de sa présence, Søren me tendit la main pour m'aider à descendre. Je la saisis et me laissai glisser le long du flanc du cheval. Je me réceptionnai maladroitement et manquai de me tordre la cheville. Søren me rattrapa de justesse et je pus me rétablir.

— Pas de mal ?

— Non, tout va très bien, le rassurai-je. Et vous ? Votre blessure ?

Il haussa une épaule en guise de réponse et j'en déduisis qu'il souffrait encore, ce qui pouvait se comprendre. On ne guérissait pas d'une telle plaie en un claquement de doigts. Mais pour l'heure, il avait autre chose à faire que se reposer.

— Connaissez-vous bien cette Ingemar ? me demanda-t-il.

— Sans plus, nous nous croisons souvent, mais ce n'est pas une confidente ni une amie.

— Ce sera suffisant pour que vous nous la présentiez.

— Si vous y tenez.

Magnus et Søren observèrent un petit moment la chaumière à la façade décrépie où vivait Ingemar. Une allée mal entretenue, bordée de fleurs bleues que tout le monde par ici appelait *les violettes des völur*, menait jusqu'à la porte de bois vieillissante. Søren fut le premier à l'emprunter. Magnus et moi le suivîmes en silence.

Søren s'écarta ensuite du battant pour me laisser le passage. À l'instant où je levai la main pour frapper, la voix d'Ingemar résonna depuis l'intérieur de la maison.

— Entrez donc, voyageurs !

15
SOREN

Freya tourna la poignée. La porte s'ouvrit dans un grincement. Rien qui donnait envie de s'aventurer dans la tanière d'une fichue völva, mais cela ne sembla pas gêner Freya qui franchit le seuil de la maison sans hésitation. Magnus et moi pénétrâmes à notre tour dans l'antre de cette Ingemar. Nous débouchâmes directement dans une large pièce dont le pâle éclairage était dispensé par des dizaines de bougies disséminées aux quatre coins de la salle. Mon regard s'arrêta sur une des étagères qui masquaient les murs. Sur chacune des planches qui la composaient dormaient des bocaux de différentes tailles dont les couleurs variées donnaient un aspect presque sympathique à cet étalage. Un aspect qui se mua très vite en quelque chose de bien plus inquiétant lorsque je vis ce qu'ils contenaient.

Si certains n'abritaient que des bouquets d'herbe séchée, dans d'autres flottaient des choses indéfinissables dans un liquide trouble. Je n'osai imaginer de quelles horreurs il pouvait s'agir, mais quand je crus discerner un cœur, je réprimai une moue de dégoût et détournai la tête. Mes yeux se posèrent sur la table de rondin derrière laquelle se trouvait une femme que je supposai être la fameuse Ingemar. Avec ses cheveux argentés répartis, tel un châle, sur ses épaules un peu voûtées, son visage parcheminé et ses prunelles dans lesquelles luisait un éclat vif, presque sauvage, elle était à l'image que je me faisais d'une völva.

Magnus, Freya et moi avançâmes jusqu'à elle et nous plantâmes devant la table.

— Bonjour, Ingemar, la salua joyeusement Freya.

La vieille femme hocha la tête en retour. Je la trouvais moins terrifiante que celle de mon enfance, mais pas pour autant plus sympathique.

— Je te présente...

— Je n'ai pas besoin que tu me présentes ces hommes, ma petite, je suis encore capable de reconnaître des soldats de Drömlik quand j'en ai sous les yeux. La question est plutôt de savoir ce que tu fabriques en leur compagnie.

— Ils ignoraient comment se rendre chez toi, je leur ai indiqué le chemin. Ils ont quelque chose à te demander.

— Voyez-vous ça.

Face à la réplique acerbe de la sorcière, je me sentis presque menacé. Machinalement, je repliai mes doigts autour de la poignée de mon épée.

— Nous avons à te parler, völva, déclarai-je.

Cette dernière haussa un sourcil en me dévisageant et un léger sourire étira ses lèvres.

— Et tu as besoin de sentir le contact de ton arme sur ta peau pour cela ? Une vieille femme comme moi te ferait-elle peur ?

Les mâchoires crispées, je restai de marbre. Si cette völva était capable de remarquer et d'analyser le moindre de mes gestes, elle était donc aussi en mesure de comprendre que je me méfiais d'elle comme de la peste.

— Et qu'avez-vous à me dire de si intéressant qui nécessite que vous quittiez votre confortable petit paradis pour cette triste contrée ? reprit-elle.

— La reine Ynglinga nous a mandatés pour réclamer votre aide.

J'eus bien envie d'ajouter que si cela ne tenait qu'à moi, je m'en serais volontiers passé, mais puisqu'Ynglinga l'exigeait...

— J'espère que votre bourse est bien remplie alors, chevalier.

Magnus ne me laissa pas le temps de répondre ; il tira sa dague de sa gaine et la planta brusquement dans la table, tout près d'une des mains d'Ingemar.

— Tu n'auras rien ! Pas même une piécette ! aboya-t-il en la considérant avec froideur.

Près de moi, je perçus le sursaut de Freya, mais je n'y prêtai pas attention. Pas plus que la völva qui fixait Magnus sans un battement de cils.

— Ça suffit, Magnus. Retire ta lame et recule, lui ordonnai-je.

Il ne bougea pas, poursuivant son affrontement visuel avec Ingemar. Je lâchai un soupir agacé. Pourquoi fallait-il toujours que ce soit une lutte permanente entre lui et moi ?

— N'oublie pas qui commande ici, lui rappelai-je. Retire-la tout de suite.

Magnus ôta sa dague tout aussi brutalement qu'il l'avait plantée dans le bois et la rangea de mauvaise grâce. Il ne recula cependant pas. Bien au contraire, il garda les pieds soudés au sol comme s'il avait pris racine.

— Bien, je vous écoute, chevalier, lâcha la völva en se reconcentrant sur moi.

Je fis de même.

— La reine vous demande de nous indiquer où nous pourrions trouver une nouvelle matrice pour Drömlik.

Le visage d'Ingemar se modifia subitement, comme si un masque de froideur venait de le recouvrir. Elle me toisa d'une façon glaçante. À tel point que j'eus l'impression soudaine de me retrouver face à la völva de mon enfance. Un frisson courut le long de mes vertèbres, mais je m'efforçai de ne rien laisser paraître.

— La matrice actuelle ne fonctionne déjà plus ? s'enquit-elle.

Je me gardai bien de répondre. Si la reine voulait savoir où en dénicher une nouvelle, la raison en semblait logique.

— C'est bien dommage..., reprit-elle. Surtout pour Dröm...

— Je ne vous ai pas demandé votre avis sur le sujet, la coupai-je sèchement. Dites-nous simplement où nous pouvons trouver la nouvelle et nous partirons.

— Croyez-vous que me parler de la sorte va me convaincre de vous offrir sur un plateau l'information que vous êtes venus chercher ?

Je me renfrognai. En théorie, je me fichais bien qu'elle n'apprécie pas la façon dont je m'adressais à elle, mais en pratique, j'avais conscience que cela risquait de compliquer les choses entre nous. Je m'abstins cependant de lui présenter des excuses ou de monter dans la surenchère.

— Bien... Je vais voir si je peux vous aider.

Elle ramena sa main droite vers la bande de peau entre ses deux sourcils où étaient tatoués les mêmes points que sur le visage de Freya. Ils disparurent sous son index qu'elle plaça à la verticale, dans le prolongement de l'arête de son nez. Puis ses paupières s'abaissèrent. Sa respiration devint plus rauque, plus encombrée, comme si quelque chose faisait vibrer anormalement ses cordes vocales. Magnus, Freya et moi restâmes parfaitement immobiles, chacun de nous se demandant sans doute à quoi rimait son manège. Figée, le visage aussi inexpressif que celui d'un poisson lune, Ingemar demeura dans cette position durant des minutes qui s'éternisèrent un peu trop à mon goût. Elle aurait pu être morte que cela aurait été pareil.

Inquiet de ne plus la voir réagir, je finis par lever une main dans sa direction. Freya attrapa mon bras au vol. Je lui lançai un regard interrogateur. Elle se contenta de secouer négativement la tête et de placer un doigt devant ses lèvres pour m'intimer le silence. Je supposai qu'interférer dans le processus utilisé par la völva n'était sans doute pas une bonne idée. Et puisque Freya connaissait cette Ingemar, elle devait savoir comment celle-ci travaillait. À contrecœur, je laissai mon bras retomber le long de mon corps. À présent, plus un bruit ne troublait le silence qui pesait dans cette pièce à l'ameublement spartiate. Pas même la respiration de la vieille femme, revenue à la normale. Tout en me mordillant nerveusement la lèvre inférieure, je pris mon mal en patience. Freya, elle, leva la tête pour admirer je ne savais quoi au plafond. Quant à Magnus, il semblait ruminer la dernière remontrance que je lui avais adressée.

Subitement, la völva se mit à ricaner. D'abord tout doucement, puis son rire monta dans les aigus. Interloqués par son étrange attitude et ne comprenant pas la raison de sa soudaine hilarité, Magnus, Freya et moi échangeâmes un regard.

— Pourquoi riez-vous ? lui demandai-je.

Elle rouvrit les yeux et ravala son sourire comme un serpent, sa langue fourchue. Ses lèvres reprirent l'aspect d'une simple ligne rosée cernée de ridules.

— Ici, déclara-t-elle en me fixant comme si j'étais seul dans la pièce.

— Pardon ?

— Vous vouliez savoir où trouver la nouvelle matrice. Eh bien, je vous réponds. Ici.

Je me rembrunis. À l'évidence, elle se moquait de moi.

— Comment ça, *ici* ? s'enquit Magnus.

— Eh bien… dans cette pièce.

Je tournai aussitôt la tête vers Freya et la dévisageai. Se pouvait-il qu'il s'agisse d'elle ? *Non, c'est impossible, ce n'est qu'une gentille paysanne,* me dis-je. Pourtant, nous n'étions que quatre en ce lieu et cela ne pouvait être ni la völva, ni Magnus, ni moi… Ne restait donc qu'une seule personne : Freya. Comme si elle avait compris ce qui venait de me passer par la tête, elle lâcha un petit rire nerveux.

— Pourquoi me regardez-vous comme ça ? s'exclama-t-elle, visiblement déstabilisée par mon insistance à la fixer, mais également par Magnus qui s'était mis à en faire autant.

Un pincement au cœur, je ne trouvai rien à lui répondre.

— Mais enfin, votre matrice, c'est un objet, non ? Quoi d'autre, sinon ? ajouta-t-elle.

Face à mon mutisme, ses traits se troublèrent un peu plus.

— Ne me dites pas que c'est une personne !

Tandis que je m'obstinais à la dévisager sans confirmer ce qu'elle avait déjà compris, je repensai aux paysages dont j'avais rêvé la veille. Si j'avais été trop fiévreux à ce moment-là pour faire un lien entre Freya et ceux-ci, les paroles que nous avions échangées à propos de sa passion pour la peinture me revenaient en tête. Je la revoyais me demander si je voulais découvrir ses œuvres alors qu'elle n'avait aucune toile sur elle. J'étais encore trop mal en point à ce moment pour m'en rendre compte, mais à présent, je prenais conscience de l'absurdité de ses propos. Je me souvenais du moment où elle avait glissé sa main dans la mienne tout en scrutant le ciel. Puis nous avions fermé les yeux et le spectacle dans mon esprit avait commencé. Qui mieux qu'une semeuse de rêves pouvait avoir la capacité de partager un songe avec une autre personne ? *Bon sang,* pestai-je. Pourquoi fallait-il que ce soit elle ? Je reportai mon attention sur la völva.

— Où est précisément la matrice ? m'enquis-je en espérant que cette dernière me détromperait sur mes doutes.

Ingemar ricana à nouveau avant de reprendre son sérieux.

— Chevalier, ce n'est pas *la* matrice, mais *les* matrices.

16
FREYA

Tout comme Søren, j'écarquillai les yeux, à ceci près que lui, ouvrit la bouche à faire s'engouffrer une volée de mouches dans son gosier. Il la referma à peine une seconde plus tard sans qu'aucun mot n'en sorte. Magnus, Søren et moi étions sous le choc, et moi sans doute plus que ces deux chevaliers. Non seulement je venais d'apprendre que la matrice était une personne, mais qu'en plus, elle se trouvait dans cette pièce et qu'il y en avait deux ! Tant de révélations en si peu de temps que j'en avais le vertige.

— Qu'avez-vous dit ? s'exclama subitement Magnus.

— Vous m'avez très bien entendue, riposta Ingemar sur le même ton sec dont il avait usé pour s'adresser à elle.

Pour la seconde fois, il s'approcha de la table et tapa du poing dessus. Si fort que je sursautai. Sans se départir de son expression impassible, Ingemar plissa les paupières. Je la trouvais courageuse de tenir tête à un homme dont la carrure en aurait intimidé plus d'un. Mais visiblement, il ne lui faisait aucunement peur.

— Qui ? l'interrogea-t-il sans que Søren intervienne pour le remettre à sa place.

Ingemar esquissa un sourire dans lequel il me sembla discerner une pointe de sournoiserie. Moi qui la considérais depuis toujours comme une personne aimable et bienveillante, j'étais troublée. Ici, elle m'apparaissait sous un nouveau jour. L'atmosphère de la pièce se refroidit d'un coup. Je ne m'en expliquai pas la raison, mais elle était devenue lourde, presque oppressante.

— Pas vous en tout cas… Ni moi, bien évidemment, répondit Ingemar sans un battement de cils.

Ses paroles résonnèrent d'une drôle de façon en moi et si je n'étais pas allée longtemps à l'école, j'étais néanmoins assez intelligente pour comprendre qu'un et un faisaient deux. Si ce n'était ni Magnus ni Ingemar, il ne restait plus que Søren et moi…

Lorsque Magnus braqua la tête dans notre direction, à tous deux, un malaise diffus m'envahit. En faisant mon possible pour que ces soldats m'emmènent voir du pays, je ne me serais jamais figuré devoir commencer par soigner leur meneur puis me retrouver dans cette situation invraisemblable. Je n'aurais tout simplement pas imaginé être une de ces matrices dont la souveraine de Drömlik semblait avoir un besoin urgent et vital.

D'un mouvement rapide, Magnus posa sa main sur la poignée de son épée. Søren me poussa aussitôt derrière lui et recula d'un pas, m'obligeant à l'imiter. J'ignorai si son geste avait pour but de me protéger ou bien de me dégager de son chemin, mais je ne courus pas le risque de quitter la sécurité qu'il m'offrait en faisant rempart de son corps.

Magnus tira son épée de son fourreau et en braqua la pointe vers Søren.

— Qu'est-ce qui te prend, Magnus ? Range cette épée tout de suite !

Mais l'homme ne daigna pas obéir et avança vers nous d'un air menaçant. Søren recula d'un nouveau pas et j'en fis autant.

— Nous sommes venus ici chercher la matrice. Et de toute évidence, nous l'avons trouvée. Nous *les* avons trouvées. La bergère et toi allez devoir me suivre.

— Tu n'y penses même pas ! Cette völva raconte n'importe quoi. Je ne suis pas une matrice ! C'est ridicule ! protesta Søren avec véhémence.

— Ça, c'est toi qui le dis. Si j'en crois cette völva…

Søren sortit à son tour son épée.

— Cette folle ment ! Elles le font toutes ! riposta-t-il.

— Je dis la vérité, lâcha Ingemar sans qu'aucun d'eux se soucie d'elle.

— Donc elle ment à mon sujet également ? me permis-je d'intervenir.

— Je dis la vérité ! répéta Ingemar plus fort.

Magnus et Søren ignorèrent ma question, trop occupés à s'affronter. Je reportai un regard apeuré sur Ingemar qui suivait avec un certain amusement la confrontation entre les deux chevaliers. Alors que ces derniers continuaient à s'invectiver et à se menacer mutuellement, elle plongea ses yeux dans les miens, comme si elle cherchait à m'hypnotiser. Elle m'adressa un signe discret de la main. Je n'y prêtai aucun intérêt, trop angoissée par ce qui se déroulait dans cette pièce.

— Est-ce que quelqu'un va se décider à m'expliquer ce qui se passe ici ? m'écriai-je.

Face à la volonté évidente des deux hommes de m'ignorer, ma peur se chargea de colère. La situation était électrique et rien de bon ne semblait pouvoir en découler. À nouveau, mon attention fut captée par Ingemar qui réitéra son geste en me fixant avec insistance. Je mis quelques longues secondes à comprendre, mais lorsqu'elle appuya ce dernier d'un hochement de tête, les choses s'éclaircirent dans mon esprit. Elle voulait que je profite de l'affrontement entre Magnus et Søren pour filer d'ici.

J'hésitai un instant, persuadée qu'ils allaient m'en empêcher, d'une façon ou d'une autre. Je ne tenais pas à me prendre un coup d'épée. Toutefois, Ingemar avait raison, le moment n'était pas le mieux choisi pour espérer obtenir des réponses à toutes les questions qui tournaient dans ma tête. Je devais penser à moi et à ma sauvegarde avant tout. Discrètement, je fis un pas en arrière, puis un deuxième. Ni Magnus ni Søren ne s'en préoccupèrent. Sans détacher les yeux des deux hommes, je continuai à reculer jusqu'à ce que mon dos se retrouve en contact avec les étagères qui masquaient les murs. Je les longeai alors en prenant garde à ne pas faire tomber de bocaux. Lentement, sûrement, je me rapprochai de la sortie.

Quand elle fut à ma portée, je repliai mes doigts sur la poignée. Mon cœur tapait comme un fou dans ma poitrine. La crainte que l'un des deux chevaliers ne remarque mon petit manège ne me quittait pas. *Allez, Freya !* m'encourageai-je mentalement. J'ouvris la porte. Son léger grincement attira tout de suite l'attention des deux hommes qui tournèrent la tête dans ma direction. Je ne réfléchis pas plus longtemps et me ruai à l'extérieur sans demander mon reste.

— Cette petite sotte a filé par ta faute, Søren ! aboya Magnus.

Les soldats de la troupe, toujours sur leurs montures, étaient rassemblés non loin de là et discutaient à bâtons rompus. J'eus une hésitation, mais le temps pressait et je devais m'éloigner d'ici avant que Magnus et Søren me mettent le grappin dessus. Je bifurquai à toute vitesse vers l'arrière de la maison. Moins de quelques secondes plus tard, j'entendis Søren crier, sans doute à l'attention de ses hommes :

— Vite ! Il faut la rattraper !

Sa voix et celle de Magnus s'estompèrent à mesure que je m'éloignai. Je me précipitai vers les fougères qui poussaient entre les arbres. J'avais l'avantage de mieux connaître l'environnement que ces Drömliens, et la distance que je mettais entre eux et moi était ma seule chance de pouvoir leur échapper. Après m'être suffisamment enfoncée parmi la végétation, je m'arrêtai et m'accroupis pour observer ce qui se passait. Étonnamment, aucun soldat n'avait encore fait irruption dans cette partie du terrain. Cela m'arrangeait, mais j'avais tout intérêt à avoir disparu lorsqu'ils se décideraient à envahir les lieux.

Au moment de repartir, un point de côté me cisailla le flanc droit. Je réprimai un gémissement de douleur puis levai la tête. Si je ne pouvais plus courir pour le moment, il me restait une solution. Je posai mes mains sur l'écorce d'un arbre touffu et commençai à l'escalader.

17
SOREN

Alors que nous nous opposions quelques minutes plus tôt, Magnus et moi scrutions à présent tous les deux les environs, à la recherche de Freya. Les arbres qui nous cernaient, comme autant de barreaux d'une geôle, ne dévoilaient aucune présence et les hautes herbes restaient immobiles. Pourtant, elle ne devait pas être bien loin, elle n'avait guère beaucoup d'avance sur nous et sans cheval, elle ne pouvait pas avoir parcouru énormément de chemin.

— Où est passée cette gamine ? grogna Magnus.

Je l'ignorai. Si lui avait déjà oublié m'avoir menacé de son épée dans la maison de la völva, moi, je l'avais toujours en tête. Sans attendre un ordre de ma part qu'il considérait sans doute comme superflu, il se précipita vers les soldats qui discutaient entre eux non loin de là pendant que leurs montures broutaient.

— Où est passée la fille ? leur aboya-t-il. La fille ! Où est-elle ?

J'observai les hommes se concerter du regard.

— Nous n'avons vu personne, répondit l'un d'entre eux.

— Comment ça, *personne* ? Vous vous moquez de moi ? Elle est sortie de cette masure il y a à peine quelques instants. Vous auriez dû la voir si vous aviez fait votre travail de surveillance !

Les soldats, au lieu de répliquer, se contentèrent de baisser les yeux. Lorsque Magnus haussait le ton, mieux valait se taire. Aucun doute sur ce point, il était bien plus doué que moi quand il s'agissait de houspiller les autres. Son tort était cependant de croire que tout pouvait se régler à coups d'ordres et de menaces en crevant les tympans des gens... Nous étions à l'opposé l'un de l'autre en matière de commandement, c'était un fait avéré.

— Bon sang, mais quelle bande de chiffes molles ! Secouez-vous et trouvez-moi cette fille !

Ils descendirent à toute vitesse de cheval et se dispersèrent parmi les herbes comme si un démon leur filait le train. Je me détournai de ce spectacle, préférant essayer de me mettre dans la tête de Freya. Qu'aurais-je fait pour éviter l'obstacle conséquent que représentaient les hommes postés à l'avant de la maison ? Je me retournai. Un chemin de terre menait à l'arrière. *Oui, forcément, elle est passée par là*, songeai-je. Je fis signe à deux soldats qui fouillaient les herbes un peu plus loin. Ces derniers arrivèrent au pas de course vers moi.

— Répartissez-vous derrière le bâtiment, elle a dû filer par là.

Ils s'exécutèrent sur le champ et moins de quelques instants plus tard, ils disparaissaient parmi les fougères. Je m'apprêtai à en faire autant quand je réalisai soudain que Magnus m'observait depuis l'endroit où il se tenait. Je m'attardai à le défier du regard. Il se dirigea alors vers moi et je regrettai de lui avoir accordé, ne serait-ce qu'une seconde de mon temps. Je ne baissai pas les yeux lorsqu'il se plaça face à moi.

— Si la fille a réussi à filer au nez et à la barbe des hommes, il n'est pas dit que l'on puisse la retrouver, me lança-t-il tout en considérant les soldats qui s'affairaient à fouiller les environs.

— Ils la rattraperont, j'en suis certain.

— Mmh, grommela Magnus.

Il se reconcentra sur moi.

— Tu sais, Søren...

L'expression de son visage m'inspira tout, sauf de la confiance.

— Je vais aller chercher de mon côté, dis-je en reculant.

Je n'allai pas bien loin. Mon dos heurta quelque chose qui piqua ma peau et je me figeai. Je lâchai un soupir dépité. Par acquit de conscience, et même si j'avais parfaitement compris ce dont il s'agissait, je jetai un coup d'œil par-dessus mon épaule. La pointe de l'épée calée contre ma colonne vertébrale confirma mes craintes. Au bout de celle-ci, l'un des soldats que j'avais envoyés fouiller les fougères.

— À quoi est-ce que tu joues, imbécile ? lui demandai-je.

Il resta silencieux, mais lorsqu'il reporta son regard sur Magnus, je réalisai que je venais de tomber dans un piège.

— Si on ne peut pas récupérer la fille..., reprit Magnus, il n'est pas question de laisser filer l'autre matrice.

Autrement dit : moi. Je le considérai, de la colère au fond des prunelles. Que Magnus me trahisse ne me surprenait pas plus que cela, mais que mes hommes se rallient à lui était beaucoup plus difficile à accepter. Le second soldat, envoyé par mes soins chercher Freya, arriva à son tour et m'arracha mon épée de la main avant de s'emparer de ma dague. Désarmé, je secouai la tête d'un air réprobateur.

— Vous serez châtiés pour votre déloyauté, crachai-je. Quant à toi, Magnus, tu commets une grave erreur.

— Je fais ce qu'il faut pour sauver Drömlik en lui ramenant une matrice, ni plus ni moins.

— Non, Magnus, ce que tu fais, c'est permettre à la véritable matrice de s'échapper. Et pour ça, notre souveraine te fera décapiter, lui crachai-je.

— Raison de plus pour ne pas courir le risque de perdre la seconde.

— Mais puisque je te dis que je ne suis pas...

— La völva a été très claire, Freya et toi êtes des matrices.

— Je n'ai pas souvenance qu'elle ait prononcé mon nom en ce sens.

— Ne joue pas sur les apparences, elles ne trompent personne. La reine décidera de ton sort.

— Tout ça t'arrange bien, finalement. Tu choisis de laisser filer Freya parce que tu n'as pas envie de la rattraper. Ainsi tu pourras prendre légalement ma place. J'imagine à quel point tu dois jubiler, mais ne te réjouis pas trop vite.

Magnus dodelina un instant de la tête.

— Nier que cette affaire est une belle opportunité pour moi serait mensonger. Mais crois-moi, j'ai eu de multiples occasions de me débarrasser de toi. J'aurais pu te laisser te vider de ton sang dans la forêt et devenir le repas des lamparögs ; au lieu de cela, je t'ai sauvé. Ce que je fais là est parfaitement légitime et non intéressé. Tu es une matrice, je te mets donc aux arrêts en tant que telle.

Je pestai intérieurement. Il fallait croire que Magnus n'avait pas si tort que cela lorsqu'il prétendait que j'étais trop jeune pour commander. Trop jeune pour imaginer qu'on allait me planter un couteau dans le dos et me traîner plus bas que terre, je l'étais sans conteste.

— Pense ce que tu veux, Søren, je suis juste loyal envers notre souveraine, reprit Magnus.

Je ne gaspillai pas plus de salive et de temps à lui donner la réplique, Magnus ne me libérerait pas avant de m'avoir livré à la reine, c'était une certitude. Désormais, mon salut se trouvait entre les mains d'Ynglinga et du gardien de la matrice. L'un et l'autre se rendraient vite compte qu'il y avait méprise me concernant. Cela prendrait une journée, peut-être deux, avant que je ressorte libre de la tour aux rêves.

— Entravez-le, ordonna Magnus.

Tandis que le soldat qui m'avait privé de mes armes surveillait le moindre de mes mouvements, l'autre tira mes bras en arrière. Je serrai les dents en sentant le métal glacé des menottes qu'il glissait autour de mes poignets. Il les referma dans un déclic puis m'entraîna de force vers mon cheval.

Magnus me jeta un regard dans lequel je n'eus aucun mal à lire toute la rancœur qu'il éprouvait à mon égard depuis qu'il était sous mes ordres. Une rancune accompagnée d'une jouissance indéniable pour avoir eu le dernier mot.

— Tu paieras cher cette méprise, Magnus ! aboyai-je à son intention.

— Ne t'inquiète donc pas pour moi, mon jeune ami. Chaque chose à sa place et une place pour chaque chose. Mettez-le en selle et veillez à ce qu'il y reste, sinon je vous tranche la gorge, ordonna-t-il aux deux soldats qui m'encadraient.

Les deux traîtres se débrouillèrent comme ils purent pour me forcer à grimper sur Alsvid. Cela fut laborieux, autant pour eux que pour moi, mais ils y parvinrent. Ensuite, l'un d'eux attrapa mes rênes et les garda en main tandis que l'autre plaçait son propre cheval devant ma jument pour la bloquer. Raide sur ma selle, une douleur sinuant de mes poignets entravés jusqu'à mes épaules nouées, j'observai Magnus qui attendait le retour des troupes. De longues minutes s'écoulèrent durant lesquelles je vis les fougères agitées de secousses alors que les soldats les fouillaient avec la lame de leur épée. Mais ils revinrent bredouilles. *Finalement, Freya est plus maligne qu'eux*, en conclus-je. Quelque part au fond de moi, je m'en réjouissais presque. Même si cela impliquait que je me retrouve dans le rôle de la matrice à sa place.

Magnus pivota sur ses talons, croisant mon regard. Je ne me gênai pas pour esquisser un petit sourire.

— Dommage, lui lançai-je.

— Pour toi surtout, riposta-t-il.

Il retourna vers sa monture, se hissa sur sa selle puis saisit les rênes de mon cheval que le soldat lui tendait.

— Maintenant, sois gentil, Søren, tais-toi et profite du voyage.

Sans se soucier de savoir si je comptais lui répondre, il leva son bras libre en guise de signal.

— Nous partons !

Tous les hommes reformèrent les rangs. Magnus et moi en tête, nous reprîmes le chemin par lequel nous étions arrivés en laissant Freya derrière nous, où qu'elle se cache.

18
FREYA

Du haut de l'arbre dans lequel je m'étais réfugiée, je regardai les cavaliers repartir. À présent qu'ils avaient eu la réponse à leur question sur cette matrice, je supposai qu'ils allaient retourner dans leur royaume. C'était sans doute une chance pour moi qu'Ingemar en ait désigné deux, sans quoi ces Drömliens seraient toujours en train d'essayer de me mettre la main dessus. Je m'étonnais cependant de la rapidité avec laquelle ils avaient abandonné leurs recherches, comme s'ils ne tenaient pas vraiment à me retrouver, finalement. Tout en descendant de mon perchoir, je me remémorai la façon dont Magnus avait mis Søren aux arrêts. Si je n'avais pas entendu un traître mot des paroles que les deux hommes avaient échangées à ce moment-là, je n'avais pas manqué de voir la dureté des gestes de Magnus.

Peut-être avait-il agi ainsi parce que Søren refusait de se soumettre, mais je pensais surtout que c'était pour lui l'occasion de régler des comptes. *Et toi, te serais-tu soumise ?* me demandai-je. Je n'avais pas besoin de répondre pour savoir que lorsqu'on voulait me contraindre, je me rebiffais systématiquement ; que je sois terrifiée ou non n'y changeait rien. Je cultivais mon esprit rebelle depuis toujours. N'était-ce pas pour cela que je m'opposais sans arrêt aux décisions de mes parents ? Il n'empêchait que le sort de Søren me paraissait peu enviable. À peine rétabli, il se retrouvait menotté. Je gageai qu'il se souviendrait longtemps de son séjour à Tudag. Et certainement pas en bien.

— Pourquoi est-ce que je m'inquiète pour lui alors qu'il voulait me capturer ?

J'ignorais pourquoi j'éprouvais de la peine pour lui. Sans doute m'avait-il touchée d'une certaine façon, non seulement parce qu'il m'était apparu fragile à cause de sa blessure, mais également courageux pour avoir combattu un lamparög et gagné la bataille... Mais la vérité, j'en avais bien conscience, c'était surtout que la curiosité et l'intérêt qu'il avait manifestés à mon égard en tant que personne et artiste m'avaient remuée et le faisaient encore. Malgré les signes ostensibles de richesse que ses bijoux suggéraient, à aucun moment il ne m'avait parlé de façon insultante ni regardé de haut comme Magnus l'avait fait à plusieurs reprises. *Tu es trop sentimentale, c'est tout,* conclus-je en époussetant ma robe.

— Oh non ! grognai-je en découvrant un accroc sur l'une de mes manches.

Encore une raison pour mes parents de me sermonner. Au prix où était le tissu, je ne risquais pas d'avoir une nouvelle tenue de sitôt.

— Au point où j'en suis, de toute façon.

Je remontai le chemin menant à la maison d'Ingemar et toquai à la porte.

— Entre ! entendis-je.

Je pénétrai dans la bâtisse et refermai derrière moi.

— Te revoilà, me lança Ingemar en déposant une théière sur sa table avant de s'installer sur sa chaise.

Elle remplit un bol de gré ébréché ; une volute de fumée s'en éleva, formant un écran de fumée devant son visage. Je m'avançai et tirai un petit tabouret pour prendre place face à elle.

— Ils sont enfin partis ?

Je hochai la tête puis m'assis.

— Désires-tu un peu de tisane ? Je la confectionne moi-même.

Troublée par la légèreté de sa question alors que je venais de vivre un moment pénible, je restai à la fixer sans dire un mot.

— Eh bien ? Tu n'en veux pas ?

— Oh euh… si, bien sûr. J'ai beaucoup couru, je meurs de soif.

Ingemar poussa un bol vide devant moi et le remplit de moitié. Je la remerciai d'un sourire timoré. C'était bien la première fois que je me sentais si mal à l'aise avec elle, mais à présent que j'avais découvert une facette plus sombre de sa personne, je la voyais sous un angle différent. J'en arrivais même à comprendre le rejet de Søren à l'égard des völur. Ingemar était passée de bienveillante à inquiétante.

— Alors, dis-moi, ces imbéciles se sont-ils entretués ?

— Pas que je sache. Ils ont juste menotté leur chef et sont partis.

Ingemar s'esclaffa.

— D'où qu'ils viennent, les soldats sont tous des idiots. Toujours à agir dans la violence et sans réflexion. Pour sûr, de véritables ânes bâtés, et ceux de Drömlik plus encore.

— Pourquoi ?

— Parce qu'ils croient que tout leur est dû sous prétexte qu'ils possèdent quelque chose qu'aucun autre royaume ne possède.

— Et quoi donc ?

Elle garda le silence, visiblement peu désireuse d'engager la conversation sur ce sujet. J'imaginais qu'elle faisait référence à la matrice. Je me résolus à porter mon bol à mes lèvres et avalai une gorgée de la décoction. Un mélange de puissants arômes floraux se répandit dans mon palais tandis que le liquide dévalait ma trachée dans une légère brûlure. J'observai Ingemar qui chourlait sa tisane sans se préoccuper de moi. Des tas d'interrogations continuaient à tourner dans ma tête depuis qu'elle m'avait fait comprendre que j'étais une matrice, moi aussi. Je me mordillai l'intérieur de la joue avec nervosité pour me retenir de l'assommer de questions.

— Ingemar ? finis-je par lâcher lorsque je n'y tins plus.

— Oui, ma petite Freya ?

— Qu'est-ce que la matrice de Drömlik, exactement ?

La vieille femme reposa son bol avec une certaine brusquerie, puis croisa ses doigts déformés par les rhumatismes.

— As-tu remarqué qu'il faisait toujours beau à Drömlik ?

Interloquée par sa réponse qui n'en était pas une et qui n'avait strictement rien à voir avec ma propre interrogation, je la considérai dans un froncement de sourcils.

— Tu as perdu ta langue, ma petite ?

— Non, elle est toujours bien accrochée, je vous rassure.

— Eh bien ?

— Quand je regarde Drömlik depuis la butte de Skáld, le ciel y semble toujours au beau fixe, c'est vrai. Mais je ne vois pas le rapport avec la matrice.

— Pourtant, ça en a un.

J'avalai une nouvelle gorgée de tisane.

— Comment ça ?

— Tu ne l'as peut-être jamais remarqué, surtout depuis le tertre de Skáld, mais Drömlik possède son propre soleil.

J'écarquillai les yeux.

— Mais enfin... c'est impossible ! Tout le monde sait qu'il n'y a qu'un seul soleil dans le monde.

— Le ciel que tu vois n'est qu'une sorte de dôme qui masque celui que nous connaissons. Il en va de même pour le soleil de Drömlik, de telle manière que les marchands se rendant là-bas n'ont même pas conscience de cela. Il est de plus placé si bas qu'il n'est pas visible depuis les autres contrées.

Déconcertée, je demeurai muette comme une carpe.

— En vérité, ma petite Freya, rien de ce qui se trouve à Drömlik n'est réel.

Mon trouble s'intensifia un peu plus encore. Je ne comprenais rien de ce qu'elle me racontait, et pendant un instant, je me surpris à penser qu'Ingemar commençait à perdre la tête. Après tout, elle était bien plus vieille que nombre de personnes âgées dans le village. Elle était cependant si sérieuse que je doutai de mes propres conclusions à son sujet.

— Que veux-tu dire par là ?

— Que cet endroit existe sans réellement exister.

Cette fois-ci, j'en étais certaine, Ingemar avait perdu la raison. Cela dut se voir sur mon visage, car elle m'adressa un clin d'œil amusé.

— Je ne suis pas du tout devenue sénile, ma petite Freya.

— Mais enfin, Ingemar... Comment le royaume de Drömlik pourrait-il ne pas être réel ? Il l'est forcément puisque les marchands itinérants peuvent s'y rendre pour les marchés ! Et puis ces soldats venus de Drömlik, je ne les ai pas inventés, tout de même !

Un sourire étira ses lèvres fines.

— Tout ce qui existe là-bas est issu de la matrice. Le ciel, les plantes, les ornementations des maisons, du château, et j'en passe. Tout émane d'elle.

J'ouvris les yeux plus grands qu'ils ne l'étaient déjà, ce qui relevait de l'exploit.

— Mais… si la matrice est une personne, comme je l'ai compris, comment est-ce possible ?

— Par les rêves, ma petite.

— Les rêves ?

Ingemar hocha la tête.

— La matrice est effectivement une personne, mais pas n'importe laquelle. Elle est dotée d'un don particulier.

— Lequel ?

— Elle rêve.

— Elle… rêve ? répétai-je, stupéfaite.

— Exactement, et ce sont ses songes qui alimentent Drömlik. Voilà pourquoi tout y est si parfait en apparence. Et voilà également pourquoi Ynglinga a un besoin désespéré d'en trouver une nouvelle. Parce que si l'ancienne s'éteint, le vrai visage de son royaume resurgira, et crois-moi, ma petite, il n'a rien d'aussi plaisant que le paradis qu'il offre à ses habitants et aux marchands de passage.

— Mais… moi… Pourquoi m'as-tu désignée ? bredouillai-je.

— Parce que tu es bel et bien une matrice, Freya… Autrement dit, une semeuse de rêves.

— Une semeuse de quoi ? Mais non, voyons, vous vous trompez !

— Allons, ma petite, n'as-tu jamais fait de rêves qui devenaient réalité ? Dis-moi la vérité.

Je détournai les yeux et fixai la bougie posée sur la table. Comment pouvait-elle savoir ce dont j'étais capable en matière de songes ? *C'est une völva, elle sait tout*, me répondit une voix venue des tréfonds de mon esprit.

Ainsi donc, mon don portait un nom… J'étais une semeuse de rêves.

19
SOREN

Notre troupe repassa au pas alors que l'entrée de Drömlik ne se trouvait plus qu'à un jet de pierre de là. Magnus resserra sa pression sur les rênes de mon cheval. Peut-être craignait-il que je ne lui ordonne de partir au galop d'un claquement de langue, mais pour cela, encore aurait-il fallu que je sois en mesure de le contraindre à rebrousser chemin alors que notre groupe de soldats, à l'arrière, bloquait le passage. J'avais eu le temps du voyage pour réfléchir à ma situation et j'en avais conclu qu'il était plus judicieux de plaider ma cause devant la reine plutôt que de devenir un fugitif pour de mauvaises raisons.

Notre troupe avança au pas jusqu'à l'entrée est de Drömlik. Les gardes, postés devant celle-ci et armés de lances, posèrent aussitôt des regards étonnés sur moi. À raison, ils m'avaient vu partir en meneur et me retrouvaient en prisonnier au retour, on aurait été surpris à moins que ça.

— Libérez le passage, leur ordonna Magnus.

Ils ne bougèrent pas, comme si Magnus n'avait aucune légitimité à leurs yeux en matière de commandement. J'appréciai à juste titre leur hésitation. Il me restait encore quelques fidèles parmi les soldats…

— Vous êtes sourds ? gronda Magnus. Dégagez du chemin sur-le-champ !

Les hommes braquèrent les yeux vers moi, attendant que je m'exprime. Je me contentai d'un hochement de tête pour leur faire comprendre que je validais l'ordre de Magnus et ils s'effacèrent du passage. Sans un remerciement, Magnus donna un coup de talon dans les flancs de sa monture qui reprit sa progression, imitée par Alsvid. Il opta pour une rue sur notre gauche. Peu fréquentée, l'artère était assez large pour permettre à nos deux chevaux de se tenir côte à côte. Le claquement de leurs sabots sur les pavés emplit le silence qui régnait sur les lieux. Un écho familier que je n'avais plus entendu depuis notre départ pour Tudag, cette contrée où tout n'était que chemins bourbeux grossièrement définis, routes qui n'en avaient que le nom et sentes enfouies sous des flots de fougères irritantes. Sans compter les nombreuses déjections animales. On ne trouvait rien de tout cela à Drömlik, les employés de la reine veillant à arpenter les rues toute la journée pour assurer leur propreté. À mesure que nous avancions, je posai les yeux sur les villageois qui croisaient notre chemin en rasant les murs lézardés des maisons. Leurs mines défaites, parfois apeurées, donnaient la mesure du dépérissement de la matrice. Notre troupe traversa la partie sud de la ville puis nous empruntâmes la longue allée bordée d'arbuscules qui menait au palais. Il était vain de prétendre que l'aspect de Drömlik était resté le même depuis notre départ. L'environnement avait changé. Tout s'était un peu plus dégradé et la voie royale en faisait, elle aussi, les frais. Les fleurs parme qui constellaient les arbrisseaux avaient disparu et les feuilles de ces derniers avaient jauni. Il n'aurait fallu qu'un coup de vent pour les chasser des branches sur lesquelles elles s'accrochaient désespérément. Drömlik virait au monochrome. Traits noirs sur fond gris. Même notre soleil n'était plus le même, ses rayons avaient drastiquement faibli et leur chaleur se résumait désormais à une caresse froide sur la peau.

— Que vas-tu dire à Ynglinga ? demandai-je soudain à Magnus.

— La vérité sur ce que tu es, rétorqua-t-il sans même m'accorder un regard.

Je restai songeur un instant en prenant de plus en plus conscience de la précarité de ma situation. Si la reine refusait de me croire, si elle prêtait plus d'importance aux paroles de la völva Ingemar, j'étais perdu. Mais si l'inverse se produisait, je n'aurais même pas à mettre un pied dans la tour aux rêves. Je rentrerais chez moi retrouver mon père et mes frères et sœurs.

— Tu lui expliqueras par la même occasion que tu as laissé filer la véritable matrice.

— Tais-toi, Søren.

Je lâchai un petit rire empli d'amertume.

— Suis-je bête, tu mentiras, bien évidemment, conclus-je.

Le visage de Magnus se rembrunit, mais il garda un silence ulcéré. Je me renfermai à mon tour dans ma bulle, c'était désormais tout ce à quoi je pouvais prétendre pour me donner un semblant de protection. Je méditai sur ce que j'allais exprimer à la reine. Je comptais tout lui expliquer de cette entrevue avec la völva. J'étais persuadé que cela desservirait suffisamment Magnus pour que sa parole soit sévèrement mise en doute. Et tandis qu'il conservait sa mine crispée, je réalisai que lui aussi était sans doute en train de cogiter sur la façon dont il allait présenter les choses.

Nous pénétrâmes dans la première cour. Magnus tira sèchement sur les rênes d'Alsvid qui leva brutalement la tête en signe de rebuffade.

— Ne t'en prends pas à ma jument pour évacuer ta colère, elle ne t'a rien fait, protestai-je.

— Combien de fois va-t-il falloir que je te dise de te taire, Søren ?

— Tu pourras le répéter cent fois, je continuerai à parler quand même.

— Ah oui ?

D'un mouvement vif, il sauta à bas de sa monture, la contourna et vint se planter à mon niveau.

— À terre.

De mauvaise grâce, je passai ma jambe droite par-dessus l'encolure de mon cheval avec une lenteur calculée, puis descendis. Magnus me jaugea avec dureté tandis que je lui faisais face et le toisai. Il fouilla dans la sacoche accrochée à sa selle et en sortit un bâillon de cuir. Je reculai machinalement jusqu'à me retrouver acculé contre l'épaule d'Alsvid. De sa main libre, Magnus harponna mon bras et me ramena plus près de lui.

— Je t'interdis, Magnus ! Je...

Il me fit pivoter d'un demi-tour puis plaça le bâillon sur ma bouche.

— Mmmmh ! Mmmmh ! hurlai-je, dévoré par la colère.

En guise de réponse, il serra la sangle à l'arrière aussi fort qu'il put.

— Voilà qui va te faire taire le temps qu'il faudra.

Je te maudis, Magnus ! enrageai-je. À présent dans l'incapacité de m'exprimer, et donc d'exposer mes opinions à la reine, j'avais juste envie de foncer tête baissée vers l'extérieur du palais. Comme s'il avait deviné mes pensées, Magnus agrippa mon bras gauche tandis que, sous son injonction, un des soldats de notre troupe nous rejoignait pour m'infliger la même punition du côté droit. Comment pouvais-je en être arrivé là quand j'étais parti de Drömlik en meneur ? Je peinai à comprendre ce renversement de situation aussi subit que violent.

Magnus et son acolyte m'entraînèrent vers la seconde cour et me firent gravir de force les marches de l'escalier. Chaque fois que je rechignais, Magnus donnait un coup de genou à l'arrière du mien pour me déstabiliser. Et pour éviter de m'effondrer contre la pierre rude, je n'avais d'autre choix que de continuer à avancer.

Nous nous engouffrâmes dans le couloir menant à la salle du trône. Il me parut plus long encore qu'à l'habitude. L'angoisse montait à mesure que nous nous rapprochions de celle-ci. Combien de chances avais-je, désormais, que la reine intercède en ma faveur ?

20

FREYA

Tout en galopant à cru sur Dolgö, un cheval prêté par Ingemar, je ruminais ma conversation avec cette dernière. Je songeais surtout à sa question sur ma capacité à muer les rêves en réalité. En toute logique, elle n'aurait pas dû le savoir puisque je n'utilisais cette aptitude que seule ou en très petit comité. Et j'étais certaine que les membres de ma famille qui m'avait déjà vue en user ne l'auraient répété à personne. Pour la bonne raison qu'ils considéraient mon don comme une honte et ne voulaient pas que l'on jette l'opprobre sur eux. Je n'avais jamais pensé que ma capacité à faire ces rêves si particuliers puisse attirer la convoitise de gens telle que la reine Ynglinga, encore moins qu'une désignation précise existait pour les personnes comme moi. Mais à présent, je savais que non seulement, je n'étais pas la seule à jouir d'une pareille aptitude, mais qu'en plus, des individus influents pouvaient s'en servir pour modifier la réalité et créer un monde fabriqué de toutes pièces. Et si la souveraine de Drömlik utilisait des individus comme moi pour modeler un monde parfait pour ses sujets, celui de Tudag ne pourrait-il pas exprimer ce même désir s'il apprenait mon existence ? Pour la première fois de ma vie, je me sentis en danger dans mon propre royaume.

Je repassai au pas, puis m'engageai sur un chemin menant au domaine de ma famille. Au fil de ma progression, le visage de Søren s'ébaucha dans mon esprit, comme une résurgence issue d'un passé tout récent. Ainsi donc, lui aussi était une matrice... Ingemar me l'avait assuré et je la savais assez fiable pour croire à ses propos. D'après elle, il existait un lien entre lui et moi, mais elle n'avait pas été en mesure de me préciser de quoi il s'agissait. Elle s'était contentée de me déclarer que c'était à moi de le découvrir. Voilà qui m'avançait bien. En attendant, si moi, j'avais conscience de mes capacités, était-ce le cas de Søren ? À sa tête, face aux révélations d'Ingemar, j'en doutais. Ou bien avait-il joué la comédie ? Après tout, il venait de Drömlik et savait pertinemment ce qu'était une matrice, il aurait donc pu tenter de convaincre Magnus qu'il n'en était pas une. *Il n'aurait pas consulté Ingemar au risque de se faire démasquer, dans ce cas,* songeai-je, dubitative sur mon raisonnement. À moins qu'il ne soit parfaitement idiot, ce qui semblait une possibilité si j'en croyais l'avis d'Ingemar sur les soldats de Drömlik.

Je me remémorai les paysages que j'avais créés de toutes pièces. Ceux-là mêmes que je lui avais montrés d'esprit à esprit, la veille. Il n'en avait pas dit un mot au réveil. Peut-être n'en avait-il eu aucun souvenir. Cela n'aurait guère été étonnant compte tenu de son état à ce moment. Néanmoins, après les explications d'Ingemar, j'avais compris que me dévoiler ainsi avec Søren avait été une erreur. *Quelle importance puisqu'Ingemar a révélé ce que j'étais à Søren et Magnus ?*

J'empruntai un nouveau chemin. Il empestait le crottin et le fumier, signe que je me rapprochais de la yorgällerie.

Je remballai mes pensées au sujet de Søren, d'Ingemar et de la matrice quand le bâtiment entra dans mon champ de vision. Puis ce fut la ferme familiale qui m'apparut et la crainte de la punition qui m'attendait revint me hanter. Mon cœur se mit à battre plus vite et mon estomac tourna sur lui-même. Je pressentais que j'allais amèrement regretter mon escapade.

Je continuai malgré tout à avancer, consciente que mon anxiété commençait à se faire ressentir sur mes mouvements. Mes doigts étaient à présent si serrés sur mes rênes que mes jointures en avaient blanchi et mes épaules étaient nouées.

Comme si elle avait senti que j'arrivais, ma mère sortit de la maison au même moment, un panier de linge coincé sous le bras. Elle me repéra tout de suite et, les yeux braqués sur moi, elle s'immobilisa. Je déglutis avec difficulté alors qu'elle posait son chargement à ses pieds et collait ses poings sur ses hanches. Une attitude qui ne trompait pas sur la colère qu'elle s'apprêtait à déverser sur moi.

J'arrêtai Dolgö à quelques mètres d'elle, puis je descendis et marchai vers elle avec appréhension, la tête inclinée et la mine crispée. Je me campai devant elle, mal à l'aise.

— Mère, je suis…, soufflai-je tout en me tordant nerveusement les doigts.

Sa main s'éleva d'un coup et retomba sur ma joue avant même que j'aie le temps de terminer ma phrase. Encore moins de voir le coup venir. *Ça t'apprendra à baisser les yeux*, me fis-je la réflexion. Dans un réflexe, je posai aussitôt ma paume sur ma pommette dans l'espoir d'éteindre le feu qui la consumait.

— Comment as-tu pu laisser les bêtes seules ? Les snaghars ont volé tout le lait ! À cause de toi !

— Pardon, mère, je… je te jure que…

Une seconde gifle claqua sur mon autre joue pour faire bonne mesure et je déglutis péniblement tout en essayant de ravaler les larmes qui montaient.

— Tu n'es qu'une bonne à rien ! Va mener les bêtes aux pâturages, à présent ! Mais je te préviens, si tu n'es pas de retour à l'heure, le fouet de ton père est bien la seule chose à laquelle tu goûteras !

Je risquai un regard en direction de la maison. Le visage de Linus, collé derrière les carreaux d'une fenêtre, m'apparut. Il semblait si affligé que la boule dans ma gorge enfla un peu plus. Je tentai de lui sourire pour le rassurer, mais il ne me le rendit pas et je compris que j'avais échoué à le convaincre que tout allait bien.

— Dépêche-toi ! hurla ma mère en me poussant.

J'acquiesçai, renonçant à l'idée de pouvoir me mettre quelque chose sous la dent malgré la faim qui me tenaillait depuis des heures. Je menai mon cheval vers la yorgällerie et le laissai attendre près de l'entrée du bâtiment tandis que je m'engouffrais à l'intérieur pour libérer les bêtes de leur stalle. Alors qu'elles se pressaient vers la sortie, je ne pus m'empêcher de voir la croix rouge peinte sur l'arrière des pis des trois quarts d'entre elles. Les marquages des snaghars pour désigner les femelles traites par leurs soins étaient un rappel humiliant à mon manque de discernement lorsque j'avais abandonné le troupeau durant tout ce temps. Même si la punition était cuisante, je comprenais la colère de ma mère ; je l'avais amplement méritée.

Je remontai en selle et guidai les bêtes vers le pâturage sous le regard furibond de cette dernière.

24
SOREN

Après avoir ordonné au soldat qui l'accompagnait de rester dans le couloir, Magnus ouvrit la porte de la salle du trône et me tira d'un coup sec à sa suite. Assis sur leur siège respectif, Ynglinga et Herulf nous regardèrent avancer dans leur direction, Magnus me traînant comme un chien en laisse.

Jusqu'au bout, les souverains nous fixèrent sans un battement de cils et je ne pus m'empêcher de songer que si Drömlik avait beaucoup changé dans le fond, la forme, elle, demeurait toujours la même. Gouverné par une reine dont l'attitude confinait au dédain, autant pour ses sujets que pour tout ce qui ne la concernait pas directement. Il n'y avait qu'à voir la façon dont elle m'observait. Je me faisais l'effet d'un animal de foire et je n'aimais pas cela. Quant à son époux, il demeurait lui aussi égal à lui-même, amorphe et insipide. Il paraissait même s'ennuyer encore plus que de coutume.

Arrivés au pied des trônes, Magnus n'eut pas à me contraindre de me prosterner. Je le fis de moi-même à l'unisson avec lui. Je n'avais aucune raison de manquer de respect à la reine, surtout si elle représentait ma planche de salut.

— M'expliquerez-vous ce qui se passe ? s'enquit cette dernière en nous faisant signe de nous relever.

Nous nous exécutâmes et Magnus fit un petit pas en avant sans pour autant me lâcher le bras.

— Nous sommes de retour de Tudag, Votre Altesse, déclara-t-il.

— Oui, je le vois bien. Mais j'aimerais comprendre la raison du bâillon sur la bouche de ton supérieur. Et également cette impression que ses mains sont entravées dans son dos.

Magnus hocha la tête, l'air plein d'assurance. Mais je le connaissais assez pour deviner qu'il était nerveux et mal à l'aise. Il avait cette habitude de remuer la tête de façon mécanique chaque fois qu'il l'était.

— Des choses se sont passées durant notre mission, Votre Altesse. Nous avons pu nous entretenir avec la völva Ingemar au sujet de la matrice.

— Et qu'en est-il ?

— Elle est devant vous.

La reine se racla la gorge et ses yeux revinrent se poser sur moi, l'espace d'un bref instant, alors qu'une expression perplexe barrait son visage. Elle se désintéressa très vite de moi pour reporter son attention sur Magnus, à mon grand soulagement tant sa façon de me scruter était pesante.

— Un peu plus de clarté ne nous ferait pas de mal, Magnus.

— Bien entendu, Votre Altesse. Suite à notre entrevue avec la völva, celle-ci a désigné le chevalier Søren comme étant la matrice.

Du calme apparent, je passai à l'agitation soudaine. Comme je l'avais craint, Magnus s'était abstenu de parler de Freya qui, sans équivoque, était la véritable et unique matrice. Il glissa discrètement une main dans mon dos et exerça une traction si brutale sur mon poignet gauche que je me raidis pour limiter la douleur.

— Il semblerait que le chevalier Søren ne soit pas tout à fait d'accord, lui fit remarquer la reine.

— En effet, Votre Altesse. Il n'accepte pas la réalité des choses. C'est pourquoi j'ai été contraint de l'entraver afin qu'il ne se dérobe pas à sa future fonction.

À nouveau, le regard d'Ynglinga se posa sur moi.

— Tu me déçois, Søren, m'admonesta-t-elle.

Au fil des paroles échangées et des reproches injustifiés à mon encontre, sans que je puisse moi-même intervenir pour me défendre, je sentis ma colère monter crescendo. En plus de me livrer à un sort qui n'était pas le mien, je haïssais Magnus du plus profond de mon cœur pour me faire passer pour un traître aux yeux de la reine.

À mesure que les secondes s'écoulaient et que je refusais de baisser les yeux devant elle, Ynglinga arbora une expression plus tendue, mais aussi plus sévère. Elle était contrariée par mon attitude, je le voyais bien. Elle laissa échapper un soupir irrité.

— J'aurais sans doute dû y penser en premier lieu... Telle mère, tel fils, lâcha-t-elle finalement.

Ses mots me firent l'effet d'une douche glacée. Je recommençai à m'agiter et tentai de m'exprimer malgré la bande de cuir qui me comprimait les lèvres. Magnus essaya d'exercer une nouvelle pression sur mon poignet pour me contraindre au calme. Ma colère avait atteint un niveau qui, cependant, me fit oublier la douleur. J'étais concentré sur la reine et la violence des mots qu'elle venait de prononcer sans que j'y trouve le moindre sens. Pourquoi parlait-elle de ma mère ? Pourquoi racontait-elle de telles choses ? Je voulais avoir des réponses, bâillonné ou pas. Mais ni elle ni Magnus ne consentirent à ce qu'on libère ma parole. À l'évidence, les jeux étaient faits pour moi...

— Mène-le là où est désormais sa place. Fais vite, je veux le moins de latence possible entre la fin de la matrice actuelle et le positionnement de la nouvelle, ajouta Ynglinga sans plus se préoccuper de moi qui continuait à m'agiter en vain.

Magnus s'empressa d'acquiescer, salua les époux royaux et me tira violemment par le bras. Je résistai, m'entêtant à réclamer audience sans bâillon. Il affermit son geste et la douleur finit par l'emporter sur la colère. Je cédai du terrain et il en profita pour m'entraîner vers la porte. Au moment d'en franchir le seuil, je tentai à nouveau de me rebeller. Magnus changea alors sa façon de procéder et lâcha mon bras pour crocheter ses doigts autour de ma nuque. La souffrance irradia dans mon cou. À peine Magnus eut-il réussi à me faire sortir de la pièce qu'il referma le battant, puis me projeta violemment en avant. Mon visage percuta le mur face à moi et je vacillai. Le soldat qui patientait dans le couloir me rattrapa par le bras pour m'empêcher de m'effondrer.

— Retourne auprès des chevaux, le chassa Magnus.

Sans protester, l'homme se retira et Magnus m'empoigna à son tour pour m'entraîner vers l'escalier.

— Mmmmmh ! Mmmmmh ! me remis-je à crier.

Magnus lâcha un soupir exaspéré alors que nous arrivions sur le palier. Pour la seconde fois, il me poussa sèchement contre le mur. Mon visage s'écrasa sur la paroi glacée et un filet de sang s'écoula de mon nez. Je sentis une pression à l'arrière de ma tête, là où se trouvait le lien qui retenait mon bâillon. Le tintement métallique de la boucle qui le fermait résonna contre mes tympans et la tension sur ma bouche disparut d'un coup. Magnus me retourna sans plus de douceur et abaissa le bâillon pour le laisser pendre autour de mon cou. Je repris une profonde inspiration.

— Toi qui voulais parler, te voilà libre d'user de ta langue.

— Maintenant que nous ne sommes plus devant Ynglinga, à quoi cela va-t-il me servir ? pestai-je.

Il leva les yeux au ciel, puis m'entraîna dans l'escalier. Arrivé à mi-chemin, je verrouillai mes jambes, obligeant Magnus à s'arrêter une fois de plus.

— Vas-tu cesser de te comporter comme un enfant gâté, Søren ? Je commence à perdre patience.

— De quoi la reine parlait-elle en citant ma mère ?

— Aucune importance. Avance.

— Je ne bougerai pas tant que tu ne m'auras pas répondu !

— C'est ce que nous allons voir.

Il exerça une pression sur mes entraves et je grimaçai tandis que la douleur s'intensifiait. Cela eut le mérite de me faire taire sur l'instant et nous descendîmes trois nouvelles marches avant que je ne m'anime de nouveau.

— Magnus ! Dis-le-moi !

— Je n'en sais rien. Avance maintenant !

— Tu mens !

Il soupira une fois de plus et me poussa dans les escaliers, au risque de m'y voir chuter.

— Parce que c'est ta mère, la matrice actuelle. Voilà pourquoi !

J'eus l'impression, tout à coup, qu'un malaise général venait de m'envahir et que toutes mes forces m'abandonnaient. Ma mère ? Une semeuse de rêves ? Pire encore : la matrice actuelle ?

— C'est… c'est…

Je ne trouvai pas le courage de terminer ma phrase. C'était impossible… Pour la bonne raison que ma génitrice était morte depuis exactement dix-neuf ans ! Je n'avais jamais oublié ce moment où, alors tout gamin, mon père m'avait expliqué comment elle s'était éteinte après avoir donné naissance à son dernier enfant : moi. Ce jour était gravé dans mon âme au fer rouge. Depuis, je n'avais cessé de culpabiliser à son sujet, estimant que j'étais directement responsable de son décès, quoi que soutienne mon père. Mais à cet instant, chacun des mots prononcés par Magnus me plongeait dans un état de confusion mentale, une sorte de brouillard qui me gardait prisonnier d'un labyrinthe dont je ne parvenais pas à trouver la sortie. Tout comme mon corps, mon cerveau s'était grippé et m'empêchait de raisonner de manière censée.

Magnus posa une main sur mon épaule, comme une volonté de me consoler. D'un mouvement brusque, je lui fis comprendre que je n'avais cure de sa soudaine bienveillance. Il l'ôta, puis me reprit le bras pour terminer notre descente.

Je suivis sans la moindre résistance dans un silence mutique alors que j'avais à présent la possibilité de parler. Je ne pensais qu'à cette trahison dont j'étais victime.

Une trahison que je pensais devoir à mon père…

22
FREYA

Assise dans l'herbe, les yeux braqués sur Dolgö qui broutait au milieu des yorgäls indifférents, je ne bougeais pas. Mes cils ne battaient pas, je ne faisais pas un mouvement, même le plus infime. J'étais comme paralysée. Cependant, dans mon esprit, c'était tout l'inverse. Je ressassais en boucle la brûlure sur mes joues, la honte et la culpabilité qui me déchiraient le cœur et l'âme. Une nouvelle bordée de larmes picota mes paupières inférieures ; je ne cherchai pas à la contenir. J'éprouvais une profonde rancœur à l'égard de mes parents. Pas un instant, ils n'avaient ressenti de l'inquiétude à propos de ma disparition. Non, leurs préoccupations ne concernaient que le lait des yorgäls volé par les snaghars. J'aurais pu être kidnappée au détour d'un chemin, torturée par des criminels de passage à Tudag, ou pire encore, être assassinée et mon corps jeté dans un fossé, mais pour eux, seuls importaient les litres de lait perdu…

Je me rendais compte que ma vie ici était devenue trop difficile pour moi. Ce n'était peut-être pas en termes de rigueur ou de molestation, mais ça n'enlevait rien au fait que je n'avais plus ma place en ces lieux. Je n'étais même pas certaine d'en avoir jamais eu une, en vérité. Ce n'était pourtant pas la première fois que mes parents portaient la main sur moi ni qu'ils me criaient dessus, mais j'étais arrivée à saturation. Ce trop-plein me donnait envie de tout envoyer valser. Je repensai au chevalier Søren qui, bien que mal en point, s'était soucié de ma personne. Pourquoi fallait-il qu'un étranger montre plus d'intérêt pour moi que ma propre famille ?

Ça n'avait pas de sens et c'était injuste.

Je fermai les yeux et essayai de m'arracher au chagrin qui me comprimait les poumons. Lentement, je me laissai emporter par le sommeil. Je mis un peu plus de temps qu'à mon habitude, troublée par le chant des oiseaux, les battements irréguliers de mon cœur et mes reniflements. Mais quand j'y parvins enfin, le calme et l'apaisement m'envahirent.

Du bout des doigts, j'étalai des couleurs sur la toile de mon esprit. Bientôt, un papillon atlas aux ailes d'or virevolta autour de moi, imité par des dizaines d'autres, à peine quelques secondes plus tard. Puis ils furent des centaines. Ils se dispersèrent dans toutes les directions, savourant cet instant de vie que je leur offrais dans la réalité. Le bleu du ciel disparut au profit de larges plages de violine et de rose, entrecoupées de magnifiques montagnes aux sommets enneigés. Puis mes pensées se concentrèrent sur le sol où des millions de fleurs assorties aux teintes du ciel se répandirent comme une traînée multicolore.

Je relevai brusquement la tête et observai l'imposante vouivre qui se profilait dans l'horizon, ses gigantesques ailes noires déployées. L'animal vola parmi les nuages pendant un moment, puis tournoya comme s'il cherchait une proie à harponner. Soudain, il pointa vers le sol. Les yeux toujours clos, je suivis sa trajectoire dans mon esprit. Il rasa les innombrables fleurs qui se courbèrent sous le puissant courant d'air généré par ses ailes. Enfin, il se posa à quelques mètres de là. Je le regardai se diriger vers moi, perché sur ses pattes dont les épaisses griffes perçaient la terre meuble. Mes lèvres s'étirèrent dans un sourire devant la beauté de l'immense créature magique. Source de mes rêves, elle était aussi celle de ma quiétude et de ma joie retrouvée.

La vouivre s'arrêta à moins d'une cinquantaine de centimètres de moi et plongea ses prunelles aux reflets vermeils dans les ténèbres des miennes. L'atmosphère entre nous se chargea d'une agréable tiédeur sous son souffle brûlant.

Sans hésitation, je franchis les derniers mètres qui me séparaient d'elle.

J'apposai mes mains à plat sur son puissant cou tapissé de larges écailles. L'aspect froid et rugueux qu'elles renvoyaient n'était en réalité que douceur veloutée et exquise. J'inspirai profondément pour m'emplir de son odeur sauvage tandis que la vouivre ronflait de bien-être et du plaisir de sentir mes caresses.

— Tout serait tellement plus facile si je pouvais vivre dans mes rêves, murmurai-je.

Le dragon abaissa la tête et la coucha au sol comme dans une position de soumission. J'agrippai ses cornes pour me hisser sur son dos, puis me calai dans le confortable creux entre ses deux ailes. La créature les détendit de toute leur largeur, découvrant les membranes presque translucides qui les parcouraient et s'entrecroisaient. Elle se redressa alors et s'élança. Chacun de ses mouvements remonta dans son corps pour venir vibrer à l'unisson avec le mien. Bientôt, ses pattes se replièrent sur elles-mêmes et ses griffes se rétractèrent alors que la vouivre quittait la terre ferme. Elle grimpa en flèche vers les cieux et je m'enfonçai un peu plus profondément dans mon rêve.

— Toujours. J'aimerais rester toujours dans mes songes, chuchotai-je.

Une voix feutrée résonna au fond de mon esprit.

Si tel est ton souhait, il n'existe qu'un endroit où vivre comme dans les rêves est permis. Un endroit où l'on peut passer sa vie à le faire.

J'ouvris les yeux d'un coup et le paysage austère dans lequel je m'étais endormie réapparut alors que j'étais allongée sur le dos dans le pré. Je fixai le ciel criblé de nuages menaçants, la réponse au bout de mes lèvres.

— Drömlik, lâchai-je.

23
SØREN

Magnus mit pied à terre puis vint se placer près d'Alsvid. Je feignis de ne pas le voir et gardai les yeux obstinément braqués sur la tour dans laquelle on me destinait à rester enfermé jusqu'à la fin de mes jours.

— Descends.

Je ne bougeai pas, songeant que dans cette même tour se trouvait la matrice qui était sur le point de s'éteindre. Ma mère…

— Søren, ne m'oblige pas à venir te chercher.

Je m'entêtai. D'un coup sec, Magnus tira sur ma jambe gauche avec force afin de me déstabiliser. Mon corps glissa sans que je puisse me retenir à cause de mes mains menottées. Magnus s'écarta pour me laisser choir à ses pieds.

— Debout maintenant.

Je me redressai tant bien que mal.

— Si la völva t'a désigné comme matrice, c'est qu'il y a forcément une raison à cela. Il va falloir l'accepter.

Je restai totalement hermétique aux paroles de Magnus. Droit comme un i, le visage fermé et les yeux rivés sur la porte de la tour vers laquelle il me menait, je ne prononçai pas un mot, bien que libéré de mon bâillon.

— J'ai toujours dit que tu étais un gamin, ta réaction en est la preuve, me serina-t-il. Quoi qu'il en soit, tu vas devoir t'habituer à cette nouvelle vie. Et si les autres matrices ont pu y parvenir, je ne vois aucune raison qu'il n'en aille pas de même pour toi. À présent, le moment est venu de…

— Depuis combien de temps le sais-tu ? lâchai-je du bout des lèvres.

Il fronça les sourcils, semblant ne pas comprendre à quoi je faisais allusion, mais se reprit très vite et se recomposa une expression plus assurée.

— Depuis des années. J'avais ton âge lorsque ton père a mené ta mère devant la reine.

— Pourquoi ne m'en avoir jamais parlé ?

— Cela ne te regardait pas.

— Bien évidemment que si, c'était ma m…

— L'identité des matrices est tenue au secret. Tu le sais très bien puisque tu n'as jamais su qui était celle en place jusqu'à ce jour. Tu n'es pas non plus sans savoir que l'on ne peut ni les approcher ni leur rendre visite une fois qu'elles entrent en fonction. Passé cette entrevue entre la reine et tes parents, je n'ai jamais revu ta mère. Mais si tu veux mon avis, c'est plutôt à ton père qu'il faudrait demander des comptes. C'était à lui de faire preuve d'honnêteté envers ses enfants concernant la réclusion définitive de leur mère dans la tour aux rêves. Il a eu dix-neuf ans pour cela, alors ne t'en prends pas à moi.

Je me renfrognai un peu plus que je ne l'étais déjà et le suivis sans rechigner. Nous avions parcouru la moitié du chemin lorsqu'un craquement, semblable à une déchirure, retentit au-dessus de nos têtes. Une pluie de particules d'un beau bleu commença à se déverser sur nous.

— Qu'est-ce que c'est que ça ?

D'une main, Magnus m'arrêta en me retenant par les entraves dans mon dos, puis il ouvrit son autre main, paume dirigée vers le ciel. De petits débris y tombèrent. Comme lui, je les regardai sans comprendre.

— On dirait des écailles de peinture, souffla Magnus.

Nous levâmes les yeux. De larges fissures fragmentaient le ciel dont la couleur s'effritait à divers endroits pour laisser apparaître une accumulation d'épais nuages noirs et menaçants. Je reportai mon attention sur le soleil et distinguai des taches sombres qui parsemaient l'astre dont la lueur vacillait de façon inquiétante. Ce n'était en réalité plus un soleil, mais une simple boule inutile sur le point de partir en poussière. Magnus dut en déduire la même chose tant l'évidence sautait aux yeux. Il jeta au sol les fragments coincés dans sa paume, puis se remit en marche en me tractant.

— Dépêchons-nous, la matrice faiblit de plus en plus.

Indifférent à cette pluie qui s'intensifiait chaque seconde un peu plus, je me laissai mollement guider vers la tour.

— Accélère la cadence, Søren ! me cracha-t-il.

La reprise de notre trajet se retrouva de nouveau entravée alors que les dalles qui constituaient le chemin se désagrégeaient sous nos pieds, remplacées par de la terre battue et irrégulière. Une odeur de cendres monta dans les airs et irrita nos narines.

— Avance ! m'ordonna Magnus.

Tant bien que mal, nous progressâmes avec plus ou moins de difficultés, nous tordant les chevilles tous les trois pas à cause des inégalités formées par ce délitement.

Derrière nous, les chevaux s'agitaient sur place en ronflant bruyamment. J'eus un brusque mouvement de recul en voulant retourner vers Alsvid, mais Magnus affermit son étreinte sur mon bras pour m'en empêcher.

— Les chevaux ont peur, Magnus !

— Ils survivront et je m'occuperai d'eux dès que tu seras dans la tour, alors active-toi.

Il se mit à courir, m'entraînant avec lui, tandis que le ciel nous tombait littéralement sur la tête. Nous nous arrêtâmes devant la large et haute porte de bois aux imposants gonds d'acier qui fermait l'édifice et Magnus abattit un de ses poings dessus avec une certaine fébrilité. Alors que l'on tardait à venir l'ouvrir, il regarda à nouveau en l'air.

Du coin de l'œil, j'observai les muscles de ses mâchoires qui saillaient sous sa peau. J'imaginais que j'aurais été aussi anxieux que lui si j'avais été à sa place, mais je restai d'un calme absolu, comme si tout m'était égal. Ça l'était d'une certaine façon. En toute logique, j'aurais pourtant dû m'inquiéter qu'on attende de moi que je répare tout ce qui se désagrégeait à Drömlik. J'aurais dû me préoccuper du royaume, du bien-être de ses habitants, de ma famille, mais je n'y arrivais pas. J'étais obnubilé par la présence de ma mère de l'autre côté de ce battant hermétique, obsédé par ce que m'avait raconté Magnus sur mon père. Toutes ces choses qui ne touchaient que moi et qui avaient pris le pas sur le reste. C'était sans doute égoïste, mais j'avais perdu le contrôle de mes pensées autant que de ma capacité à me soucier du bonheur de mes pairs.

Je me focalisai sur la façade de la tour. La couleur ocre, semblable à celle du palais royal, coulait en larges filets de la paroi pour se répandre au sol. À présent, les pierres avec lesquelles l'édifice avait été bâti apparaissaient dans toute leur laideur. Si le lieu de vie de la matrice était parmi les derniers éléments impactés à Drömlik, sa dégradation soudaine ne pouvait être qu'un signe de plus du déclin de celle qui s'y trouvait confinée.

La porte s'entrebâilla enfin. Un homme de petite stature passa la tête dans l'ouverture. Pour m'être entretenu avec lui à peine quelques jours plus tôt à propos de la matrice, je le reconnus sans mal. Le gardien de la tour, aussi surnommé le veilleur, posa un regard inquiet sur nous.

— Que désirez-vous, chevaliers ?

— Laissez-nous entrer, veilleur, je vous amène la nouvelle matrice, déclara Magnus sur un ton péremptoire.

— Le chevalier Søren ? s'exclama ce dernier, du scepticisme dans la voix.

En guise de réponse, Magnus projeta son pied dans le battant. Surpris, son interlocuteur recula d'un bond. Magnus me poussa à l'intérieur et pénétra à son tour dans le bâtiment.

— Bon sang, tout est en train de tomber en poussière dehors !

Le veilleur referma la porte puis lissa ses vêtements d'un geste nerveux.

— C'est la matrice, expliqua-t-il. Elle vient d'expirer.

Je tressaillis en entendant ces paroles. Ma mère, que je n'avais jamais connue, avait rendu l'âme... De toutes les pénibles journées que j'avais pu vivre dans ma vie, celle-ci était sans doute la pire. En quelques heures à peine, j'avais appris que ma mère était la semeuse de rêves qui pourvoyait aux besoins des Drömliens depuis presque vingt ans et qu'elle venait de trépasser... Cette dernière nouvelle surpassait celle de savoir que j'allais rester ici pour toujours.

— Eh bien, il était temps que nous arrivions, dirait-on, lâcha Magnus.

— Vous ne croyez pas si bien dire, répondit le veilleur.

Il reporta son attention sur moi et une lueur d'intérêt se mit à briller dans ses prunelles, comme si j'étais subitement passé du statut de chevalier à celui de sauveur. J'aurais aimé pouvoir le détromper sur ce que j'étais, ou plutôt ce que je n'étais pas.

Je le considérai sans réagir. Je peinais à sortir de la léthargie dans laquelle je m'étais enfermé depuis notre départ du palais. Toutes ces révélations et changements dans ma paisible existence de petit soldat m'avaient chamboulé, et même si je n'affichais qu'une expression figée à l'extérieur, à l'intérieur, j'étais bouleversé. Pour la première fois de ma vie, j'étais incapable de trouver la moindre solution à tous les problèmes auxquels je devais faire face.

— Êtes-vous sûr que le chevalier Søren est la bonne personne ? Les semeurs de rêves sont plutôt rares.

— Certain, conclut Magnus.

Il saisit l'une des mains du gardien de la tour, la retourna et y déposa la clé de mes entraves.

— J'ai à faire ailleurs, hâtez-vous de mettre la nouvelle matrice en fonction avant que les choses n'empirent.

Sans attendre une réaction quelconque du veilleur, il gagna la porte et l'ouvrit.

— Tu me paieras ça, Magnus, ne pus-je m'empêcher de cracher dans son dos.

Il se retourna et me dévisagea tandis que je lui renvoyais un regard mauvais.

— Je suis désolé que tu le prennes ainsi, Søren. Mais dans la mesure où tu ne sortiras pas de cette tour avant ta mort, je te suggère d'oublier cette ridicule idée de vengeance et de te concentrer sur la tâche qui t'incombe désormais. La vie des Drömliens et celle de ta famille dépendent de toi à présent, sois à la hauteur.

Il n'ajouta rien et quitta les lieux, visiblement soulagé de se débarrasser enfin de moi. Je reportai alors mon attention sur le veilleur.

— Si vous voulez bien patienter quelques instants, chevalier.

Je le suivis du regard tandis qu'il se dirigeait vers une seconde porte, celle-ci de métal et plus imposante que celle de l'entrée. Il abaissa une poignée qui pendait au bout d'une chaîne dont le montant était enchâssé dans la pierre. Le battant s'ouvrit et deux gargölls en sortirent. Je déglutis face à ces géants venus tout droit du royaume de Fostüdi. Les traits épatés, comme si on leur avait écrasé le visage face contre terre, des yeux globuleux et le crâne totalement lisse, je savais d'eux que s'ils possédaient une grande force, ils avaient également un pois chiche en lieu et place du cerveau. Je n'en avais jamais vu au cœur de Drömlik et je découvrais, bien malgré moi, leur présence et leur proximité avec la matrice dans cette tour. Un secret bien gardé, comme tout ce qui concernait la matrice, son identité ; son visage ; son mode de vie. Personne ne savait rien de ce qui se passait dans cette tour, pas même les soldats comme moi.

D'un signe de la main, le veilleur m'invita à franchir la porte.

Coincé entre ces deux montagnes de muscles et de chair, il semblait minuscule de par sa taille déjà moindre. Il aurait été facile pour moi d'enrouler mes doigts autour de sa gorge, de serrer jusqu'à ce qu'il ne puisse plus respirer, mais la présence des gargölls lui assurait protection et sécurité. Je chassai ce flot de réflexions absurdes de mon esprit en essayant de me forcer à accepter le sort qui m'attendait. Après avoir profité toute ma vie d'une matrice, il était peut-être temps pour moi de me plier au destin que les dieux m'avaient visiblement réservé. Même si je peinais à m'y résoudre. J'avançai vers la porte entrouverte.

Une porte derrière laquelle se trouvait désormais mon avenir.

Une porte derrière laquelle se trouvait le corps de la matrice défunte.

Ma mère.

24
SOREN

C'était la première fois, depuis que je servais d'intermédiaire entre la reine et le gardien de la tour, que je franchissais le seuil de cette porte. La première fois aussi que je découvrais ce qui se cachait derrière. J'imaginais ne pas être le seul à n'avoir jamais eu connaissance de ce que recelait cet endroit, puisque la matrice n'avait le droit de recevoir la visite de personne. Elle était comme un joyau mis sous cloche pour empêcher quiconque de la toucher ou même de la voir. Je réalisais que je n'avais jamais fait preuve de la moindre curiosité à son égard. Néanmoins, si je m'y étais risqué, je n'aurais pas pu creuser le sujet bien profond dans la mesure où tout ce qui la concernait était soigneusement verrouillé. Mais je m'en voulais, tout à coup, de ne jamais avoir cherché à savoir qui elle était ni comment elle vivait sa situation de recluse. Pour moi, elle était quelque chose de basique, comme le ciel et le soleil, comme l'air que je respirais. Je ne l'avais jamais vraiment envisagée sous l'angle d'une personne douée de sentiments. Une personne qui pouvait mourir. Je me comportais de la même façon que tous les habitants de ce royaume : du moment que ma vie était belle, que j'avais de quoi remplir mon assiette et m'amuser durant mon temps libre, le reste n'avait pas d'importance. Et en tant que soldat, je me bornais à transmettre à la souveraine ce que le veilleur avait à me dire sur la matrice, ni plus ni moins. Était-ce par manque de curiosité, par désinvolture, ou bien plus simplement par zèle ? Je n'en avais aucune idée, mais je n'avais pas agi différemment de tous les hommes au service d'Ynglinga. Personne à Drömlik ne se posait de questions superflues ni ne remettait en doute le bien-fondé de l'enfermement de la matrice.

Je découvrais cette nouvelle pièce avec un regard tout autre, à présent. Celui d'une matrice en devenir. Celui, aussi, d'un fils apprenant que cet endroit avait abrité sa mère depuis dix-neuf ans. Le lieu était austère, éclairé par des lanternes placées sur des corniches hautes sur les murs. Si hautes qu'elles n'étaient pas à hauteur d'homme. Mais de gargölls, si. L'ameublement était sommaire et m'évoquait une sorte de cachot, mis à part un éclairage plus dense. Une table était abandonnée dans un coin, une chaise rangée juste derrière. Il n'y avait pas de tableaux accrochés aux murs, pas de dorures le long des plinthes, pas de moulures au plafond. L'atmosphère était glaciale, comme si des courants d'air s'immisçaient entre les pierres qui constituaient les parois. La seule chose qui égayait les lieux se résumait à une longue et imposante tenture brodée qui masquait un pan de mur entier. Une main se posa sur mon épaule et je m'arrachai à mes réflexions pour tourner la tête.

— Ne bougez pas, que je vous libère de vos entraves, m'intima le veilleur.

La clé confiée par Magnus émit un petit claquement quand il la fit pivoter dans sa serrure. Puis il ôta les bracelets de métal et je retrouvai l'usage de mes bras. Des traces rouges apparaissaient sur mes poignets endoloris, néanmoins, je me sentais beaucoup mieux à présent que j'étais débarrassé de ces menottes.

— Et maintenant ? Que va-t-il se passer ?

— Veuillez retirer vos mailles ainsi que votre tunique. Vous pouvez garder bottes et braies.

Je le considérai d'un regard circonspect.

— Nous allons vous donner une tenue plus adaptée à votre nouvelle tâche, ajouta-t-il.

Je m'exécutai sans trop me faire prier ; j'avais hâte de me délester de mes frusques sales et des bijoux d'Arrow toujours dans mes poches. Au moins, sa famille pourrait les retrouver, à défaut de retrouver Arrow lui-même. Ma cotte de mailles émit un petit tintement métallique lorsque je la laissai tomber à mes pieds. Un des géants se chargea de la récupérer, ainsi que ma tunique.

— Que vous est-il arrivé ? demanda le veilleur en fixant son attention sur les cicatrices encore fraîches des griffes sur mon ventre.

— Un combat avec une bête sauvage à Tudag.

— Cela ne m'étonne pas, cette contrée est emplie de monstres et de bons à rien.

Je ne répliquai pas. Pour le peu de connaissances que j'avais de cet endroit, je n'étais pas en mesure d'en juger les habitants. Je n'avais en mémoire que Freya, douce et prévenante, et cette völva, sournoise et malfaisante. Deux visions parfaitement opposées de ce royaume.

Je me saisis de la tunique de lin beige que me tendait le second géant et la passai. Elle était un peu rêche, mais je m'y ferais très bien. Alors que j'arrangeais mon col, mon regard s'arrêta sur un rideau occultant noir dans un coin de la pièce. En position fermée, il semblait masquer un renfoncement étroit, peut-être un garde-manger où quelque chose dans ce goût.

— Qu'y a-t-il derrière ce rideau ? m'enquis-je en amorçant un pas dans cette direction.

Un des gargölls saisit brusquement mon poignet, avec toute la douceur qui caractérisait ces brutes épaisses, et me tira en arrière.

— Pas bouger ! aboya-t-il.

Je considérai ses doigts repliés autour de ma peau, puis le toisai.

— Lâche-moi, espèce de crétin.

Le veilleur posa une main sur son avant-bras.

— C'est bon Elzor, tout va bien.

Le gargöll laissa échapper un grommellement inintelligible, puis concéda à me libérer. Je repris alors ma progression vers le rideau noir. Le gardien de la tour me rattrapa et, sans chercher à s'interposer, cala son pas sur le mien pour m'accompagner.

— C'est la matrice, m'expliqua-t-il. Elle sera enterrée dès que la nuit sera tombée.

Ma gorge se serra et je me mis à mordiller nerveusement l'intérieur de ma joue. J'étais tout près de ma mère, si près et pourtant si loin, à présent qu'elle avait rendu l'âme. Tout en progressant, je m'interrogeai sur ce qu'avaient été ses derniers moments, ses dernières pensées, ses derniers mots, avant de fermer les yeux à jamais. Plus je me rapprochais, plus le sang battait contre mes tempes et mes oreilles bourdonnaient. Lorsque je m'immobilisai devant le rideau, mon cœur sembla sur le point de s'arrêter. J'inspirai lentement, à la recherche de son parfum, d'une odeur qui me serait familière, mais tout ce que je sentis fut l'exhalaison de la mort. Âcre, glaçante. Je fermai les yeux, le temps de trouver le courage de tirer ce bout de tissu qui me séparait de celle qui m'avait donné la vie. Du coin de l'œil, je voyais le veilleur qui m'observait, sans doute pressé que je me décide enfin. Savait-il précisément qui était la matrice ? Savait-il qu'elle était ma mère ? Probablement.

Je posai une main sur le rideau. Il était froid, mais soyeux, semblable à ces étoffes dont ma sœur, Deva, raffolait. De cinq ans mon aînée, c'était elle qui s'était substituée au rôle de mère. Pour mes frères et notre autre sœur, tout comme pour moi, Deva était ce qui s'en rapprochait le plus. Elle nous écoutait, nous conseillait et parfois, nous ordonnait. Un instant, je me demandai ce qu'ils faisaient tous, à cet instant, et si on les avait déjà avertis qu'ils ne me reverraient plus jamais. Penser à eux amplifia ma souffrance intérieure. Non seulement privé de liberté, j'étais désormais aussi privé de ceux qui comptaient le plus pour moi.

— Vous ne devriez peut-être pas, me souffla le veilleur.

Je déglutis péniblement, resserrai mes doigts sur le tissu.

— Il le faut, murmurai-je plus pour moi qu'à son intention.

J'avais besoin de me confronter à ce corps, de savoir à quoi ma mère ressemblait au jour de sa mort, à défaut de l'avoir connue vivante.

Je tirai le rideau d'un mouvement sec.

Elle était étendue sur un simple lit de bois. La matrice. Ses mains croisées sur sa poitrine dans un geste de piété obséquieuse, ses pieds chaussés de ballerines de nubuck ornementées de liserés d'or, elle était vêtue d'une cotehardie de velours violine qui faisait ressortir la blancheur crayeuse de sa peau. Je m'approchai un peu plus, jusqu'à me tenir sur la droite de la dépouille. L'odeur de la mort s'intensifia, mais j'en fis abstraction, trop concentré sur ce corps. J'observai ses doigts aux ongles parfaitement propres, contrairement aux miens qui portaient encore les stigmates de ma lutte contre le lamparög et de mon périple à Tudag. Terre et sang. Puis je fixai mon attention sur le bijou d'opaline accroché autour de son cou malingre. Je le considérai pendant de longues secondes, comme une volonté inconsciente de retarder le moment de voir le visage de ma génitrice.

Quand je trouvai enfin le courage de poser les yeux sur ce dernier, je découvris des traits émaciés, des joues creusées. Mon cœur se mit à cogner furieusement dans ma poitrine. Je la détaillai malgré moi, ses pommettes hautes, la fossette au milieu de son menton. Elle semblait avoir vieilli prématurément. Elle ne pouvait pas être si âgée, néanmoins, ses cheveux avaient viré au blanc et de profondes rides sillonnaient son front. Mentalement, je visualisai le portrait de ma mère accroché dans la salle de séjour de notre maison. Mon père l'avait commandé une dizaine d'années avant ma naissance. C'était tout ce que nous, ses enfants, avions pour nous souvenir de sa beauté et de la douceur qui se dégageait d'elle. La seule chose qui nous rappelait qu'elle avait un jour vraiment existé. Sans le vouloir, je superposai ce portrait sur celui de la défunte. Malgré les outrages du temps, les traits étaient les mêmes. Il n'y avait pas d'erreur possible, cette femme était bien ma mère.

Un voile humide brouilla légèrement mon champ de vision. Je la voyais pour la première fois de ma vie, pourtant j'avais l'impression de la retrouver après un long voyage. Moi qui avais passé des heures devant son portrait à l'imaginer me caresser les cheveux, m'étreindre tendrement, à présent, je me sentais incapable de m'arracher à la contemplation malsaine de sa dépouille.

— Mère, chuchotai-je en essayant en vain de ravaler la boule de chagrin dans ma gorge.

Elle avait tellement pris en ampleur que toutes les larmes versées depuis toutes ces années pour son absence n'étaient rien en comparaison de ce que je ressentais à cet instant.

L'impression de la perdre une seconde fois et d'avoir vécu dans le mensonge depuis ma naissance.

L'impression que mon père m'avait volé ma mère pour en faire la gardienne de Drömlik.

Et je me dis que je ne voulais pas finir comme elle. Je refusais de vieillir et de mourir prématurément au nom du désir de la souveraine de faire de notre royaume un lieu fabuleux et inimitable.

Le veilleur referma une main sur mon bras. Je tournai la tête vers lui.

— Il est temps.

Je me dégageai avec brusquerie et le poussai violemment en arrière. L'homme percuta le mur derrière lui dans un hoquet de douleur.

— Jamais ! criai-je en me précipitant vers la sortie.

— Attrapez-le ! vociféra le veilleur à l'attention des gargölls.

25
SOREN

Les bras pris en étau entre les épaisses mains des deux géants, je me débattais autant que je pouvais. Seulement, loin d'être à armes égales avec eux en matière de puissance, ils n'eurent pas grand mal à m'entraîner là où le veilleur les attendait. Je me retrouvai en quelques minutes devant la tenture que j'avais remarquée à mon entrée. Je profitai que les gargölls s'arrêtent face à celle-ci pour tenter à nouveau de me libérer de leur emprise. La douleur au niveau de mes blessures fraîchement cicatrisées sur mon ventre me rappela que plus je m'agiterais, plus elle s'intensifierait. Mais ma volonté d'échapper à mon destin me poussait à continuer, encore et encore. Je refusais de terminer mes jours comme ma mère avait fini les siens, peu importe que ce soit assis sur une chaise à longueur de temps ou allongé sur un lit. Je ne voulais pas devenir une matrice, point barre.

Tandis que je m'entêtais tout en les invectivant, le veilleur attrapa un cordon qui pendait sur la droite de la tenture. Il l'abaissa petit à petit. Alors que le lourd tissu se soulevait, l'intérieur d'une nouvelle pièce m'apparut peu à peu. D'abord, je discernai un socle de métal aussi gros qu'une poutrelle, puis les contours légèrement courbés d'une structure, plus imposante encore, qui reposait sur le pied de fer, commencèrent à se profiler sous mes yeux. Le gardien des lieux adressa un signe de tête aux géants et ceux-ci me firent pivoter, me privant de la découverte en totalité de cette même structure. Ils reprirent ensuite leur progression en me tractant comme une carcasse morte. Quelques pas plus tard, ils s'arrêtèrent à nouveau dans cette atmosphère saturée par un vieux relent de sueur. Le veilleur nous rejoignit et se campa devant moi.

— Vous voilà arrivé, m'indiqua-t-il, un étrange sourire sur les lèvres qui n'augurait rien de bon.

Je tentai de tourner la tête pour voir ce qui se trouvait derrière moi, mais les géants bloquaient mon mouvement tant mon corps était pris en étau entre les leurs.

— Lâchez-moi ! criai-je.

Les gargölls ne se soucièrent pas de mes injonctions et le veilleur cessa de me fixer pour se concentrer sur eux.

— Allez-y, leur ordonna-t-il.

Ils reprirent leur progression et je commençai à battre des jambes comme un forcené.

— Accrochez-le, ajouta le veilleur.

À nouveau, je tentai de me démancher le cou pour voir ce qui m'attendait. Des fondations que j'avais aperçues sans même imaginer de quoi il pouvait s'agir, je découvris alors avec effroi une immense roue de fer et de bois.

— Non ! Non ! m'égosillai-je aussitôt en essayant de ralentir leur avancée vers celle-ci.

Les géants affermirent leur étreinte autour de mes bras et, d'un coup, me soulevèrent comme un fétu de paille. Mes jambes se retrouvèrent à battre le vide sans trouver quoi que ce soit à impacter de mes ruades terrifiées.

— Ne faites pas ça ! Ne faites pas ça !

— Tout ira bien, Søren, tenta de m'apaiser le veilleur.

Mes yeux rencontrèrent les siens et, pendant un instant, l'envie de lui cracher au visage surgit dans mon esprit. Il était cependant bien trop loin pour que je parvienne à l'atteindre et j'étais trop en panique pour me résoudre à un tel acte pour rien.

— Non ! Arrêtez !

Mes supplications résonnaient partout dans la pièce, se répercutant contre les parois pour revenir se fracasser contre mes tympans dans un écho de terreur. Et tout ça ne servit à rien, pas plus mes cris que mes gesticulations. Mon dos percuta la surface centrale de la roue puis les deux géants se positionnèrent de chaque côté de la structure et étirèrent mes bras pour les aligner avec deux segments de celle-ci. Ils refermèrent des bracelets de fer sur mes poignets. À présent que j'étais suspendu, les gargölls se penchèrent vers mes jambes, les immobilisèrent dans un mouvement sec, puis les écartèrent pour les placer sur des rayons verticaux de la roue. J'eus soudain l'impression que mes muscles se déchiraient et que mon corps tout entier était sur le point de se disloquer. Le claquement des liens métalliques autour de mes chevilles termina de me donner le sentiment d'être un insecte emprisonné dans la toile d'un arachnide géant.

— Pourquoi faites-vous ça ? Pourquoi ? hurlai-je alors que ma terreur s'était muée en rage.

— C'est la règle, chevalier. Il n'y a nulle volonté de vous torturer, mais les matrices doivent rêver dans cette position afin que leurs songes soient de meilleure qualité et irradient sur le royaume.

— C'est... ridicule ! lâchai-je, épuisé.

— Votre jugement est tronqué par votre colère. Depuis des décennies, les matrices ont opéré ainsi. Ce processus ne souffre aucun manquement.

Tandis que l'un des gargölls restait auprès de moi, l'autre s'éloigna de la roue et quitta la pièce. Je me remis à m'agiter malgré la limitation de mes possibilités. Le géant demeuré à mes côtés plaqua sa main contre mon torse et une violente douleur irradia de ma blessure au ventre.

— Pas bouger, grogna-t-il.

Le gargöll qui s'était éclipsé resurgit dans mon champ de vision, une outre en main. Son visage aux traits simiesques m'apparut en gros plan tandis qu'il se campait devant moi. Il referma ses doigts sur mes joues et pressa si fort qu'une douleur naquit dans mes mâchoires. Elle s'intensifia à mesure des secondes qui s'écoulaient, puis remonta jusqu'à mes tempes, palpitant sous l'afflux de sang.

— Ouvrir bouche, m'intima-t-il.

Je résistai encore dans une volonté farouche de ne rien céder, mais encore une fois, nous n'étions pas sur un pied d'égalité en matière de force et de situation. Mes lèvres s'écartèrent contre mon gré, puis mes dents se desserrèrent.

Il glissa le goulot de la gourde dans ma bouche. Un liquide s'écoula dans ma gorge. Il n'avait pas de goût, telle l'eau, mais au bout d'une seconde, ma langue me picota, puis ce fut au tour de mon œsophage de s'enflammer à mesure que le liquide s'y frayait un chemin. Mon estomac se tordit à l'instant où il s'y déversa. Le géant comprima un peu plus mes joues, permettant au contenu de l'outre de dévaler encore plus vite ma trachée.

— Ce nectar des rêves va vous aider à intensifier vos aptitudes, déclara le veilleur.

Après de longues goulées sous la contrainte, les brûlures occasionnées par le liquide s'estompèrent puis disparurent totalement, ne laissant plus qu'une sensation d'engourdissement général dans ma bouche. Le gargöll continuait sa tâche, mais je ne sentais plus rien. Ni mes lèvres ni ma langue. Rien. J'étais comme anesthésié.

Bientôt, mes paupières se mirent à papilloter sans que je parvienne à les contrôler ; mon corps tout entier se relâcha, mes muscles se détendirent. Le géant ôta l'outre et disparut de mon champ de vision qui s'étrécissait de seconde en seconde.

— Orientez la roue à présent, ordonna le veilleur.

Je devinai les silhouettes des gargölls qui se penchaient chacune d'un côté de la structure pour faire je ne savais quoi. J'entendis des bruits de grincement, comme s'ils actionnaient une manivelle. La roue commença à basculer, et mon esprit à chavirer dans le néant.

— Ar… rêtez, bredouillai-je alors que mon corps versait de plus en plus en arrière.

Personne ne m'écouta et bientôt, je ne vis plus que le ciel écaillé et son soleil, pâle sphère aux contours flous, au travers du dôme de verre qui servait de toit. Ma vision se troubla ; les espacements entre mes battements de paupières s'écourtèrent de plus en plus.

— Il est temps pour vous de faire renaître la lumière sur Drömlik, entendis-je dans un lointain cotonneux.

Puis je sombrai dans un sommeil lourd, peuplé de ténèbres.

26

FREYA

J'avais rentré le troupeau plus tôt qu'à mon habitude.

Plongée dans mes pensées, je m'occupais à remettre un peu d'ordre dans la yorgällerie, nettoyant le plus gros de la stalle des bêtes et distribuant fourrage et eau. En général, j'étais plus rapide pour effectuer cette corvée, mais ce soir-là j'appréhendais tellement de retourner dans la maison familiale et de me confronter à mes parents que je travaillais avec une lenteur qui ne me ressemblait pas.

Malheureusement, si je rechignais à affronter la tempête dans l'immédiat, je compris qu'elle arrivait jusqu'à moi au moment où la porte de la yorgällerie émit un grincement sonore. Ma fourche en main, je relevai la tête, priant de toutes mes forces pour qu'il ne s'agisse que de Linus. L'imposante silhouette de mon père, se découpant dans la lueur de la lampe à huile suspendue au crochet près de l'entrée, m'arracha mes derniers espoirs. Je sus, rien qu'en croisant son regard, qu'il n'était pas venu faire la paix avec moi. Malgré les pierres qui lestaient mon estomac, je repris mon travail en essayant d'ignorer sa présence, mais son insistance à me fixer, presque comme s'il cherchait à me transpercer, ne m'aidait pas à rester sereine. J'étais même à mille lieues de ressentir la moindre quiétude. L'air lui-même semblait s'être chargé de l'aigreur qui se dégageait de mon géniteur. Du coin de l'œil, je le vis se pencher par-dessus la barrière qui figurait la stalle des bêtes, sans doute pour vérifier que je m'acquittais convenablement de ma tâche. De ce côté, j'estimai ne pas mériter de reproches.

— Tu as bientôt terminé ? demanda-t-il soudain d'une voix rauque qui emplit la yorgällerie aussi sûrement que s'il avait crié.

En prévision de l'avis de tempête que je sentais se rapprocher de plus en plus, je m'abstins de prononcer une parole et me contentai d'acquiescer tout en continuant à garder les yeux braqués sur les dents de ma fourche qui apparaissaient et disparaissaient à mesure que j'étalais le foin.

— Tu as perdu ta langue en plus de ton respect pour tes parents ?

La tempête, songeai-je en ravalant péniblement ma salive. Je cessai de fourrager et levai la tête vers lui. Nos regards se croisèrent et je frissonnai en découvrant la colère qui tapissait ses pupilles bien qu'il paraisse d'un calme à toute épreuve.

— Non, père.

— Ta mère m'a dit que tu étais rentrée avec un cheval. D'où sort cet animal et où as-tu passé la nuit dernière ?

— Il s'appelle Dolgö et il appartient à Ingemar, la völva.

— Ingemar ? Cette folle ? Elle habite à trois lieues de là, comment se fait-il que tu l'aies vue ?

— Des chevaliers venus de Drömlik m'ont demandé où elle vivait et...

— Et tu t'es dit que tu allais les accompagner parce qu'ils seraient trop bêtes pour la trouver seuls ?

— Non, je...

— Ne me mens pas, Freya ! Je te connais, tu ferais n'importe quoi pour échapper à tes devoirs !

— Mais tu peux comprendre que j'ai besoin de ça, tout de même ! m'emportai-je tout à coup. J'étouffe ici !

— Tu hausses le ton avec moi ?

Je me rembrunis. J'avais beau ne pas aimer entrer dans les conflits, et encore moins quand cela me concernait, je n'en pouvais plus de ces reproches. J'étais fatiguée de toujours devoir faire des efforts, dépitée de devoir à chaque fois remettre mes envies d'évasion à plus tard. Tout ça pour garder un fichu troupeau de yorgäls...

— Je veux être libre, j'ai bientôt dix-huit ans !

— Libre, tu le seras quand tu auras trouvé un époux, et pas avant ! Pour le moment, tu vis sous notre toit, et tant que ce sera le cas, tu feras ce qu'on te dira sans discuter !

— Mais je veux être pein...

— Il suffit avec ta peinture ! aboya-t-il soudain si fort que j'eus l'impression que les murs de la yogällerie tremblaient.

Mais en réalité, j'étais la seule à trembler sous le coup de la peur que les ires de mon père m'inspiraient. J'avais peut-être du caractère, mais je connaissais mes limites avec lui.

Il n'ajouta rien et cela m'inquiéta plus que cela m'étonna. Quand je le vis brusquement se diriger à pas vifs vers les ballots de foin encore calés contre une des parois, je tressaillis. Il se pencha, glissa une main entre deux et en sortit mon balluchon contenant mes pinceaux, pigments et toiles vierges.

— Tu croyais peut-être que je ne connaissais pas l'endroit où tu caches ton matériel, ma petite fille ?

Sans même réfléchir aux représailles que cela me vaudrait, je jetai ma fourche à terre et me précipitai vers lui.

— Non ! Ne touche à ça, c'est à moi ! criai-je en essayant de le lui reprendre.

Il me repoussa si sèchement que je reculai de plusieurs pas malgré moi et heurtai les dents de la fourche. Le manche s'éleva d'un coup et me percuta l'arrière du crâne. Sonnée, je tanguai durant une fraction de seconde puis retombai lourdement sur un ballot de foin.

— Je vais brûler ça ! Ça te fera passer l'envie de filer en douce pour t'acoquiner avec des soldats de Drömlik ! Et estime-toi heureuse que je ne te dénonce pas au roi Lothar, lâcha mon père sans même se soucier de savoir si j'allais bien.

Commotionnée, tant physiquement que psychiquement, je ne trouvai pas la force de bouger de mon siège de fortune. Je me contentai de frotter l'arrière de ma tête dans un geste mécanique. Des larmes dans les yeux, je regardai mon père disparaître de la yorgällerie en emmenant ce que je chérissais le plus au monde en dehors de mon petit frère.

27
FREYA

La nuit était déjà bien entamée lorsque je descendis l'escalier menant au rez-de-chaussée. Le silence régnait dans la maison, tout le monde dormait sur ses deux oreilles. À part moi. Je gagnai discrètement la porte pour ne pas risquer de réveiller mes parents dont la chambre jouxtait la cuisine. Je tournai la clé dans la serrure puis entrouvris le battant, juste de quoi me faufiler. Le froid de la nuit me saisit à l'instant où je mis les pieds dehors. Je refermai doucement derrière moi. Ensuite, je resserrai ma cape de feutrine sur mes épaules et fis disparaître ma tête sous ma capuche avant de me diriger vers la yorgällerie.

Je me guidai sans mal grâce à la multitude d'étoiles qui piquetait le ciel, mais je n'avais pas vraiment besoin d'elles pour trouver mon chemin. Je connaissais le nombre exact de foulées pour y parvenir. Sept-cent-cinquante-trois tout pile. J'avais si souvent fait l'aller-retour de la maison jusqu'à la yorgällerie. Quoi de plus normal quand on était supposé s'occuper des bêtes vingt-quatre heures sur vingt-quatre ? Je me contentai donc d'avancer mécaniquement, les yeux rivés droit devant moi et l'oreille à l'affût des bruits de la nuit. Les hululements des chouettes qui, perchées sur des arbres proches, guettaient leurs proies ; les cigayons qui stridulaient en rythme. Ce petit monde nocturne que j'appréciais au point de passer de longs moments les bras croisés sur le rebord de ma fenêtre ouverte.

Les bêtes s'agitèrent dès que je pénétrai dans la yorgällerie tandis que Dolgö, le cheval d'Ingemar, à qui j'avais aménagé un petit coin tranquille à l'écart, ronflait des naseaux sous l'effet du stress.

— Chut ! N'ayez pas peur, c'est moi, soufflai-je.

Les animaux se calmèrent tout de suite, comme si le son de ma voix avait le don de les rassurer. Je me saisis de la lanterne à huile. L'intérieur du bâtiment se nimba d'un halo presque fantomatique lorsque j'allumai la mèche. Je me dirigeai vers Dolgö et posai ma lampe un peu à l'écart pour éviter qu'un coup de sabot ne la renverse. Je récupérai ensuite une vieille selle dont je ne me servais plus depuis la mort de notre précédent cheval. Je harnachai l'équidé rapidement en me disant que j'aurais le temps de dégarrotter une fois que je me serais assez éloignée de la ferme. Quand il fut prêt, je récupérai la lampe d'une main, attrapai les rênes de Dolgö de l'autre, puis le guidai à l'extérieur. Je n'eus plus ensuite qu'à éteindre la lanterne et à la replacer sur son crochet avant de sortir du bâtiment. Au moment de refermer la porte, je jetai un dernier coup d'œil en direction des yorgäls parqués dans leur stalle.

— À un de ces jours, leur murmurai-je.

Tu ne vas pas pleurer parce que tu les laisses, tout de même ? me serinai-je.

Je m'éloignai un peu de la yorgällerie à pied, Dolgö marchant près de moi. Puis je grimpai en selle et remontai au pas le sentier de terre battue qui me permettrait de quitter les abords de cette ferme dans laquelle j'avais décidé de ne plus vivre.

Je songeai à Linus. J'espérais qu'à son réveil, il trouverait le dessin que j'avais esquissé quelques heures plus tôt puis glissé sous son oreiller pendant qu'il dormait. J'espérais surtout qu'il me pardonnerait ce départ précipité.

— Au revoir, petit frère. Je t'aimerai toujours, soufflai-je, des trémolos dans la voix, avant d'intimer d'un claquement de langue à Dolgö de prendre le galop.

2
DRŌMLIK

28
FREYA

Je parcourus de nombreux chemins plus ou moins praticables. Le jour s'était levé et le ciel, éclairci à mesure que le temps s'écoulait. Je profitai des quelques rayons distillés avec avarice par le soleil, même si la chaleur commençait à devenir étouffante, tant pour la voyageuse que j'étais désormais que pour Dolgö. Malgré notre fatigue mutuelle, je ne repassai au pas qu'après avoir mis suffisamment de distance entre la ferme familiale et moi. Depuis mon départ, je n'avais eu de cesse d'imaginer mon père lancé à ma poursuite. J'en tressaillais rien que d'y penser. Pour rien au monde je ne tenais à ce qu'il me rattrape.

J'arrivai à proximité de la forêt de Tudag où les lamparögs erraient derrière les branchages magiques qui les condamnaient à y demeurer prisonniers. Située à l'ouest du royaume, elle était la plus proche de Drömlik. Je savais qu'en partant de là, il me restait plusieurs heures de route avant d'atteindre l'un des accès de cette contrée, mais même si j'en étais encore loin, je n'en avais jamais été aussi près de toute ma vie. Je décidai de mettre pied à terre pour profiter du cours d'eau qui descendait directement de la chaîne de montagnes de Dagur.

Je menai Dolgö jusqu'à son lit. Un frisson me parcourut lorsque des bruits provenant de la forêt résonnèrent dans mes oreilles. Quelle plaie que la rivière soit justement placée pile à l'endroit où les lamparögs pullulaient comme des lions en cage ! Je ne pus m'empêcher de regarder en direction de la lisière visible, à l'affût d'un mouvement quelconque, ou pire, des prunelles luisantes d'un de ces affreux monstres. *Je n'ai rien à craindre, Ingemar a verrouillé toute la forêt*, tentai-je de me rassurer.

Je m'accroupis près de Dolgö et tandis qu'il s'abreuvait avec gloutonnerie, je remontai le bas de ma robe, puis m'agenouillai.

— Doucement, Dolgö, la rivière ne va pas s'envoler, grognai-je en tirant sur sa bride pour le forcer à ralentir.

Il ne sembla pas du tout réceptif à mes gentils conseils. Je soupirai puis plongeai les mains dans l'eau en songeant au chevalier Søren qui avait été blessé par une de ces créatures. J'ignorais comment Magnus et lui avaient pu pénétrer dans les bois quand, en toute logique, Ingemar en avait condamné l'accès. L'inquiétude revint m'aiguillonner et, pour la seconde fois, je reportai les yeux sur la barrière de branches et de ronces. J'imaginais que Magnus et Søren avaient eu l'idée saugrenue de se tailler un chemin à coups d'épée. Je lâchai un petit rire nerveux. Ingemar avait sans doute raison, les soldats étaient des êtres stupides, seulement guidés par le besoin de se servir de leurs armes et de frapper, qui ou quoi que ce soit, du moment qu'ils avaient leur dose de violence. La preuve en était leur entrée en force dans ces bois. Et Søren l'avait chèrement payé. Je me redressai, récupérai les rênes de Dolgö et l'entraînai plus loin.

— Il ne faut pas s'attarder dans le coin, soufflai-je en ressanglant ma selle.

Les bruits qui troublaient le silence se multipliaient et les battements de mon cœur accéléraient au fil des craquements de branches résonnant derrière moi. *Il n'y a personne... il n'y a personne*, essayai-je de me convaincre. Mais lorsque j'entendis des grognements, je dus me rendre à l'évidence : Dolgö et moi n'étions plus seuls. Je grimpai à toute vitesse sur son dos et le talonnai avec impatience.

— Allons-nous-en d'ici.

Je repris ma course à travers les chemins tapissés d'herbe, sentant chaque aspérité du sol sous les sabots de mon cheval.

Une heure passa, puis deux. Au bout de la troisième, je marquai un nouvel arrêt près d'un ruisseau à la limite du tarissement. Dolgö et moi profitâmes de cette pause fraîcheur. Les mains refermées en coupe, je trempai mes lèvres dans l'eau. Elle était glacée avec un arrière-goût indéfinissable, mais pas désagréable. Après m'être aspergé le visage, je me concentrai sur l'horizon. Les toitures des habitations de Drömlik étaient visibles, à présent. Les tours du palais étaient si grandes qu'elles me parurent démesurées en comparaison avec l'endroit d'où je les observais habituellement. La frontière de ce royaume était délimitée par une forteresse de bois percée par une large entrée. Je savais qu'il en existait trois autres, dont une par la mer, mais cette issue étant la plus proche du lieu où je me tenais, c'était elle que j'avais l'intention d'emprunter. Mon problème restait de trouver par quel moyen j'allais pouvoir la franchir alors que tous les accès de Drömlik étaient surveillés par des soldats d'après les marchands ambulants qui y avaient mis les pieds. Ce qui faisait la différence entre eux et moi se résumait à un précieux laissez-passer.

Mon sourire devant le panorama s'estompa quelque peu en prenant conscience que je n'avais pas suffisamment pris cet obstacle en compte. Je ne pouvais plus retourner à la maison, il n'en était pas question. Dolgö, près de moi, s'ébroua et me ramena dans la réalité. Je fronçai les sourcils en observant les nuages sombres au-dessus de Drömlik. On aurait dit qu'ils s'étaient tous amoncelés en un seul et même endroit. C'était bien la première fois que je voyais le ciel si menaçant, du côté de ce royaume. Les propos d'Ingemar sur le second soleil et le ciel immuablement radieux de Drömlik, aussi factices l'un que l'autre, me revinrent à l'esprit. Si la matrice était mourante, peut-être n'était-elle plus en mesure de procurer ces éléments aux habitants des lieux.

— Mais pourquoi Søren ne s'en charge-t-il pas ? me demandai-je dans un murmure perplexe.

Quelque chose m'échappait. S'il était supposé remplacer la matrice, n'aurait-il pas dû pallier cela ?

Je me redressai, puis récupérai une pomme blette dans la sacoche posée de guingois à l'arrière de ma selle. J'en avais volé plusieurs en passant près d'un jardin dans lequel dormait un pommier bien garni. Ça aurait été dommage de les laisser perdre.

— Allez, on repart, lançai-je à Dolgö en me hissant sur son dos.

Visiblement aussi pressé que moi d'en finir avec ce voyage, il me répondit d'un hennissement d'allégresse et, pendant un instant, je me demandai s'il n'avait pas compris, mot pour mot, ce que je venais de dire. Après tout, n'était-il pas le cheval d'une völva ?

29
SOREN

J'entrouvris les yeux d'à peine quelques millimètres. Une douleur sourde m'enserrait le crâne, palpitant en son centre comme dix cœurs mourants. Au travers du rideau de mes cils, auxquels s'accrochaient des perles de sueur, je tentai de regarder le sol, mais la position dans laquelle la roue était orientée ne me le permit pas. Mon horizon se bornait au sommet de la tenture par laquelle on m'avait fait entrer dans cette salle de torture. Elle était abaissée à présent et j'étais seul. Désespérément seul. À quel moment le veilleur et ses deux sbires étaient-ils partis ? Je ne me le rappelais pas. Depuis combien de temps étais-je ici en train de dormir ? Ça non plus, je n'en avais pas la moindre idée. Tout ce dont je me souvenais tenait à la souffrance qui avait fait de moi cette poupée désarticulée. Je me forçai à relever la tête malgré la raideur de ma nuque.

— Quelqu'un ? appelai-je.

Le silence qui suivit, lourd, pesant, me dissuada de réitérer. J'avais la bouche trop pâteuse pour avoir envie de gaspiller ma salive pour rien. Je braquai les yeux sur la voûte de verre au-dessus de moi. Il faisait jour, pourtant le ciel était presque aussi sombre que lorsque la nuit s'apprêtait à étendre son voile occultant sur le royaume. Cependant, je savais que ça n'était pas cela. Non, c'était le résultat de mon incapacité à rêver et à recréer le monde tel que ma mère l'avait imaginé. Le veilleur avait sans doute espéré que tout rentrerait dans l'ordre dès l'instant où je m'endormirais, seulement, à la vue de ce ciel d'abandon et de tristesse, il était évident que je n'avais pas rêvé. Je n'en avais d'ailleurs aucun souvenir.

— Ils vont me libérer à présent, murmurai-je.

Je lâchai une expiration douloureuse. Maintenant que j'avais prouvé que je n'étais pas une matrice, ils n'avaient plus aucune raison de me garder confiné ici. Peut-être même serais-je libre d'ici quelques heures. J'en étais bien heureux. Un fragile sourire étira mes lèvres. Il était donc écrit que je ne finirais pas mes jours comme ma mère.

— Oui... ils vont me libérer.

Le froissement de la tenture troubla le silence autour de moi, attirant mon attention. J'essayai de me démancher le cou pour voir si quelqu'un était entré et de qui il s'agissait, mais la tâche fut trop douloureuse et je renonçai. La roue commença à s'ébranler et je compris que l'on tournait la manivelle pour la faire basculer.

Finalement, ma libération allait être encore plus rapide que je ne l'avais espéré. Mon sourire était toujours plaqué sur mes lèvres lorsque mes yeux se posèrent sur le veilleur qui venait de replacer la structure à la verticale. En découvrant sa mine crispée et l'outre dans sa main, je me raidis.

— Vous étiez supposé rêver, chevalier. À quoi jouez-vous ?

Mon sourire s'envola aussi vite qu'il était apparu.

— Je ne suis pas une matrice.

Mon interlocuteur secoua la tête d'un air mécontent, ou bien irrité. Ou les deux à la fois.

— Bien sûr que vous l'êtes, reprit-il. Sinon vous ne seriez pas ici. J'augure que vous comprenez le dilemme qui se pose à moi en tant que gardien de ces lieux.

Je le regardai sans vraiment saisir la teneur de ses propos. Je me sentais encore vaseux et réfléchir posément me semblait une tâche compliquée.

— Elzor ! Razor ! appela le veilleur.

Les gargölls pénétrèrent si vite dans la pièce qu'on aurait dit qu'il avait sifflé ses chiens de garde. Et je ne pensais pas me tromper en comparant ces deux êtres à cela. Sans m'accorder la moindre attention, ces derniers rejoignirent le gardien des lieux qui tendit l'outre à l'un d'eux tandis que l'autre croisait ses énormes bras sur son torse en me fixant avec indifférence. Je compris ce que cela impliquait et secouai la tête.

— Non ! lâchai-je d'une voix légèrement éraillée.

Le géant, gourde en main, avança vers moi. Je déglutis péniblement.

— Non, ne m'endormez pas encore !

— Vous ne me laissez guère le choix, chevalier. Si la dose précédente n'était pas suffisante, il va falloir en avaler un peu plus.

Le gargöll m'ouvrit la bouche de force, m'ôtant toute chance de pouvoir me soustraire à ses gestes. La sensation d'engourdissement m'envahit à nouveau et ma tête partit en avant, comme si plus aucun de mes muscles n'était en mesure de me maintenir.

— Tout ce que l'on vous demande est de rêver. Faites ce pour quoi vous êtes venu au monde, chevalier, entendis-je le veilleur déclarer tandis que les ténèbres tentaient, pour la seconde fois, de crocheter leurs griffes autour de moi.

Rêver, répétai-je mentalement.

Rêver était facile, mais muer ses songes en réalité était une tout autre affaire. Quelque chose que je ne savais pas faire, même avec toute la bonne volonté du monde. Tandis que je m'évertuais à résister de toutes mes forces à cette envie de sombrer dans le néant, provoquée par le nectar de rêves, je pensai à la précédente matrice… ma propre mère… Comment avait-elle réussi à se plier à cette tâche durant toutes ces années ? Comment était-elle parvenue à offrir de si beaux songes à Drömlik alors qu'elle avait dû se trouver attachée à cette roue ? Tout ce qui faisait de ce royaume un endroit si unique et parfait en son genre ? Presque vingt ans suspendue comme une toile à un mur…

À mesure que les secondes s'écoulaient, les ténèbres gagnaient du terrain. Elles grignotaient peu à peu chacune de mes pensées. J'éprouvai cette terrible impression que ma tête se vidait de sa substance et de tout ce qui faisait de moi une personne à part entière. Le visage de mon père apparut derrière mes paupières closes. Comment avait-il pu seulement laisser enfermer ma mère ? Peut-être n'avait-il pas eu le choix. Peut-être avait-il alors dû inventer un mensonge pour que ses enfants ne souffrent pas de sa disparition soudaine. En vérité, si elle était encore en vie, d'une certaine façon, elle était effectivement morte après ma naissance. Tout comme j'étais mort à l'instant où Magnus m'avait mené dans cette tour.

Rêver. Rêver, c'est tout ce que l'on demande à la matrice, ce n'est pas bien compliqué quand on a ce pouvoir, songeai-je en me remémorant les paroles de mon père un jour où, enfant, je l'avais interrogé au sujet de la matrice. Si j'avais su un instant que c'était ma mère qui avait endossé ce rôle, sans aucun doute, mes questions auraient été très différentes.

— Rêvez, Søren, répéta le veilleur d'une voix de plus en plus lointaine.

Peut-être devais-je cesser de résister et obéir.

Je me concentrai sur le néant qui m'engloutissait. Comme tous ces cœurs battant à l'unisson dans ma tête, le sang cognait avec véhémence contre mes tempes. Péniblement, je m'efforçai d'esquisser un paysage où le ciel serait au beau fixe et le soleil irradierait de splendeur, où les sommets des montagnes de Gardag apparaîtraient dans le panorama et l'herbe se parerait de ces fleurs aux pétales violettes que mes sœurs aimaient cueillir sur le chemin de l'école. J'imaginai la pièce dans laquelle je me trouvais se réchauffer et l'atmosphère s'alléger, l'odeur de sueur et de peur qui y flottait, supplantée par celle, doucereuse, d'une forêt de pins.

Mais toutes les choses que je m'ingéniais à ébaucher mentalement tombaient en poussière dans les secondes où elles commençaient à prendre forme. Des édifices magnifiques s'écroulaient, à peine esquissés, les fleurs s'effaçaient du paysage. Mon esprit s'entêta encore et encore à créer.

Rien n'y fit.

Rompu par la fatigue, j'abandonnai mes vaines tentatives. De toute évidence, je n'avais aucune capacité à rêver sur commande, comme je l'avais crié à Magnus à l'instant où cette maudite völva m'avait désigné comme tel. *Elle a menti, elle m'a piégé.* La vérité, c'était que, peut-être, cette Ingemar avait dû me déclarer matrice pour protéger cette jeune Freya du destin qui l'attendait à Drömlik. La völva avait détourné l'attention de Magnus d'elle pour la reporter sur moi… Et elle avait réussi, Magnus n'avait plus vu que moi. Moi et son idée de revanche qui lui tendait enfin les bras…

Rêve, Søren ! Rêve ! me commanda une voix tout au fond de moi. *Il faut que tu rêves. Pour Drömlik. Pour ta famille.*

Non, je ne… peux pas, me répondis-je avant de plonger dans un abîme de silence et de ténèbres.

30
PENDANT CE TEMPS

— Mais enfin, Ynglinga ! Comment as-tu pu ordonner que l'on fasse interner Søren dans la tour aux rêves ? gronda Viggo Sturla.

— Même si nous nous connaissons de longue date, Viggo, je te suggère de baisser d'un ton, rétorqua cette dernière en étudiant avec une indifférence calculée ses impeccables ongles pailletés, assortis à sa robe brodée de fils d'or.

— Mais c'est de mon fils dont il est question, Ynglinga ! Un soldat meneur qui t'a toujours été fidèle !

— Je ne dis pas le contraire, mais la völva Ingemar l'a désigné comme une matrice, que veux-tu que j'y fasse ? Et puis, n'est-ce pas logique, en fin de compte ? Avec une mère semeuse de rêves, un de tes enfants devait forcément hériter de son don. C'est tombé sur ton dernier fils, voilà tout.

— Combien de fois va-t-il falloir te le répéter ? Søren n'a aucun don ! S'il en avait eu un, ne crois-tu pas que je m'en serais rendu compte ?

— Mais qui me dit que tu n'étais pas au courant et que tu as préféré le cacher ?

— Ne sois pas ridicule, enfin !

La reine arqua un sourcil et releva la tête pour fixer l'homme qui s'agitait devant elle.

— J'apprécie moyennement le ton que tu emploies pour t'adresser à moi. Fais attention, j'en ai fait décapiter pour moins que cela.

— Ynglinga, je t'ai toujours été fidèle, je t'ai même laissé me prendre Audveig. Mais Søren n'a rien à faire dans la tour aux rêves. Absolument rien.

La souveraine continua à le considérer avec intérêt, consciente du trouble qui mettait son vieil ami dans un tel état. Bien sûr, elle comprenait ce qu'il pouvait ressentir. Viggo était un père protecteur. Toucher à ses enfants lui faisait oublier la bienséance que l'on se devait d'observer à la cour. Bon aristocrate, des coffres remplis d'or, il était un sujet qu'Ynglinga appréciait. Jusque-là… Mais avoir autrefois été amants ne justifiait en aucun cas que Viggo se permette de discuter les ordres de la princesse devenue reine. Elle le regardait, avec ses traits crispés et la colère qui ternissait ses prunelles bleues, mais elle ne reviendrait pas sur sa décision. À lui d'admettre que son fils était la matrice et que, par conséquent, sa place était dans cette tour. Drömlik dépendait trop de la matrice pour qu'Ynglinga cède sur ce point.

— Mettrais-tu la parole d'Ingemar en doute, mon ami ? Ses pouvoirs ne nous ont pourtant jamais détrompés. N'a-t-elle pas décelé le don de ton épouse ? Et encore celui de la semeuse de rêves qui l'a précédée ?

— Et pourquoi ne pourrait-elle pas s'être méprise, cette fois-ci ? Elle n'est pas infaillible, la preuve en est que ceci est totalement faux.

— Écoute, Viggo, je ne suis pas d'humeur à t'entendre déclarer que la völva à qui j'accorde ma confiance depuis de longues années est une menteuse juste parce que ses conclusions ne te conviennent pas. Il y a bien plus urgent à s'occuper que ton moral. As-tu vu l'état de Drömlik depuis le décès de la dernière matrice ?

— Audveig ! Mon épouse s'appelait Audveig !

Ynglinga ne put réprimer un sourire plein d'amertume. Elle se souvenait encore de ce jour où Viggo avait annoncé se lier pour la vie à Audveig ; c'était à peine quelques mois après qu'Ynglinga et lui se soient séparés. La souveraine en avait gardé un fort ressentiment à son égard et Audveig, de ce fait, n'avait jamais été dans ses bonnes grâces. Pour autant, elle savait faire la part des choses entre ses sentiments et l'intérêt du royaume. Si Audveig s'était retrouvée dans la tour, c'était parce qu'elle avait été une semeuse de rêves, une puissante semeuse, même. Parce que c'était sa place, la seule possible pour elle.

— Comme tu es attendrissant. Tu as pourtant été capable d'oublier le prénom de ta douce moitié pendant dix-neuf longues années, et voici que tu t'offenses parce que je la désigne sous l'appellation de *matrice*... Mais c'est ce qu'elle était, Viggo. Peut-être préfères-tu le terme de semeuse de rêves ? Il est vrai que c'est plus mélodique...

Il la toisa, peu enclin à jouer sur les mots au sujet d'Audveig. Mais le passé était le passé et sa défunte épouse en faisait partie. À présent, il s'agissait pour lui d'éviter à son fils de subir le même sort que sa femme.

— Comment peux-tu manquer à ce point d'empathie, Ynglinga ?

Elle lâcha un soupir agacé, puis jeta un regard en biais en direction du roi. Comme à son habitude, si Herulf était là physiquement, son esprit, lui, vagabondait elle ne savait où. Elle se reconcentra sur Viggo.

— Ce n'est pas une question d'empathie ou non et tu le sais très bien. Drömlik part en lambeaux. Bientôt, ses habitants sombreront dans l'hébétude et finiront par s'opposer dans toutes sortes de conflits parce qu'ils ont toujours été habitués à vivre dans le confort de la matrice. Imagines-tu Drömlik affronter une famine ? L'absence de gibier et de céréales te fait-elle envie ? Pour compenser cela, nous devrons nous rabaisser à commercer avec les contrées voisines, donner tout notre or en échange de ces matières premières qui commencent déjà à manquer. As-tu conscience de tout cela, Viggo ?

— Bien sûr que j'en ai conscience, mais...

— Alors tu sais également qu'il n'est pas question que je laisse mon royaume tomber en ruine au prétexte que ta défunte épouse n'a pas été aussi endurante qu'elle l'aurait dû. J'agis pour le bien de Drömlik, tout comme je l'ai fait lorsqu'Audveig a révélé son don, et ni toi ni personne n'a le pouvoir de remettre mes décisions en doute.

— Tu n'as pas le droit de me prendre Søren !

— Je te rappelle que je suis la reine, j'ai tous les droits ! Et puisqu'Ingemar a désigné Søren pour succéder à sa mère, il restera dans la tour.

— Ah oui ? Alors comment expliques-tu que la ville soit toujours en train de se déliter ? S'il était réellement la matrice, il aurait déjà dû modifier le cours des choses. Je te répète que mon fils n'est pas...

La reine abattit sa paume droite sur l'accoudoir de son trône. Si fort que son claquement résonna dans la salle, semblant se décupler à l'infini tant elle était vaste.

— J'en ai assez entendu comme ça ! D'ici trois lunes et deux soleils, tout sera rentré dans l'ordre, je te l'assure. Drömlik aura recouvré sa magnificence, et toi et tes autres rejetons me remercierez d'avoir fait en sorte que le confort et la tranquillité de Drömlik reviennent. Un enfant de perdu, ce n'est rien en regard des quatre qu'il te reste.

— J'aime tous mes enfants de la même façon et permets-moi de douter que Drömlik retrouve sa splendeur.

— Que de bonté chez toi, tout à coup, Viggo ! Aimerais-tu que je révèle à ta progéniture adorée, Søren inclus, quel pacte nous avons passé au sujet de leur mère en échange d'une position très convoitée dans mon environnement proche ?

L'homme referma la bouche, stupéfié par les propos de la reine. Il serra les dents avec force pour tenter de contenir toutes les invectives dont il mourait d'envie de la couvrir. Le chantage, c'était l'arme favorite d'Ynglinga, il aurait dû s'en souvenir pourtant. Elle n'avait pas son pareil pour appuyer là où cela faisait mal, et remettre la culpabilité de Viggo sur le tapis, c'était lui rappeler ce à quoi il s'était abaissé pour obtenir la place à la cour qu'il briguait depuis des années. Une lueur assassine au fond des pupilles, il la toisa. Il avait beau assumer pleinement d'avoir trahi sa femme, dans l'intimité de sa demeure isolée dans un quartier huppé de Drömlik, il s'en mordait chaque jour un peu plus les doigts. Plaider en faveur de son fils lui apparaissait comme une sorte d'épreuve de rattrapage. En sauvant son dernier-né, il espérait obtenir le pardon silencieux de son épouse.

Quoi que dise la reine, quoi que raconte cette völva, il ne comptait pas laisser Søren perdre la vie dans la tour comme Audveig. Seulement, il connaissait Ynglinga, si la moindre de ses intentions transparaissait sur son visage ou bien dans ses paroles, elle le devinerait sur-le-champ. Elle chercherait aussitôt à l'en empêcher et malgré le masque de douceur et d'empathie qu'elle enfilait chaque fois qu'elle se présentait devant le peuple de Drömlik, il la savait capable du pire. Il pouvait la comprendre, il était fait du même bois qu'elle. Le profit et le pouvoir, c'était ce qui les intéressait tous deux. À une différence près : sans enfant, Ynglinga n'était pas en mesure d'imaginer jusqu'où un père pouvait aller pour sauver sa progéniture d'un sort funeste.

— Laisse Audveig reposer en paix et mes enfants tranquilles, ils n'ont rien à voir là-dedans, se contenta-t-il de lui cracher avec mépris sous l'œil toujours indifférent du roi que, décidément, rien ne semblait ébranler.

— Si tu veux que je taise ta trahison envers ta famille, cesse de crier au scandale à propos de ton fils. Il est notre nouvelle matrice et il le restera, que cela te convienne ou non.

Viggo ne chercha pas à ajouter quoi que ce soit. Il avait parfaitement compris que les dernières paroles d'Ynglinga clôturaient cette discussion. Il n'avait d'ailleurs rien de plus à ajouter. D'un mouvement rageur, il se détourna et quitta la salle du trône sans même prendre la peine de saluer les époux royaux.

— Tu devrais te méfier de lui, souffla le souverain à Ynglinga. Viggo tient à ses enfants comme à la prunelle de ses yeux et cela le rend dangereux.

Sans cesser de fixer la porte désormais fermée, elle fit non de la tête.

— Il ne fera rien, il est trop attaché à sa position à la cour et il a peur du scandale. Viggo Sturla a toujours été un lâche et cela ne changera pas, termina-t-elle en se remettant à contempler ses ongles.

31
FREYA

J'exerçai une pression sur mes rênes et Dolgö s'arrêta à quelques mètres de deux portes cochères grandes ouvertes. Depuis l'endroit où je me trouvais, le passage m'offrait une vue directe sur une large voie qui s'étirait à perte de vue. De ce que j'en savais, Drömlik n'avait aucune capitale ; ce royaume en lui-même était le moins vaste de tous ceux réunis sur le continent, quoique Gardag ne le soit pas tellement plus, mais possédait tout de même une ville centrale autour de laquelle s'annexaient de multiples villages. Drömlik avait ceci de différent que les descriptions qu'on en faisait, aussi rares soient-elles, évoquaient une contrée plus riche que pauvre et que l'ensemble de sa population se concentrait en une unique cité.

La route qui se profilait sous mes yeux me sembla loin des récits émerveillés qu'en dépeignaient les marchands ambulants venus à Drömlik. Je n'y voyais point de pavés bien alignés, mais seulement de la terre battue. Ce qui m'étonna le plus était l'absence de soldats pour veiller sur l'issue. Cela me parut étrange et inquiétant. Cependant, la tentation de franchir à toute vitesse cette frontière interdite bouillonnait en moi comme la lave d'un volcan. À première vue, rien ne m'en empêchait, mais quelque chose me soufflait de me méfier, comme si je devais m'attendre à ce qu'il s'agisse d'un piège. Je fouillai les environs du regard. Je ne vis rien qui laisse à penser que je me précipitais droit vers un guet-apens. *Tu n'as pas fait tout ce chemin pour repartir*, me serinai-je. Si j'étais étonnée, je devais bien reconnaître que l'excitation gagnait du terrain sur la prudence. J'avais eu tout mon trajet pour réfléchir à la façon dont j'allais entrer à Drömlik, pourtant, je ne l'avais fait à aucun moment, comme si ce n'était qu'un problème secondaire alors qu'en vérité, il s'agissait du principal barrage à la réalisation de mon désir de pénétrer ces murs.

Et il venait de disparaître comme par enchantement.

Peut-être bien que c'est un signe, songeai-je.

Et puisque je croyais beaucoup aux clins d'œil du destin, comme la majorité des Tudagues, j'intimai à Dolgö l'ordre de reprendre sa progression. Il repartit sans rechigner tandis que je faisais en sorte que sa cadence soit la plus lente possible. Une, deux, trois foulées plus tard, je l'arrêtai pour la seconde fois, toujours sur mes gardes. Personne ne vint à ma rencontre ni ne me cria de rebrousser chemin sur le champ. Dans le lointain de la rue qui me faisait face, j'aperçus quelques badauds. Ils évoluaient dans le paysage avec lenteur, semblant ne pas se rendre compte de ma présence. Pendant un instant, j'eus l'impression d'être devenue invisible.

D'un claquement de langue, je poussai Dolgö à se remettre en route. Au moment où sa tête se retrouva au niveau de cette frontière qui me séparait encore de Drömlik, je ne pus m'empêcher de l'arrêter une nouvelle fois. *Es-tu stupide ? Lance-toi pendant que tu en as l'occasion !* m'encourageai-je. Je déglutis avec peine, m'attendant chaque seconde à ce que des soldats apparaissent subitement et se jettent sur moi.

Avance, Freya !

Un petit coup de talon nerveux et Dolgö obéit à mon injonction. D'un pas, il franchit la limite interdite. Il était désormais trop tard pour prétendre que je ne comptais pas entrer à Drömlik. J'y étais. Je virai dans une ruelle sur ma droite par crainte de croiser des soldats. Tandis que nous progressions, j'avisai les habitations qui bordaient la voie de chaque côté. Leurs façades étaient sans relief, d'un blanc usé, presque gris. Des lézardes remontaient de leurs fondations pour sinuer le long de certaines d'entre elles, d'autres portaient des traces de craquelures qui accentuaient la tristesse se dégageant des lieux.

L'atmosphère elle-même était empreinte d'une lourdeur étrange et d'un sentiment d'abandon qui me pinçait le cœur tant il était puissant. Dans les jardins qui espaçaient certaines demeures poussait une herbe jaunâtre et asséchée, à d'autres endroits, le sol semblait totalement stérile. Les tuiles alignées sur les toits pentus étaient couvertes d'une mousse gris vert.

« Ce qui existe à Drömlik n'est pas réel. »

Les paroles d'Ingemar me revinrent en tête, comme pour me faire comprendre que ce que je voyais à cet instant était, au contraire, la réalité. Une réalité que la matrice n'altérait plus pour en faire quelque chose de beau, de plus fastueux. Je découvrais un Drömlik nu, dépouillé de tout artifice.

À l'évidence, la splendeur de ce royaume tant jalousé par les autres contrées n'était plus qu'un souvenir pour ses habitants. Au moins, je ne me sentais pas dépaysé depuis mon départ de Tudag... Ce qui était dommage dans la mesure où j'étais venue ici pour l'être.

Découvrir Drömlik sous son véritable jour ne me donnait pas particulièrement envie de m'y attarder, à mon grand regret.

Lorsque je croisai enfin des passants, le même sentiment de tristesse général était peint sur leurs visages. Ils avaient beau être tous bien vêtus, porter de précieux bijoux à leurs oreilles, autour de leur cou, de leurs poignets et dans leurs cheveux plus ou moins longs tissés de nattes, ils n'en avaient pas moins l'air accablés et j'en éprouvai un certain malaise. Si les environs étaient presque monochromes, ce n'était pas le cas des habitants de ces lieux, c'était un fait.

Je m'aventurai dans une nouvelle artère, celle-ci bien plus peuplée que la précédente. Les gens parlaient peu, et pour les rares qui s'étaient rassemblés, leurs discussions se bornaient à des chuchotements, comme s'ils avaient peur qu'on les entende.

Des femmes, l'anse d'un panier autour de leur avant-bras, croisèrent mon regard, et pendant un instant, je craignis qu'on donne l'alerte à ma vue. Avec mes tatouages et mes vêtements, je ne risquais pas de pouvoir me fondre dans la masse. Malgré cela, personne ne chercha à me dénoncer, encore moins à m'aborder. J'en oubliai même que j'étais entrée illégalement dans la ville tandis que mon cœur se serrait de plus en plus en découvrant certaines Drömliennes en larmes. Je fus d'autant plus touchée par celles qui étaient accompagnées d'enfants dont le visage ne reflétait que chagrin et mélancolie. La pensée de mon petit frère me submergea et je ravalai de force la boule de tristesse qui entravait ma respiration.

J'arrivai au bout de la rue et m'arrêtai, hésitant sur le choix de celle à prendre. L'une s'étendait sur la droite et semblait donner sur des terrains boisés, non loin du château de la reine Ynglinga qui m'apparaissait dans toute sa fadeur. De la voie située sur la gauche me parvenaient des embruns iodés, m'indiquant par là que la mer était toute proche. Je m'y engageai, toujours au pas, et débouchai sur une large artère. Tout en avançant, je posai les yeux sur le sol de terre battue. Des traces carrées et délimitées avec régularité y étaient visibles ; je gageai qu'il devait y avoir eu des pavés ici même, et très récemment. La voie longeait un muret. Tout en observant l'océan dans le lointain, j'écoutai le bruit des vagues s'écrasant contre les pierres scellées avec un mortier blanc pour protéger la route de ses assauts. Un sourire naquit sur mes lèvres, remplaçant la moue dépitée que j'arborais depuis mon entrée dans Drömlik. Dolgö et moi nous dirigeâmes vers le muret et mon regard se perdit dans l'horizon qui formait une ligne indéfinissable entre ciel et mer, comme s'ils se rejoignaient. J'inspirai profondément pour m'emplir les poumons de cet air si vivifiant.

Je descendis de ma monture puis, les rênes de Dolgö coincées dans une main, je pêchai une pomme dans ma sacoche avant de m'asseoir à califourchon sur le muret. Je croquai dans mon fruit tout en admirant le panorama.

— Au moins, je ne suis pas totalement venue pour rien.

Bercée par le ressac de la mer, je fermai les yeux. *Rien qu'un instant,* songeai-je. J'avais besoin de récupérer de mon voyage. Je me laissai envahir par un agréable sentiment de légèreté. Peu à peu, des lignes iridescentes commencèrent à serpenter à la surface de l'océan, le parant d'une pléiade d'éclats multicolores s'entrecroisant dans un somptueux ballet. Puis des orbes aux reflets chatoyants et au goût de sel se formèrent devant mon visage. Leur douceur veloutée me caressa la peau et j'oubliai mon désir de lutter contre mon don de semeuse de rêves.

Un bruit métallique troubla le silence ambiant et j'ouvris brusquement les yeux, mettant fin à mon rêve éveillé. Dolgö m'observait en mastiquant son mors. Je secouai la tête en ébauchant un sourire.

— Tu as bien fait de me réveiller, soufflai-je en caressant son chanfrein. Un peu plus et je tombais à l'eau.

Je croquai à nouveau dans mon fruit coincé dans ma paume et me remis à contempler l'horizon.

Des voix, non loin de là, résonnèrent dans mon dos. Je jetai aussitôt un coup d'œil par-dessus mon épaule, partagée entre inquiétude et curiosité. Soulagée qu'il ne s'agisse pas de soldats, je regardai le petit groupe composé de cinq personnes, de l'autre côté de la route. Tout en parlant, ils s'apprêtèrent à traverser la chaussée pour gagner l'endroit où je me trouvais. Un homme se tenait au-devant de quatre jeunes gens, dont deux femmes. Par bien des points, il me rappela mon père, quoiqu'un peu plus âgé, mais tout aussi peu souriant et avec la même démarche raide. Tous portaient de somptueux apparats, autant de bijoux que s'ils avaient dévalisé un orfèvre, et des coiffures structurées. Je n'avais pas vu beaucoup de nobles dans ma vie, ceux de Skáld n'ayant pas pour habitude de traîner leurs guêtres sur les chemins boueux de Tudag, et encore moins dans les champs de yorgäls, mais je n'avais aucun doute sur le fait que ces gens-là en étaient. Ils transpiraient la richesse à des kilomètres. Du plat de la main, j'essuyai le jus onctueux de ma pomme qui avait coulé sur mon menton et continuai à suivre les étrangers du regard avec un certain amusement devant leurs manières un peu empruntées.

Brusquement, l'un des membres du groupe, un jeune homme, tourna la tête dans ma direction. Ses yeux croisèrent brièvement les miens avant de dériver sur un autre point. Je me levai d'un bond, comme si une armée de selistas voraces venait de me mordre les fesses.

— Søren ! m'exclamai-je en courant à sa rencontre.

32
FREYA

Le jeune homme leva aussitôt les mains devant lui en un geste défensif en même temps qu'il reculait d'un pas, et tous ceux qui l'accompagnaient se figèrent d'un bloc. Je réalisai que j'étais peut-être arrivée un peu précipitamment, mais je fis comme si de rien n'était et le fixai avec insistance sans me préoccuper des autres membres du groupe qui me considéraient d'un air interloqué.

— Søren, c'est moi, Freya !

Il arqua les sourcils, mais garda ses paumes orientées vers moi en guise de bouclier. Je me renfrognai face à son accueil pour le moins discourtois.

— Je suis désolé, mais je crains que vous ne fassiez erreur. Je ne suis pas Søren.

J'esquissai une moue contrariée.

— Pourtant… vous êtes son portrait craché.

Il abaissa enfin ses mains et un sourire s'ébaucha sur ses lèvres. Léger, mais suffisant pour me faire comprendre qu'il ne se sentait plus en danger.

— J'entends bien, sans quoi vous ne m'auriez pas pris pour lui. Vous m'avez confondu avec mon…

— Silence, Olan, aboya soudainement l'homme qui menait leur groupe.

Ledit Olan referma la bouche aussi sec.

— Qui donc êtes-vous pour vous permettre d'interpeller un riche notable de Drömlik ? reprit l'homme, cette fois à mon intention.

Surprise par la froideur de ses propos, je tressaillis, ne sachant que répondre sur l'instant. De toute évidence, j'avais dérogé à une règle de Drömlik, du moins le supposai-je si je m'en tenais à ses paroles. À Tudag, les gens de moindre noblesse et démunis financièrement n'avaient aucun droit de s'adresser aux titrés, j'aurais bien dû me douter qu'il en serait de même ici. Riches et pauvres ne feraient jamais bon ménage, quel que soit le lieu. C'était une évidence.

— Je ne voulais en aucun cas troubler votre tranquillité, monsieur. Je pensais juste que ce jeune homme était le chevalier Søren, m'excusai-je platement. Il lui ressemble comme deux gouttes d'eau.

Ce dernier échangea un regard avec les deux jeunes femmes et un autre jeune homme, mais aucun d'eux ne s'exprima. *Décidément, les habitants de cette contrée sont aussi bavards qu'ils sont cordiaux,* me dis-je.

— Il est heureux que mes enfants se ressemblent, reprit avec sécheresse le père de cette progéniture un brin dédaigneuse. D'où connaissez-vous mon fils Søren ?

— Nous nous sommes croisés à Tudag très récemment.

— Tudag ? Ce royaume de pouilleux où vit la völva Ingemar ?

Je grimaçai. Même si je ne le portais pas spécialement dans mon cœur, je n'aimais pas beaucoup que l'on parle de cette façon de l'endroit d'où je venais. Ce n'était pas parce que cet homme exhibait sur lui l'équivalent de toute une vie de dur labeur qu'il pouvait se permettre de s'adresser à moi avec autant de mépris. J'eus bien envie de lui répondre qu'en matière de laideur et de négligence apparente, Drömlik n'avait visiblement pas grand-chose à envier à Tudag. N'étant pas querelleuse dans l'âme, je préférai cependant garder mes réflexions pour moi.

— Oui, pourquoi ? Vous la connaissez ? Et comment se porte Søren ?

— Je vous trouve un peu trop curieuse pour une jouvencelle qui n'a certainement rien à faire entre les murs de Drömlik. À moins que je me trompe et que vous ayez un précieux laissez-passer dans vos poches.

Je ravalai discrètement ma salive ; il n'aurait plus manqué qu'il me fasse chasser de cet endroit. Comme l'homme, ainsi que sa progéniture, s'était mis à me détailler de la tête aux pieds, j'inclinai à mon tour la tête vers ma robe poussiéreuse et mes bottines aux semelles crottées. Je n'étais pas très présentable, il était vrai ; pas plus que je ne sentais la rose fraîchement éclose. Je me fis l'effet d'être toute petite soudain. Petite et insignifiante. Je n'avais jamais éprouvé aucune honte concernant ma façon de me vêtir ou d'avoir toujours les cheveux en bataille, mais l'attitude de cet individu détestable qui puait autant l'argent que l'orgueil me rappela à quel point j'étais tout en bas de l'échelle. Ces gens, eux, devaient être perchés si haut qu'ils en avaient certainement perdu le sens des réalités.

— Je suis désolée, monsieur, m'efforçai-je de rétorquer avec une amabilité feinte. Je n'ai pas pour habitude de faire la conversation aux grands pontes de ce monde. Je ne suis qu'une humble gardienne de yorgäls…

Les quatre enfants accompagnant l'homme ne purent s'empêcher de pouffer et je compris que malgré toute ma bonne volonté, mon ton n'était pas parvenu à masquer mon irritation. Mon interlocuteur coula un regard sombre en direction de ses enfants puis retrouva sur-le-champ une mine aussi expressive que celle d'un crapaud perdu au milieu d'un étang.

— Gardienne de yorgäls ou de quelconques autres créatures puantes, que m'importe, je vous suggère de retourner d'où vous venez au lieu d'attendre que la garde royale ne s'aperçoive de votre présence sur ce territoire et ne vous en éjecte d'un bon coup de pied bien placé, me tança-t-il avant de faire signe à sa petite troupe de se remettre en marche.

Je les regardai s'éloigner tandis que la colère me picorait le bout des doigts.

— En tout cas, ce qui est certain, c'est que Søren n'a pas hérité son amabilité de vous, crachai-je dans son dos.

Il s'immobilisa, forçant ses enfants à en faire autant, puis pivota vers moi, une lueur assassine au fond des yeux.

— Comment osez-vous m'insulter de la sorte, petite coureuse de remparts ?

— Et vous ? ripostai-je, pourtant consciente que j'aggravais ma situation en lui tenant tête. La valeur d'un être humain ne se rattache pas à la taille de sa bourse. Je voulais juste savoir comment allait votre fils depuis qu'il a été blessé, en quoi est-ce un crime ?

— Nul parmi nous n'a parlé de crime, mais cela ne vous concerne en aucun cas. À présent, nous avons perdu assez de temps, partons !

À ma grande surprise, l'une des jeunes femmes du groupe, semblant la plus âgée des deux, posa une main sur le bras de ce dernier. Il tourna aussitôt la tête vers elle.

— Attends, père, lui dit-elle en répondant à son regard interrogateur par un sourire.

Elle avança ensuite vers moi.

33
FREYA

— Bonjour, Freya, c'est bien ainsi que tu t'appelles ?

J'acquiesçai avec méfiance.

— Je me prénomme Deva, je suis l'aînée des enfants Sturla. Voici mon père, Viggo. Ne lui en veux pas pour sa dureté, il est un peu sur la défensive en ce moment. Et voici ma sœur Solveig et mes frères Leif et Olan. Søren est le plus jeune de notre fratrie et il est également soldat royal. Tu disais l'avoir rencontré à Tudag, ces derniers jours, c'est bien cela ?

— En effet.

— Et qu'il a été blessé là-bas ?

— Oui, il a été attaqué par un lamparög.

— Un lamparög ? Qu'est-ce donc que cette invention ? se moqua Leif.

Je lançai un regard agacé au jeune homme dont les cheveux blonds, noués en catogan, contrastaient avec le brun des autres membres de sa fratrie.

— Ce n'est pas parce que vous ne connaissez pas ces créatures qu'elles n'existent pas, lui fis-je remarquer. La blessure de Søren est là pour en témoigner.

— Encore eût-il fallu que nous puissions la voir pour vous croire, rétorqua-t-il du tac au tac.

— Tais-toi, Leif, lui intima Deva avant de se focaliser de nouveau sur moi. Dans quelles circonstances as-tu rencontré notre frère à Tudag ? Qu'y faisait-il ?

— Il était à la recherche de...

— De ? m'invita-t-elle à continuer, comme je marquais un temps d'hésitation.

— De la völva Ingemar.

— Pourquoi cela ?

— Je ne sais pas si je peux vous le confier, je...

— Tu n'as rien à craindre, cela ne te retombera pas dessus de quelque manière que ce soit.

— Eh bien... il comptait demander à Ingemar de lui indiquer où trouver la nouvelle matrice. Je les ai accompagnés pour leur montrer où elle vivait.

— Tu sais ce qu'est la matrice ? s'étonna-t-elle.

Je baissai la tête, presque honteuse d'avoir visiblement trop parlé, et m'abîmai dans la contemplation de mes chaussures. Pourquoi avais-je parlé de ce qui semblait être un secret pour les habitants de Drömlik ?

— Søren m'en a parlé, avouai-je.

Ce n'était pas exactement ce qui s'était passé, je lui avais plus forcé la main que je n'avais écouté ses confessions à ce sujet, mais sa famille n'avait pas besoin de le savoir. Néanmoins, je pouvais comprendre que les Drömliens préfèrent ne pas s'étendre sur la fonction de la matrice. À mes yeux, masquer la réalité à l'aide de rêves n'était pas très glorieux. C'était même assez lâche. *N'est-ce pas aussi ce que tu fais ? Tromper les gens avec des illusions pour leur rendre le sourire ?* ne pus-je m'empêcher de m'interroger. *C'est différent,* me défendis-je mentalement.

— Et cette völva la lui a-t-elle donnée ? reprit Deva.

Je relevai la tête, une expression troublée sur le visage. En plongeant dans mes souvenirs du moment où Søren, Magnus et moi-même avions fait face à Ingemar, j'en avais perdu le fil de notre conversation et la teneur de la question de Deva m'échappa.

— Donner quoi ?

— Eh bien, l'information sur l'endroit où trouver la nouvelle matrice.

— Oh ça... oui, elle l'a fait. Elle a désigné Søren et...

Je m'interrompis soudain, comme si une alarme venait de faire vibrer les parois de mon crâne. Je sus instinctivement que révéler qu'Ingemar m'avait également désignée n'était pas une bonne idée. C'était peut-être une intuition sans fondement et cette Deva ne faisait peut-être que poser des questions banales, mais c'était plus fort que moi. Je ne connaissais rien d'elle, pas plus que je ne connaissais Søren en réalité. Je n'avais aucune raison de lui confier plus que je ne le souhaitais. De toute façon, qu'est-ce que cela pouvait faire puisque Søren occupait à présent la place de matrice ? Ça ne la regardait pas.

— Et ? me relança Deva.

— Elle a désigné Søren, répétai-je. Ensuite, les cavaliers qui l'accompagnaient l'ont mis aux arrêts et sont repartis à Drömlik.

— Et toi, ils t'ont laissée à Tudag ? s'enquit Olan.

— Quelle raison aurais-je eue de les suivre ? Je vis à Tudag, pas à Drömlik.

— Que fais-tu dans notre royaume en ce cas ? renchérit Leif sur un ton qui suintait de mépris.

Deva n'eut qu'un regard à lui jeter pour qu'il se taise, à mon grand soulagement.

— Me direz-vous enfin comment va Søren ?

Au lieu de me répondre, Deva reporta son attention sur Dolgö.

— Tu sembles un peu perdue et ta monture et toi devez être affamés, assoiffés et éreintés. Il ne fait pas bon traîner dans les rues de Drömlik lorsque l'on est une étrangère. Accepterais-tu que nous t'offrions le gîte et le couvert ? Cela compenserait notre accueil glacial et nous permettrait de parler plus librement de Søren, qu'en penses-tu ?

Je me mordillai nerveusement la lèvre inférieure en feignant de réfléchir à sa proposition. Il était vrai que mon estomac criait famine, – et ce n'étaient pas quelques pommes blettes qui allaient pouvoir le remplir – que je devais puer autant qu'un yorgäl et que j'avais besoin de dormir. Mais pour tout cela, il me fallait assez d'argent et je n'avais en tout que quelques malheureuses piécettes dans ma bourse.

— Oh, je demandais des nouvelles de votre frère juste par politesse. Comme je l'ai soigné, je trouvais normal de…

— C'est très généreux à toi de te soucier de sa santé. C'est pourquoi nous serions heureux de t'inviter dans notre humble demeure.

Je haussai les épaules d'un air que j'espérais assez nonchalant pour donner le change, mais je n'y croyais qu'à moitié, mes talents de comédienne étant très discutables. Et à la mine que me renvoya Deva, je devinai qu'elle l'avait parfaitement compris.

— Laisse-nous te guider pour t'éviter bien des ennuis, veux-tu ? insista-t-elle. Malgré les apparences, nous ne sommes pas indifférents au sort des étrangers sur notre sol.

Mes yeux se perdirent dans le paysage. Un instant, je fixai le muret de pierre qui longeait l'océan, puis me focalisai sur le trottoir inverse où les dalles dont il était constitué étaient noires et toutes craquelées, comme sur le point de partir en miettes.

Des soldats entrèrent subitement dans mon champ de vision. Mon cœur bondit dans ma poitrine et je m'arrachai à mon errance visuelle. Ils étaient assez loin et je n'aurais pas juré qu'ils m'avaient remarquée, mais ils avançaient dans ma direction et celle des Sturla. Je me sentis soudain très vulnérable. Le père des enfants Sturla avait raison, tôt ou tard, les soldats me tomberaient dessus et je ne serais pas en mesure de me défendre d'une quelconque façon. J'étais une étrangère ici et, pire encore, je n'avais aucun droit de m'y trouver. J'avais besoin d'un endroit où m'abriter et être un minimum en sécurité. Je reportai les yeux sur Deva.

— J'accepte.

34
SOREN

— Se réveiller !

Je sursautai en entendant cette voix caverneuse résonner contre mon tympan droit. La douleur dans mes membres tendus et la migraine, qui s'était plus ou moins mise en veille dans mon crâne, se ranimèrent en même temps. Mes prunelles voilées par la fatigue se posèrent sur les deux géants campés devant moi.

— Heure manger, reprit l'un d'eux.

— Parle… moins fort… crétin, grommelai-je du bout des lèvres.

Sans se soucier de ce que je venais de marmonner, les deux monstres de chair et de muscles se placèrent chacun d'un côté de la roue, la ramenèrent à la verticale, puis déverrouillèrent mes entraves aux chevilles et à mes poignets. J'aurais espéré que me retrouver enfin libre de mes mouvements me soulagerait, seulement mon corps en avait été privé pendant de si longues heures que le remède fut presque pire que le mal. Les gargölls le comprirent à l'instant où mes jambes flanchèrent quand mes pieds touchèrent le sol.

Ils me rattrapèrent avant que je m'effondre. Les dents serrées, je les laissai à contrecœur me redresser puis me faire avancer lentement vers la tenture relevée. J'avais l'impression d'être redevenu un bébé à ses premiers pas.

— Doucement, espèce de décérébré, grognai-je à nouveau.

— Marcher plus vite ! rétorqua l'un des gargölls en me forçant à accélérer la cadence alors que des milliers de fourmillements me labouraient les jambes.

J'ignorais si le but était réellement d'aller plus vite ou s'il m'infligeait cela juste pour me punir de l'avoir insulté, mais le résultat fut le même : je souffris davantage. Malgré mes difficultés à aligner un pied devant l'autre, nous parvînmes tout de même à franchir la tenture pour déboucher dans la pièce voisine.

Me retrouver loin de cette roue me soulagea à un point que je n'aurais pas imaginé, comme si les pierres qui lestaient mon estomac disparaissaient une à une. Pour autant, je craignais que l'on me réserve un sort tout aussi déplaisant. Qu'allait encore trouver le veilleur pour me contraindre à faire ce dont j'étais tout bonnement incapable ?

Les gargölls m'entraînèrent jusqu'à la table qui occupait un coin de la pièce. La chaise de bois usé jusqu'à la corde grinça lorsqu'ils m'y laissèrent tomber comme un poids mort et la douleur dans mes jambes s'atténua pour être remplacée par une étrange sensation de bien-être. J'avais l'impression de ne plus m'être retrouvé dans cette position depuis des siècles. Tandis que les deux géants se plaçaient de part et d'autre de moi, je tournai la tête en direction de l'alcôve dans laquelle j'avais découvert le corps de ma mère. Le rideau occultant qui le masquait était à présent ouvert, retenu par une chaînette à grosses mailles enchâssée dans le mur. En voyant le lit vide, les images de la dépouille fluette de ma mère resurgirent dans mon esprit. Qu'avaient-ils fait d'elle ? L'avaient-ils enterrée en toute discrétion sans sépulture ou bien brûlée pour faire disparaître jusqu'à la dernière trace de son existence ? Et mon père, lui ? Était-il présent à ce moment ? Toutes ces questions avivèrent ma migraine.

Les coudes vissés sur la table, j'enfouis ma tête entre mes mains pour essayer de chasser toutes ces pensées parasites de mon esprit. Je la relevai à l'instant où un léger tintement métallique troubla le silence ambiant. Le veilleur entra dans mon champ de vision, portant une écuelle de laquelle s'élevait une volute de fumée.

— Bien le bonjour, chevalier ! me dit-il.

Je lui renvoyai un regard indifférent tandis qu'il posait l'assiette devant moi. Il la fit glisser jusque sous mon nez et son délicieux fumet envahit mes narines. Le généreux morceau de gibier disposé sur une bonne portion de légumes me donna l'eau à la bouche. Je ne m'animai cependant que lorsqu'un des géants plaça une chope près de moi et la remplit de mjød fort odorant. Là, je n'y tins plus. La gorge aussi sèche que le lit d'une rivière tarie, je me jetai dessus et, les deux mains crispées sur celle-ci, je savourai chaque goutte qui dévalait ma trachée. Je la reposai sans douceur, vidée de son contenu, puis cherchai couteau et fourchette pour attaquer ce repas que mon ventre me réclamait à cor et à cri. Réalisant qu'il n'y en avait aucun, je levai la tête vers le veilleur.

— Où sont les couverts ?

— Vous êtes troublé par la nouvelle tâche qui vous incombe, aussi, vous donner des ustensiles de ce type ne serait pas très judicieux dans les premiers temps.

Je soupirai. Troublé n'était pas le mot que j'aurais utilisé pour défendre ma cause, mais j'avais compris, depuis que j'avais mis les pieds ici, que quoi que je dise, le gardien de ces lieux n'y accorderait pas le moindre intérêt. À quoi bon discuter lorsque l'interlocuteur était plus buté qu'un âne ? Je m'abstins donc de protester, attrapai mon morceau de viande et mordis dedans. Je mâchai lentement pour faire durer le plaisir parce que je savais très bien ce qui allait se passer après ce repas. Les géants me saisiraient chacun par un bras et me traîneraient de force sur cette roue où je me retrouverais à nouveau attaché comme une offrande aux dieux. J'attaquai ensuite mes pommes de terre, contraint à plonger les doigts dans la sauce pour me nourrir. Je n'étais pas habitué à ce genre de traitement, moi qui avais toujours mangé dans de la belle vaisselle lorsque je vivais encore chez mon père. Mais la vie changeait, et pas forcément pour le meilleur, je l'apprenais à mes dépens. Au bout d'un petit moment, lassé de la présence du veilleur qui m'observait comme s'il étudiait chacun de mes mouvements, je le toisai.

— Vous comptez me fixer pendant tout le repas ?

— Le temps que vous vous fassiez à cet endroit, vous…

— Laissez-moi deviner, m'offrir un peu d'intimité ne serait pas judicieux, c'est cela ?

— Parfaitement, chevalier.

— Cessez de m'appeler chevalier, nous savons très bien, vous et moi, que je n'en suis plus un, grommelai-je.

Je me remis à manger, toujours aussi lentement, adressant plusieurs fois des coups d'œil au géant sur ma droite.

— À boire ! aboyai-je puisque mes appels du regard semblaient totalement lui échapper.

Il s'exécuta sans protester et je continuai à faire durer le plaisir encore et encore, léchant mes doigts un à un puis les essuyant avant de les replonger dans la sauce pour trier les derniers légumes noyés dans celle-ci.

Je profitai de ce moment de répit pour réfléchir à ce qui m'arrivait. J'avais beau savoir que ma situation était plus que verrouillée, je refusais de renoncer à y trouver une issue favorable. Mais comment faire ? Cette question me taraudait.

— Alors ? repris-je après un instant. Drömlik a-t-il retrouvé de sa superbe grâce à mes rêves ?

— Vous savez fort bien qu'il n'en est rien, rétorqua sèchement le veilleur.

— Quelle surprise ! ricanai-je en reportant un regard froid sur ce dernier. Il est encore temps de me libérer pour que je puisse me lancer à la poursuite de la véritable matrice.

L'homme croisa les bras sur sa poitrine.

— Nous l'avons déjà trouvée.

— Ah oui ?

— Elle est devant nous, se contenta-t-il de répondre.

À ces mots, je me renfrognai. L'espoir qu'enfin ils aient compris leur méprise se dissipa aussi vite qu'il m'était apparu. Il fut aussitôt remplacé par le sentiment de colère qui revenait me ronger de l'intérieur. Sans que personne ne s'y attende, je projetai ma chope à demi-remplie au sol. Sous le coup de la surprise, le veilleur sursauta.

— Voilà une réaction qui manque d'intelligence. Quand allez-vous comprendre que vous n'avez d'autre choix que de rêver ? Vous vous exposez à...

Je ne lui donnai pas l'opportunité de continuer à se répandre en paroles moralisatrices dont je n'avais cure. Il n'était plus temps de faire preuve de discernement pour moi puisque mon sort était scellé. À présent, seul mon instinct de survie me guidait. C'était le chemin à suivre si je voulais sortir de cette tour. Je me jetai sur lui, refermai mes doigts autour de son cou et serrai de toutes mes forces.

— Je ne suis pas la matrice ! aboyai-je. Je ne suis pas la matrice ! Comprenez-vous ? Je ne suis pas... la matrice !

Je sentis ses jambes fléchir, et bien que les miennes ne soient guère plus vaillantes, je libérai sa gorge, projetai violemment sa tête dans mon assiette pleine de sauce, puis me précipitai vers la porte, tout comme je l'avais déjà fait le jour de mon arrivée. Cette fois, je devais réussir. Il le fallait, sinon j'allais mourir ici.

Tout en entendant le veilleur tousser comme un damné dans mon dos, je continuai à forcer mes muscles à fonctionner au-delà de leur capacité. Je courais en sentant chacun d'eux s'étirer, générant une sensation de brûlure intense, mais je refusais de renoncer. Un des gargölls agrippa soudain l'une de mes chevilles et mon corps bascula en avant. Dans un effort désespéré, je projetai un bras vers la poignée de la porte, désormais à ma portée. Mes doigts se refermèrent dessus de justesse. Je serrai aussi fort que je pouvais pour empêcher le géant de me tirer plus en arrière.

— Lâcher porte ! gronda-t-il.

— Pas question ! criai-je en me cramponnant à la poignée.

Je tentai en vain de la tourner, seulement le second gargöll s'en mêla et se saisit de mon bras libre. Le tissu de ma tunique se tendit avant d'émettre un craquement. La manche de celle-ci resta coincée entre ses doigts ; j'en profitai aussitôt pour récupérer mon bras et le projeter à son tour vers la poignée. Mes deux mains sur celle-ci, j'aurais plus de puissance pour ouvrir la porte. J'y parvins à grand-peine, conscient que tant que le géant qui me retenait par la cheville ne me lâcherait pas, il me serait impossible de me redresser pour filer. Comme s'il avait lu dans mon esprit, il affermit sa prise et agrippa ma seconde cheville, anéantissant tous mes espoirs. Il exerça une pression en arrière si forte sur les deux que je crus qu'il allait me démembrer sur place. L'autre gargöll n'eut plus qu'à se pencher vers mon corps tendu comme un arc. De ses énormes bras, il enveloppa mon torse et serra mon plexus solaire. L'air fut expulsé de mes poumons en une fraction de seconde. Suffoquant sous cet étau, je tentai en vain de garder mes doigts cramponnés à la poignée de la porte.

Non ! Non ! Ne lâche pas ! m'enjoignis-je.

J'avais beau m'échiner, forcer mes muscles à se surpasser, je savais déjà l'affaire terminée. Je n'avais pas la puissance de ces géants, je ne pouvais pas lutter. Celui qui comprimait mes poumons me souleva comme une feuille morte.

— Désobéir, mal ! cracha-t-il.

— Lâchez-moi ! hurlai-je alors que mes doigts glissaient inexorablement.

Le gargöll qui maintenait mes chevilles me tira de nouveau en arrière. J'entendis un craquement au niveau de mon épaule droite. La douleur arriva à peine une demi-seconde plus tard et mes mains se désolidarisèrent de la poignée. L'autre géant me laissa alors retomber comme une masse. Mon corps heurta durement le sol tandis que mes dents se refermaient sur ma langue, répandant un goût métallique dans ma bouche.

— Humain pas malin, ricana l'un d'entre eux alors que je me tordais de douleur par terre.

Les gargölls me redressèrent sans douceur et je me retrouvai en station debout. Ils me ramenèrent vers le centre de la pièce et le veilleur vint se planter devant moi, le visage cramoisi, les empreintes de mes doigts encore visibles sur son cou.

— Pourquoi luttez-vous ? C'est un grand honneur d'être une matrice, vous devriez être reconnaissant de vous trouver ici. Votre mère l'avait bien compris et nous a offert presque deux décennies de magnifiques songes. Si mes paroles et le nectar de rêves ne suffisent pas, il convient donc de vous faire saisir les choses autrement.

Il adressa un signe de tête aux géants et ceux-ci m'entraînèrent vers la roue.

— Vous n'obtiendrez jamais rien de moi ! Vous entendez ? Rien ! m'égosillai-je tandis qu'ils m'accrochaient de nouveau à l'instrument de supplice, mais cette fois-ci dans le sens inverse.

Mon visage se retrouva plaqué contre la structure de bois qui avait accueilli mon dos jusque-là. Les bracelets de métal se refermèrent sur mes poignets et mes chevilles.

Puis la langue d'un fouet claqua sur mon échine. Je poussai un cri à l'instant où je la sentis me déchirer la peau.

— Poursuivez jusqu'à ce qu'il comprenne qui est le maître ici ! aboya le veilleur.

Le géant continua à frapper.

Et moi à hurler.

35
FREYA

Tu parles d'une humble demeure, songeai-je en regardant la magnifique maison qui se dressait devant moi. Tout du long de l'interminable façade, des fresques épiques étaient gravées à même la pierre. Il en allait de même à l'étage où des bordures sculptées longeaient les larges fenêtres masquées par de luxueux voilages. Cependant, malgré la beauté de cette demeure qui me rappelait encore une fois que j'étais bien loin de ma famille qui peinait à boucler ses fins de mois avec le lait de nos bêtes, cet endroit était imprégné du même sentiment d'abandon qui emplissait les rues que j'avais traversées à mon arrivée. Je devinais des couleurs qui avaient comme dégoutté des parois pour finir par se muer en une pellicule semblable à de la cendre. La grisaille, voilà le mot qui correspondait le mieux à ce qui recouvrait Drömlik. Un voile morne s'était abattu sur ce royaume et rendait tout austère et laid. C'était triste à mourir.

Le père Sturla fut le premier à s'engager dans l'allée. Je regardai ses enfants le suivre comme de dociles petits canetons, puis pénétrer dans la maison les uns après les autres. Je ne pus m'empêcher de me demander si je ne faisais pas preuve d'imprudence en leur accordant ma confiance alors que je ne les connaissais pas. *Que veux-tu qu'ils te fassent ? T'égorger dans la cave ?* me tançai-je.

— Pff, n'importe quoi, me répondis-je à moi-même en emboîtant le pas de Deva qui fermait la marche.

Je jetai un coup d'œil en direction du jeune garçon venu chercher Dolgö quelques minutes plus tôt pour le mener à l'écurie des Sturla. Il disparut avec mon cheval dans le bâtiment de bois jouxtant la maison. J'entendis un concert de hennissements et mon inquiétude se dissipa un peu en songeant que Dolgö venait sans doute de recevoir un accueil cordial de la part des autres occupants de l'écurie.

— Entre, je t'en prie, m'invita Deva en s'écartant du passage pour me permettre d'entrer avant elle.

Je franchis timidement le seuil de la demeure. Je me retrouvai aussitôt transportée dans un univers où il y avait de la couleur sur les murs, où les plafonds étaient enjolivés de belles et imposantes moulures et où l'aspect triste de l'extérieur contrastait avec celui, riche et bien vivant, de l'intérieur. Deva referma derrière moi et je me sentis légèrement angoissée, comme prisonnière d'un endroit qui ne me correspondait pas. Elle posa une main sur mon épaule pour m'inviter à avancer. Je m'exécutai. Au passage, je jetai des coups d'œil furtifs sur les nombreuses peintures accrochées à intervalles réguliers de chaque côté du corridor. Des portraits de gens engoncés dans de luxueuses parures et dont les regards semblaient me suivre à mesure que je progressais dans le couloir. Rien de plus malaisant. Au bout de celui-ci, je vis Olan et Solveig bifurquer sur la gauche. Le père et Leif avaient, quant à eux, déjà disparu de mon champ de vision. J'empruntai donc le même chemin en me mordillant nerveusement la lèvre inférieure. J'arrivai dans une pièce immense décorée avec autant de goût que d'outrance. Des tentures de fils d'or et d'argent couvraient certains des murs quand d'autres étaient masqués par des colonnes de livres bien rangés sur des étagères. Je ne pus m'empêcher d'admirer les imposants vases qui trônaient de chaque côté d'une cheminée ainsi que les nombreux meubles dont le bois semblait presque luire sous une épaisse couche de cire. Je m'immobilisai, incapable de faire un pas de plus pour l'instant.

— N'aie crainte, Freya, me lança Olan en tendant une main dans ma direction.

— C'est que… je n'ai pas l'habitude de…

— C'est une évidence, grogna le père Sturla avec condescendance.

Sa réflexion acerbe, si elle avait pour but de me repousser, eut l'effet inverse et je saisis la main d'Olan qui m'entraîna aussitôt au centre de la pièce comme si j'étais un trophée à exposer. Mais si cela contrariait le père Sturla, cela me convenait parfaitement. *Ne fais pas ta rebelle, Freya,* m'exhortai-je. J'oubliai toutefois très vite sa présence et son dédain absolu de ma personne pour me consacrer à la contemplation des lieux. Même si je ne me sentais pas dans mon élément, je ne pouvais nier que l'envie de profiter de tout ce luxe n'était pas bien loin dans mon esprit. La beauté était faite pour être admirée et j'aurais été bien menteuse de prétendre que cela ne me touchait aucunement. Leif me devança, me jetant un regard peu amène, et alla s'affaler sur un long sofa de velours frappé aux reflets pourpres. Une épaule me bouscula. Je tournai aussitôt la tête pour voir Viggo passer à son tour devant moi en m'ignorant de la même manière que l'avait fait Leif. Ces deux-là se ressemblaient comme deux gouttes d'eau d'un point de vue comportemental ; il n'y avait pas de doute sur ce que je leur inspirais, à l'un comme à l'autre. Il se dirigea vers une large fenêtre et rabattit une tenture dessus, plongeant ainsi les lieux dans une pénombre inquiétante.

— Pourquoi fermes-tu, père ? lui demanda Deva en allumant une bougie perchée sur un haut chandelier de verre tandis que sa sœur en faisait autant avec les autres, savamment dispersées dans la pièce.

— J'aime autant que personne ne voie qui tu as décidé d'inviter dans notre demeure.

En comprenant qu'il parlait de moi, je sentis une onde de colère m'envahir. Je m'apprêtai à lui renvoyer une réplique bien sentie lorsque je croisai le regard de Deva. Ce simple contact oculaire me dissuada d'aller au bout de ma démarche.

— Merci, me contentai-je de grommeler en serrant les poings à faire blanchir mes jointures.

— Ne t'inquiète donc pas tant pour cela, reprit Deva à l'attention de son père. Nos voisins ont des choses bien plus importantes auxquelles penser en ce moment qu'à nous espionner. Tout le monde a autre chose à faire, d'ailleurs.

Cet argument ne sembla pas le convaincre de laisser la lumière du jour pénétrer à nouveau dans la pièce. La tenture resta comme elle était. Le père

Sturla jeta à Deva un regard qui trahissait une irritation évidente. Je supposai que c'était à moi qu'il devait cette exaspération et non à la question de sa fille.

— Tout ceci est parfaitement ridicule, grogna-t-il en prenant place au côté de Leif sur le sofa.

Sans répondre, Deva ôta sa cape et la déposa avec soin sur le dossier d'une chaise. Elle tira ensuite sur la chaînette d'or qui retenait ses cheveux en une longue queue de cheval et ils retombèrent sur ses épaules en une sorte de châle soyeux. Elle m'adressa un sourire chaleureux. Sans doute le seul dans cette pièce, avec celui d'Olan, qui me donnât envie de ne pas prendre mes jambes à mon cou pour retourner à ma vie médiocre, mais tellement plus réconfortante.

— Nos domestiques sont presque tous partis pour quelques jours, ma sœur va donc te montrer l'endroit où tu pourras te reposer. Ensuite, nous mangerons.

Elle tourna la tête vers cette dernière qui semblait attendre qu'on la sonne, les bras ballants et les lèvres pincées.

— Solveig, conduis notre invitée dans la chambre d'amis, veux-tu ?

Sans se départir de sa mine boudeuse, la damoiselle en question m'indiqua le couloir d'un signe de tête.

36
FREYA

Installée à une extrémité de la table, face à Viggo Sturla dont le regard d'acier semblait me décocher des flèches toutes les trois secondes, je mangeais dans un silence gêné. Je me sentais aussi peu à ma place qu'un yorgäl l'aurait été sur un trône.

— Alors comme ça, tu viens de Tudag ? me demanda soudain Olan.

J'avalai tout rond les petits pois coincés dans ma bouche puis relevai la tête.

— Oui, c'est ça.

— Que fais-tu donc à Drömlik ? Tu t'es perdue ? s'enquit Leif, de la sécheresse dans la voix.

— J'avais envie de voyager pour vendre mes peintures, expliquai-je en m'emparant de mon verre d'eau.

— Des peintures ? Vraiment ? Et où sont tes œuvres, jeune fille ? railla Viggo.

— Je n'ai pas pu les prendre avec moi, mais… dès que je pourrai m'acheter du matériel, j'en réaliserai de nouvelles.

Viggo ricana doucement, mais n'ajouta pas un mot. Je ne relevai pas. Je commençais à comprendre le mode de fonctionnement du personnage et je n'avais aucune envie de creuser plus pour voir si tout n'était pas corrompu chez lui.

La suite du repas se déroula dans un silence malaisant, tant pour moi que pour mes hôtes. Je n'osais même plus regarder quiconque à la table. Que m'étais-je imaginé ? J'aurais été plus à ma place dans une vieille auberge de bas étage et il me semblait que c'était également ce que pensaient les membres de la famille Sturla.

— Que veux-tu à notre frère ?

Je posai les yeux sur Leif qui me toisait de ses prunelles d'un bleu aussi pur que celles de Søren. Je me dis que, quelle que soit la réponse que je lui fournirais, elle ne lui conviendrait pas. Néanmoins, je ne me dégonflai pas et enchaînai :

— Comme je vous l'ai déjà expliqué, il a été blessé et je l'ai soigné. J'aurais aimé savoir s'il s'était bien remis, c'est tout.

Deva reposa sa fourchette près de son assiette d'un geste délicat, comme si elle craignait qu'elle ne se brise.

— Eh bien… pour être honnête, il ne va pas très bien, déclara-t-elle.

— Comment ça ? Sa blessure s'est infectée ?

— Nous l'ignorons en réalité, parce que nous n'avons pas eu le loisir de le revoir depuis son départ de mission.

À mon tour, je posai ma fourchette, avec cependant moins de douceur et de grâce.

— Je ne comprends pas, il n'est pas rentré à Drömlik ?

— Si, bien sûr, tout comme ses hommes, mais…

Suspendue à ses lèvres, j'attendis la suite, mais ce fut Olan qui termina sa phrase.

— Il a été enfermé dans la tour aux rêves en qualité de matrice.

Logique, songeai-je puisqu'il était une des deux matrices désignées par Ingemar. Ce qui l'était moins, en revanche, c'était la lourdeur du sentiment d'affliction qui venait de plomber l'atmosphère.

— Et ce n'est pas une bonne chose ? me risquai-je.

— S'il était une matrice, cela le serait peut-être, mais il ne l'est pas, termina Deva.

— Il a été désigné comme tel par la völva, lui fis-je remarquer.

— Søren ne l'est en aucun cas, je peux te l'assurer, dénia-t-elle. Et c'est pour cette raison que nous avons besoin de ton aide.

— Mon aide ? m'étonnai-je. Mais... pour quoi faire ?

Une expression grave altéra subitement son visage, et ses traits, jusque-là doux, se durcirent.

— Nous comptons faire évader notre frère, mais nous avons besoin de ton don pour y parvenir.

— Mon don ? Mais... je n'ai aucun don, mentis-je avec aplomb.

— Bien évidemment que si, Freya. Tu es une semeuse de rêves et tu le sais parfaitement.

Je sentis le rouge me monter aux joues tandis que tous les convives braquaient les yeux sur moi, et me refermai comme une huître.

37
PENDANT CE TEMPS

— C'est absolument intolérable !

Un genou à terre, Magnus baissa la tête pour ne pas croiser le regard assassin de la reine posé sur lui. Bien qu'il ne soit pas directement responsable de ce qui la mettait dans cet état de fureur, il était conscient que cela importait peu à la souveraine. Il était là, c'était donc lui qui allait subir.

— Comment la matrice peut-elle ne pas fonctionner ? Dis-le-moi, toi qui as supervisé son installation dans la tour !

Magnus soupira. Au fond, lui aussi était en colère. Mais contrairement à Ynglinga, il savait à qui il devait le sentiment sombre qui obscurcissait son esprit et ses pensées : Søren. C'était lui le responsable de ce chaos et lui permettre de s'entêter ainsi, c'était risquer que la situation à Drömlik n'empire.

— Je l'ignore, Votre Altesse, mentit-il. Néanmoins, bien que je sois certain que la mise en place de la matrice ait été faite dans les règles de l'art, je vais aller m'assurer en personne que tout est en ordre.

La souveraine continua à arpenter la salle, jetant régulièrement des coups d'œil par les fenêtres.

— J'entends bien que tu le fasses, mais le problème est ailleurs, je pense que tu en as parfaitement conscience. Pourquoi Søren n'a-t-il toujours pas modifié l'aspect de Drömlik ? C'est à cette question que je veux que tu répondes ! tempêta-t-elle.

Magnus rentra son cou dans ses épaules et garda un silence contrit, même s'il imaginait déjà ce qu'il allait infliger à Søren pour son refus de se soumettre en tant que matrice. Lorsqu'Ynglinga criait, c'était tout juste si les soldats n'en perdaient pas l'audition.

— Tu entends, Magnus ? hurla-t-elle plus fort encore.

— Oui, Votre Altesse.

Elle posa une main sur un des murs. Sa paume s'enfonça dans un craquement tandis qu'une profonde lézarde se dessinait et courait à toute vitesse jusqu'au plafond.

— Regarde dans quel état est mon palais ! se lamenta-t-elle.

Brusquement, comme saisie par une crise de folie, elle donna un coup dans la paroi pendant que Magnus et le roi l'observaient. Un grondement sonore retentit et son écho se diffusa partout dans la salle. Ynglinga leva des yeux inquiets vers le plafond où la fissure s'était élargie puis les reposa sur le trou dans lequel sa main se trouvait désormais.

— Ma chère, vous allez finir par vous blesser, lui fit remarquer son époux.

Elle lui jeta un regard glacial avant de la retirer de sa prison et de la frotter pour calmer la douleur qui irradiait de ses jointures. Pendant quelques secondes, elle considéra le trou dans le faux mur. Ce même mur créé de toutes pièces par la matrice et qui se délitait peu à peu depuis sa mort. À présent, les pierres, jusque-là masquées par cette même paroi, étaient visibles. Elles étaient si vieilles qu'elles en étaient hideuses et suintaient une humidité malodorante. Ynglinga retourna vers la fenêtre la plus proche en ruminant des paroles inintelligibles. Elle s'arrêta devant et, du bout des doigts, caressa la vitre.

— Et mes jardins ! As-tu vu l'état de mes jardins, Magnus ? Mes beaux, mes si beaux jardins !

Il garda le silence. Il n'aurait de toute façon pas su quoi répondre. À son arrivée, il n'avait pu que constater l'état de décrépitude des arbrisseaux qui bordaient l'allée royale. Il l'avait remontée assez lentement pour relever que les quelques feuilles encore accrochées sur les branches s'étaient nécrosées. Cependant, la souveraine pouvait bien se lamenter sur ses jardins et son château, un petit trou dans un mur ne représentait pas grand-chose en regard de ce qui se tramait à Drömlik. Après que tout s'était progressivement désagrégé autour des Drömliens, que les couleurs qui faisait la beauté du royaume s'étaient évanouies, les égouts dégorgeaient de leur pestilence dans toute la ville. Elle envahissait désormais les maisons et empuantissait l'air. Drömlik n'avait plus rien à voir avec ce qu'il était et Magnus ne comprenait pas pourquoi. Il avait pourtant été aux premières loges pour entendre Ingemar désigner Søren, et la reine elle-même avait déclaré que cette völva ne mentait jamais... Alors quoi ? Cela voulait-il dire que Søren avait raison quand il jurait ne pas être la matrice ? Dans ce cas, Magnus aurait fait mauvaise pioche en le choisissant lui plutôt que la petite bergère qu'il avait laissé filer ? Le problème, c'était qu'à présent, cette gamine devait être bien cachée à Tudag par peur que les soldats décident de revenir la chercher. *Non, c'est forcément Søren*, songea-t-il. *Il faut que ce soit lui !*

— Relève-toi, Magnus, lui ordonna Ynglinga.

Le chevalier s'exécuta, mais ne se détendit pas pour autant. Une main crispée sur la poignée de son épée rangée dans son fourreau, il considéra la reine qui trépignait toujours sur place comme une enfant trop gâtée. Enfin, elle revint vers lui, s'immobilisa et le jaugea.

— Voilà, ce que tu vas faire. En premier lieu, je veux que tu me ramènes Viggo Sturla, j'ai besoin de lui parler. Ensuite, tu iras vérifier que tout est en ordre dans la tour. Si tel n'est pas le cas, règle le problème. Et en tout dernier point, tu iras quérir Ingemar afin qu'elle me donne plus d'informations concernant la matrice actuelle.

À ces mots, Magnus tressaillit intérieurement. Néanmoins, il n'en montra rien et son visage demeura parfaitement impassible.

— Bien, Votre Altesse.

— Dehors, maintenant. Dehors ! Dehors !

38
FREYA

— Mais pourquoi voulez-vous libérer Søren ? m'enquis-je dans l'espoir de détourner Deva et les autres convives de l'existence de mon don. Je croyais que vous aviez besoin d'une matrice pour vivre.

Deva se mordilla nerveusement l'ongle du pouce. Solveig se contenta de me jeter un regard indifférent et les deux garçons posèrent les yeux ailleurs, comme s'ils préféraient oublier ma présence sans pour autant y parvenir.

— Deva t'a dit que Søren n'en était pas une, n'as-tu pas compris ? répondit finalement Viggo puisqu'aucun de ses enfants ne se décidait à le faire. Et sache que si la matrice nous est essentielle pour vivre, endosser son rôle n'est pas quelque chose d'enviable.

Je reportai mon attention sur lui. J'avais fort bien compris les propos de Deva, ce n'était pas pour autant que j'étais convaincue que Søren n'avait rien d'une matrice. Pour la bonne raison que je préférais croire Ingemar.

— Et pourquoi cela ? Rêver toute la journée est quelque chose de supposément agréable.

— Comment pourrais-tu le savoir, petite écervelée ? Tu ignores tout de la fonction de la matrice de notre royaume.

Je grimaçai, comme si ses paroles venaient de m'agresser physiquement. Il avait peut-être raison sur ma méconnaissance de leur matrice, mais j'en avais assez appris de la bouche d'Ingemar pour avoir une petite idée de la chose, n'en déplaise à Viggo. Et je supportais assez mal que l'on me traite comme une moins que rien, surtout lorsque c'étaient les Sturla en personne qui m'avaient invitée dans leur demeure. Ils avaient un drôle de sens de l'hospitalité dans cette famille… Lassée de leurs mystères, sous-entendus et vulgarités à mon égard, je posai ma serviette près de mon assiette et me levai.

— Bien, il est temps pour moi de partir. Je suis certaine que vous trouverez une solution à votre problème. Passez le bonjour à Søren, déclarai-je avant de me diriger vers la sortie.

Du coin de l'œil, je vis Olan se redresser d'un bond, et alors que je continuais sur ma lancée, il se précipita vers moi comme un prince esseulé courant après sa promise qui l'aurait abandonné devant l'autel. Il referma ses doigts autour de mon poignet.

— Reste !

Je me retournai d'un mouvement vif et tentai de me dégager.

— Ce ne sont pas mes affaires, je connais à peine votre frère. Je n'ai aucune raison de vous aider.

— S'il te plaît, Freya, insista-t-il.

— Non, je regrette.

À son tour, Solveig se leva, aussitôt imitée par Deva. Les yeux des deux sœurs, ainsi que ceux d'Olan, se posèrent sur Leif qui triturait son couteau en faisant mine de ne pas voir ce qui était en train de se passer sous son nez. Il continua à les ignorer pendant encore quelques secondes, puis poussa un soupir exaspéré. Il abandonna son couvert sur la table et se redressa à son tour de mauvaise grâce. Leur père, immobile, conserva son allure hautaine. Rien qui ne me surprit de sa part.

— Nous t'implorons de rester, adjura Deva. Par pitié, Freya, aide-nous à sauver notre frère.

Olan libéra mon poignet en hochant la tête pour me faire comprendre qu'il se joignait à la demande de sa sœur. Tous, sauf Viggo. J'ouvris la bouche pour leur expliquer que je n'étais pas celle dont ils avaient besoin pour secourir leur frère, que je n'étais qu'une simple bergère tudague, quand soudain, des coups sourds portés contre la porte d'entrée déchirèrent le silence. Nous sursautâmes tous et Viggo se leva presque dans un bond. Dans sa précipitation, il fit tomber ses couverts par terre et le tintement du métal se répercuta contre mes tympans. Sans se donner la peine de les ramasser, il braqua la tête vers le couloir.

— Qui cela peut-il être à cette heure ? s'étonna Deva.

— Ynglinga, répondit-il. J'étais certain qu'elle n'en avait pas terminé avec moi.

Il contourna la table à toute vitesse et alla se poster près de la fenêtre masquée par la tenture. Du doigt, il la souleva de quelques centimètres pour regarder à l'extérieur. Un instant plus tard, il se retourna vers nous.

— C'est bien ce que je craignais, Magnus et sa troupe sont devant la porte.

— Mais pourquoi donc ? s'exclama Leif.

— Parce qu'Ynglinga a compris que je comptais m'opposer à l'internement de Søren. Vite, les enfants, descendez dans l'abri !

Sous mon regard interloqué, Deva commença à entasser les assiettes, aidée par Solveig qui récupérait verres et couverts pour ne plus laisser sur la table que ce qui concernait leur père, comme s'il avait mangé seul. Leif, lui, se dirigea d'un pas vif vers une bibliothèque de bois rouge calée contre un mur. Olan referma sa main sur la mienne.

— Vite ! Viens.

Complètement désorientée par leur subit affolement, je me laissai entraîner jusqu'à Leif qui manipulait de volumineux ouvrages posés sur une des étagères du meuble. Il y eut un déclic et celui-ci coulissa sur un rectangle d'obscurité. Leif s'écarta du chemin et je pus apercevoir les premières marches d'un escalier qui plongeait droit dans les ténèbres. Deva passa la première, avec son chargement branlant de porcelaine entre les mains, suivie de Solveig, tout aussi encombrée. Olan me tira à mon tour.

— Mais je ne veux pas rentrer là-dedans ! protestai-je.

— Tais-toi et avance, grogna Leif en me poussant d'un coup sec.

— Vas-y doucement ! s'opposa aussitôt Olan.

— Ce n'est pas le moment de vous disputer, les rembarra leur père. Je dois aller ouvrir avant que Magnus n'enfonce la porte.

Leif hocha la tête puis pénétra à son tour dans la cache secrète, nous forçant à nous serrer l'un contre l'autre, Olan et moi. La bibliothèque se referma sur nous et nous plongea dans une obscurité angoissante.

39
FREYA

— Allume la lampe, Leif, lui souffla Deva.

Je perçus de légers mouvements d'air près de moi, puis des petits bruits indiquant qu'il devait être en train de manipuler la lampe en question. Je ne m'en souciai pas. En revanche, les sons qui résonnaient de l'autre côté de la bibliothèque masquant notre présence m'inquiétaient beaucoup plus. Ils étaient étouffés, mais je pouvais discerner des voix qui s'élevaient, et leur intonation était loin d'être cordiale. Le cœur battant la chamade, je tendis l'oreille plus attentivement pour essayer de comprendre la teneur des propos échangés, mais le sang qui affluait et cognait contre mes tempes m'en empêcha.

— Bon alors, tu l'allumes cette lampe ? s'agaça Olan, le torse pressé contre mon épaule.

— Je n'y arrive pas. Elle doit être vide, souffla Leif.

— Je ne t'avais pas dit de la remplir, la dernière fois ?

— Oh, ça va, Deva. J'ai oublié. Ça arrive.

— Ça ne devrait pas, le sermonna-t-elle toujours aussi bas.

Leurs chamailleries, à coup de murmures et de chuchotements irrités, me donnèrent envie de projeter mon esprit n'importe où, sauf ici. Plus le temps s'écoulait depuis mon départ de Tudag, plus je regrettais de l'avoir quitté. De toute évidence, les choses empiraient et je n'aurais pas dû me trouver au milieu de cette mélasse qui ne me regardait en rien.

Dans l'espoir de calmer mes nerfs, et surtout d'oublier cette situation, je fermai les yeux. Sans comprendre si je devais cela à l'exaspération, la peur ou bien la fatigue, je sombrai malgré moi dans cet état si particulier qui permettait à mon don de sortir de sa tanière, à la frontière du sommeil et de l'éveil. Consciente que ce n'était ni l'endroit ni le moment, je tentai de réprimer les images qui commençaient à se former dans mon esprit survolté. Je luttai de toutes mes forces pour les repousser, de les faire se dissoudre dans le néant. Rien n'y fit. Mon corps bascula en arrière. Je sentis des mains se poser dans mon dos, sans doute celles d'Olan, pour me rattraper. Trois orbes entourés d'un halo blanc s'ébauchèrent sur la toile de mes paupières closes et se mirent à virevolter au-dessus de ma tête, mus par ce besoin de percer les ténèbres qui m'engloutissaient et m'angoissaient plus qu'elles n'auraient dû.

— Qu'est-ce que c'est que ça ? entendis-je Leif s'alarmer.

Je ne dois pas rêver ! songeai-je. *Arrête de rêver, Freya ! Arrête !*

— C'est Freya qui fait ça, lui répondit Deva. J'ai vu le même genre de choses lorsque nous l'avons croisée devant l'océan. Olan, porte-la jusqu'en bas, nous allons nous guider grâce à cette lumière providentielle.

Ses paroles me firent l'effet d'une gifle en pleine figure et je sentis des larmes poindre à la lisière de mes cils inférieurs en me remémorant ce moment où je m'étais laissée aller à rêver éveillée. Ça n'avait duré que l'espace de quelques secondes, mais cela avait visiblement suffi à me trahir. Mon secret. Éventé. Découvert. Tout ça par ma propre faute...

— Alors c'est vraiment une semeuse de rêves ? lâcha Leif.

— Comme tu peux le constater, mon frère.

Mes pieds quittèrent la terre ferme alors que l'une des mains d'Olan restait calée dans mon dos et que l'autre glissait à l'arrière de mes genoux. Dans ses bras, je perçus chacun de ses mouvements tandis qu'il négociait prudemment la descente de l'escalier. Les orbes de mon imagination guidaient les Sturla, flottant au-dessus d'eux comme de minuscules soleils doués de vie. Parcelle après parcelle, ils éclairaient les lieux de leur lueur blanche.

— Comment l'as-tu su ? s'enquit Solveig dont je devinais qu'elle s'adressait à Deva.

— Je ne le savais pas vraiment, j'ai cru voir quelque chose d'anormal, des sortes de boules lumineuses flottant devant elle quand nous avons traversé la rue. Ensuite, quand nous lui avons posé des questions sur l'identité de la personne désignée par la völva en tant que matrice, elle a eu une étrange hésitation et ses joues se sont empourprées.

— Ça, c'est juste parce qu'elle ne sait pas s'exprimer, c'est une bergère inculte et stupide, ce qui n'a rien d'étonnant étant donné l'endroit d'où elle vient.

— Peut-être, mais cela a suffi à éveiller mon intérêt. La façon dont Freya s'est interrompue dans sa phrase après avoir désigné Søren m'a laissé à penser qu'il y avait peut-être une autre matrice désignée, à savoir, elle. Bien sûr, je pouvais me tromper, j'attendais donc une preuve plus concrète pour confirmer mon intuition première. Et nous venons de l'avoir.

— Pourquoi a-t-elle eu la bêtise de venir à Drömlik, en ce cas ? s'étonna Solveig.

— Il semblerait que le sort de notre petit frère l'intéresse, la touche, même. En dehors de cela, je n'ai aucune idée précise de la raison qui l'a poussée à se rendre dans notre royaume ni ce qui l'attire au juste chez Søren alors qu'elle le connaît à peine.

Le silence remplaça leur discussion. Je ne cherchai pas à me réveiller. Leurs propos m'indiquaient seulement que me défendre d'être une semeuse de rêves serait désormais impossible. Quant à leur faire comprendre pourquoi j'étais venue à Drömlik, je ne le savais pas vraiment moi-même. Peut-être y avait-il une part de vérité dans les paroles de Deva. Peut-être étais-je en quelque sorte attirée par Søren et surtout par l'idée qu'un lien existe entre nous, comme Ingemar me l'avait assuré. Mais pour l'heure, je voulais juste dormir.

Olan me déposa sur quelque chose de froid qui généra un frisson le long de mon échine. Une odeur de renfermé et de poussière m'irrita un peu les narines et, bien que toujours endormie, je toussotai.

— Freya, réveille-toi, me glissa Deva à l'oreille en me secouant doucement l'épaule.

Je laissai échapper un grognement de mécontentement. Sortir de cet état d'assoupissement, aussi léger soit-il, était plus difficile que d'ordinaire ; j'avais tant besoin de me reposer. Deva insista et les fils qui tentaient de m'entraîner plus profondément dans le sommeil se rompirent les uns après les autres, comme les cordes d'une harpe. Quand il n'en resta plus aucun, mes paupières s'ouvrirent lentement. Une lumière jaune avait remplacé les orbes de mon rêve, disparus avec mon réveil. Je m'assis, les yeux rivés sur la lampe à huile coincée entre les doigts de Solveig.

— Une chance qu'il y ait une deuxième lampe ici, déclara Deva en me souriant. Tout va bien ?

Je hochai la tête sans répondre, puis balayai les lieux du regard. L'endroit, assez petit, était bien loin du luxe du reste de la maison. Les murs de pierres brutes me renvoyaient leur froideur en pleine face. On m'avait allongée sur un banc. Creusé à même la paroi, celui-ci faisait tout le tour de la pièce. Au centre se trouvait une simple table sur laquelle Deva et Solveig avaient déposé vaisselle, couverts et verres. Je pouvais sentir les odeurs de nourriture qui s'en dégageaient encore.

— Où sommes-nous, exactement ?

— Dans un abri situé sous notre maison. Autrefois, notre père s'en servait comme cave à vin, mais depuis qu'il a cessé d'en boire, elle n'a plus guère d'usage précis.

Je me massai le visage pour chasser les résidus de mon sommeil éclair. Rien ne m'aurait été plus bénéfique que de dormir pour de bon, au moins six heures d'affilée, même huit, plutôt que de gaspiller mon énergie en création de rêves dont l'utilité était fort discutable.

— Allez-vous m'expliquer ce qui se passe ici ? lâchai-je enfin.

— Je préférais quand elle dormait. Personne n'a un gourdin pour l'assommer ?

— Tais-toi un peu, Leif, s'agaça Olan.

Deva prit place près de moi.

— Comme nous te l'avons dit, nous cherchons à faire évader notre frère. Pour la bonne raison que se trouver dans le rôle d'une matrice implique de rester toute sa vie enfermé dans une tour, privé de tout et de tous.

— C'est comme s'il était mort, jugea bon d'ajouter Solveig, des trémolos dans la voix.

Leif enroula un bras autour de ses frêles épaules et la ramena contre son flanc pour la réconforter.

— N'as-tu pas de frères ou de sœurs, Freya ? reprit Deva.

La pensée de Linus me traversa l'esprit et mon estomac se tordit douloureusement. Il me manquait plus que je ne l'aurais cru en quittant la maison familiale.

— J'ai un petit frère de cinq ans.

— Accepterais-tu de ne plus jamais le revoir en sachant qu'il souffre, emprisonné à tort dans une tour ?

Je me mordillai la lèvre. Je ne m'étais jamais posé une telle question, pour la bonne raison que cette situation ne m'était jamais arrivée, mais la réponse n'en demeurait pas moins évidente. Linus était un être précieux à mes yeux. Je m'étais occupée de lui depuis le jour de sa naissance jusqu'à mon départ de Tudag. Je l'avais vu grandir, acquérir des connaissances, j'avais consolé ses chagrins, soigné ses blessures d'enfant. Année après année. Jamais je n'aurais toléré que quiconque lui fasse du mal. J'aurais même été prête à me sacrifier pour le sauver s'il devait lui arriver malheur. Peut-être était-ce ce qu'avait fait Søren en acceptant d'endosser le rôle de matrice alors que d'après sa famille, il n'en était pas une. Il avait protégé les siens. Quelqu'un mentait forcément dans l'affaire, soit ses frères et sœurs, soit Ingemar, mais le résultat restait le même : Søren était désormais condamné à apporter du rêve à Drömlik, ce que, de toute évidence, il ne faisait pas vu l'état du royaume en question.

Je relevai les yeux vers Deva.

— Qu'attendez-vous de moi ?

— L'entrée de la tour est inaccessible puisque le gardien des lieux n'ouvre à personne qui n'ait été mandé de sa part. Cela se résume aux soldats royaux lorsqu'ils doivent transmettre des nouvelles de la matrice à la souveraine. En l'état, nous n'avons aucun moyen d'approcher Søren… À moins que tu nous aides.

— Et comment le pourrais-je ? Si vous ne pouvez pas vous introduire dans cette tour, je ne le pourrais pas non plus.

— Nous ne le pouvons certes pas par la porte, mais il existe une coupole de verre qui surmonte la partie arrière de l'édifice. C'est par là que nous envisageons d'investir les lieux, déclara Olan.

Je haussai un sourcil.

— Une coupole ? Mais comment comptez-vous vous y prendre pour l'atteindre ?

— Personne de normalement constitué ne le peut, effectivement, tu as raison de nous le rappeler, lâcha Leif avec sa rudesse habituelle.

— Semeuse de rêves ou non, cela ne change pas le fait que je sois constituée comme vous. Je ne vois pas comment je pourrais vous aider.

Leif ne put s'empêcher de lever les yeux au ciel et de souffler.

— Nous le savons, Freya, reprit Deva pour couper court aux interruptions incessantes de ses frères. C'est justement là qu'intervient ton don. Il nous permettrait d'accéder au toit de verre de la tour.

— Mais rêver et grimper en même temps me sera impossible. Je ne peux altérer la réalité avec mes rêves que lorsque je plonge dans un demi-sommeil. Même si j'ai conscience de tout ce qui se passe autour de moi, je ne peux pas interagir avec les éléments que je crée.

— Ce ne sera pas un problème, Freya. Ton don est le salut de Søren. Si tu nous aides, nous te le rendrons au centuple.

40
FREYA

Je restai silencieuse à fixer Deva. Si aucun de nous ne disait plus un mot, au-dessus de nos têtes, une scène bien plus sonore semblait se jouer. Je distinguai des éclats de voix. Je gageai que certains provenaient de Viggo, les autres, de Magnus. Les deux hommes paraissaient s'opposer avec verve. Puis il y eut des raclements de chaises suivis d'un bruit sourd, comme s'il l'une d'elles venait de tomber sur le plancher. Je me crispai sous le coup de l'inquiétude. Que pouvait-il bien se passer à l'étage ? Les visages tendus des enfants Sturla suggéraient le pire.

La seule question qui me taraudait était la raison pour laquelle la souveraine de ce royaume semblait en vouloir à ce point à Viggo. D'accord, cela avait forcément un rapport avec Søren et le fait que le père était totalement opposé à l'emprisonnement de son fils, mais si Ynglinga avait compris que les Sturla ourdissaient un plan pour faire évader ce dernier, alors toute action était déjà morte dans l'œuf. Et moi, je me retrouvais coincée entre Ynglinga et la famille Sturla. J'aurais eu meilleur rôle et moins risqué ma vie dans un pâturage de yorgäls. Une fois de plus, la pensée que j'avais fait les mauvais choix se fraya un passage dans mon esprit. Je ne pus m'empêcher de me demander si, finalement, mes parents n'avaient pas raison lorsqu'ils prétendaient que dévier du chemin auquel les dieux nous destinaient menait à un pic… Je ne voulais pas voir ma tête suspendue à un pic, et même si c'était la spécialité du roi de Tudag, j'avais cru comprendre que les soldats de Drömlik maniaient plutôt bien la hache… Cela revenait donc au même. Plus de tête, plus de vie, et donc, plus d'avenir…

Comme si elle s'était rendu compte des doutes et inquiétudes qui m'assaillaient, Deva emprisonna l'une de mes mains dans la sienne.

— Tu n'as rien à craindre, nous avons tout prévu pour que les choses se déroulent bien. Il ne t'arrivera rien de fâcheux.

Je la considérai d'un air dubitatif. C'était facile à dire. À moins qu'elle soit douée de clairvoyance, comment pouvait-elle être certaine que rien de fâcheux ne m'arriverait ? Je connaissais trop peu Søren pour me jeter, tête la première, dans cette folie, mais Deva, à défaut d'être extralucide ou völva, semblait avoir parfaitement cerné mon incapacité à ignorer la détresse des gens.

— Vous avez déjà un plan ? demandai-je.

— Tu acceptes de nous aider ?

Je haussai les épaules.

— Faut voir. Quels sont les risques pour moi ?

Olan vint s'asseoir près de moi et je me retrouvai coincée entre lui et sa sœur. Doucement, il prit mon autre main, la caressa avec délicatesse. Un geste affectueux qui me mit un peu mal à l'aise. Et plus encore la façon dont il me regardait. Avec une bienveillance accrue.

— En tant qu'habitants de Drömlik et, de surcroît, parentés à Søren, nous encourons la peine de mort. Mais toi, c'est différent, tu es une étrangère et les étrangers ne sont pas supposés connaître les lois de notre royaume.

— Ça signifie que votre souveraine fera preuve de clémence et me laissera repartir libre ? Même si je n'ai aucune autorisation de me trouver à Drömlik ? demandai-je, dubitative.

— Je ne peux pas l'assurer, Ynglinga a sa part d'ombre et elle pardonne difficilement. Mais quoi qu'il puisse arriver, nous serons là pour te protéger.

— Et si notre plan fonctionne, tu ne seras même pas exposée aux soldats, ajouta Deva.

J'ôtai mes mains de celles d'Olan et de Deva, abandonnant leur douce tiédeur, et me remis à triturer nerveusement mes doigts tout en les fixant, comme s'il n'existait rien d'autre autour de moi. J'étais si obnubilée par cette réponse qu'ils attendaient tous de ma part que je ne remarquai pas immédiatement le silence qui régnait désormais au-dessus de nos têtes. Je n'en pris conscience qu'à l'instant où Leif se leva.

— Père devrait déjà être revenu nous ouvrir, lâcha-t-il en observant l'escalier dont la fade lueur de la lampe à huile éclairait les premières marches.

Deva suivit son regard.

— Il ne faut pas s'alarmer. Magnus est peut-être en train de converser avec lui dans une autre pièce, mieux vaudrait patienter encore un peu.

— Mais Deva, ça fait pratiquement une demi-heure !

— Du calme, Solveig, il se peut que Magnus attende justement de voir si nous ne nous cachons pas. Sortir d'ici serait notre perte si nous agissons trop tôt. Concentrons-nous plutôt sur la façon dont nous allons secourir Søren… Enfin, si Freya accepte de nous suivre, bien entendu.

Ses derniers mots me forcèrent à me détourner de mon occupation et à relever la tête.

— Très bien, je vais vous aider.

— Merci infiniment, Freya, lâcha Deva avec émotion. Nous te sommes….

— Mais si ça ne fonctionne pas, il ne faudra pas venir me le reprocher, la coupai-je.

— Ça marchera, m'assura Olan, apparemment convaincu par mes compétences.

Je l'enviais de me faire autant confiance quand, à cet instant précis, je doutais de tout, et surtout de moi.

— Ou pas, ajouta Leif, visiblement persuadé du contraire.

Pour une fois, j'étais assez d'accord avec cet idiot de Leif. Il fallait croire qu'il ne l'était pas complètement, en fin de compte. Deva lui renvoya un regard noir et il retourna s'asseoir auprès de Solveig.

— Très bien, alors voyons déjà comment fonctionne ton don, reprit-elle. Peux-tu nous expliquer comment tu procèdes ?

— Eh bien… je ne sais pas trop. La majorité du temps, je peux contrôler, mais parfois…

Le ricanement de Leif résonna dans la cache. Je reportai aussitôt les yeux sur lui.

— Autant dire que tu n'es pas fiable, en ce cas.

— Bien sûr que je le suis ! me défendis-je.

— Si tu ne contrôles pas ton don, désolé, mais non, tu ne l'es pas.

— Je pourrais savoir ce que je t'ai fait pour que tu passes ton temps à me rabaisser ? Je n'ai aucune obligation de vous aider et si tu continues, je vais...

Deva posa une main sur mon bras, me poussant à cesser de dévisager Leif qui me défiait du regard, un petit sourire en coin.

— N'écoute pas ce que raconte mon frère, c'est un pessimiste dans l'âme. Nous parlions de ton don.

— Je disais juste qu'elle était instable, grommela Leif. Si elle prend la mouche chaque fois que l'un d'entre nous lui fait une réflexion, aussi...

— Dans ce cas, abstiens-t'en, lui intima sèchement Deva pour mon plus grand plaisir. Continue, Freya.

— En général, il me suffit de fermer les yeux, ça me plonge dans une sorte de sommeil, mais je reste capable d'entendre ce qui se passe autour de moi et de suivre le déroulement des choses dans mon esprit.

— Comme une espèce de transe ?

Je haussai les épaules.

— Tout ce que je sais, c'est que je suis dans un entre-deux. Je suis endormie et consciente à la fois. Quand je me trouve dans cet état-là, je peux faire apparaître ce que je veux et les gens qui sont là peuvent interagir avec mes rêves comme s'ils étaient réels. Mais pas moi.

— Pourquoi pas toi ? s'enquit Olan.

— Eh bien, pardi, parce que je dors !

— Que se passe-t-il lorsque tu ouvres les yeux ?

— Vous l'avez vu avec les orbes qui vous ont éclairés dans l'escalier, tout disparaît à l'instant où je sors de mon sommeil.

— D'accord, reprit Deva. Ma question suivante va peut-être te surprendre, mais elle est essentielle dans le plan de sauvetage de Søren.

Je tressaillis à ses paroles, néanmoins je m'abstins de le montrer.

— Je t'écoute, répondis-je simplement.

— Serais-tu en mesure de faire apparaître et contrôler un Hræsvelgr ?

Mon expression neutre se dissipa d'un coup tandis que, les yeux écarquillés, je lâchais un hoquet de stupeur.

— Un...

— Oui, Freya... un avaleur de cadavres, rétorqua Deva avec un calme qui contrastait avec mon effarement.

41
FREYA

Un long moment s'était écoulé depuis qu'Olan et Leif avaient quitté notre cachette pour inspecter leur maison. Deva, Solveig et moi attendions dans un silence crispé. Chaque craquement au-dessus de nos têtes générait un nouveau pic d'angoisse qui se traduisait par des échanges de regards inquiets. Quand ils reparurent en haut de l'escalier, Deva et Solveig se levèrent d'un bond pour aller les accueillir au bas des marches tandis que je restais assise sur mon banc.

— Alors ? demanda Deva.

Leif secoua la tête et ce seul geste suffit à nous faire comprendre que les garçons ne revenaient pas avec de bonnes nouvelles.

— Père n'est plus là ? s'inquiéta Solveig d'une voix éraillée qui me donna envie de la prendre dans mes bras tant elle semblait désemparée.

— Non, répliqua Olan. Et à voir comme les chaises sont renversées dans la salle de séjour, je doute qu'il soit parti de son plein gré.

Les deux frères entraînèrent leurs sœurs sur le banc et s'installèrent non loin de moi qui demeurais aussi immobile que si j'avais pris racine. Olan et Leif continuèrent à narrer leur exploration dans la maison sans se soucier de ma présence. Pour eux, l'arrestation brutale de leur père était totalement arbitraire et injustifiée, mais ils savaient, tout comme je l'avais compris, que le problème se rapportait toujours à Søren. Tout cela me laissait perplexe. Je n'aurais jamais imaginé que le dysfonctionnement de cette matrice suffirait à mettre un tel royaume à terre.

Depuis mon univers étriqué de Tudag, j'avais toujours considéré Drömlik comme une puissante contrée. Un lieu qui ne plierait jamais, même sous la menace d'une attaque. Visiblement, je m'étais trompée, ce royaume ne tenait pas debout tout seul, mais grâce à un seul mot, une seule personne : la matrice. La question de savoir si j'aurais dû prendre la place de Søren au moment où Ingemar nous avait révélé que j'en étais une également se reposait à moi. Aurais-je dû me dévouer ? Alors même que j'ignorais ce qu'être une matrice impliquait ? Je secouai la tête de droite à gauche pour répondre à ma propre interrogation. Je ne regrettais pas d'avoir fui. Je voulais rêver, certes, mais pas emprisonnée entre quatre murs, pas privée de l'amour de mon petit Linus.

Je reportai mon attention sur Solveig. Ses deux frères s'étaient assis sur le banc face à moi. Entre eux, leur sœur sanglotait, et tandis qu'ils tentaient de la consoler, je me surpris à envier leur unité. Ils étaient si soudés, si protecteurs les uns envers les autres que j'éprouvai le désir de faire partie de leur fratrie. Un désir fou et irraisonné. Quand Deva posa les yeux sur moi, je sus, au plus profond de mon cœur, que je devais les aider. Les doutes, les hésitations, n'avaient plus lieu de subsister dans mon esprit. Sans en avoir conscience, j'étais venu à Drömlik pour ça ; c'était mon destin et je devais l'accomplir.

— Nous allons remonter à présent, déclara Deva.

Leif, Olan et Solveig la suivirent dans l'escalier. Je me redressai et les imitai, marchant dans leurs pas avec le sentiment d'avoir enfin trouvé le lien dont m'avait parlé Ingemar, celui qui m'unissait à Søren. Le lien, c'était eux : ses frères et sœurs.

Nous grimpâmes jusqu'à la salle de séjour. Leif et Olan repositionnèrent la bibliothèque pendant que Deva et moi relevions les chaises, ensuite nous reprîmes le chemin des chambres. Sans un mot, Solveig me désigna une pièce dans laquelle je pénétrai.

— Attends ici, me souffla-t-elle avant de refermer derrière elle.

La chambre était vide, simplement dotée d'un ameublement aussi luxueux que le reste de la maison. Trop préoccupée par la situation présente, je ne perdis pas mon temps à l'explorer ni à m'extasier sur cet étalage de belles pièces. Je m'assis sur le bord du lit et patientai.

Tout en lissant des plis imaginaires sur le devant de ma robe, je réfléchis à ce que je devrais faire, à comment imaginer chaque parcelle de cet oiseau légendaire aussi majestueux que terrifiant. Serais-je capable de faire apparaître un avaleur de cadavre ? Serais-je en mesure de le contrôler et de pouvoir aider les Sturla à sauver Søren ?

Le temps où je faisais naïvement flotter des orbes pour Linus me parut bien loin, soudain. Si loin que je sentis comme un poids retomber sur mes épaules face à la gravité de la tâche qui m'attendait. Je me redressai, gagnai la fenêtre et tirai le rideau pour regarder à l'extérieur. La nuit était tombée à présent et une lune aux reflets jaunâtres luisait au milieu des ténèbres. Je n'avais aucun doute qu'il s'agissait de la véritable lune, celle que tous les autres royaumes voyaient eux aussi dans le ciel. Pas une création factice et tronquée de la réalité. Elle avait des défauts et c'était cela qui la rendait belle. Je l'observai alors que l'anxiété prenait ses quartiers en moi. La peur de l'échec agitait mon cœur et me donnait l'impression qu'une pierre tombait dans mon estomac chaque minute qui s'écoulait.

Je songeai à la raison qui avait poussé Deva à porter son choix sur le Hræsvelgr. Était-ce à cause de ses ailes démesurées et de sa puissance jamais égalée ? Je l'ignorais, mais j'étais consciente qu'avec lui, le dôme de verre céderait au premier coup de bec. Puis, avec son corps long et robuste, il pourrait emporter au loin sur son dos tous les enfants Sturla et moi avant même que d'éventuels soldats aient le temps d'intervenir. Sans nul doute, Deva avait opté pour un choix intelligent et réfléchi, néanmoins je ne pouvais pas m'empêcher de craindre que les choses tournent mal. De toute mon existence, la créature la plus imposante à laquelle j'avais donné vie, le temps d'un rêve, avait été un dragon cracheur de glace. Je m'en étais vite mordu les doigts quand il avait commencé à pilonner les fermes avoisinantes de ses échardes de glace. Lorsque le lendemain, jour de marché à Skáld, de vieilles bigotes s'étaient répandues en lamentations à propos d'un monstre qui avait endommagé leurs toitures et ravagé leurs potagers, j'avais feint de ne rien savoir à ce sujet, mais ma mère m'avait jeté un coup d'œil féroce, se doutant que j'étais à l'origine de cela. Je n'avais cependant rien avoué. Comment aurais-je pu ?

— Tu vas le faire. Tu vas aider Søren, me murmurai-je.

La porte s'ouvrit et je me retournai. Deva me gratifia d'un sourire, puis referma derrière elle. Je la suivis du regard alors qu'elle se plantait devant la penderie. Elle écarta les battants et fouilla parmi les innombrables vêtements qui s'y trouvaient suspendus. Enfin, elle se tourna vers moi et me présenta une tenue.

— Viens, m'invita-t-elle en se dirigeant vers le lit.

Je la rejoignis. Deva me tendit la tenue qui se composait de braies ajustées et d'une tunique noire au col de fourrure de la même couleur.

— Tu vas mettre ça, ce sera plus confortable que ta robe.

J'acquiesçai, m'emparai des vêtements puis me tournai pour me déshabiller. Alors que je m'apprêtais à me déboutonner au niveau de la nuque, je sentis les mains de Deva glisser sur ma peau et je laissai retomber mes bras le long de mon corps. Je n'avais pas l'habitude qu'on m'aide à me défaire de mes frusques.

— Que va-t-il se passer à présent ? Allons-nous sauver Søren dès maintenant ?

— Chaque chose en son temps, nous ne devons rien précipiter, mais il nous faut partir.

Du pied, je repoussai ma robe tombée à terre puis enfilai le pantalon. Aussitôt, une sensation de douce chaleur m'envahit alors que le tissu glissait sur moi, semblable à une seconde peau.

— Partir ? Mais où ? Et puis, il fait nuit. Je me suis levée aux aurores ce matin, j'aimerais pouvoir dormir un peu.

Deva repartit en direction de l'armoire, ma robe en main. Elle la mit sur un cintre et lui chercha une place parmi les autres.

— Tu n'as pas répondu à ma question, Deva. Où allons-nous partir ?

Une fois le vêtement rangé, elle récupéra des bottes de cuir ajourées de plusieurs boucles montant jusqu'à mi-mollet et les posa devant moi.

— Ceci devrait t'aller.

— Deva !

— Nous n'avons pas de temps à perdre en questions futiles, Freya. As-tu confiance en moi ?

Je me mordillai l'intérieur de la joue. Je la connaissais trop peu pour savoir si je lui faisais une confiance aveugle, mais dans la mesure où c'était elle et sa famille qui avaient besoin de moi, je doutais qu'elle me joue un mauvais tour. Après tout, j'étais essentielle à ses yeux et je l'avais bien compris. Je m'assis sur le bord du lit puis glissai mes pieds dans les bottes. Je fus agréablement surprise qu'elles m'aillent comme un gant. Je me relevai et me tortillai un peu pour tester le confort de ma nouvelle tenue.

— Freya, ne perdons pas de temps.

— Pardon.

Elle m'intima de la suivre jusque dans le couloir central. Nous y retrouvâmes Leif, Olan et Solveig, eux aussi vêtus de braies noires, d'une chaude tunique assortie et de bottes.

— Bien, si tout le monde est prêt, allons-y.

Deva prit la tête du groupe et nous descendîmes l'escalier à pas feutrés, comme si nous risquions d'être surpris. Cela ne me rassura pas. L'idée de voir Magnus arriver pour nous arrêter à notre tour ne me faisait pas du tout envie.

— À présent que notre père a été appréhendé, les soldats vont se mettre à notre recherche, m'expliqua Deva sans ralentir sa cadence rapide. C'est ici qu'ils viendront en premier, et si nous voulons sauver Søren, nous ne pouvons pas nous permettre de les laisser nous retrouver.

— Pourquoi veulent-ils vous capturer, au juste ? J'ai compris que c'est en lien avec votre frère, mais on n'arrête pas les gens avant qu'ils aient fait quelque chose de répréhensible, non ?

Elle me jeta un bref regard par-dessus son épaule.

— Quoi que tu penses, nous n'avons rien à cacher, et si nous ne savons pas précisément la raison pour laquelle notre père a été emmené, en tant qu'aînée de cette famille, je me dois de faire preuve de pragmatisme, comprends-tu ? Pour le moment, notre priorité est d'échapper aux hommes de Magnus s'il leur prenait l'envie de venir nous chercher, ensuite nous nous occuperons du sauvetage de Søren, puis nous aviserons concernant notre père.

Elle traversa la salle dans laquelle nous avions commencé à déjeuner tranquillement avant l'interruption des soldats et je dus accélérer le pas pour rester dans son sillage. Elle passa dans une autre pièce qui ressemblait presque trait pour trait à la précédente, la longue table et les chaises en moins, puis elle s'arrêta devant une imposante tenture tissée représentant un splendide paysage exotique.

— Leif, appela-t-elle.

D'un coup d'épaule, il m'écarta du chemin et rejoignit Deva. Ensemble, ils remontèrent l'épaisse tapisserie. Une large porte apparut alors. La vitre qui la perçait était constituée de centaines de fragments de verre de multiples couleurs. Ils me firent penser à ces gemmaux, comme il en existait dans les lieux de prières de Tudag. À la différence que celui-ci devant nous ne représentait aucune scène pieuse. C'était juste un assemblage de nuances de toute beauté.

Deva débloqua le loquet qui fermait le battant. Elle pivota vers nous tandis qu'un air glacé s'infiltrait dans la pièce.

— Nous passerons par le jardin, déclara-t-elle.

42
FREYA

— Ça pue la charogne, grommela Olan en plaquant une main devant son nez.

— Ça empeste la mort, répliqua Leif sans s'adresser à personne en particulier.

— Ça va être comme ça tout le temps sans matrice, geignit Solveig.

Je la considérai dans un froncement de sourcils.

— Vous savez qu'on peut vivre normalement ? Je veux dire, dans la réalité, lui fis-je remarquer.

Elle me lança un regard à mi-chemin entre l'agacement et l'incompréhension qui me dissuada d'ajouter autre chose.

À être immergé en permanence dans un monde parfait, je pouvais comprendre qu'il était difficile d'imaginer s'épanouir dans une vie sans fioritures composée de moments parfois durs ou désagréables. La réaction de Solveig me permit de prendre conscience de la raison pour laquelle mes parents me houspillaient sans arrêt lorsque j'usais de mon don pour le plaisir de Linus. C'était lui laisser croire que vivre dans un univers tronqué était préférable à la réalité. Ce n'était pas lui rendre service. Je saisissais mieux pourquoi Drömlik était interdit aux étrangers. Les habitants et la reine de ce peuple ne voulaient ni partager ni révéler la cause de leur bonheur perpétuel. Ils se réservaient leur paradis factice, convaincus de posséder un trésor caché dans leur tour aux rêves. Et curieusement, moi qui avais cette même capacité que leur matrice, je ne les enviais plus du tout. Je tenais autant à mes moments de joie qu'à ceux où j'avais versé des larmes à n'en plus finir ; à la souffrance qui m'avait fait grandir ; au plaisir de voir mes proches prendre en sagesse à mesure que leur temps imparti sur Terre diminuait. Parce que c'était ça, la vraie vie. Aimer, rire, pleurer, souffrir. Au final, les Drömliens ne savaient rien des véritables enjeux d'une existence normale. Rien de ce que pouvaient représenter les échecs et les réussites. Parce que tout était artificiel dans leur vie.

— Leif, mène tout le monde dans l'écurie, lui ordonna Deva. Passez par la porte arrière, Heilan nous y attend.

— Qui est Heilan ? demandai-je.

— Un fidèle serviteur. Maintenant, cesse de parler et suis le mouvement, grogna Leif.

Je le toisai puis sortis à mon tour. Mes pieds s'enfoncèrent dans une herbe sèche qui craqua comme du bois de feu sous mes semelles. Solveig, Olan et Deva derrière moi, j'avançai tandis que l'angoisse, jusque-là logée dans mon ventre, investissait ma gorge. L'air était saturé d'humidité, augurant une grosse averse d'ici peu. Quelque chose que les Drömliens n'avaient peut-être jamais connu. J'en éprouvai un peu de peine pour eux. Ils ignoraient ce qu'était le plaisir de courir sous une pluie battante qui vous glaçait jusqu'aux os, d'entendre le martèlement régulier des gouttes s'abattant sur les toits des maisons, de sentir l'odeur de terre mouillée remonter du sol. Tous ces plaisirs de la réalité dont ils n'avaient aucune idée. Le fond de l'air était froid et les relents putrides dont Solveig et Leif avaient parlé un peu plus tôt s'intensifiaient à mesure que nous progressions. Je ne savais pas d'où ils venaient précisément, mais Leif avait raison, plus qu'une odeur de charogne, ils m'évoquaient celle de la mort, de cadavres jetés dans un charnier qu'on n'aurait même pas pris la peine de reboucher. Le doute s'insinua en moi. Et si c'était le cas ? Si la réalité dévoilait de telles horreurs cachées jusque-là par le pouvoir de la matrice ?

Ne dis pas n'importe quoi ! me serinai-je.

Leif ouvrit la porte arrière de l'écurie. Elle grinça à peine, mais assez pour me détourner de mes sombres réflexions.

— Allez, dépêchez-vous, nous pressa Deva en allongeant le pas pour nous doubler, Solveig, Olan et moi.

Elle posa une main sur l'avant-bras de Leif et il s'écarta pour lui laisser la voie libre avant d'entrer à son tour.

Sans attendre que je me décide à les suivre tous deux, Solveig pénétra dans l'écurie en m'ignorant totalement.

— Ne t'occupe pas de Solveig, entre, me glissa Olan au creux de l'oreille.

Je m'engageai à l'intérieur et aussitôt, je me sentis dans mon élément. Je retrouvai la chaleur générée par les animaux et cette odeur de paille souillée mêlée de crottin. Ça n'était peut-être pas très glorieux aux yeux de gens comme les Sturla, mais j'en avais bien plus l'habitude que tout cet étalage de richesse auquel j'avais eu droit depuis que j'avais accepté l'invitation de Deva. À n'en pas douter, j'étais plus la reine du crottin que celle de la dentelle. Plusieurs lanternes, suspendues à des crochetons, dispensaient une lumière jaunâtre et rassurante.

Un homme aux cheveux grisonnants relevés en une épaisse tresse s'affairait au fond de l'écurie. Dans un box, il sellait un cheval. Je supposai qu'il s'agissait d'Heilan, le fameux fidèle serviteur des Sturla. Je l'observai un instant avant de me rendre compte que parmi la quinzaine de chevaux, quatre autres, dont Dolgö, étaient déjà préparés à partir. Je parcourus l'allée centrale pour le rejoindre, tirai le verrou de son box et pénétrai à l'intérieur. Il arriva prestement vers moi et frotta son nez contre mon épaule dans un ronflement de contentement.

Ma main se posa sur son chanfrein.

— Je suis heureuse de te retrouver, Dolgö.

Je l'entraînai hors du box et me dirigeai vers les portes fermées de l'écurie.

— Faut monter maintenant, dam'zelle ! me lança Heilan.

Je le considérai avec incrédulité.

— Dans l'écurie ?

— Grimpe sur ton cheval et cesse de commenter tout ce que l'on t'ordonne, me réprimanda Leif avant même qu'Heilan ait eu le temps de me répondre.

— Fais ce que je dis, obéis, ne discute pas… blablabla, grommelai-je entre mes dents.

— Il y a un problème ? s'enquit Olan.

— Pas du tout, rétorquai-je.

Olan n'insista pas et enfourcha un bel étalon gris pommelé. Sans se soucier du reste de notre groupe, Deva mena sa monture vers la petite porte arrière par laquelle nous étions arrivés. Olan et Solveig lui emboîtèrent aussitôt le pas tandis que, les yeux ronds, je les regardai coucher le haut de leur corps pour se fondre dans le prolongement de l'encolure de leur cheval puis franchir l'étroit passage.

— Décide-toi à grimper sur ta selle, sans quoi nous t'abandonnons ici, me lança Leif perché sur un alezan tout en muscles.

Je coinçai mon pied dans mon étrier, puis pris place sur Dolgö avant de reporter mon attention sur l'imposte de bois renforcée qui surplombait la porte. Je me voyais déjà la prendre de plein fouet si Dolgö se cabrait. Ce serait épique. Si les chevaux des Sturla étaient rompus à ce genre d'exercices, je n'étais pas convaincue que celui d'Ingemar, habitué à vivre à l'extérieur, en soit capable.

— Tu fais exactement comme eux, ce n'est pas compliqué, ajouta Leif au cas où les choses ne seraient pas assez limpides pour moi.

— J'ai peur que mon cheval ne passe pas.

— Fais-lui confiance pour être moins idiot que toi et ne pas se cogner la tête au moment de sortir.

— Ça t'arrive de parler gentiment aux gens qui sont supposés vous aider ? grognai-je.

Il ne jugea pas utile de me répondre, ce que je comprenais fort bien puisqu'il savait quel intérêt je représentais pour la réalisation de leur plan d'évasion. J'avançai jusqu'à la porte ouverte en priant que Dolgö ne s'emballe pas au moment de la franchir. Puis je me penchai sur son encolure et, d'un claquement de langue, lui intimai de continuer son chemin. Comme Leif l'avait prédit, Dolgö baissa la tête et franchit le seuil de l'écurie sans encombre, ni pour moi ni pour lui. Je retrouvai les autres à l'extérieur.

— Tout le monde est là, Deva, souffla Leif en nous rejoignant.

— Alors, partons d'ici, répondit-elle.

À peine ses paroles chuchotées, elle s'élança vers le fond du jardin. Je plissai les yeux pour la suivre du regard le plus loin possible. En quelques instants, elle ne fut plus qu'une forme filant vers ce qui ressemblait à une barrière dont la blancheur tranchait avec la noirceur de la nuit.

— Arrivée au bout du terrain, il te faudra sauter, m'expliqua Olan.

J'acquiesçai tandis qu'un frisson me labourait les bras.

— En route ! enchaîna Leif en talonnant sa monture.

Nos chevaux s'élancèrent dans un bruit de tonnerre à peine étouffé par la terre.

J'ignorais où nous allions, mais nous y allions à toute vitesse…

43
SOREN

Les yeux rivés sur le dôme, je m'absorbais dans la contemplation des nuages sombres qui traversaient paresseusement le ciel. Dans mon dos continuaient à palpiter les coups de fouet que j'avais reçus. Ma peau était comme chauffée à blanc et la douleur ne voulait pas s'éteindre. Je pouvais encore sentir l'odeur de mon sang, mêlée à celle de ma sueur. Pour essayer de l'oublier, j'écoutais ma respiration, hachée par moments, comme si ma souffrance était semblable à une course de fond. Peut-être qu'elle l'était, en fin de compte. Tenir sur la durée n'était pas une mince affaire, mais je m'y efforçais. Je finirais bien par m'habituer à cette position et aux traitements de choc du veilleur pour me forcer à rêver. On s'accoutumait à tout quand on n'avait pas le choix.

Ce qui me perturbait le plus, c'était ce silence qui régnait dans la tour, comme si on m'y avait abandonné pour toujours. Il m'angoissait, m'oppressait. Je supposai que lorsque l'on était assigné au poste de matrice, on devait composer avec la solitude et le silence. En soi, quoi de plus normal pour rêver ?

D'une certaine façon, c'était une forme de paix que l'on m'offrait dans l'espoir que je donne le meilleur de moi-même. Moi qui étais habitué aux martèlements des sabots, aux bruits de la ville, aux conversations tonitruantes des soldats, je ne m'y faisais pas. Je me forçai à fermer les yeux et, plutôt que de tenter à nouveau de rêver, je tâchai de me vider l'esprit. Un froissement de tissu troubla ma concentration et je rouvris les yeux. Dans la position où je me trouvais, le visage et le corps orientés vers le ciel, je n'étais pas en mesure de voir l'identité de celui dont j'entendais les pas, mais entre le gardien des lieux et les gargölls, le choix était plus que restreint. Et je n'avais envie de voir aucun d'eux. La roue commença à bouger. Lentement, elle revint à la verticale et le veilleur apparut dans mon champ de vision. J'espérais qu'il ne venait pas me chercher pour manger, je me sentais parfaitement incapable d'avaler quoi que ce soit malgré les grognements de mon estomac.

— Vous avez de la visite, chevalier.

— Qui donc ? murmurai-je, la gorge sèche.

Il garda le silence. Je ne m'en formalisai pas. À présent, je savais à quel genre de personnage j'avais affaire et j'avais très vite pris acte de sa propension à ignorer le moindre de mes propos plutôt qu'à s'en soucier. Au lieu de quoi, j'essayai de réfléchir à qui pouvait venir me visiter alors que je n'étais censé voir personne de par mon statut de matrice. À leur tour, les deux gargölls pénétrèrent dans la pièce. Après que le gardien des lieux les eut enjoints à me libérer de mes entraves, ils m'aidèrent à descendre de la roue en prenant soin de me maintenir pour m'éviter de m'effondrer. Le veilleur se positionna derrière moi et sa main se mit à sinuer dans mon dos, exacerbant les brûlures dues aux coups de fouet qui avaient déchiré ma chair. Le corps raidi par la douleur, je serrai les dents pour ne pas lui donner le plaisir de laisser échapper une seule plainte.

— Allez-y, lança-t-il à l'attention des géants.

Ceux-ci m'entraînèrent dans la pièce voisine puis me firent asseoir sur l'unique chaise. L'un d'eux garda une main autour de ma nuque tandis que l'autre allait récupérer une nouvelle tunique. Ils me l'enfilèrent avec brusquerie, puis me redressèrent sans plus de délicatesse. Ils me menèrent ensuite vers la toute première salle où le veilleur avait pour habitude de s'entretenir avec les soldats, comme il l'avait fait avec moi lorsque j'étais encore un homme libre. Je relevai la tête et posai alors les yeux sur mon visiteur.

— Magnus, murmurai-je alors qu'une onde de mépris et de colère affluait en moi.

À son regard troublé, je compris qu'il ne s'attendait pas à me retrouver dans cet état après m'avoir abandonné à mon sort. Et encore, il n'avait aucune idée de ce que j'avais subi. Je me gardai bien de l'en informer puisque, quoi qu'il m'arrive, jamais il ne m'apporterait la moindre aide. Maintenant qu'il avait mis la main sur mon poste de meneur de troupes, il n'allait certainement pas risquer de me sortir du guêpier dans lequel il m'avait volontairement fourré.

— Bonjour, Søren.

Je surpris une lueur dans ses prunelles qui ressemblait vaguement à de la pitié et cela exacerba mon envie de lui cracher au visage. Je gardai un silence entêté tout en le fixant d'un œil noir.

— La reine m'envoie te voir.

Il avança d'un pas de plus dans ma direction, réduisant la distance qui nous séparait. Je m'imaginai soudain refermer mes doigts autour de son cou, comme je l'avais fait avec le veilleur. Mais pour Magnus, je serais allé jusqu'au bout, jusqu'à ce qu'il étouffe et que la vie quitte son corps. Seulement pour cela, il aurait fallu que les gargölls lâchent mes bras.

— C'est ton père qui aurait dû venir te voir.

— Mon père ? me décidai-je enfin.

Il retrouva sa mine impassible et toute émotion disparut de ses prunelles.

— Oui. Mais il a refusé.

J'esquissai un sourire amer. Mon père, que j'avais toujours aimé et révéré, avait réussi l'exploit de me décevoir et de ternir son image à mes yeux en à peine quelques jours… Et il continuait, apparemment.

— Mais ce n'est pas bien grave, reprit Magnus. Je me fais le messager de la reine, et à défaut que ce soit ton géniteur qui t'exhorte à te ressaisir, je te le demande, Søren. Tu dois penser à Drömlik, à tous ses habitants dont la vie se rattache à ta nouvelle fonction.

— C'est une supplication ou un ordre ?

— Considère qu'il s'agit de l'un comme de l'autre.

Je ricanai et tentai de me dégager de l'étreinte des gargölls. À mon grand étonnement, ils concédèrent à me libérer et, pendant un instant, je sentis mes jambes flageoler. Je résistai pour éviter de devoir à nouveau être soutenu par les géants qui restaient près de moi.

— Eh bien… Magnus… Dis à la reine que me concernant, ce ne sera ni l'un… ni l'autre.

Magnus leva son poing avec une telle rapidité que je n'eus pas le temps de réagir. Il l'abattit sur ma pommette. Le coup résonna jusqu'aux tréfonds de ma boîte crânienne. Les géants tentèrent de se saisir de mes bras alors que je reculais d'un pas maladroit, mais je leur fis comprendre que je n'avais nul besoin de leur soutien.

— Ni l'un… ni l'autre ! répétai-je plus fort.

Le second coup heurta mon nez de plein fouet et je reculai encore, manquant de perdre l'équilibre. D'un revers de main, j'essuyai le filet de sang tiède qui coulait d'une de mes narines.

— Il ne me semble pas judicieux de frapper la matrice, objecta soudain le veilleur.

J'eus presque envie de rire en songeant aux coups de fouet infligés sous le contrôle de ce même homme qui se permettait de dire que me rosser n'était pas sage. Magnus lui jeta un regard teinté d'indifférence avant de reporter son attention sur moi.

— Tu veux que les gens s'entretuent ? Tu veux laisser Drömlik sombrer dans le néant ?

— On dirait bien, lâchai-je avec froideur.

Le troisième coup eut raison de moi et je basculai en arrière.

— Mais vous êtes fou ? s'exclama le veilleur.

Magnus le repoussa sèchement, s'approcha à nouveau de moi et me saisit par le col de ma tunique.

— Tu n'es…

Une fois de plus, il abattit son poing dans ma mâchoire.

— … qu'un sale… égoïste !

— Arrêtez ! s'écria le veilleur.

Magnus éleva encore son poing. Je le fixai droit dans les yeux et le gratifiai d'un sourire alors que le sang s'écoulait de mon nez pour s'insinuer entre mes dents.

— Fais-toi… plaisir, Magnus… Tue-moi !

Ses traits se troublèrent face à mes paroles. Mais au-delà de la provocation, c'était une supplication. Je préférais être mort que de rester suspendu à cette roue pendant des années.

— Allez ! aboyai-je. Un peu de courage… Magnus !

Ses doigts se désolidarisèrent de mon col et mon corps retomba au sol. Je compris que je n'aurais même pas droit à un trépas rapide.

— Remettez-le en état, se contenta-t-il de lancer au veilleur. Et ensuite, qu'il se mette à la tâche.

Tandis que les géants me redressaient, je regardai Magnus tourner les talons et gagner la sortie. Il ouvrit la porte. Avant d'en franchir le seuil pour de bon, il se retourna et me fixa d'un air mauvais.

— Rêve, Søren… Ou je te jure que ta famille paiera pour ta désobéissance.

Sur ce, il quitta les lieux, me laissant presque tétanisé par la pensée de ce qui risquait d'arriver aux miens par ma faute.

44
SOREN

Sitôt Magnus parti, les géants me ramenèrent dans la pièce voisine. Ils me déposèrent sur le lit où avait été exposée la dépouille de ma mère. J'aurais eu la capacité à me relever pour m'en éloigner que je l'aurais fait dans la seconde. Seulement, j'étais trop faible pour cela. L'odeur de la mort flottait encore dans l'air, comme si tout, ici, en était imprégné. Pas seulement le lit, mais aussi le rideau occultant, les parois étroites, le sol. J'avais le cœur retourné à la seule pensée de me trouver là.

Un des gargölls m'ôta ma tunique puis m'allongea sur le ventre. Ma peau me brûlait comme si j'étais atteint de lèpriosa, cette maladie qui avait tué tant de Drömliens dans un lointain passé. Une douleur palpitante irradiait sur mon visage écrasé dans l'oreiller. Mon corps tout entier était un appel à la souffrance. Mais le pire de tout, c'était mon orgueil... Il avait fondu comme neige au soleil. J'avais la gorge nouée par la honte et la haine face à mon impuissance.

Tandis que le veilleur apposait je ne savais quel onguent sur les lacérations dans mon dos, je me focalisai sur la pensée de mes frères et sœurs. De la dévouée Deva qui m'avait enseigné tout ce qu'elle savait, qui m'avait couvé du regard tout au long de ma vie avant que je ne m'enrôle dans la garde royale de Drömlik, de Leif qui m'avait appris à manier l'épée et à forger mon caractère, de Solveig et d'Olan si jeunes dans leur esprit et parfois frivoles, mais si attachants également.

Les choses étaient claires, ils paieraient pour mon incapacité à rêver que ni la reine ni Magnus ne voulaient reconnaître.

— Retournez-le.

Un des géants se chargea de me tourner et la douleur dans mon dos se raviva de plus belle. Le veilleur s'affaira ensuite à nettoyer le sang sur mon visage et les endroits où Magnus avait abattu ses poings. Je secouai la tête de droite à gauche pour lui faire comprendre que je préférais de loin laisser agir la nature plutôt que supporter son maternage empli d'hypocrisie.

— Tenez-vous tranquille, il faut que je vous prodigue les soins nécessaires pour garantir votre survie.

— Ce ne sont pas ces malheureux coups de poing qui vont… me tuer… C'est votre maudite roue et vos coups de fouet, grognai-je entre mes dents.

— Si vous y mettiez du vôtre, nous ne serions pas obligés de recourir à des méthodes de persuasion aussi douloureuses et le courroux de la reine ne vous retomberait pas dessus, je vous l'assure, chevalier.

— Si vous… et la reine… et Magnus… y mettiez du vôtre aussi… vous vous rendriez compte que je ne suis… en aucun cas votre… matrice. Voilà qui réglerait plus aisément… les choses.

— Vous nous l'avez déjà dit, chevalier.

— Et je vous le redis… Je ne peux pas… rêver.

— Vous ne pouvez pas ou vous ne voulez pas ? Vous êtes la matrice, je puis vous le certifier.

— Je ne le suis pas, m'obstinai-je.

— Bien sûr que si.

— Je… ne… le… suis… pas ! répétai-je plus sèchement encore.

Il me saisit brusquement le bras et le tordit avec rudesse.

— Vous l'êtes, alors cessez de prétendre le contraire.

Je renonçai à défendre ma cause, ce veilleur était définitivement aussi buté que Magnus. Lorsque les géants me renfilèrent ma tunique et me menèrent devant la table pour y prendre mon dîner, je compris que je n'avais d'autre option que d'essayer à nouveau de rêver.

Et cette fois-ci, de réussir.

Je le devais, non pas pour la reine, ni même pour la population de Drömlik, mais pour les miens.

Pour mes frères et sœurs.

45
PENDANT CE TEMPS

À peine la porte de la tour refermée et ses gants enfilés pour masquer ses phalanges rougies, Magnus remonta en selle. Son cheval partit aussitôt sous son impulsion et prit la direction indiquée par son cavalier. La caserne de soldats se trouvait au cœur de Drömlik. Un édifice que la mort de la précédente matrice n'avait pas vraiment altéré tant il était déjà désuet à la base. Ce n'était qu'un bloc carré constitué de pierres taillées et de poutres de bois qui soutenaient un toit de tuiles scellées entre elles. Au-dessus flottait le drapeau à tête d'aigle à gorge noire, emblème du royaume depuis la nuit des temps.

Magnus descendit de cheval devant le bâtiment et abandonna l'animal aux mains d'un des deux gardes placés en faction à l'entrée. Il s'engouffra ensuite à l'intérieur, parcourut le corridor d'un pas rapide et déboucha dans la salle principale autour de laquelle se trouvaient les dortoirs.

— J'ai besoin de cinq hommes, lança-t-il à la cantonade.

Devisant autour d'une immense table sur laquelle traînaient chopes et assiettes vides, les soldats présents braquèrent aussitôt la tête vers lui.

— Pour aller où ? demanda l'un d'eux.

Magnus attrapa une chope et la remplit d'øl fraîche. Il en avala une gorgée avant de répondre.

— Tudag. Il faut aller quérir la völva Ingemar pour la reine.

Tous les hommes, sans exception, se raidirent sur leur chaise. Magnus les observa avec une mine un peu agacée. Il devinait sans mal que c'était le mot völva qui les mettait dans cet état. Et si en plus, l'identité de celle-ci était Ingemar, voilà qui ne pouvait que les refroidir davantage. Il ne lui trouvait pourtant rien de si terrible. D'accord, c'était une völva et par ici, tout le monde craignait les malédictions et les malices de ces créatures infernales, mais tout de même, Ingemar restait une vieille femme et pour s'être tenu devant elle, Magnus estimait que les inquiétudes des soldats à son sujet n'étaient pas justifiées. Mais peut-être les réticences des hommes étaient-elles plutôt dues au souvenir que, pour ceux qui avaient dernièrement fait ce voyage, les choses ne s'étaient pas très bien terminées pour leur précédent meneur de troupes, sans compter la mort d'Arrow.

— Ceci n'est pas une requête, lança-t-il. C'est un ordre.

— D'ordinaire, nous obéissons au chevalier Søren, eut la mauvaise idée de lui rappeler un des hommes à la tignasse d'un roux éclatant.

Magnus le toisa tout en s'exhortant au calme. Il était le chef des troupes à présent, il se devait de garder le contrôle de ses nerfs et non pas se comporter comme dans la tour aux rêves face à Søren. Et d'autant plus quand il savait que certains des soldats ne le portaient pas dans leur cœur. Pour autant, il ne comptait pas non plus se laisser marcher sur les pieds, et encore moins s'excuser d'avoir pris la place de son concurrent. Personne ici ne discuterait de l'avenir de Søren avec lui. Personne !

— Désormais, c'est moi qui suis à la tête des troupes. C'est donc à moi que vous obéissez. Si cela pose problème à certains d'entre vous, qu'ils quittent cette caserne sur-le-champ. À présent, décidez-vous ou j'en désigne cinq d'office.

Les hommes échangèrent des regards sans dire un mot.

— La völva ne vous fera rien, je vous en donne ma parole. Mais si nous ne partons pas maintenant, les mauvais jours risquent de perdurer à Drömlik.

— Pourquoi ? Nous avons bien une nouvelle matrice, non ? reprit le soldat aux cheveux roux, une pointe d'ironie dans la voix.

Magnus se renfrogna un peu plus.

— Quel est ton nom, à toi ?

— Gudmar.

Magnus posa ses mains à plat sur la table.

— Bien… Gudmar. La matrice actuelle est réticente à exécuter son devoir. Je pense que tu es assez intelligent pour t'en être rendu compte par toi-même, n'est-ce pas ? Si tu veux que ta femme, tes enfants et tes parents retrouvent les jours heureux d'avant la fange dans laquelle nous nous embourbons, il va falloir aller chercher cette völva, debout ou pendue par les pieds, que cela te plaise ou non. Tu es désigné d'office. Va seller ton cheval, imbécile.

Le rouquin se redressa sans masquer sa colère d'avoir hérité d'une tâche dont il ne voulait pas, mais il ne protesta pas et s'exécuta.

Magnus reporta son regard sur les autres hommes.

— Je vous donne trois minutes pour décider qui m'accompagnera. J'attends devant la caserne.

Sur ces mots, il tourna les talons et quitta les lieux.

Tout en se dirigeant vers son cheval, il leva les yeux vers le ciel chargé de nuages de plus en plus menaçants. Puis il enfourcha sa monture et se concentra sur la tour aux rêves, visible depuis l'endroit où il se trouvait. Sans cesser de la fixer, il pensa à sa famille, mais surtout à ce qui lui tenait plus encore à cœur que sa femme et ses enfants : il songea à Drömlik et à l'avenir obscur que Søren réservait au royaume s'il continuait à refuser d'user de son don. Puis ses pensées s'orientèrent vers cette petite bergère à la langue bien pendue répondant au prénom de Freya. S'il avait choisi de taire son existence à la souveraine, qu'en serait-il de la völva si Ynglinga lui posait des questions sur la matrice ?

Elle le lui dira, conclut-il avec inquiétude. *Elle lui dira qu'il y avait une autre matrice.*

Et alors, la tête de Magnus risquerait sérieusement de se retrouver séparée du reste de son corps sur le billot d'un bourreau commis d'office. Il se mordit la lèvre inférieure avec force. Il ne pouvait laisser faire cela, il devait trouver une solution.

Lorsque cinq soldats, dont le rouquin Gudmar, sortirent enfin de la caserne après avoir récupéré leurs chevaux dans l'écurie attenante, et que la pluie commença à tomber, il recouvra ses esprits.

— Eh bien, mieux vaut tard que jamais, messieurs.

Sans rien ajouter, il talonna les flancs de sa monture et s'élança vers l'issue est de la ville, ses cinq hommes à sa suite.

Il aurait bien le temps de prendre une décision sur la conduite à tenir durant le trajet.

46
FREYA

Qu'est-ce que c'est, exactement, cette grotte ? demandai-je à Deva tandis que Solveig et moi la suivions.

— Commençons par entrer, je ne veux pas qu'on se fasse repérer si quelqu'un se promène dans le coin, répondit Deva.

— Comme si les gens pouvaient flâner à cette heure dans un tel endroit, murmura Solveig.

À présent à terre, les rênes de nos montures à la main, nous pénétrâmes à l'intérieur. Leif et Olan nous précédaient de quelques minutes à peine. Leurs chevaux les suivaient sans montrer de signes d'inquiétude, tout comme ceux de Deva et Solveig. Seul Dolgö manifestait son anxiété en ronflant des naseaux. Bien évidemment, il ne connaissait pas les lieux, ce dont je doutais pour ceux des Sturla. Nous débouchâmes sur un couloir s'étirant tout en longueur. Sur notre gauche, une paroi ouverte donnait sur une seconde grotte.

— Par ici, m'indiqua Solveig.

La peur au ventre à l'idée que Dolgö panique, je fus la dernière à pénétrer dans le lieu en question. À peine fut-il entré dans la cavité circulaire qu'il se rua sur un ballot de foin installé dans un coin sans même se préoccuper de son environnement. Ses congénères firent de même et chacun se retrouva avec sa propre ration d'herbage à se mettre sous la dent. J'examinai l'endroit d'un œil presque admiratif. Cinq auges étaient creusées à même la roche et un large abreuvoir était placé au centre de l'anfractuosité. De toute évidence, ce lieu ne tombait pas juste « à pic », il était étudié pour accueillir des animaux.

— Voici notre écurie de secours, m'expliqua Olan. Elle te plaît ?

— J'avoue que je n'aurais jamais imaginé qu'on puisse y abriter des chevaux.

— Et avec tout le confort possible, fit remarquer Leif.

— Les garçons vont s'occuper des bêtes, Freya et Solveig, suivez-moi.

Nous retournâmes dans la travée centrale et Deva nous entraîna dans une longue galerie au plafond rocheux irrégulier. De temps à autre, il en tombait de minuscules gouttelettes dont l'écho se réverbérait contre les parois lorsqu'elles s'écrasaient au sol. Si, dans un premier temps, la grotte ne m'avait pas semblé très grande, à présent que nous progressions dans ce couloir aux parois irrégulières, je réalisai que j'étais loin du compte. Creusée sous une colline, elle s'étirait autant en largeur qu'en longueur. Il nous fallut encore une bonne poignée de secondes pour enfin déboucher sur une nouvelle cavité.

Lorsque les deux sœurs partirent chacune d'un côté pour y allumer, une à une, des lanternes, je la découvris dans son entièreté. Le lieu était si vaste que son fond disparaissait dans la pénombre. Je frissonnai en songeant à quelques bêtes répugnantes qui se cacheraient là en attendant de sauter sur leur proie, mais les multiples lampes disposées à des emplacements stratégiques pour optimiser l'éclairage auraient dissuadé n'importe quelle créature de rester ici. Bon, peut-être à part quelques affreuses araignées et autres abominations munies de plus de quatre pattes. *Arrête de penser à ça*, m'exhortai-je. L'endroit était aménagé avec un certain goût, comme s'il s'agissait d'une véritable habitation, bien que le mobilier soit plus que sommaire en comparaison de la demeure des Sturla. Sans doute aurais-je pu appeler cela un campement de luxe.

— Søren et Leif ont découvert cet ensemble de grottes il y a quelques années lors d'une promenade à cheval. C'est un lieu très peu fréquenté, parce qu'un peu éloigné du centre de Drömlik. Nous avons ensuite eu l'idée de les arranger, tant pour nos chevaux que pour nous.

— Dans quel but ?

Deva haussa les épaules.

— Nous dépayser un peu, j'imagine.

— Vous dépayser alors que votre maison est digne d'un palais ? lâchai-je, une pointe d'incompréhension mêlée d'ironie dans la voix.

Solveig me jeta un regard en biais que j'ignorai, trop occupée à étudier les lieux.

— Tu sais, Freya, ce n'est pas parce que l'on vit dans un royaume semblant idyllique aux habitants des contrées voisines que l'on est forcément heureux. La matrice nous a toujours offert un climat parfait et de quoi remplir nos assiettes sans crainte des lendemains difficiles, c'est vrai. Mais la mort, elle, ne peut être manipulée par une semeuse de rêves. Quand vient l'heure, les gens partent et la tristesse est la même chez nous que chez toi.

— J'imagine.

J'observai Deva, consciente cependant que les yeux de Solveig, près d'elle, s'étaient subitement mis à briller tandis qu'elle avait focalisé son attention sur sa sœur aînée. Il me sembla que Deva, en parlant de la mort, m'avait livré une petite partie d'un souvenir douloureux. Je ne cherchai pas à creuser le sujet, je savais ce que cela faisait de perdre un être cher, mais je trouvais normal que la mort soit présente dans l'existence de tout être vivant, les deux étant intrinsèquement liées. C'était ainsi ; on naissait, on vivait, on mourait… et la vie continuait pour les autres.

Je m'engageai plus profondément à l'intérieur de la grotte, effleurant du bout des doigts les colonnes de roche qui se dressaient un peu partout, m'évoquant un temple voué à un culte quelconque. Quatre bancs étaient disposés sur ma droite, entourant une sorte de brasero installé dans une petite excavation que j'imaginai naturelle. À l'intérieur traînaient des débris de branches calcinées et des cendres, vestiges d'un feu récent. J'avisai ensuite des espèces de meurtrières percées dans l'une des parois, si étroites et si hautes que c'était à peine si elles laissaient la lumière du jour entrer.

— Ces fentes permettent de renouveler l'air de la grotte et d'évacuer la fumée sans qu'elle soit trop visible, jugea bon de m'indiquer Deva.

Sans répondre, je changeai mon angle de vision pour fixer un large coffre de bois sculpté abandonné dans un coin. Je n'eus pas longtemps à me creuser la cervelle pour savoir ce qu'il pouvait contenir ; Solveig l'ouvrit et en extirpa, une à une, d'épaisses peaux qui donnaient envie de s'emmitoufler dedans rien qu'en les regardant.

— Viens, Freya.

Je cessai d'observer Solveig et rejoignis Deva. Assise sur l'un des bancs, elle s'affairait à casser des branchillons qu'elle sortait par petites poignées d'un rangement placé sous son banc. Je m'installai face à elle. Du coin de l'œil, je repérai les garçons qui débouchaient de la galerie. Ils ne tardèrent pas à venir nous retrouver et se calèrent près de Deva.

— Laisse-moi faire, souffla Leif en la poussant gentiment pour la remplacer dans sa tâche.

Puis ce fut au tour de Solveig d'arriver dans notre direction. Les bras chargés de ses peaux, elle s'assit près de moi. Je brûlai d'envie de lui en voler une tandis qu'elle les déposait entre nous.

— Très bien, reprit Deva. À présent que nous sommes en sécurité, je propose que nous mettions notre plan au point sans plus tarder.

— Nous t'écoutons, déclara Leif.

— Eh bien, la première chose est de nous rendre à la tour aux rêves. Le mieux serait de le faire au moment où la nuit sera suffisamment tombée pour que les rues soient désertes et que nous devenions des ombres.

— Effectivement, c'est l'option la plus sûre, acquiesça Leif.

— Et ensuite ? intervint Olan.

— Il faudra passer par la forêt d'épicénors qui débouche sur l'arrière de la tour, précisa Leif.

— De là, nous laissons nos montures, reprit Deva. Solveig, tu resteras auprès d'elles, le temps que nous libérions Søren. Nous reprendrons ensuite le même chemin. Nous ne pouvons pas nous permettre de laisser les chevaux repartir seuls, ils reviendraient automatiquement chez Père et risqueraient d'être vus.

Solveig acquiesça d'un léger mouvement de tête, puis s'empara d'une des peaux pour en recouvrir ses cuisses. Elle semblait grelotter, mais je n'étais pas certaine que cela soit uniquement dû à l'air glacé qui flottait ici, car elle était bien la seule à se frotter énergiquement les mains.

— Et toi, Freya, il ne te restera plus qu'à rêver du Hræsvelgr.

Je gardai le silence, occupée à lorgner la couverture de Solveig.

— Freya ?

Je sursautai brusquement et reportai les yeux sur Deva.

— Quoi ?

— Tu devras faire apparaître le Hræsvelgr à ce moment-là.

— Suis un petit peu, pour changer, ajouta Leif sur un ton cassant.

— Faudra-t-il que je vienne avec vous ou bien devrais-je simplement vous permettre d'utiliser l'oiseau sans moi ? m'enquis-je sans chercher à renvoyer une pique à Leif.

— Dans la mesure où tu en as la capacité et où c'est toi qui contrôleras cette créature en rêvant, il est primordial que tu nous accompagnes, argua Olan.

— Olan a raison, ajouta Deva. Nous ne tenons pas à tomber dans le vide si par malheur tu te réveillais ou que tu étais dérangée au bas de la tour.

J'opinai. Le plan des Sturla était plutôt simple, pour ne pas dire rudimentaire, mais il avait pour avantage d'aller droit au but et, à mon sens, d'être efficace. Les pièces s'imbriquaient parfaitement les unes dans les autres et j'étais la plus importante d'entre elles. Celle qui ferait réussir ou échouer la mission selon mes capacités à donner vie à l'avaleur de cadavres au travers de mes songes. *Tu y arriveras,* tentai-je de me rassurer. Tout ce que l'on me demandait était de rêver et cela, je savais le faire à la perfection.

— J'ai juste une dernière question.

— Nous t'écoutons, Freya.

Je dévisageai chacun des membres de cette famille toute dévouée à leur frère emprisonné, puis m'arrêtai sur Deva.

— Je comprends que tu aies choisi le Hræsvelgr pour sa puissance, mais tu aurais tout aussi bien pu te décider pour un dragon. Pourquoi un avaleur de cadavres ?

Les enfants Sturla se concertèrent du regard, comme s'ils réfléchissaient à l'option de me répondre ou non. Puis Deva me considéra à nouveau.

— Pour avaler les cadavres que nous devrons laisser derrière nous, évidemment.

Malgré la logique de sa repartie, je déglutis péniblement en me demandant pourquoi je n'avais pas posé cette question plus tôt. Mais à présent, je savais…

Ils comptaient donc tuer pour arriver à leurs fins.

47
PENDANT CE TEMPS

Magnus avait encore bien en tête le chemin menant à la tanière de la völva. Mais pas seulement. Il se souvenait aussi parfaitement de l'endroit où il avait failli perdre la vie en compagnie de Søren. Il n'avait rien oublié de l'odeur de tripes et de sang ni de la terreur qui l'avait envahi en découvrant la dépouille torturée d'Arrow, ce soldat mort pour avoir désobéi aux ordres de Søren en pénétrant dans cette forêt. Magnus se demanda aussitôt pourquoi il avait décidé de sauver Søren qu'il rêvait pourtant d'évincer depuis des mois. S'il ne l'avait pas fait, il aurait hérité de sa place et le chaos actuel à Drömlik n'aurait pas eu lieu. Seulement, l'idée de le regarder se faire étriper au sens propre du terme lui avait paru trop horrible pour le permettre. Magnus avait peut-être des ambitions et des agissements discutables pour parvenir à ses fins, mais il n'était pas un monstre, quoi qu'en pense Søren.

Fort de ses souvenirs désagréables, Magnus avait donc choisi de dévier de son chemin pour même s'éviter la vue de cette maudite forêt où vivaient les lamparögs. Au lieu de quoi, il passa devant le champ où il avait rencontré la jeune Freya. Une étendue de verdure maladive où paissaient des chèvres à six cornes dont le nom lui échappait. Mais point trace de cette bergère effrontée. Juste un homme d'une quarantaine d'années qui chiquait son tabac accoudé à la barrière fermant le pâturage. *Cette petite gueuse doit se terrer dans un recoin de Tudag,* songea Magnus.

Il se demanda s'il ne ferait pas mieux d'essayer de la débusquer, puis de la ramener à Drömlik. Peut-être serait-elle plus docile que Søren. Mais s'il le faisait, il devrait alors avouer à la reine qu'il avait menti en désignant Søren comme unique matrice quand la völva en avait nommé deux. Il ne pouvait pas faire cela, définitivement.

Il relégua ses pensées dans un coin de son esprit et fit signe à ses hommes de s'engager sur le chemin indiqué par Freya pour rejoindre la demeure d'Ingemar. Le groupe prit le galop et continua sa chevauchée jusqu'au petit pont où, lors de leur première venue, ils avaient fait une pause pour permettre à Søren de récupérer de sa blessure.

Magnus mena sa troupe en gardant une allure constante dans le but de rallier la maison de la völva aussi vite que possible. Ni arrêt ni ralentissement, peu importe la fourbure des montures ou celle des soldats ; il ne voulait pas traîner, cette fois-ci, et puisqu'il connaissait désormais le chemin, il gagnait de précieuses minutes. Lorsqu'ils arrivèrent enfin, le jour déclinait. Les lieux avaient revêtu un aspect inquiétant, entre les arbres qui assombrissaient le chemin par lequel les hommes venaient de déboucher, les nombreuses fougères qui s'agitaient, comme si des créatures s'y cachaient, et enfin cette cabane. Plantée au milieu de tout ça, elle était semblable à une ombre chargée d'une aura menaçante. Mais Magnus n'était pas homme à se laisser impressionner, il sauta à bas de son cheval, exhortant silencieusement ses hommes à rester sur leur monture et à se placer en embuscade non loin de la maison. Si cette vieille folle envisageait de fuir en le voyant arriver, elle serait bien reçue.

D'un pas vif, il parcourut l'allée menant à la demeure. Au travers d'une des fenêtres qui perçaient la façade, il aperçut la lueur ondoyante d'une bougie posée sur le rebord de celle-ci.

Peste de völva ! fulmina-t-il.

À l'instar de Søren, lui non plus n'avait jamais été un très grand fervent de völur ; c'était au moins un point que les deux hommes avaient en commun. D'un geste machinal, il caressa le pommeau de sa dague qui dormait dans le fourreau à sa ceinture, puis leva la main et porta un coup bref sur le battant. Sans attendre qu'on l'y invite, il tourna la poignée.

Les prunelles luisantes d'Ingemar se posèrent aussitôt sur lui. Elle ne paraissait guère surprise de le voir. *Quoi d'étonnant pour une völva ?* songea Magnus. Installée exactement au même endroit et dans la même position que la fois précédente, il eut l'impression qu'elle s'était changée en statue. Au bout de quelques secondes, elle s'anima enfin et replia le parchemin étalé devant elle.

— Auriez-vous oublié de me demander quelque chose, chevalier de Drömlik ? Un philtre d'amour, peut-être ?

Il ébaucha à son tour un sourire, guère plus avenant que le sien.

— Tu es une völva, tu devrais savoir pourquoi je suis là puisque tu semblais savoir que j'allais revenir.

Ingemar plissa les paupières et le considéra avec contemption. Magnus s'en moquait, il en avait autant à son service. Il marcha dans sa direction tandis qu'elle le fixait sans la moindre crainte.

— Vous êtes ici à propos des matrices, déclara-t-elle. Et sauf erreur de ma part, vous avez choisi votre meneur de troupes pour endosser ce rôle.

— C'est moi, le meneur de troupes, à présent, jugea-t-il bon de lui apprendre.

En guise de réponse, elle lâcha un ricanement. Magnus avança encore, puis s'immobilisa une fois à quelques centimètres de la table qui le séparait de cette maudite femme.

— Nous aurais-tu trompés au sujet de la matrice, völva ?

Dans un rictus méprisant, Ingemar dévoila une rangée de dents jaunies dont certaines manquaient à l'appel. Elle était parfaitement consciente que la question de son visiteur n'en était pas vraiment une. Ce n'était rien d'autre qu'une accusation.

— Une matrice n'est pas créature facile à contrôler ni à dompter, chevalier, se contenta-t-elle de rétorquer.

Les mots qu'elle employa, et surtout le ton sur lequel elle les prononça, suggérèrent à Magnus qu'elle se moquait de lui. Il serra les mâchoires. Lorsqu'elle sourit davantage, exacerbant le sentiment de colère qui bouillonnait en lui, il bondit en avant. Surprise par ce mouvement auquel elle ne s'attendait pas, la völva tenta de se redresser, mais Magnus fut plus rapide qu'elle et referma les doigts sur le col de sa robe. Ingemar laissa échapper un gémissement de douleur.

— Tu m'as menti, c'est cela ? Avoue !

— Lâchez-moi !

Magnus considéra la vieille femme avec hargne. Son visage rougissait à mesure qu'il affermissait sa prise sur le chiffon qui lui servait de robe, pourtant elle ne se départissait pas de son sourire narquois. C'était comme si elle le défiait d'aller plus loin. Elle n'avait pas peur, il le voyait bien, et cela le contrariait autant que cela le troublait.

— Me tuer... ne changera... rien à l'affaire, lâcha Ingemar dans une sorte de râle.

Magnus crispa les mâchoires sous l'effet de la colère grandissante.

— Parle, völva !

Pour toute réponse, elle attrapa le bol posé sur la table et l'abattit sur le crâne de Magnus avec une force venue d'il ne savait où. Les doigts du chevalier se désolidarisèrent du col d'Ingemar et il recula malgré lui. Sa colère monta d'un nouveau cran. Il se précipita vers Ingemar et sauta sur la table. La vieille femme bondit en arrière et se retrouva acculée contre le mur derrière elle. Magnus ne put s'empêcher d'ébaucher un sourire vainqueur. La völva était prise au piège.

— Je vous jure que j'ai dit... la vérité, cracha-t-elle.

— Le chevalier Søren est donc bien une matrice ?

Elle garda le silence. Magnus fit mine de ne pas s'apercevoir qu'elle avait braqué les yeux sur le chandelier placé un peu plus loin sur la table. Il attendit qu'elle se décide à s'en emparer. À l'instant où elle effleura le pied de l'objet en question, Magnus leva le sien et écrasa sa main avec force.

— Réponds, créature du mal !

Ingemar expulsa un cri de douleur alors que ses phalanges craquaient sous la semelle du soldat.

— Réponds !

— Je... le jure, bredouilla-t-elle.

Magnus appuya plus fort encore sur la main de la vieille femme. De l'autre jambe, il projeta le chandelier hors de portée.

— Jure-le sur tous les dieux qui régentent notre monde !

Des larmes de souffrance dans les yeux, Ingemar releva la tête et lui renvoya le même éclat de mépris que lors de son arrivée. À nouveau, ses lèvres s'étirèrent dans un sourire moqueur.

La table se mit à vibrer. Si fort que Magnus s'en retrouva déstabilisé. Pour éviter la chute, il sauta à terre, libérant enfin sa prisonnière.

— Tes dieux ne sont pas les miens ! aboya la völva en levant sa main valide en direction de Magnus.

Le corps du chevalier fut projeté en arrière par une puissance invisible et son dos percuta une colonne de bocaux. Il eut tout juste le temps de s'écarter avant que ceux-ci ne s'écrasent tous par terre en explosant, répandant organes minuscules et pattes de crapaud véreux partout sur le sol. Ingemar éclata de rire.

— Des sots. Vous êtes tous des sots, vous autres, soldats de Drömlik ! Crois-tu que je ne t'aie pas vu venir avec tes menaces ? Søren est désormais votre matrice, c'est le choix que tu as fait en omettant de préciser à Ynglinga qu'il en existait une seconde. Débrouille-toi pour t'en accommoder, à présent.

Magnus se redressa lentement tandis qu'une douleur remontait le long de ses vertèbres. Du fond de la pièce où il se trouvait maintenant, il fixa Ingemar avec animosité. Elle était plus forte qu'il l'avait imaginé au départ. Et il augurait que ses pouvoirs ne devaient pas s'arrêter là. Toute la haine qu'il avait emmagasinée depuis son arrivée, couche après couche, lui donnait l'impression de brûler littéralement de l'intérieur.

— Très bien, völva. Je te crois.

— Quel autre choix as-tu ?

D'un geste vif, il tira sa dague de sa gaine et la projeta dans les airs. Avant même que la vieille femme ait levé un bras pour la contrer de sa magie, la lame se planta dans son cœur. Magnus la regarda s'effondrer comme une masse.

— Celui-là est un choix personnel, lâcha-t-il en marchant jusqu'à la table.

Il remonta dessus, sauta de l'autre côté, puis referma ses doigts sur les cheveux d'Ingemar. Le corps de la völva se redressa de moitié tandis qu'il tirait de toute ses forces sur sa tête. Il récupéra son arme d'un mouvement brusque. Le sang commença à s'étendre sur sa robe autour de l'impact.

— Oui, je te crois, völva… Même si tu es une impie.

Il rengaina sa dague avant de sortir son épée de sa main libre tandis que de l'autre, il continuait à maintenir la tête de la pauvre femme sur les rondins liés.

— Et puisque tu n'as pas menti, je t'épargne une difficile audience devant la reine.

Il abattit son épée sur le cou d'Ingemar. La tête fut tranchée net et, tandis que le corps retombait au sol dans un bruit mat, Magnus plaça celle-ci devant ses yeux et la considéra d'un regard impassible.

— C'est ainsi que les völur devraient toutes finir, murmura-t-il.

Il jeta la tête près du corps de sa propriétaire puis, avec calme, essuya la lame de l'épée sur la robe de cette dernière avant de remiser son arme dans son fourreau. Il gagna ensuite la fenêtre sur le rebord de laquelle se consumait l'unique bougie allumée. Il souffla sur la flamme et la pièce fut engloutie par l'obscurité.

— Ne me remercie pas, vieille folle, lâcha-t-il en tournant les talons pour quitter les lieux.

48
SOREN

Un bruit me réveilla en sursaut alors que j'étais plongé dans le sommeil. Une ombre passa dans mon champ de vision troublé par le puissant nectar de rêves que l'on m'avait forcé à ingurgiter. Vaseux et les paupières encore gonflées de fatigue, je peinai à sortir de mon état léthargique. Mon dos et ma tête me faisaient souffrir. Tout mon corps était en proie à une sensation de torture permanente et lancinante. Finalement, la drogue avec laquelle on espérait me contraindre à rêver avait eu pour bon côté d'anesthésier mes douleurs et de me permettre de dormir, à défaut de réaliser le vœu du veilleur et de ses sbires.

Ils voulaient tous que je rêve, mais rien ne venait, que je le désire ou non. Ma tête et mon esprit étaient aussi vides qu'un puits sans fond.

Mon attention rivée sur la coupole de verre, je repérai subitement une ombre. Dans la nuit, sa silhouette était si massive qu'elle masquait les étoiles qui piquetaient le ciel. J'avais beau essayer de comprendre de quoi il pouvait s'agir, mon esprit était encore trop embrouillé pour y parvenir.

Je grimaçai en remuant un peu sur la roue. Les crampes qui ceinturaient déjà mes muscles ne firent qu'empirer et je me mordis la lèvre jusqu'au sang pour dévier la souffrance.

L'ombre disparut, laissant réapparaître le néant étoilé. Puis elle revint. Cette fois-ci, elle se mit à tournoyer autour de la girouette vissée en haut de la coupole de verre, tel un rapace autour d'une proie. Je me forçai à ouvrir un peu plus les yeux. L'effort me parut insurmontable, comme si mes paupières étaient emprisonnées dans un carcan de métal. Lorsque j'y arrivai avec plus ou moins de vaillance, je me focalisai sur l'immense forme noire qui continuait à virevolter au-dessus du dôme. On aurait dit un oiseau, mais je n'en avais jamais vu d'une telle envergure et avec des ailes aussi longues. Cette vision ne m'apparaissait pas comme la réalité. Elle semblait trop disproportionnée pour cela. Une sueur froide m'enveloppa et me fit frissonner.

Pas la réalité, me répétai-je dans ma tête.

— J'ai... j'ai réussi, bredouillai-je.

Je n'avais pas le souvenir d'avoir rêvé d'un pareil animal. Et pourquoi l'aurais-je fait ? Ce que l'on me demandait, c'était de recréer les paysages somptueux de Drömlik, d'esquisser un ciel parfait dans lequel un soleil tout aussi remarquable serait enchâssé. On m'ordonnait de reproduire ce qu'avait fait ma mère en tant que matrice. Un oiseau gigantesque n'avait pas sa place au milieu de tout cela.

— Pourtant... tu l'as... fait, me dis-je.

Je me surpris à ébaucher un faible sourire. J'avais réussi ! Je me dis qu'à présent, tout serait plus facile pour moi, que l'on arrêterait de me torturer.

La créature ailée cessa brusquement de tournoyer et j'entendis clairement la pointe de ses serres crisser sur le verre du dôme. Deux billes d'un jaune ardent se posèrent soudain sur moi et je me tétanisai d'effroi. Elle m'avait vu... je tressaillis un peu plus encore en décelant cet éclat cruel et sauvage dans ses prunelles.

— Non..., murmurai-je pour moi-même. Ça ne peut pas... être un rêve... Je ne... dors pas.

Mais bien sûr que si, tu l'as rêvé ! Il ne peut en être autrement, tentai-je de me convaincre.

La pointe de son bec courbé se posa sur le verre du dôme.

— Non... je... je n'ai pas pu... rêver de... ça.

Malgré ma peur, je ne pouvais pas m'empêcher de fixer le gigantesque oiseau, comme s'il n'y avait plus rien d'autre au monde que lui. Lui et moi, chacun d'un côté de la coupole. Lui libre et moi attaché. Je fermai les yeux, serrant les paupières de toutes mes forces, et essayai de visualiser cette créature dans mon esprit.

— Brise le dôme, chuchotai-je alors. Brise... le dôme.

Le claquement des coups de bec au-dessus de ma tête, tout d'abord étouffé, se fit plus audible et les coups plus francs. Pour autant, j'avais beau être conscient de la présence de cette créature, je ne parvenais toujours pas à me la représenter mentalement. Ses formes restaient mal définies et son corps, un abîme de noirceur. Je n'étais bon ni à rêver ni à imaginer. Je n'étais au final pas bon à grand-chose sinon à manier l'épée, mener des hommes et obéir docilement à la reine. Mon incapacité à reproduire cet oiseau dans mon esprit prouvait au moins une chose : je ne pouvais l'avoir rêvé...

J'entendis un craquement sonore au-dessus de ma tête. À l'instant où mes paupières se rouvrirent, mon cœur manqua un battement alors que le dôme se brisait en millions de morceaux. Une pluie coupante s'abattit dans la salle. Dans un réflexe, je m'agitai sur la roue pour tenter en vain de me libérer de mes entraves. Des échardes de verre se fichèrent dans mes pommettes, ratant mes yeux de peu. À défaut de pouvoir protéger mon corps, je baissai la tête pour éviter d'en recevoir d'autres en plein visage.

Le grondement furieux du vent tinta contre mes oreilles en s'engouffrant dans la tour. Il s'enroula autour de la roue et la fit violemment rebasculer à la verticale. Désormais dans l'impossibilité de voir le dôme brisé, ce fut la tenture qui obturait l'entrée de ma prison de pierre que je vis se soulever d'un coup. Les deux gargölls déboulèrent en poussant des grognements rauques. Ils m'ignorèrent et concentrèrent leur attention sur un point au-dessus de la roue. À son tour, le veilleur pénétra dans la pièce. Il me lança un regard affolé.

— Que se passe-t-il ici ? s'exclama-t-il.

— Dôme cassé ! brailla un des géants.

Désorienté, je ne portai aucun intérêt à leur présence, à tous trois, mais lorsque les deux masses de muscles tirèrent une dague de leur ceinture en se ruant vers l'arrière de la roue et que le son de lames s'entrechoquant retentit, je tentai de tourner la tête pour voir contre qui se battaient les deux gargölls.

— Søren ! cria une voix féminine.

Tout comme je connaissais le cliquetis des armes, je reconnus immédiatement ce timbre à l'instant où il tonna non loin de mes oreilles.

— De… va ? bredouillai-je entre deux crampes.

Des mains se posèrent sur mes joues brûlantes et le visage de ma sœur se dessina sous mes yeux, semblable à une apparition. Une boule d'émotion m'étreignit tandis que je la fixais en me demandant si je ne rêvais pas tout cela.

— Deva… c'est… toi ? C'est… vraiment toi ?

Un sourire bienveillant étira ses lèvres. Je ne pouvais pas croire qu'elle était là, en chair et en os. Et pourtant, elle l'était, cela ne faisait aucun doute. Je retrouvais ses traits familiers, son parfum entêtant.

— Nous allons te sortir de cette tour.

49
SOREN

Je la regardai sans comprendre un mot de ce qu'elle venait de dire. J'étais juste conscient qu'elle s'affairait à débloquer mes entraves.

— Ne bouge pas, petit frère, murmura-t-elle.

Un à un, les bracelets de fer finirent par s'ouvrir et Deva me fit descendre de la roue. Je m'écroulai au bas de celle-ci, trahi par mes jambes. Deva s'accroupit aussitôt près de moi et arrima un bras autour de ma taille.

— Relève-toi, je t'en prie, me souffla-t-elle.

Je posai les paumes à plat sur le sol puis, à la force de mes bras ankylosés, me redressai. Sans me lâcher, Deva tenta de me forcer à reprendre notre progression. Je la sentais trembler de partout alors qu'elle devait fournir le double d'efforts pour supporter une partie de mon poids. Et tandis que je vacillais à chaque pas, je prenais peu à peu conscience de ce qui se passait autour de moi. Leif et Olan luttaient contre les gargölls à coups de hache et d'épée. Le veilleur gisait par terre, inanimé, peut-être même mort. Et puis il y avait cet oiseau gigantesque dont les ailes déployées emplissaient toute la largeur de la pièce. Son aspect me rappelait vaguement quelque chose, mais j'étais incapable de ramener cette information à la surface dans mon état actuel.

La créature baissa soudain la tête et je découvris la présence d'une silhouette, assise sur son dos. Elle ne bougeait pas, absorbant les secousses générées par les mouvements de sa monture extraordinaire. Un rideau de longues mèches blondes ponctuées de fines tresses masquait son visage incliné sur ses mains. Je plissai les paupières pour essayer de donner plus de netteté à ma vue. J'ignorais qui elle était, mais j'eus la conviction, comme si je le ressentais au plus profond de moi, que c'était elle qui guidait l'oiseau. Qu'elle ne faisait qu'un avec lui.

Comme si j'étais un vieillard perclus de rhumatismes, Deva me fit avancer à pas lents jusqu'à une des parois de la salle, au plus loin du combat en cours.

— Je vais devoir te lâcher, Søren, tu penses pouvoir tenir ?

— Oui… je crois.

— Très bien, alors prépare-toi.

À l'instant où elle retira ses mains, je me sentis sur le point de retomber. Par réflexe, je plaquai une des miennes contre le mur avant de finalement m'y adosser.

— Ça va aller ?

— Oui… ça va, tentai-je de rassurer Deva.

Elle hocha la tête puis repartit aider nos frères tandis que je m'efforçais de me maintenir debout.

Je vis les géants s'écrouler sur le sol couvert de tessons de verre. Leur chute fit vibrer le carrelage dont certaines parties explosèrent sous le poids de leurs imposants corps. J'ignorais s'ils étaient encore en vie, mais le sang qui s'écoulait de leurs plaies béantes indiquait qu'ils étaient à minima blessés.

— Fais ton office, avaleur de cadavres ! hurla subitement Leif.

L'oiseau, qui avait crocheté ses serres sur le bord de la roue, s'éleva brusquement puis plongea droit sur les gargölls tandis que mes frères s'en écartaient à toute vitesse. Son bec s'ouvrit de toute sa grandeur et se referma sur le cou du premier géant. Le corps de celui-ci fut agité de violents soubresauts, me confirmant qu'il était toujours en vie. Dans une explosion de sang, sa gorge s'ouvrit comme un fruit trop mûr. Et alors que le second gargöll essayait de regagner la sortie en rampant, l'oiseau harponna sa cheville. Le géant poussa un hurlement à l'instant où son membre s'arracha du reste de sa jambe dans une effusion rubiconde.

Sans attendre que sa proie tente à nouveau de lui échapper, la créature ailée l'attrapa par la taille. Je détournai la tête pour m'éviter la vue du gargöll se faisant couper en deux. Je ne réussis cependant pas à faire abstraction des deux bruits mous qui venaient de résonner dans la pièce. Instinctivement, je sus que les deux morceaux de sa carcasse venaient de retomber au sol.

— Avaleur de cadavres ! cria Deva.

Je risquai un nouveau coup d'œil vers l'oiseau, mais vaincu par la douleur et la fatigue, mon corps glissa le long du mur jusqu'à ce que je me retrouve assis par terre. J'eus le temps de voir la créature ailée déchirer des languettes de chair de la dépouille sectionnée du géant avec férocité. Tandis que l'odeur écœurante du sang, des entrailles et de la bile montait pour emplir l'atmosphère, je fermai les yeux.

— Olan, Emmène Søren. Leif et moi, nous vous rejoignons dans un instant.

En entendant mon prénom dans la bouche de Deva, je me forçai à entrouvrir mes paupières lourdes. Je vis la silhouette trouble d'Olan arriver au pas de course vers moi. Il passa un bras sous mes épaules, un autre autour de ma taille.

— Reste avec nous, Søren, m'intima-t-il.

Sa voix m'obligea à m'extirper un peu de ma torpeur et, tout en grimaçant, je le laissai me redresser. Une fois que je fus debout, mon frère me mena, pas après pas, jusqu'à la tenture relevée. Quand nous l'eûmes franchie, Olan m'entraîna vers la porte de métal qui donnait sur le hall d'accueil. Plus nous avancions et plus la sortie se rapprochait. J'aurais voulu aller plus vite, mais les derniers mètres furent les plus pénibles de tous. Je crus que nous n'y arriverions jamais et lorsqu'Olan ouvrit enfin le battant, je laissai échapper un soupir de soulagement malgré la pluie glacée et le vent qui nous cingla le visage.

— Nos montures attendent à l'arrière, me souffla Olan.

La pluie se renforça à mesure que nous avancions lentement en rasant les murs de l'édifice plongé dans l'obscurité.

— Tiens le coup, Søren, on arrive.

Bientôt, j'aperçus les silhouettes de plusieurs chevaux, à peine éclairées par les quelques rayons lunaires qui s'infiltraient entre les ramures des arbres.

— Solveig, viens m'aider, l'appela tout bas Olan.

Notre sœur s'extirpa de l'obscurité et se précipita dans notre direction. Elle se jeta sur moi, manquant de me faire à nouveau perdre l'équilibre.

— Je suis si heureuse de te retrouver, me glissa-t-elle au creux de l'oreille en m'étreignant avec force.

— Ce n'est pas le moment pour les embrassades, Solveig. Aide-moi à l'installer sur un des chevaux, nous ne devons pas traîner.

— Où est… l'oiseau ? bredouillai-je alors qu'ils me hissaient sur l'un d'entre eux.

— Envolé, répondit Olan sans une once d'émotion dans la voix. Repose-toi un peu, Deva et Leif ne vont plus tarder.

Je hochai faiblement la tête et m'autorisai enfin à fermer les yeux pour de bon. Malgré toute la souffrance que j'emportais avec moi, j'étais heureux.

J'étais libre.

50
FREYA

Bloquée dans mon sommeil et le Hræsvelgr occupant jusqu'à la moindre parcelle de mon esprit, j'assistai avec une certaine horreur à ce à quoi il se livrait. En quelques secondes, il débita en morceaux ce qui restait des géants et les avala tout rond. Je n'avais jamais aimé les gargölls ; ils étaient bêtes, méchants et prônaient la violence plutôt que la discussion, ce qui pouvait s'expliquer par le fait qu'ils ne devaient pas avoir plus de dix mots dans leur répertoire. Il n'empêchait que ce spectacle terrible, et tout ce sang qui giclait dans mon esprit sans que j'aie le moindre autre contrôle sur le Hræsvelgr que celui de le diriger, me portait au cœur.

Je n'aurais pas imaginé les Sturla capables de tant de cruauté et de froideur, même si je comprenais qu'ils agissaient ainsi dans le seul intérêt de protéger leur plus jeune frère. Pouvais-je les en blâmer ? J'aurais moi aussi tué pour sauver Linus s'il l'avait fallu. Pour lui, j'aurais fait tout et n'importe quoi. La différence avec les Sturla, c'est qu'eux étaient parfaitement conscients de leurs actes. Ils n'agissaient pas sur un coup de tête. Au contraire, ils avaient calibré leur plan en connaissance de cause. Le Hræsvelgr prenait toute sa dimension ici. Plus de géants, mais sans corps, aucune preuve de crime...

Je sentis soudain des mains s'enrouler autour de mon bras gauche. La pression qu'elles exercèrent dessus me déstabilisa un peu. Je résistai à l'envie d'ouvrir les yeux, sans quoi le Hræsvelgr disparaîtrait et je tomberais dans le vide. Machinalement, je resserrai ma prise sur le plumage de l'oiseau.

— Freya, réveille-toi ! cria une voix féminine. Freya !

La voix s'insinua dans mon esprit, me déconnectant peu à peu de mon rêve. Lorsque j'entendis le claquement reconnaissable de mains tapant l'une contre l'autre avec force, je sursautai. Mes paupières se soulevèrent d'un coup et mon corps bascula, mais au lieu de s'écraser au sol, il se retrouva dans les bras de Leif. Je levai aussitôt l'un des miens pour tenter de me raccrocher au Hræsvelgr avant de brusquement réaliser qu'il avait disparu. Bien sûr, à l'instant où j'avais ouvert les yeux, la créature s'était évaporée dans le néant. Leif me tira plus sèchement jusqu'à ce que je tombe à ses pieds.

— Mais, qu'est-ce… ? bafouillai-je en posant un regard désemparé sur lui.

— Tu ne t'es pas fait mal ? me demanda Deva tandis que son frère me relevait de force.

Au lieu de répondre, je reportai des yeux hébétés autour de moi. Le sol était jonché de débris de verre. C'était la première fois de ma vie que le retour à la réalité était si difficile.

— Pardon, je suis un peu…

— Tout s'est parfaitement déroulé, Freya.

Je continuai à laisser courir mon regard dans la pièce. Il n'y avait trace de sang nulle part. Mes visions, pendant mon sommeil, avaient été troubles et je n'en gardais qu'un souvenir parcellaire. Je me remémorai l'avaleur de cadavres faisant son office tandis que les Sturla le lui ordonnaient à grands cris, et c'était sans doute l'image la plus terrifiante de ce rêve. Mes yeux s'arrêtèrent sur un corps recroquevillé et immobile près de là. Il devait s'agir de l'homme que les Sturla appelaient le veilleur de la tour.

— Est-il…

— Ne t'inquiète pas, il est vivant, me rassura Deva en refermant ses mains sur mon bras droit tandis que Leif tenait toujours le gauche.

— Et Søren ? Il est tiré d'affaire ?

Elle me sourit.

— Il ira bien, désormais. Merci pour ta précieuse assistance.

Je lui rendis son sourire, soulagée d'avoir pu aider à sauver leur frère, même si j'aurais aimé que les choses se déroulent de manière moins sanglante. Ses mains se resserrèrent un peu plus autour de mon bras et je grimaçai.

— Tu me fais mal, Deva.

— Il est temps de passer à la seconde partie de notre plan.

Je tiquai. Je n'avais aucune souvenance d'une seconde partie dans ce même plan.

— De quoi est-ce que tu parles ? m'étonnai-je.

Au lieu de répondre, elle échangea un regard avec Leif. À son tour, il resserra son étreinte sur mon autre bras et la douleur se diffusa de chaque côté jusqu'à mes épaules. Mais elle fut vite supplantée par la panique quand Deva et Leif commencèrent à me soulever. J'inclinai la tête sur mes pieds sans comprendre ce qui m'arrivait. Je les vis quitter le sol aussi sûrement que la douleur dans mes bras s'intensifiait.

— Mais qu'est-ce que vous faites ? Lâchez-moi, enfin ! m'exclamai-je.

Face à leur mutisme, je renonçai à les questionner et me tortillai comme un asticot, mais plus je me débattais, plus leur étreinte s'affermissait. Leif, surtout, faisait preuve d'une force qui ne me laissait aucune chance de réussir à me défaire de sa prise. Ils m'élevèrent plus haut encore. Mon dos heurta brusquement la surface de la gigantesque roue, au centre de la pièce. Une sensation glacée m'envahit, s'étendant à l'ensemble de mon corps alors que je comprenais enfin ce qu'ils étaient en train de faire.

— Arrêtez ! Arrêtez ! m'affolai-je.

Je redoublai d'ardeur, gesticulai de plus belle pour les obliger à me lâcher. Ils n'en firent rien et s'entêtèrent à me maintenir contre cet instrument de torture.

— Tiens-la bien, surtout ! lança Deva à Leif.

Je tournai la tête vers elle, cherchant son regard à tout prix, mais ne le croisai à aucun moment, comme si elle refusait d'affronter le mien.

— Deva ! Pourquoi fais-tu cela ? Deva !

Elle s'obstina à m'ignorer et je ne comptais pas sur Leif pour compenser son silence. Dans un geste synchronisé, ils calèrent chacun de mes bras à l'horizontale sur un segment de la roue et refermèrent les bracelets de métal sur mes poignets. Terrifiée, je n'y tins plus et expulsai le plus fort hurlement de toute ma vie, mélange de fureur et de désarroi.

— Libérez-moi !

— Calme-toi, Freya.

La douceur du ton de Deva contrastait avec la rage qui circulait dans mes veines. Je projetai mes jambes en tous sens avec l'espoir d'infliger des coups à Leif ou sa sœur, voire les deux. Leif tenta d'attraper la droite. Je les agitai de plus belle, l'une et l'autre, pour l'en empêcher. Il me jeta un regard impitoyable.

— Gifle-la donc, qu'elle arrête de gesticuler comme ça ! aboya-t-il.

— Pas question, le rembarra Deva.

Je m'obstinai à lui rendre la tâche impossible, mais quand ses doigts se verrouillèrent autour de ma cheville, je me sentis comme pétrifiée. Leif ramena ma jambe jusqu'à l'entrave.

— Non ! hurlai-je en lançant la gauche en direction de sa poitrine.

J'entendis mon cri résonner dans mon crâne alors que Leif évitait de justesse mon coup de pied.

Deva referma ses doigts autour de ma gorge. Le geste, s'il fut brusque et soudain, demeura cependant empreint de douceur, mais ne me calma pas pour autant.

— Freya, regarde-moi.

Je secouai négativement la tête, les yeux rivés sur Leif que j'essayais à nouveau d'atteindre avec ma jambe libre. Il parvint à l'agripper et j'expulsai un cri de rage.

— Non ! Non ! Lâche-moi !

Le bracelet de métal se referma sur ma cheville dans un déclic sinistre.

— Freya ! Regarde-moi ! répéta Deva en coinçant mon menton entre ses doigts.

Désemparée, je reportai mes prunelles noyées de larmes sur elle.

— Je suis désolée, Freya. Nous devons remplacer Søren. Il n'avait pas sa place ici, mais toi, tu es une matrice, une vraie. Tu n'auras qu'à rêver et tout ira bien pour toi.

Son sourire doux me donna envie de vomir. Je lui crachai au visage. Sous le coup de la surprise, elle recula.

— Je t'avais dit de la gifler. Les Tudagues comprennent mieux les coups que les mots, lâcha Leif à l'attention de Deva.

— Tu es bien méprisable, Freya. Moi qui te pensais prête à tout pour nous aider, ton attitude me déçoit, reprit cette dernière au lieu de me donner la claque que Leif brûlait tant de me voir infliger.

— C'est vous qui êtes méprisables ! aboyai-je. Je vous ai aidés ! Je vous ai fait confiance !

— Et pour cela, nous te sommes éternellement reconnaissants, mais tu es la véritable matrice, ta place est donc ici. Tu dois te comporter comme la semeuse de rêves que tu es. Grâce à toi, Drömlik va renaître de ses cendres. N'est-ce pas ce que tu souhaitais trouver en venant dans notre royaume ? La gloire. C'est exactement ce que nous t'offrons.

— Je ne suis pas venue là pour me retrouver accrochée à cette roue ! Libérez-moi !

— Tu dois donner à Drömlik ce qu'il attend de la matrice. Rêver d'un monde parfait pour que tout rentre dans l'ordre. C'est un honneur d'occuper ce poste, n'en doute pas. Parce que tu es notre essence. Tu es la vie.

Ses paroles trouvèrent un étrange écho en moi. Imaginer toute mon existence à rêver, je l'avais si souvent fait et espéré. Pourtant, à cet instant précis, je me rendis compte que ce n'était pas ce que je désirais. Je voulais juste ma liberté, et pour la première fois, je vis mon don comme ce qu'il était en réalité : un instrument de malheur et de damnation. Mes parents avaient raison, ce maudit don m'avait menée à cet engin de torture sur lequel je me retrouvais désormais attachée. Parce que j'avais dévié du chemin qui m'était destiné.

Une bordée de larmes me brûla les yeux et se mit à ruisseler sur mes joues.

— Libère-moi, Deva… je t'en supplie ! Je partirai loin de Drömlik, je rentrerai chez moi et vous n'entendrez plus jamais parler de moi, mais je t'en conjure…

Deva secoua la tête.

— La souffrance n'est rien en comparaison d'un don comme le tien et de ce que tu as fait pour Søren. Rêver est la plus belle des choses, et c'est ce pour quoi tu es là.

Je la fixai, la gorge tellement serrée que les mots ne parvenaient plus à sortir de ma bouche. Elle extirpa de sa poche un petit parchemin enroulé et fermé par un ruban rouge. Elle le déposa au pied de la roue, puis se releva lentement.

— Allons-y, Leif. Søren, Olan et Solveig nous attendent, se contenta-t-elle de dire sans plus m'accorder le moindre regard.

— Non…, bredouillai-je au moment où ils atteignaient le seuil de la salle voisine. Ne me laissez pas comme ça… Deva ! Je t'en prie ! Je t'en supplie !

Mais ils franchirent la tenture et j'eus beau continuer à crier et à implorer, ils ne revinrent pas.

54
SØREN

Je me laissai porter par les mouvements réguliers et fluides de ma monture, même si chacune de ses foulées me rappelait mon dos lacéré et à vif, surtout dans cette position inhabituelle. Chaque pointe de douleur me ramenait à la roue de la tour. Lorsque mon cheval repassa au trot, le supplice s'intensifia et je peinai de plus en plus à contenir mon envie de crier. Enfin, l'équidé s'immobilisa, mais la douleur, elle, resta. Allongé en travers de la selle comme un vulgaire sac de provisions, je ne cherchai pas à descendre de moi-même, j'étais trop épuisé, trop enchaîné à la souffrance de ces derniers jours.

— Olan et Leif, occupez-vous de Søren. Solveig et moi allons rentrer et nourrir les bêtes, entendis-je Deva ordonner.

Le son de sa voix me procura un peu de cet apaisement dont j'avais tant besoin. Ce sentiment familier que j'étais en sécurité et qu'elle gérait la situation. Quand des mains se posèrent sur mes jambes pour m'aider à glisser à terre, je réprimai difficilement un grognement de douleur. Leif et Olan passèrent chacun un bras autour de ma taille pour me maintenir debout. Avec peine, je rivai les miens autour de leur nuque. Ils m'entraînèrent ensuite vers un bosquet que nous traversâmes.

Entre mes yeux mi-clos, je distinguai les contours d'une grotte et le souvenir de celle que notre fratrie avait investie depuis plusieurs années resurgit dans mon esprit. Je n'y avais pas remis les pieds depuis que j'étais devenu soldat.

Tandis que mes frères me soutenaient pour me faire avancer, j'éprouvai le même sentiment de crainte qui m'avait pris lors de notre toute première entrée dans cet endroit. Ce jour-là, nous avions presque eu de la chance de ne pas nous retrouver face à un quelconque animal mécontent que l'on investisse sa tanière. Mais jamais rien de fâcheux n'arrivait à Drömlik grâce à la matrice. Elle veillait à ce que des créatures telles que les lamparögs de Tudag n'existent pas ici.

— Encore un peu de courage, Søren, me souffla Olan.

Leif, lui, raffermit son étreinte autour de ma taille et nous pénétrâmes dans la grotte. Au loin, je distinguai l'éclat blafard d'une lanterne. Mon sentiment de sécurité se renforça et le poids qui pesait sur mes épaules s'allégea à mesure que nous avancions dans cette direction.

Nous continuâmes à progresser tandis que, tout près de là, résonnaient les bruits des chevaux s'ébrouant et des harnachements dont nos sœurs les délestaient. Nous arrivâmes enfin dans la partie aménagée de la grotte et la lueur blafarde se changea en une pléthore de lanternes savamment disséminées.

— Ramenez-le par ici, leur indiqua Solveig en pénétrant à son tour dans la cavité.

Olan et Leif bifurquèrent aussitôt sur la droite. Avec précaution, ils me déposèrent sur un matelas composé de plusieurs couches de peaux dans lequel mon corps s'enfonça. Une légère odeur d'humidité s'en échappait et elles étaient froides, mais il ne faudrait pas longtemps pour qu'elles s'imprègnent de ma chaleur corporelle. Je lâchai une profonde expiration ; à présent, je pouvais enfin me reposer. Mes frères s'accroupirent chacun d'un côté de ma couche. Je les oubliai dans la seconde.

— Søren, ça va ? entendis-je l'un d'entre eux me demander sans parvenir à définir duquel il s'agissait.

Je ne répondis pas, au lieu de quoi, je me tournai sur le flanc et fermai les yeux, prêt à plonger dans un sommeil où je n'aurais nul besoin de rêver. Je sentis que l'on rabattait une couverture de peau sur moi.

— Repose-toi, petit frère, chuchota Solveig.

Je ne réagis pas plus en percevant la tiédeur de sa paume qui glissait sur ma joue râpeuse. J'avais conscience de leur présence, à tous, autour de moi. Elle était semblable à un mur de boucliers. Un mur qu'aucune épée ou hache n'aurait pu franchir pour m'atteindre ni même ébranler. J'oubliai tout ce que j'avais enduré et je sombrai.

J'étais libre. Plus rien n'avait d'importance.

*

Cette nuit-là, ou du moins ce qu'il en restait, je rêvai pour la première fois depuis des jours. Ce fut un songe empli de couleurs dans lequel j'assistai à une vision aussi épique que terrifiante. Un oiseau gigantesque volait autour de moi, ses immenses ailes recouvertes d'un magnifique plumage chatoyant générant des rafales de vent en battant. L'ambiance était étrange, moite et angoissante, comme si cette scène se déroulait au milieu d'un néant dont les murs exhalaient de la souffrance à l'état pur. Des ténèbres au cœur desquelles la créature se mit à déchiqueter tour à tour deux cadavres, déchirant leur chair avec son bec aussi acéré que ses serres. Le sang jaillissait, filant en petits ruisseaux qui se rejoignaient pour former des flaques à proximité des dépouilles agitées de soubresauts provoqués par les assauts sauvages de l'oiseau. Je pus presque sentir l'odeur des boyaux arrachés et déroulés de leur abdomen tandis qu'elle se mêlait à la moiteur des lieux. Et puis, soudain, je la vis *elle*. Cette silhouette fluette assise sur le dos de la créature, cramponnée à son épais plumage. Elle accompagnait chacun de ses mouvements, donnant l'impression que leurs deux corps avaient fusionné et ne faisaient plus qu'un. Sa tête inclinée sur ses mains, son visage autour duquel voletaient de longues mèches blondes tressées m'était impossible à discerner. Je demeurai à l'observer pendant un temps qui s'éternisa sans savoir pourquoi j'avais occulté tout le reste. Soudain, comme si un éclair de feu venait de me traverser, un déclic résonna dans mon esprit et se répercuta contre les parois de mon crâne. J'ouvris les yeux d'un coup.

— Freya ! criai-je. Où est Freya ?

Solveig fut la première à arriver vers moi. Elle s'agenouilla et posa un linge humide sur mon front recouvert d'une abondante sueur.

— Calme-toi, Søren.

Mais je ne pouvais pas me calmer, je n'avais plus que cela en tête. Je n'avais pas fait un rêve banal, je le savais. Non, ce qui m'était venu en songe s'était réellement déroulé lorsque mes frères et mes sœurs étaient entrés dans la tour pour me sauver.

Et Freya était avec eux.

— Que se passe-t-il ? s'enquit Deva en accourant à son tour, suivie d'Olan et de Leif.

Ils se rassemblèrent autour de moi et me considérèrent avec perplexité et inquiétude.

— Il s'est réveillé d'un coup et n'arrête pas de s'agiter ! expliqua Solveig en essayant en vain de garder une main plaquée sur mon front, l'autre sur ma poitrine, pour m'empêcher de me redresser.

Je me dégageai de son étreinte et tentai de m'asseoir, mais Leif et Olan se jetèrent à leur tour sur moi. Ils bloquèrent mes épaules avec force et je retombai avec lourdeur dans le tas de peaux.

— Tu dois te calmer, Søren, m'intima Deva. Tu es blessé et tu dois te reposer.

— Où est Freya ? Elle était sur l'oiseau, je l'ai vue !

— Tu délires, mon frère, murmura Solveig.

— Sol, va lui chercher un peu d'eau, lui ordonna Deva.

Ma sœur abandonna son linge humide sur mon front et s'éloigna sans un mot. Je m'agitai de nouveau, malgré les mains d'Olan et de Leif toujours plaquées sur mes épaules.

— Mais je l'ai vue, Deva ! Je l'ai vue !

Je relâchai tous mes muscles, haletant et en proie à une nouvelle vague de douleur. Deva s'accroupit près de moi. Je la dévisageai tandis qu'elle caressait ma joue.

— Regarde dans quel état tu te mets, Søren. Tu es très éprouvé, ce n'est pas raisonnable. Je t'en prie, tu dois te reposer. Dormir et manger, c'est tout ce que nous te demandons si tu veux te rétablir rapidement.

— Pas tant que tu ne m'auras pas répondu ! Dis-moi la vérité ! Dis-moi que Freya était sur cet oiseau !

Nous nous considérâmes pendant un petit moment, Leif et Olan me contenant toujours, Solveig revenant avec sa chope remplie, des larmes dans les yeux. Deva se mordilla la lèvre durant de longues secondes. Enfin, elle me sourit avec cette douceur que je lui connaissais depuis l'enfance.

— C'est exact, Søren, Freya était bien sur cet oiseau.

— Alors où est-elle, dans ce cas ?

Elle ôta sa paume de ma joue, détourna ses prunelles des miennes, puis adressa un signe de tête à Olan. Il libéra mon épaule et Solveig prit sa place auprès de moi pour me tendre la chope. Au lieu de m'en saisir, je refermai les doigts sur l'avant-bras de Deva. Elle me regarda à nouveau, une expression accablée sur le visage.

— Elle est morte, déclara-t-elle finalement.

52
FREYA

Mes yeux me brûlaient d'avoir versé toutes ces larmes. Les muscles de mes bras et de mes jambes me faisaient souffrir dans cette position humiliante. Les bracelets autour de mes poignets avaient rougi ma peau à force de frottements, alors que je m'étais débattue autant que j'avais pu dans l'espoir qu'ils finissent par s'ouvrir. Mais rien n'y avait fait, ils étaient restés en place, et moi leur prisonnière. Cela faisait des heures que je m'agitais comme une damnée sur cette roue de supplice, j'étais épuisée, découragée et frigorifiée par la pluie qui était tombée de plus en plus dru sur moi durant la nuit.

Tout du long, depuis que j'étais attachée, les dernières paroles de Deva, avant qu'elle et Leif ne m'abandonnent ici, avaient tourné dans ma tête. Et à mesure du temps qui s'était écoulé, elles s'étaient teintées d'amertume et de colère. Je n'avais pas aidé les Sturla et Søren ni supporté les actes horribles du Hræsvelgr, pour me retrouver enfermée dans cette tour pour le restant de mes jours. Je me rendais compte tardivement à quel point Deva, Solveig, Olan et Leif s'étaient moqués de moi. Ils m'avaient utilisée comme une arme ultime pour sauver un des leurs, mais n'avaient jamais eu la moindre intention de m'offrir quoi que ce soit de bon en contrepartie.

Je m'en voulais de ma bêtise, de ma crédulité, de ma gentillesse…

La tête inclinée vers mes pieds, je reniflai comme une enfant tandis que mes larmes continuaient à rouler sur mes joues brûlantes. Au fond de moi demeurait encore un espoir que l'on me libère en me découvrant ici. Mais il était aussi infime que mon erreur d'avoir écouté les belles paroles des Sturla était grande.

Un mouvement me tira de mes obscures pensées alors qu'une ombre s'animait sur le sol. Lentement, je relevai la tête. Mes yeux se posèrent sur le veilleur de la tour. Le coup qu'il avait reçu l'avait plongé dans un profond sommeil semblable à la mort depuis des heures déjà, et j'avais fini par oublier sa présence. Mais de mort, il n'en avait eu que l'air, sans quoi l'avaleur de cadavres se serait chargé de lui aussi. Il tituba pendant de longues secondes, une main calée au creux de ses reins et un rictus de souffrance sur les lèvres. Après avoir fait quelques pas en avant, il recula jusqu'à la paroi derrière lui et s'y s'adossa. Puis, avec lenteur, il braqua les yeux vers le dôme brisé par lequel s'infiltraient les premiers rayons du soleil. Il baissa la tête et, enfin, son regard croisa le mien. Il me dévisagea avec incrédulité pendant de longues secondes avant de se décider à venir se planter face à moi.

— Mais qui donc êtes-vous ?

— Je... je suis...

Je laissai ma phrase en suspens et ravalai mes larmes du mieux que je pus. Le veilleur porta une main à l'arrière de son crâne en grimaçant. Lorsqu'il la replaça sous ses yeux et la considéra d'un air un peu hébété, je compris que le coup infligé par les Sturla l'avait fait saigner.

— C'est vous qui m'avez fait ça ?

Je secouai négativement la tête. J'aurais pu lui révéler que sa blessure avait été causée par les frères et sœurs de Søren, mais quelque chose en moi m'en empêchait, comme si l'idée de les dénoncer était le pire crime au monde alors qu'eux ne s'étaient pas privés de me trahir.

Il aperçut soudain le parchemin abandonné par Deva au bas de la roue. Dans un craquement de vertèbres parfaitement audible, il se pencha et le ramassa. Il dénoua le ruban qui l'entourait, le laissa tomber à ses pieds, puis déroula le document. Anxieuse, je regardai ses yeux courir sur le parchemin pendant sa lecture.

— Il est indiqué que vous vous prénommez Freya, que vous êtes la véritable matrice et que vous désirez remplacer la précédente, lâcha-t-il en relevant la tête.

— Je ne le suis pas… Je vous le jure !

— Je me rappelle, à présent…, reprit le veilleur. Cette créature monstrueuse… C'est vous qui étiez dessus ! C'est vous qui la commandiez !

Je restai tétanisée face à ses paroles, incapable de me défendre. S'il m'avait vue, comment pouvais-je nier ? Les larmes remontèrent en moi sans que je m'y attende. Je tentai en vain de les ravaler, mais elles suivirent le même chemin que les précédentes, glissant dans les mêmes sillons et finissant, elles aussi, leur course dans mon cou. Je savais néanmoins que ce n'était pas ses accusations qui me faisaient pleurer, c'était juste l'idée de mon sort et de ma liberté perdue qui m'était insupportable. Par la faute des Sturla. Tout ce que je pouvais encore faire, c'était verser des larmes. J'avais l'impression que plus jamais je ne pourrais m'arrêter.

— Je vais devoir prévenir la reine que le chevalier Søren a disparu et que vous en êtes responsable.

— Non, ne faites pas ça ! Je vous en prie…, m'animai-je enfin.

— Et pourquoi, non ? Vous m'avez presque fracassé le crâne et mes géants sont partis en poussière !

— Ce n'était pas moi, je…

— Qui d'autre, dans ce cas ? Dénoncez les coupables si ce n'était point vous.

J'ouvris la bouche. *Dénonce-les ! Ils t'ont trahie, tu n'as aucune raison de les protéger,* gronda une voix cachée dans les tréfonds de mon âme. Je la refermai aussitôt. Je ne pouvais définitivement pas vendre les Sturla.

— Bien, face à votre silence, je n'ai d'autre choix que de prévenir la souveraine de ce qui s'est passé. Et puisque vous êtes là, vous paierez pour vos complices.

Je m'efforçai de reprendre le contrôle de mes nerfs et verrouillai mes lèvres sur cette furieuse envie de hurler ce qui ne demandait qu'à sortir. Je me sentais totalement dépassée par les évènements. Comment ma vie avait-elle pu glisser sur une pente aussi abrupte alors que, jusqu'ici, je surveillais paisiblement un troupeau de yorgäls dans un pâturage ? Je pensai à mon petit Linus et l'idée que je ne le reverrai plus jamais me fit l'effet d'un couteau plongé en plein cœur.

Le parchemin en main, le veilleur se détourna de moi et, d'un pas traînant, se dirigea vers la tenture relevée pour quitter les lieux.

— Je… vous… en conjure, libérez-moi ! le suppliai-je.

Il pivota à nouveau vers moi et me dévisagea dans un plissement de paupières.

— Je vois, à vos apparats, que vous venez de Tudag. Vous savez, Freya. S'il s'avère que vous êtes bien une matrice, vous serez plus en sécurité ici que hors de ces murs, croyez-moi. Priez les dieux pour que notre souveraine ne vous condamne pas à mort ni qu'elle vous renvoie chez votre roi qui ornera un de ses pics de votre tête.

Ce furent les dernières paroles qu'il prononça avant de quitter les lieux en me laissant redoubler de larmes.

53
PENDANT CE TEMPS

Magnus était resté silencieux tout le long du trajet de retour de Tudag, et même la veille, lorsqu'en compagnie de ses hommes, il avait choisi de camper plutôt que de pousser jusqu'à Drömlik dans l'obscurité. Depuis le moment où il avait occis la völva, et toute la nuit qui avait suivi, il n'avait cessé de réfléchir à ce qu'il allait désormais pouvoir raconter à la reine à ce sujet. Qu'il avait tué Ingemar ? Certainement pas. Il connaissait par avance la réaction de la souveraine s'il s'en tenait à cette explication ; elle serait tonitruante et Ynglinga lui ferait amèrement regretter d'avoir interféré dans sa décision de s'entretenir avec la völva. Très peu pour lui. Les options ne manquaient pas. Persuadé que personne n'irait crier sur tous les toits qu'elle avait eu la tête tranchée, il aurait pu prétendre qu'Ingemar s'était donné la mort pour une obscure raison. Après tout, qui pouvait savoir ce qui se passait dans les esprits survoltés de ces folles de völur ? Et qui plus est des Tudagues dont on disait qu'ils étaient un peu instables dans leur tête, à l'image de Lothar, leur crétin de roi. Ou bien que la vieillesse l'avait emportée. Compte tenu de son âge, cela n'aurait rien eu de choquant. Malgré les différentes possibilités qui s'offraient à lui, aucune ne lui convenait cependant assez pour qu'il arrête son choix sur l'une d'entre elles. Seulement, il n'était plus temps de cogiter, l'entrée de Drömlik était à présent dans son champ de vision et il allait devoir se présenter devant la souveraine.

Ses hommes et lui franchirent l'accès est débouchant sur le royaume. Ils s'engouffrèrent ensuite dans l'artère centrale de Drömlik. Magnus et sa petite troupe découvrirent que l'absence de rêves avait encore aggravé l'aspect général des lieux. La végétation n'était plus que touffes d'herbe séchées et tordues par la maladie, les arbres avaient perdu leur feuillage qui jonchait désormais le sol transformé en une fange immonde. Sans doute avait-il plu à verse, la veille, accélérant la dégradation des accès. Les sabots des chevaux s'enfonçaient dans la boue dans un bruit de succion et s'en extirpaient avec peine, ralentissant leur progression. Magnus porta un regard sombre sur les maisons. Partout il ne voyait que tristesse et abandon. Rares étaient les habitants à l'extérieur, la majorité préférant certainement rester cloîtrés derrière les volets clos de leur demeure. Il n'y avait aucune activité, aucune animation. L'estomac du chevalier se contracta sous l'effet de la contrariété.

C'était comme si Drömlik était mort. Cette contrée si jalousée, si enviée par les royaumes voisins, était désormais enfouie sous des monceaux de noirceur. Les chevaux s'engagèrent dans une petite voie dont les dallages avaient eux aussi laissé place à une terre infertile à la puissante odeur de pétrichor et de géosmine.

— Maudit sois-tu, Søren Sturla, grommela Magnus tandis que sa monture avançait péniblement dans ce bourbier infect.

Au bout de l'artère, au croisement de plusieurs rues, Magnus tira sur sa rêne droite, orientant son cheval dans cette direction.

— Retournez à la caserne, je dois m'entretenir avec la reine, lança-t-il à ses hommes.

Sans un mot, ces derniers continuèrent tout droit tandis que Magnus poursuivait sa route de son côté. Il s'arrêta à l'orée de la voie menant au palais et considéra l'édifice depuis son point de vue. Il faisait pâle figure à présent que la magnifique façade ocre, dorée à l'or fin, avait disparu pour dévoiler sa triste réalité. À la place, un enchaînement de pierres ternes rongées par une mousse répugnante. Il s'engagea dans l'allée et, tout en se torturant l'esprit, la remonta.

Plus il approchait, plus il se sentait inquiet à l'idée de se présenter devant la souveraine sans Ingemar. Il avait espéré que le temps de son voyage à Tudag, Søren se serait enfin décidé à remettre de l'ordre et de la beauté dans le royaume. Après les coups que Magnus lui avait infligés, il l'aurait pensé assez intelligent pour comprendre que la partie était terminée pour lui et qu'il devait se soumettre. Mais non... *Søren n'est qu'un égoïste et un ingrat*, pesta-t-il. Par sa faute, c'était tout Drömlik qui sombrait.

Il traversa le pont, pénétra dans l'enceinte du château, où les palefreniers pataugeaient dans un sol glaiseux, et mit pied à terre, abandonnant sa monture à l'un d'entre eux. Il se dirigea vers la seconde cour. Il n'eut pas à demander qu'on lui ouvre la porte, elle l'était déjà. Magnus gagna l'escalier de pierre et commença à le gravir avant de se rendre compte que quelqu'un le précédait d'une quinzaine de marches. S'il ne pouvait voir l'individu que de dos, sa petite corpulence et sa coiffure brune ébouriffée lui rappelèrent quelqu'un. *Qu'est-ce que le gardien de la tour fiche ici ?* Il grimpa les marches deux à deux pour supprimer la distance qui le séparait de ce dernier. Lorsqu'il fut assez près, il lui harponna le bras.

— Hé ! s'exclama l'homme en se retournant d'un mouvement vif.

Magnus le considéra d'un air étonné.

— Que faites-vous ici ? Vous devriez être auprès de la matrice.

— Auriez-vous l'obligeance de me lâcher, chevalier ?

Magnus consentit à le libérer. Le veilleur le remercia d'un petit hochement de tête.

— Vous êtes blessé ? Qu'est-il arrivé à l'arrière de votre crâne ?

— J'ai été agressé.

Magnus le considéra dans un froncement de sourcils.

— Agressé ? Par qui donc ?

— Eh bien, c'est un peu compliqué à expliquer.

À nouveau, Magnus referma ses doigts autour du bras de son interlocuteur et le serra plus fort, cette fois, au point d'en faire grimacer le pauvre homme.

— Faites-le quand même, lui intima-t-il sur un ton bourru.

— La... la matrice est... partie... Je viens en informer la reine.

— Partie ?

— Le chevalier Søren s'est sauvé, si vous préférez... Et il a été remplacé par une prétendue nouvelle matrice.

Magnus écarquilla les yeux. Partagé entre stupéfaction et indignation, il lutta pour conserver son calme.

— Menez-moi auprès d'elle, lâcha-t-il en tirant le bras du veilleur pour le forcer à redescendre l'escalier.

54
SØREN

— Arrête de me secouer comme ça, j'ai mal !

— Et toi, cesse de faire l'enfant, Søren. Tu as été soldat, non ? Alors tu peux te plier à nos soins sans rechigner, ou bien faut-il que je mette la lame de ma dague sur ta gorge pour t'y contraindre ? renchérit Leif.

Je grognai intérieurement tandis que lui et Olan me forçaient à me lever. En vérité, cette colère que j'éprouvais tout au fond de moi, je la devais non pas à mes frères, mais à ma frustration concernant ce que Magnus avait osé m'infliger ; à ce que l'on m'avait fait subir dans la tour ; à mes blessures ; à l'état de mon corps qui semblait ne plus vouloir répondre aux ordres de mon esprit. C'était difficile de me voir autant affaibli en si peu de jours. Une fois debout, soutenu par Olan et Leif, je dérouillai lentement mes articulations en avançant d'un pas mal assuré et en clignant des paupières pour chasser les points noirs qui dansaient devant mes yeux.

— Qui aurait pu imaginer qu'être matrice, c'était se retrouver attaché sur une roue après avoir été fouetté jusqu'au sang ? maugréa Olan.

— Maintenant, nous savons ce qu'ont enduré les précédentes matrices, ajouta Leif, du dégoût dans la voix.

Je ne me sentis pas le courage de confirmer leurs propos, encore moins de parler de l'identité de la semeuse de rêves que j'étais supposé remplacer. Ils méritaient pourtant, eux aussi, de savoir ce qu'était devenue notre mère.

Mes frères me menèrent jusque vers le fond de la grotte où seule une petite lampe à huile était allumée et conférait à l'endroit une atmosphère un peu spectrale. Des volutes de vapeur s'élevaient du baquet qui se trouvait là. La pensée de plonger mon corps meurtri dans l'eau chaude me donna des ailes.

— Vous pouvez me lâcher, ça va aller.

— Sûr ?

J'acquiesçai et ils me libérèrent de leur étreinte. Je repliai les mains sur le rebord de la cuve de bois. La vapeur déposa un voile humide sur mon visage tandis que j'inspirais avec plaisir la douce odeur savonnée de l'eau.

— Tu as besoin d'aide ?

Je jetai un regard en biais à Olan.

— Je saurai prendre un bain tout seul, ne t'inquiète pas.

— On te laisse alors. Ne glisse pas sur le savon, ajouta Leif.

Je trouvai la force de le repousser d'un coup de coude, et même de sourire.

— Crétin.

J'attendis qu'ils s'éloignent tous deux et commençai à me déshabiller, grimaçant à chacun de mes mouvements. J'avais dix-neuf ans, je me faisais l'effet d'en avoir le triple et je détestais ça. Une fois nu, j'enjambai la paroi du baquet et plongeai les pieds à l'intérieur avant d'immerger mon corps.

Je soupirai de plaisir. Des jours que je n'avais pris ni bain ni douche et que je macérais dans ma sueur ; il fallait croire que la fonction de matrice n'était pas compatible avec le fait d'être propre ni de faire plus d'un repas par jour. Je calai ma nuque contre le rebord de la cuve, puis orientai mon regard vers le plafond de roche sur lequel la lampe à huile projetait des ombres mouvantes. Je ne voyais peut-être plus le ciel ou les étoiles, comme à travers le dôme de la tour, mais cela m'était égal. J'écoutai les chuchotements de mes frères et sœurs, plus loin, sans chercher à comprendre de quoi ils parlaient. De cela aussi, je me moquais. Ils avaient la délicatesse de me laisser un peu d'intimité, même si, en tant que soldat, je n'avais jamais eu de problème avec ça. Si chaque homme de troupe avait dû nécessiter un petit coin tranquille pour se laver ou se vêtir, la caserne de Drömlik n'aurait assurément pas été assez grande.

Quand mes muscles commencèrent à se délier sous l'effet de la chaleur, je rassemblai toutes mes pensées pour me centrer sur Freya et l'oiseau qu'elle chevauchait.

Le goût amer de la culpabilité investit soudain mon palais. Si elle était passée de vie à trépas, c'était forcément au cours de mon sauvetage ; c'était donc ma faute. Je la connaissais si peu, et malgré ça, elle était venue m'arracher à mon sort. Pourquoi ? Je ne comprenais même pas ce qu'elle faisait à Drömlik quand Magnus et moi l'avions perdue de vue à Tudag. J'avais beau essayer de me dire que ce n'était pas le cas, je savais que je n'aurais jamais fait la même chose pour elle. J'avais d'ailleurs été le premier à clamer à Magnus que c'était elle, la matrice. J'avais insisté sur le fait que c'était elle qu'il fallait enfermer dans la tour aux rêves. Elle, et non moi, parce que quoi qu'il dût arriver, ça ne pouvait être moi. Mais, à ma décharge, je n'avais aucune idée de la façon dont on traitait les matrices dans cette tour avant d'en avoir moi-même fait l'expérience. *Et alors, qu'aurais-tu fait ?* me demandai-je.

— Je n'en sais fichtre rien, me répondis-je en frottant mes bras d'un air songeur.

— Qu'as-tu dit ? lança soudain une voix masculine derrière moi.

Je tournai la tête d'un coup. Mes yeux croisèrent ceux de mon père qui s'avançait dans ma direction. À sa vue, un nœud se forma dans mon estomac.

— Je suis heureux que tu sois enfin libre, mon fils, déclara-t-il en me gratifiant d'un sourire que j'eus tout le mal du monde à lui rendre.

— Oh, Père ! s'exclama Solveig en nous rejoignant. Ynglinga t'a finalement relâché !

Je la regardai se jeter dans ses bras et cette vision me donna presque la nausée alors que me revenait celle de notre mère étendue sur son lit de mort dans la tour aux rêves. Il me suffit de me rappeler son visage amaigri et sa peau fanée pour que la colère remonte en moi.

— La reine ne pouvait pas me garder plus longtemps, elle n'avait rien contre moi, répondit notre père à Solveig. Je suis rassuré de constater que vous avez eu le réflexe de venir ici.

Mes frères et Deva arrivèrent à leur tour comme une meute de loups affamés, à la différence qu'au lieu de dévorer notre géniteur, ils l'ensevelirent sous une tonne de questions. Je restai ainsi figé, privé de toute intimité, tandis que mon sentiment de dégoût à l'encontre de notre père ne faisait que croître en moi. Notre père qui avait laissé enfermer notre mère dans la tour aux rêves et nous avait menti sur ce qu'elle était devenue. C'était pire encore pour mes aînés qui avaient dû assister à son enterrement monté de toutes pièces alors que je n'étais qu'un nourrisson. Je grinçai des dents en constatant qu'il semblait avoir la conscience tranquille en serrant ses rejetons dans ses bras avec affection. Et de savoir que celle qui nous avait donné la vie était à présent morte ne paraissait pas non plus le perturber. Peut-être aurais-je dû me contenter de sa joie de me retrouver enfin libre, mais je ne parvenais pas à oublier ma mère. Pas maintenant que je l'avais rencontrée pour la première fois de mon existence sous la forme d'une dépouille vide de toute âme. Je ne pouvais tout simplement pas. Je me retournai pour ne plus le voir et m'immergeai totalement.

Les yeux ouverts sous l'eau, des bulles s'échappant de temps à autre de ma bouche, j'aurais voulu que le liquide chaud s'infiltre dans mon esprit pour dissoudre ma colère, pour éradiquer toutes les mauvaises pensées qui me venaient à cet instant. En vain, hélas.

Des doigts se refermèrent soudain sur mon épaule et je sortis la tête de l'eau.

— Alors, mon fils, comment te sens-tu ?

Je fixai mon père, puis passai une main sur mon visage comme pour le faire disparaître de ma vue. Cela ne dura que l'espace de quelques secondes avant qu'il ne réapparaisse, son ridicule sourire toujours accroché aux lèvres.

— Bien, rétorquai-je du bout des lèvres. Je vais bien.

— J'en suis heureux. Tu n'avais pas ta place dans cette tour, mais rendons grâce aux dieux, tu es enfin tiré d'affaire.

— Oui.

La froideur de ma réponse lui fit froncer les sourcils, comme s'il avait perçu le malaise entre nous, mais avant même qu'il ne se décide à me demander ce qui me prenait, je détournai la tête en espérant qu'il comprendrait que je voulais être seul pour terminer mes ablutions.

Heureusement pour moi, il s'éloigna, entraîné par mes frères et sœurs, et je pus enfin respirer.

55
PENDANT CE TEMPS

Le veilleur ouvrit la porte de la tour avec une lenteur qui agaça prodigieusement Magnus. Si cela n'avait tenu qu'à lui, il l'aurait enfoncée pour s'éviter la perte d'un temps qui lui semblait filer trop vite, ces derniers jours.

— Hâtez-vous, l'ami !

L'homme activa à peine plus le mouvement, comme s'il craignait de montrer au chevalier ce que dissimulait cet endroit. Magnus le poussa et entra le premier. Il avança jusqu'au centre de la pièce où le veilleur avait pour habitude d'accueillir les rares visiteurs autorisés dans la tour aux rêves, puis pivota vers celui-ci, attendant qu'il se décide à le rejoindre. Le gardien des lieux referma le battant plus vite qu'il ne l'avait ouvert, mais au lieu de se diriger vers Magnus, il gagna la porte de métal qui donnait dans la salle où l'ancienne matrice avec rendu l'âme. Magnus ne fit aucun commentaire et lui emboîta le pas. Pour la première fois de sa vie, il découvrit cette pièce, mais fut déçu de constater à quel point elle était désuète. À part une table, une chaise et un lit coincé dans un renfoncement, il n'y avait rien. Il ne savait pas trop à quoi il s'était attendu, mais pas à une telle austérité. Plus troublant encore pour lui fut de ne voir personne en ce lieu. N'était-ce pas là que vivait la matrice ?

— Alors ? Où est cette soi-disant matrice ? s'enquit-il.

Toujours aussi renfrogné, le veilleur lui désigna la tenture du menton. Intrigué, Magnus avança jusqu'à l'imposante et épaisse tapisserie tandis que le gardien le suivait comme son ombre. Lorsque le chevalier s'immobilisa devant celle-ci, le veilleur se plaça près de lui et tira sur le cordon pour la remonter. Celle-ci se souleva et l'intérieur de la nouvelle pièce apparut dans son entièreté. Magnus se figea.

Sur l'instant, il ne sut pas si c'était la vue de Freya ou celle de la roue sur laquelle elle était attachée qui le déstabilisa, mais il s'empressa de se recomposer une expression neutre. Freya releva la tête et le dévisagea tandis qu'il approchait à pas mesurés sans cesser de la fixer. À la lueur qui brillait dans son regard encore brouillé de larmes, il sut qu'elle l'avait reconnu comme lui l'avait reconnue.

— En temps ordinaire, nul n'est censé pénétrer dans cette pièce, expliqua le veilleur en entrant à son tour dans la salle. Mais mes gargölls ayant été tués, et compte tenu de mon état et de ma petite taille, je ne peux la décrocher de sa roue.

Magnus ignora les paroles de l'homme et avança un peu plus, presque fasciné par la position imposée à Freya. Il remarqua les traces rouges sur ses poignets, tout comme la tension sur ses traits et le désespoir qui emplissait ses prunelles. Il n'aurait jamais pensé que le sort réservé aux matrices soit si dur. Il ne l'aurait jamais cru s'il ne l'avait pas vu de ses yeux.

— Pourquoi est-elle attachée à cette roue ? demanda-t-il.

— C'est la procédure. Le corps de la matrice est orienté vers les astres pour que ses rêves soient plus intenses et durables. Seulement, à présent que le dôme est brisé, il va falloir le réparer et je n'ai plus de gargölls pour s'en charger.

— Je vous en ferai mander de nouveaux, lâcha Magnus en braquant les yeux sur la coupole dont il ne restait que la structure de métal.

Il reporta son regard sur Freya.

— Si j'avais imaginé cela un instant…, murmura-t-il.

— Que dites-vous ? demanda le veilleur.

— Aucune importance.

Le gardien des lieux n'insista pas. Il extirpa de sa poche le parchemin qu'il avait trouvé au pied de la roue et le tendit à Magnus. Ce dernier s'en empara, le déroula et le lut avec attention.

— Qui croyez-vous qui ait écrit cela ? demanda-t-il en le lui rendant.

— Je suppose, les membres responsables de la fuite du chevalier Søren.

— Søren n'est plus chevalier, il me semble vous l'avoir déjà précisé, ne put s'empêcher de maugréer Magnus dans un grincement de dents.

— Il le sera toujours, objecta Freya.

Magnus lui décocha un coup d'œil noir, mais ne lui accorda pas la moindre réponse. Il ne comptait pas discuter de quoi que ce soit avec cette paillarde venue des confins de Tudag.

— Combien étaient-ils ? demanda-t-il au veilleur.

— Quatre ou peut-être cinq. Tous vêtus de noir de la tête aux pieds.

Magnus jeta un nouveau regard en direction de Freya pour constater qu'elle aussi était habillée de noir.

— Combien étaient-ils ? répéta-t-il, cette fois-ci à l'attention de la jeune bergère.

Elle le considéra d'un air effronté, se contentant d'un reniflement appuyé pour toute réponse.

Sa réaction ne surprit guère Magnus. Elle n'allait certainement pas livrer ses complices si facilement et il gageait que si elle était restée là, c'était sans doute qu'il y avait un piège. Peut-être une future évasion en vue pour elle ou quelque chose dans ce goût. Il se concentra sur la tenue de Freya. Ses vêtements n'avaient rien des frusques que portaient les habitants de Tudag. Il en tira la conclusion que non seulement les gens qui avaient organisé cette évasion devaient être de Drömlik même, mais aussi qu'ils n'étaient pas privés de moyens ni d'éducation au vu de l'écriture soignée sur le parchemin. En vérité, il avait déjà une très bonne idée de qui incriminer pour cet acte. Il se reconcentra sur le gardien de la tour.

— Pourriez-vous m'en dire un peu plus sur cette attaque ?

— J'ai pris un coup sur le crâne à l'instant où je suis entré dans cette pièce, je n'ai pas pu voir grand-chose.

— C'est bien dommage.

— Ce dont je me rappelle, en revanche, c'est cet oiseau immense et hideux sur lequel cette demoiselle était perchée, ajouta le veilleur en désignant Freya du menton.

Elle lui renvoya un regard noir tout en crispant les lèvres. Elle se dit que Deva et les autres auraient mieux fait d'achever ce nigaud qui, s'il n'avait pas vu grand-chose, avait vu l'essentiel.

— Quel genre d'oiseau ?

— Eh bien... ne me prenez pas pour un fou, mais il ressemblait à... une créature légendaire.

Magnus fronça les sourcils.

— Légendaire, dites-vous ?

Le veilleur, dont les joues s'empourprèrent légèrement, hocha la tête.

— Oui... Il... il ressemblait au Hræsvelgr.

Les yeux de Magnus s'agrandirent sous l'effet de la stupéfaction.

— L'avaleur de cadavres ? Ce n'est qu'un mythe, il n'existe pas.

— Croyez-vous que je ne le sache point, chevalier ? Pourtant je l'ai vu, je puis vous l'assurer. Cela ne peut d'ailleurs être que lui puisque les corps de mes gargölls ont disparu. Ce monstre les a dévorés, c'est évident !

Magnus se massa nerveusement la nuque tandis qu'un silence pesant retombait dans la pièce. Cela dura de longues secondes avant qu'il se reprenne enfin.

— Eh bien, si vous doutiez que cette jeune fille soit une matrice, vous voici fixé.

— Non, c'est faux ! Je n'en suis pas une ! s'écria Freya.

— Tais-toi donc, petite sotte ! aboya Magnus.

— Søren n'aurait-il pas pu faire apparaître ce monstre pour aider ses compères à le sortir de la tour ?

Magnus secoua la tête.

— Pour cela, il aurait fallu qu'il puisse communiquer avec les autres depuis cet endroit afin d'organiser son évasion et créer cet oiseau au bon moment et à la bonne heure. Et aussi qu'il soit en train de dormir pendant que cet animal se trouvait là, ce qui semble être un peu compliqué pour s'échapper, ne croyez-vous pas ?

Perplexe, le gardien des lieux acquiesça néanmoins. Magnus posa une main sur son épaule.

— Ne doutez plus, veilleur. Je connais cette jeune paillarde, elle a été désignée par la völva de Tudag en personne comme une matrice.

— Mais... je croyais que Søren était la matrice ! s'exclama le petit homme, interloqué.

— Les deux le sont. La völva a désigné deux matrices.

Le veilleur ne sut quoi répondre. Deux matrices en même temps, c'était quelque chose qu'il n'aurait jamais imaginé possible. Il songea à la peur qui l'avait étrillé au moment où il gravissait l'escalier du palais pour apprendre à la reine que la matrice s'était échappée. Cette crainte terrible de sa réaction quand il le lui aurait avoué, indiquant par là même qu'en tant que gardien de la tour depuis des décennies, supposément inviolable, il avait failli à sa tâche.

Mais voilà qu'avec la désormais certitude que cette fille était une semeuse de rêves, l'occasion de garder le silence sur la situation se présentait à lui ; mieux, elle modifiait la donne à son avantage. S'il n'en disait mot, il n'aurait plus à redouter de perdre sa place et son statut.

— Et qu'en pense la reine ? se risqua-t-il.

— Elle n'en pense rien puisqu'elle n'en sait rien, rétorqua Magnus d'un ton presque indifférent.

Subitement, il harponna le bras du veilleur et l'entraîna dans la pièce voisine. Une fois que les deux hommes furent hors de vue de Freya, Magnus le lâcha.

— Mais qu'est-ce qui vous prend ? s'exclama le veilleur.

— Vous savez que vous serez sévèrement sanctionné si la reine apprend l'évasion de Søren ?

Le gardien de la tour déglutit péniblement. Pour le savoir, il le savait. Il ne savait même que cela.

— Voilà comment nous allons procéder, continua Magnus. Vous continuez votre petite vie comme si tout était en ordre dans cette tour et vous vous débrouillez pour que cette petite exécute mieux sa tâche que ne l'a fait Søren. Quant à moi, je me charge de les retrouver, lui et ceux qui l'ont aidé.

— Que ferez-vous de lui ? Si vous en parlez à la reine, elle comprendra que j'ai menti et…

— Que croyez-vous que je puisse faire de lui, à votre avis ? Soyez tranquille, Søren disparaîtra du paysage et personne n'en saura rien. Jamais.

Le veilleur tressaillit.

— Vous voulez dire que…

— Vous savez très bien ce que je veux dire. Et s'il vous prenait l'envie de ne pas tenir votre langue, je vous ferai subir le même sort.

Le gardien acquiesça en ravalant péniblement sa salive.

— C'est entendu, chevalier, j'ai… je vais me charger de cette matrice comme il se doit.

Magnus posa une main sur son épaule.

— Vous êtes un homme avisé, veilleur.

Sans ajouter un mot, il quitta les lieux.

56
SØREN

Le repas embaumait dans toute la grotte, et bien que nous n'ayons ni table somptueuse ni domestiques pour nous servir, être réunis suffisait à nous rendre heureux. Du moins à faire comme si, me concernant. Vêtu d'une tenue propre, mes blessures soignées par Deva, mes cheveux nattés par Solveig, je mangeais cependant du bout des lèvres tout en m'abîmant les yeux dans la contemplation des flammes qui crépitaient doucement dans le brasero. Je pensais à ma mère et à la trahison de mon père vis-à-vis d'elle, je pensais à Freya et à ma culpabilité, je pensais à la situation précaire de notre famille qui ne pouvait que difficilement retrouver sa vie d'avant mon sauvetage. Qu'allait-on pouvoir faire, maintenant ? Fuir Drömlik ? Pour se réfugier où ? Au plus loin, à Fostüdi où prospéraient les géants comme ceux qui m'avaient malmené dans la tour ? Ou bien nous perdre dans les marécages qui recouvraient le royaume de Viku ? Je connaissais ma famille ; sans matrice, elle aurait du mal à survivre. Même moi, je n'étais pas certain de réussir à vivre sans elle, même si je voulais tout faire pour m'en donner les moyens.

— Tu es bien silencieux, Søren.

Je levai les yeux vers Deva et, pendant un instant, j'eus envie de lui confesser que la présence de notre père me dérangeait, que j'aurais préféré le savoir affalé sur son sofa dans notre maison. N'importe où, mais loin de moi. Pourtant, je me contentai de déchiqueter un bout de viande séchée et de le mastiquer sans y trouver le moindre plaisir.

— Qu'est-ce qui ne va pas ? me souffla Leif. On est bien, ici, en famille, non ?

— Oui, cela fait tellement de bien, ajouta notre père avant que j'aie le temps de répondre.

Mes yeux se fixèrent sur lui, mais je restai silencieux. Il avait toujours été une bonne personne avec moi, tout comme avec mes frères et sœurs. Très présent pendant mon enfance, il m'avait aidé à grandir et à accepter l'absence de notre mère. Lorsque je lui faisais part de ma culpabilité à l'idée qu'elle ait rendu l'âme juste après m'avoir donné naissance, il me certifiait que je n'y étais pour rien, que la vie était ainsi, parfois cruelle. Des mensonges, juste des mensonges... À cet instant, quand je le regardais, c'était le visage de cette femme morte dans la tour aux rêves que je voyais. Cette mère dont il nous avait privés en la livrant à la souveraine parce qu'elle était une semeuse de rêves. Je détournai les yeux avant que le dégoût qui palpitait en moi transparaisse au point de me trahir.

— Comment envisagez-vous de fuir le royaume ? lâchai-je finalement en m'adressant à mes frères et sœurs.

— J'espérais que nous puissions y demeurer, répondit Deva.

— Après m'avoir libéré ? Je crains que tu ne sois un peu trop présomptueuse à ce sujet. Rester à Drömlik est désormais dangereux. Tu imagines si le veilleur a la moindre idée de votre identité ? Qui sait si les soldats ne sont pas déjà à notre recherche en ce moment même ? Et puis nous ne pouvons pas vivre éternellement dans cette grotte.

— Tranquillise-toi, Søren. Il ne peut pas nous reconnaître, il ne nous connaît même pas.

— Il n'a pas besoin de vous connaître pour faire le lien entre vous et moi. Qui aurait pu me faire évader de la tour sinon les membres de ma famille ? Mais si jamais tu avais raison, alors c'est à moi de fuir pour vous permettre de reprendre une existence normale.

— Il n'en est pas question.

— Deva… Je refuse de vous voir, Solveig et toi, privées de la chance de trouver un époux, ou nos frères dans l'impossibilité d'obtenir un emploi digne de leur nom.

Elle fit glisser une main sur mon avant-bras en une caresse maternelle.

— Tout va s'arranger. Pour l'instant, nous restons ici. Seul père retournera à la maison pour donner le change et continuera à affirmer à qui lui posera la question que nous sommes partis en voyage.

— Et comment cela s'arrangerait-il ? Explique-le-moi parce que je ne vois pas comment.

— Ynglinga n'a rien contre nous, intervint notre père. Pourquoi crois-tu qu'elle m'ait finalement libéré ?

— Pour tes bons et loyaux services, j'imagine, ironisai-je sur un ton cassant.

Mes dernières paroles laissèrent tout le monde interloqué et plus personne ne prononça un mot. Je m'emparai de ma chope, conscient de tous ces regards fixés sur moi.

— Il n'empêche qu'il va falloir trouver une solution plus viable que cette grotte, me contentai-je de conclure avant de tremper les lèvres dans mon mjød tiédi.

57
FREYA

J'avais passé le reste de la veille, et toute la matinée suivante, suspendue à cette roue comme un pendu à son gibet. Et si j'avais espéré que le veilleur finirait par m'en libérer pour me permettre au moins de m'asseoir, voire de m'allonger sur un lit s'il était généreux, à défaut de me rendre ma liberté, il me laissa mariner encore des heures avant de repointer le bout de son nez. Qu'avait-il fait durant ce temps ? Je n'en avais pas la moindre idée, mais ce que je voyais, maintenant qu'il venait de se camper devant moi, c'était qu'il était seul. J'ignorais où était Magnus à présent et je n'étais pas certaine d'avoir envie de le savoir. Je n'avais cependant pas vraiment de doute sur ce qu'il comptait faire. Il allait partir à la chasse et son gibier serait Søren. Et plus encore, s'il avait compris que ses frères et sœurs étaient responsables de cette évasion, ce qui ne faisait aucun doute, il s'en prendrait également à eux. Leur père n'était-il pas déjà derrière des barreaux ? Mais je m'en fichais. Je n'avais fait que ruminer durant ces heures passées seule et le ressassement, je le savais, n'aboutissait jamais à rien de bon. Au moins j'avais cessé de pleurer, c'était toujours ça.

— Si vous êtes une matrice, deux solutions vont s'offrir à vous, déclara le veilleur.

J'arquai un sourcil.

— Et puis-je savoir lesquelles ?

L'homme ébaucha un sourire aussi faux que l'était le ton doucereux de ma voix. La façon dont il se tordait les doigts dénotait d'une certaine nervosité. Comme je doutais fort que ce soit ma présence qui le mette dans cet état, j'imaginais que cela résultait plutôt de la discussion qu'il avait eue avec Magnus quand ce dernier l'avait entraîné de force dans la pièce voisine.

— C'est très simple. Soit vous rêvez et donnez au royaume ce dont il a besoin, soit vous résistez comme la matrice que vous avez soustraite à son devoir et je devrais recourir à des méthodes plus persuasives pour vous forcer à vous plier aux règles de la tour aux rêves.

— Et que veut le royaume de Drömlik ?

— Un temps toujours égal pour les récoltes d'Orjameille et de Seyon qui ne supportent pas la pluie. Une flore luxuriante, des fruits mûrs à longueur d'année et du gibier en abondance pour nous permettre de remplir nos assiettes. Des apparats sur les bâtiments, des routes propres et abouties.

— Rien que ça ?

— Ce que je vous cite n'est qu'une infime partie des beautés que peut nous offrir une matrice digne de ce nom.

— Je ne suis pas une matrice, mais une semeuse de rêves, le corrigeai-je avec sécheresse.

— Jouer sur les mots ne changera rien, vous êtes désormais celle de Drömlik.

— Ne pouvez-vous donc pas vivre normalement ? Vous relever les manches pour faire ce que vous m'ordonnez de créer de toutes pièces, par exemple ? grognai-je.

Le veilleur secoua la tête d'un air de dénégation, comme si je venais de lui demander de décrocher la lune.

— Pourquoi nous priver de ce que la matrice peut nous offrir ? C'est ainsi que les Drömliens vivent depuis des décennies. À vous de choisir : l'obéissance et la récompense ou la rébellion et la punition.

À ces derniers mots, je préférai le silence. Je n'avais aucune envie d'offrir à ce peuple, qui m'apparaissait désormais aussi oisif qu'inapte à supporter les travers ordinaires de la vie, ce que le veilleur me priait de lui servir sur un plateau. Je les subissais chaque jour, moi, ces aléas d'une existence normale, tout comme l'ensemble des contrées voisines de Drömlik. Certes, ce n'était pas toujours facile, ça ne l'était même pas souvent, mais ça ne m'avait pas empêché de grandir, de vivre et de trouver de nombreuses occasions d'être heureuse. La vie ne pouvait pas tenir au simple bon vouloir d'une semeuse de rêves… mais ces Drömliens semblaient ne désirer que le bon sans jamais rien savoir du mauvais.

J'avais désormais le choix, mais il était si restreint que je ne considérais pas cela comme tel. Si je refusais d'obéir, alors je resterais sur cette roue, Dieu savait combien de temps. Jusqu'à ma mort sans doute. Je pris une profonde inspiration et me concentrai sur chacun de mes organes, sur mon cœur qui battait comme un fou depuis si longtemps que je me demandais pourquoi il n'avait pas encore implosé, sur mon ventre lesté de pierres, sur ma gorge nouée par la peur de l'avenir. Mais surtout sur la noirceur qui envahissait mon esprit face au ressentiment que les Sturla avaient réussi à faire naître en moi. Je n'avais pas connu de courroux plus âpre de toute ma vie. Même pas envers mes parents. Je considérai froidement le veilleur toujours campé devant moi, comme s'il avait pris racine.

— Très bien.

Il demeura impassible. Je fermai les yeux. Une nouvelle inspiration et je plongeai dans ce sommeil qui était la partie immergée de mon don.

La première chose que je fis apparaître dans mon esprit fut une myriade d'abeilles multicolores qui se mit à tourbillonner autour de moi. Puis j'orientai mes pensées vers le veilleur et les insectes bourdonnants fondirent sur lui en une nuée tandis que des racines d'un beau vert prenaient naissance au pied de ma roue de souffrance. Les bras végétaux s'enroulèrent autour des segments de bois, remontant jusqu'au-dessus de ma tête sans jamais me toucher. Puis elles se couvrirent de fleurs aux pétales aussi noires que l'étaient mes pensées à cet instant.

— Mais qu'est-ce que… Par tous les dieux, chassez-moi ces abeilles d'ici ! entendis-je le veilleur brailler.

Je ne pus m'empêcher d'esquisser un sourire puis me forçai à sortir de mon sommeil. Je rouvris les paupières, dévoilant mes prunelles. L'essaim zonzonnant, et tout ce que j'avais créé, se dissipa en une fraction de seconde.

Je considérai le gardien des lieux, mon sourire moqueur toujours accroché aux lèvres.

— Convaincu ?

Curieusement, au lieu de m'invectiver comme je m'y attendais, il sourit à son tour. Visiblement, ma prestation, aussi stressante fut-elle pour lui, l'avait enthousiasmé. Il fallait croire que les Drömliens n'étaient pas seulement fainéants, ils étaient également stupides.

— Vous allez faire des merveilles, Freya. Rêvez et je vous promets de beaux jours.

Je le toisai puis calai la tête contre le bois de ma roue de souffrance et refermai les yeux.

— Oui... de beaux jours, soufflai-je.

3

MARDRÖM

58
SOREN

Bien au chaud sous mes peaux depuis une bonne heure, je ne parvenais pourtant pas à trouver le sommeil. J'ouvris un œil, puis les deux, et abaissai les épaisses couvertures qui recouvraient mon visage. Dans la grotte, où seules deux lanternes étaient restées allumées, régnait un silence tranquille. Machinalement, je cherchai les autres du regard. Mes frères n'étaient pas très loin de moi, quant à Deva et Solveig, elles se trouvaient à proximité de notre brasero éteint. Si je pouvais entendre leur respiration lente, typique d'un profond sommeil, j'eus plus de mal à les distinguer nettement tant ils étaient tous emmitouflés pour se protéger du froid ambiant.

Doucement, je m'extirpai de ma couche, saisis ma tunique abandonnée près de là et me redressai. J'avais encore quelques douleurs liées à ma position statique sur la roue de la tour, mais celles de mes lacérations s'étaient atténuées grâce au bon soin de mes sœurs et de leur onguent. Bien sûr, cela ne valait pas les herbes médicinales puissantes avec lesquelles Freya avait soigné ma plaie causée par le lamparög, mais ça m'avait permis de moins souffrir. Après avoir été à la peine durant plusieurs jours où j'avais plus dormi qu'autre chose, je me sentais mieux et c'était le plus important. N'étant pas habitué à rester longtemps alité, comme nous l'imposait le fait de demeurer cachés ici, j'avais cependant envie, et surtout, besoin de bouger, de me dépenser.

Je resserrai la ceinture de mes braies puis enfilai ma tunique, saisi par le froid sec de la grotte. Je m'emparai d'une des peaux, que je posai sur mes épaules en guise de manteau, et glissai mes pieds dans mes bottes. À pas feutrés, je me dirigeai ensuite vers le couloir menant à l'extérieur. Je m'enfonçai dans l'obscurité. Au moment où je passai près de la cavité qui abritait nos chevaux, je les entendis s'animer légèrement, comme si je venais de les tirer de leur sommeil. L'espace d'un instant, je songeai à ma jument Alsvid. D'après Deva, Magnus ne l'avait pas restituée à ma famille et j'en éprouvais un profond ressentiment à son égard. Elle était à moi, pas à lui, et la seule pensée d'imaginer Magnus sur son dos me mettait les nerfs à vif. Malheureusement, en l'état, il m'était impossible d'aller la chercher...

Une brise de terre glacée m'accueillit lorsque je sortis enfin de la grotte. Le paysage était un ensemble d'ombres d'un noir d'encre se découpant sur un panorama légèrement moins obscur. L'aurore n'était pas si loin de se lever, mais il faisait toujours plus sombre dans cette forêt qu'en ville. Le sifflement du vent rythmait le silence nocturne. Il faisait se balancer les branches dénudées, leur donnant presque l'aspect de bras secoués de spasmes. Je resserrai la peau sur mes épaules et m'accroupis, mon dos calé contre la paroi rocheuse. Tout en laissant mon regard errer autour de moi, je plongeai dans un dédale de réflexions. Je songeai surtout aux paroles de Deva lorsqu'elle m'avait assuré que les choses allaient s'arranger. Je n'avais pas changé d'avis, je ne voyais toujours pas comment elles le pourraient. Il me semblait que la seule solution était que je fuie. Mais puisque personne parmi les miens ne partageait mon opinion, j'avais finalement remisé cette idée dans un coin de ma tête en me disant qu'elle n'était peut-être pas si bonne que je le pensais.

Je savais que notre abri était idéalement placé pour nous offrir une certaine sécurité. Il était assez éloigné du centre-ville, mais surtout dénué de tout intérêt pour quiconque puisque le gibier n'abondait guère dans les environs. Cela ne m'empêchait cependant pas d'être convaincu que Magnus finirait par tenter sa chance en me cherchant là où je n'étais pas censé me trouver. Sans doute lui faudrait-il fouiller les nombreuses grottes qui ponctuaient le paysage, mais avec un peu d'entêtement, il découvrirait notre cachette. Cela me semblait aussi évident que l'idée de voir ma tête mise à prix.

L'atout qui me restait résidait dans le fait que pour cela, Magnus devrait d'abord fournir une bonne explication à la reine concernant mon évasion, et je n'étais pas certain qu'il prendrait le risque de lui avouer la vérité à ce sujet. Mais je supposai que pour lui, m'imaginer encore en vie, et surtout libre, représentait un bel accroc dans son palmarès de soldat. Il chercherait à me tuer, je le savais. Ce que j'ignorais, c'était quand et où il le ferait.

J'aurais pu prendre les devants et aller trouver Ynglinga pour lui raconter ce qui s'était réellement passé durant notre entretien avec la völva Ingemar. Je lui aurais révélé qu'elle avait désigné une seconde matrice. Mais je connaissais la reine, elle pouvait être intransigeante et je doutais qu'elle me pardonne mon évasion. Elle n'hésiterait pas un instant à me remettre dans la tour. Je secouai négativement la tête, il n'était pas du tout dans mon intérêt d'aller au-devant d'elle, quelle que soit mon envie de me venger de Magnus.

L'idée d'un départ resurgit dans mon esprit comme étant l'unique solution à mon problème. Nous pourrions tous partir. Garder notre fratrie au complet. Ou bien je pouvais n'en faire qu'à ma tête et quitter Drömlik seul… Mais fuir, c'était renoncer à tout ce que nous possédions.

— Que reste-t-il ici s'il n'y a plus de matrice, de toute façon ? me chuchotai-je à moi-même dans l'espoir de me convaincre.

— Il reste la vie.

Je sursautai, surpris, puis tournai la tête. Leif me gratifia d'un sourire fatigué puis vint s'accroupir près de moi.

— Que fais-tu ici, Søren ? Tu devrais dormir.

Je haussai les épaules avant de me remettre à fixer les arbres dans le lointain.

— Rester caché pour toujours n'est pas une vie, Leif. C'est de la survie.

— Ce n'est que temporaire. Deva te l'a expliqué.

— En vérité, tu n'en sais rien.

— C'est vrai, je n'en sais rien, mais nous avons été prudents. Les seuls qui nous ont vus sont les géants qui ont essayé de nous repousser et ils sont morts.

— Mmh…

— Et même si la déduction est faite concernant notre famille, il n'y a pas la moindre preuve contre nous, tu en conviendras, reprit-il.

— Mais je suis la preuve vivante de votre forfait ! Je suis avec vous, c'est bien ce qui risque de vous perdre. Je suis désolé de revenir à cette conclusion, mais il me semble préférable que vous rejoigniez Père et me laissiez partir loin d'ici.

— Si nous rentrons, tu rentreras avec nous, point final.

Je baissai les yeux et fixai les herbes sombres entre mes jambes. Du bout des doigts, j'effleurai le limbe de l'une d'elles, trempé par la rosée.

— C'est impossible, tu le sais, repris-je. Tout comme Deva le sait aussi. Et puis, si c'est pour vivre aux côtés de notre père... non merci.

— Qu'est-ce qui se passe avec Père ? Tu as été désagréable avec lui depuis son retour. Lui-même n'a pas compris ton attitude à son égard.

— Vraiment ? m'étonnai-je en braquant la tête vers lui.

— Il me l'a dit avant de quitter la grotte pour retourner chez nous, confirma Leif.

— Je ne crois pas que tu aies envie de le savoir.

— Bien sûr que si. Parle franchement.

Je pinçai nerveusement les lèvres sans me décider à cracher le morceau. Je n'étais pas certain d'en avoir envie, même si j'estimais lui devoir la vérité. À lui, comme à Deva, Olan et Solveig. Ne rien révéler, c'était comme trahir ceux que j'aimais. C'était agir de la même façon que notre père l'avait fait avec nous.

Dans la pénombre, je devinai presque l'éclat de la curiosité qui emplissait les prunelles de mon frère. Je devais le lui dire. Il le fallait.

— Notre mère..., dis-je d'une voix troublée par l'émotion que cet aveu provoquait en moi.

— Eh bien quoi, notre mère ?

— Elle...

Un craquement retentit soudain, tout près de là, et je m'interrompis net.

59
SØREN

Leif et moi échangeâmes un regard avant de reporter notre attention sur les arbres.

— Tu as entendu ?

— Oui, confirma-t-il. Mieux vaut rentrer, ce n'est pas le moment de se faire repérer.

— Tu as raison.

J'imitai mon frère qui se redressait lorsqu'une ombre furtive fila entre deux troncs. Le voile de la nuit était encore trop opaque pour que je distingue de quoi il s'agissait, mais elle avait taille humaine, aucun doute là-dessus. Et elle se rapprochait de nous. Les sourcils froncés, je continuai à observer l'endroit où elle avait disparu aussi vite qu'elle était apparue.

— Rentrons, insista Leif en posant une main sur mon épaule.

Je hochai la tête et détournai les yeux pour le suivre quand un grognement guttural déchira le silence de la nuit. Je me figeai d'un coup.

— Søren ?

J'ignorai mon frère et me remis à scruter la pénombre, le cœur battant. Mais je ne vis rien.

— On aurait dit… un lamparög, chuchotai-je dans un frisson glacé.

— Un quoi ?

La créature réapparut subitement dans mon champ de vision. Si près que mon inquiétude se mua en effroi. Elle cessa brusquement de louvoyer entre les arbres et s'immobilisa. J'eus presque l'impression de voir ses prunelles se mettre à briller en se posant sur nous. Lorsqu'elle fonça dans notre direction, j'éprouvai la terrifiante sensation d'avoir été projeté en plein cœur de la forêt maudite de Tudag.

— Va chercher une épée ! criai-je aussitôt. Vite !

Leif s'engouffra dans la grotte à toute vitesse et je me retrouvai seul face à la créature qui arrivait droit sur moi. Je fis deux pas de côté et me précipitai vers un creux taillé à même la roche dans lequel nous rangions le bois dont nous nous servions pour alimenter le feu. D'un geste rapide, je m'emparai d'une bûche au hasard et me préparai à accueillir mon assaillant. Ça ne le tuerait sans doute pas, mais cela aurait le mérite de le ralentir, le temps que Leif revienne.

La créature fondit sur moi dans un fracas de feuilles sèches et de branchages écrasés. Je projetai aussitôt le rondin vers sa tête. Son menton heurta durement le bois et l'impact me repoussa en arrière. Mon dos percuta la paroi de la grotte et fit remonter une douleur le long de ma colonne vertébrale. Malgré cela, je réitérai mon attaque et visai son crâne. Le lamparög pencha la tête et ce fut son œil gauche qui rencontra mon arme improvisée de plein fouet. La bête laissa échapper un hurlement rauque alors que son globe oculaire explosait sous le choc. Redoublant de rage, elle projeta une de ses pattes avant pour m'atteindre au visage à mon tour. J'eus à peine le temps de me baisser pour éviter le coup qu'elle cracha un filet de bave épais dans ma direction tandis que ses griffes crissaient sur la roche. Elle engagea son autre patte dans le combat et, cette fois-ci, réussit à me délester de ma bûche.

— Leif ! criai-je en sentant le vent tourner pour moi.

J'entendis du remue-ménage dans la grotte, le hurlement du lamparög ayant dû réveiller tout le monde, mais Leif n'arriva pas pour autant. En désespoir de cause, je repliai un genou et lui assénai un violent coup dans l'entrejambe. La créature ne sembla pas le moins du monde dérangée par une quelconque douleur. Sa griffe parvint à m'atteindre au bras et y creusa quatre sillons qui m'arrachèrent un cri. J'avais déjà vécu cette situation, ce genre de moment où l'on pense que notre vie va se terminer là, dans le sang et la souffrance. Je ne voulais pas le revivre. Je mis toutes mes forces dans un nouveau coup de pied qui percuta sa cuisse.

Le lamparög répliqua en harponnant mon cou. Ma trachée s'étrécit d'un coup alors qu'il refermait une à une ses griffes sur ma peau. Il serra, réduisant peu à peu le passage de l'air dans mes poumons. Je tentai de le repousser, mes paumes plaquées sur son puissant poitrail. En vain. Les images de ce que j'avais enduré dans la forêt de Tudag emplirent chaque parcelle de mon esprit et la peur se répandit dans tout mon corps. Je ne voulais pas mourir. Je me démenai autant que je le pouvais, mais déjà, mes paupières tressautaient. J'étais en train de perdre le combat.

— Søren ! entendis-je Leif crier.

Dans un effort surhumain, je tendis un bras vers lui. La froideur du métal rencontra la chaleur de ma paume. Je refermai aussitôt les doigts sur la poignée de l'épée que Leif venait de me donner et je ramenai la lame vers le cou du lamparög. Elle entra en contact avec sa peau. La seconde qui suivit, elle retomba dans le vide et je m'effondrai le long de la paroi en toussant.

Lentement, je relevai la tête et fixai l'endroit où la bête s'était tenue un instant plus tôt. C'était comme si elle s'était dissoute dans l'air.

— Où est cette saloperie ? s'écria Leif.

— Elle… elle a… disparu, soufflai-je.

60
SOREN

Lorsque Leif et moi retournâmes dans la grotte, toutes les lanternes étaient allumées. Solveig, Deva et Olan se jetèrent presque sur nous, une expression catastrophée sur le visage.

— Que s'est-il passé ? Nous avons entendu des hurlements, puis Leif est entré comme un fou pour prendre une...

Olan s'interrompit brusquement, les yeux rivés sur ma gorge. Je reportai aussitôt une main dessus. La douleur me fit grimacer alors que mes doigts se posaient sur les griffures. Heureusement, la bête n'avait pas réussi à tailler à vif. Encore une fois, je pouvais remercier ma bonne étoile.

— Par tous les dieux, mais tu saignes ! s'alarma Solveig.

— Ce n'est rien.

— Qu'est-ce qui a fait ces marques ? s'enquit Deva en repoussant ma main pour examiner les plaies de plus près.

Je laissai retomber mon bras blessé le long de mon corps.

— Un lamparög, rétorquai-je.

Deva, Solveig et Olan échangèrent un regard incrédule. Sans attendre qu'ils me posent un flot de questions auxquelles je n'avais pas les réponses, je pris place sur l'un des bancs. Puis, les coudes calés sur mes cuisses, j'enfouis ma tête entre mes mains. J'essayais de comprendre pourquoi je venais d'affronter une créature qui n'existait pas dans notre royaume. Et plus encore, comment elle avait pu disparaître d'un coup. Lorsque j'entendis mes frères et sœurs s'installer à leur tour, je n'avais toujours pas trouvé d'explication à tout cela.

— Que s'est-il passé exactement ? lâcha enfin Deva.

Je redressai la tête. Tous me considéraient comme une bête curieuse, même Leif. Solveig me tendit une choppe remplie d'eau. Je m'en saisis et bus une gorgée à grand-peine.

— Qui t'a fait ça ? insista Deva.

Je lui jetai un bref coup d'œil avant d'avaler une nouvelle gorgée.

— Je te l'ai dit… c'était un lamparög, répétai-je.

— J'ai déjà entendu ce mot, souffla Solveig.

— Dans la bouche de Freya, rétorqua Olan. Elle nous a expliqué que Søren avait été attaqué par une de ces créatures à Tudag.

Deva fronça les sourcils, tandis qu'Olan et Solveig arquaient les leurs, surpris. Quant à Leif, son visage blême demeurait impassible, mais une certaine confusion emplissait son regard.

— Il s'agissait probablement d'un ours, conclut Deva. Il aura fui en entendant Leif arriver.

Je secouai la tête, presque outré qu'elle puisse remettre ma parole en doute.

— Je sais faire la différence entre un ours et une autre créature. Cette chose se tenait debout.

— Un ours le peut également, fit remarquer Solveig.

— Ça n'en était pas un ! m'obstinai-je.

Je tournai la tête vers Leif qui restait parfaitement immobile près de moi.

— Leif, dis-leur ce que tu as vu ! Dis-leur que ce n'était pas un ours !

Il parut mal à l'aise tout à coup, et ne pas savoir quoi répondre.

— Leif ? insistai-je.

Il baissa les yeux.

— Eh bien, je… je ne sais pas exactement ce que j'ai vu… J'ai… enfin, il m'a semblé que c'était un loup, mais… dans la pénombre…

Je le considérai avec stupéfaction. Il avait pourtant été aux premières loges pour voir cette créature devant moi. Je ne comprenais pas son revirement soudain.

— Les traces de griffures dans ton cou et sur ton bras font penser à celles d'un ours, Søren, insista Deva.

Je portai à nouveau une main sur ma gorge, puis sur la manche déchirée de ma tunique tachée de sang.

— Les lamparögs ont des griffes aussi acérées que celles des ours, me défendis-je en retour.

Pour appuyer mes paroles, je dénudai mon torse et dévoilai les cicatrices encore fraîches laissées par celui qui m'avait attaqué dans la forêt de Tudag.

— Vous avez bien vu cette blessure en me soignant, non ? Qui croyez-vous qui me l'ait faite ? Un ours ? Un loup ?

Aucun d'eux ne répondit. Ils savaient aussi bien que moi que ces animaux ne comptaient plus parmi la faune de Drömlik depuis des décennies. La faute à une chasse effrénée et aux massacres qui en avaient découlé. Entre leur chair tendre et leur peau, ils appartenaient désormais au passé. Et quand bien même il en serait resté quelques-uns, il me semblait impossible de les confondre avec la créature qui m'avait attaqué.

— C'était un lamparög, m'entêtai-je.

Je l'avais eu face à moi, sa gueule ouverte, ruisselante de bave, à quelques centimètres de mon visage. Tout comme à Tudag. Je ne risquais pas de l'oublier, compte tenu du souvenir que ce monstre m'avait laissé. Et je n'oubliai pas non plus que si j'étais encore en vie, je le devais à deux personnes : Magnus pour m'avoir sorti de la forêt avant que d'autres lamparögs nous attaquent, et Freya pour m'avoir soigné avec ses herbes aux puissantes vertus médicinales.

— Seulement…, continuai-je, je ne comprends pas ce qu'un lamparög ferait à Drömlik.

— Les soldats sont débordés par ce qui se passe dans le royaume, n'importe quelle créature aurait très bien pu pénétrer dans la ville durant la nuit, à un moment où les entrées n'auraient pas été surveillées, suggéra Olan.

Je rejetai son argument d'un mouvement de tête.

— Ces monstres sont confinés dans une forêt à Tudag. La völva de ce royaume y a placé un sort afin qu'ils n'en sortent pas. Et quand bien même l'un d'eux y parviendrait, la distance entre son lieu initial de vie et notre contrée est assez grande pour qu'il préfère jeter son dévolu sur des proies plus proches.

Une expression inquiète s'afficha sur les visages de mes frères et sœurs. Deva se redressa la première.

— Quel que soit cet animal, si des bêtes sauvages rôdent dans le coin, il va falloir protéger l'entrée de la grotte, déclara-t-elle alors.

Deva avait raison, si une horde de lamparögs décidait de venir se perdre dans ce coin du royaume, nous allions devoir sécuriser notre cachette, autant pour nous que pour nos chevaux. Au moment où les autres se levèrent, je demeurai assis.

— Il y a autre chose, murmurai-je en baissant les yeux pour fixer le sol entre mes jambes.

Je sentis aussitôt le regard de Leif se poser sur moi, presque me transpercer. Je l'ignorai et attendis que tous se réinstallent.

— Quoi donc ? demanda Deva.

Je levai enfin les yeux. Leif et moi nous fixâmes durant quelques secondes puis, comme s'il avait compris ce que je m'apprêtais à dire, il détourna la tête.

— Cette créature, repris-je. J'allais l'occire quand elle a disparu.

— Elle s'est sauvée ?

— Non, elle s'est... volatilisée, lâcha Leif.

Deva le dévisagea comme s'il était devenu fou puis reporta son attention sur moi.

— Volatilisée ?

Je me contentai d'acquiescer. Et tandis qu'elle se mettait à nous fixer successivement, Leif et moi, sans doute pour décider lequel de nous deux avait reçu le plus fort coup sur la tête, une idée germa dans mon esprit. Une idée que je préférai garder pour moi, convaincu que mes frères et sœurs s'y opposeraient.

— Peu importe, ce n'est pas important, déclarai-je finalement, pressé de conclure cette conversation.

Je me redressai, gagnai une malle dans laquelle mes sœurs avaient fourré de vieux vêtements pour les fois où nous venions passer quelques jours ici. J'y dénichai un long manteau feutré à capuchon dont le col était doublé de peau de renard. Je le plaçai sur mes épaules tout en surveillant le reste de la fratrie. Ils vaquaient à présent à diverses occupations. Deva et Solveig étaient en train de sortir des provisions pour le prochain repas. Olan terminait de s'habiller. Seul Leif était demeuré assis sur son banc, le regard perdu dans le vide. Malgré cette impression de quiétude revenue parmi nous, je sentais bien que l'atmosphère avait changé. L'inquiétude s'était invitée à notre table et chacun devait avoir l'esprit envahi par de sombres réflexions.

C'était le moment idéal pour mettre mon idée à exécution. Discrètement, je passai près de la couche de Leif sur laquelle il avait abandonné son épée à la lame encore tachée de sang. J'ignorai l'arme, trop imposante à mon goût, et optai pour sa dague, posée juste à côté. Je la glissai dans ma ceinture puis rabattis les pans de mon manteau dessus. Ensuite, je m'emparai d'une lanterne et gagnai la galerie.

— Je vais voir si les bêtes ont de quoi manger, lançai-je à la cantonade.

— Fais attention, me lança Deva.

D'un pas tranquille, je rejoignis l'abri des chevaux. Un à un, je les étudiai avec intérêt. Je connaissais chaque occupant de l'écurie paternelle. Comme moi avec Alsvid, mes frères et sœurs avaient tous une monture de prédilection. Mon regard s'arrêta sur un cheval qui m'était inconnu. Un mâle racé à la robe sombre. Je m'approchai de lui et posai une main sur son encolure. Il se mit à ronfler sous l'effet de l'inquiétude.

— À qui appartiens-tu donc ? lui soufflai-je.

Mais je n'avais pas besoin de la moindre réponse pour comprendre que cette bête devait être à Freya. Cela sonnait comme une évidence à mes yeux, et d'autant plus à présent que je savais qu'elle avait participé à mon sauvetage.

Ne connaissant pas l'animal ni ses réactions, je m'écartai finalement de lui et portai mon choix sur Vallad, la monture de Deva avec laquelle j'avais chevauché assez souvent pour m'éviter les mauvaises surprises. Je me saisis de son filet et de sa selle, puis le harnachai rapidement. Ensuite, je me hissai sur son dos et m'empressai de regagner la sortie de la grotte avant que mes frères et sœurs ne réagissent.

Une fois à l'extérieur, je mis le cap sur le centre de Drömlik.

64
SOREN

Quand les premiers toits du centre de Drömlik apparurent dans mon champ de vision, le jour poignait à peine. Je repassai au pas puis remontai ma capuche sur ma tête avant de m'engager dans une artère d'ordinaire peu fréquentée. En général à cette heure, la majorité des villageois dormaient encore ou s'éveillaient tout juste, aussi fus-je étonné de croiser plusieurs personnes hors de leur habitation. Elles erraient dans les rues en titubant, comme si elles avaient trop bu.

À mesure que j'avançais au pas, je remarquai de-ci de-là des hommes recroquevillés. Certains étaient tapis contre les murs des bâtiments. Ils gémissaient, la tête enfouie entre leurs mains. D'autres avaient choisi de se terrer dans de petits renfoncements, comme s'ils voulaient se fondre dans les pierres. Je m'arrêtai près d'un villageois, dont les épaules tressautaient à intervalles réguliers, et mis pied à terre. J'avais conscience que je prenais un gros risque. Si des soldats à la solde de Magnus traînaient dans le coin, j'avais tout intérêt à ne pas me faire remarquer. Mais c'était plus fort que moi, je devais savoir pourquoi ces gens étaient dans cet état.

— Que vous arrive-t-il ? demandai-je au bougre en posant une main sur son épaule.

Il eut un violent sursaut qui me surprit moi-même. J'ôtai aussitôt ma main.

— Du calme, je ne vous veux aucun mal.

Le visage déformé par la peur, il me considéra pendant une poignée de seconde avant de se décider à parler.

— Le... le... il..., bredouilla-t-il avant de se tasser un peu plus contre la paroi de la maison.

Au lieu de continuer, il tendit une main tremblante vers une autre rue, tout près de là. Troublé, je portai mon regard dans la direction qu'il m'indiquait. Un frisson me parcourut en distinguant des formes inertes qui jonchaient la voie.

J'abandonnai mon interlocuteur, puis entraînai mon cheval vers la première d'entre elles. Arrivé juste devant, je considérai la dépouille d'un jeune homme. Étendu sur le dos, ses boyaux formaient comme un tablier sur sa poitrine. Je réprimai un haut-le-cœur de dégoût, puis m'accroupis près de lui et reportai mon attention sur sa gorge. Son cou était strié de profondes griffures semblables aux traces qui lacéraient le mien, à la différence que mes plaies n'étaient que superficielles et n'avaient pas assez saigné pour mettre ma vie en danger. J'imaginai la terreur et la douleur sans nom que ce villageois avait dû éprouver avant de rendre l'âme. Je relevai la tête et portai mon regard aussi loin que ma vue me le permettait. D'autres corps jonchaient le sol sur plusieurs mètres. Je n'eus pas le courage d'aller les examiner un par un, je ne pensais pas trouver autre chose que des griffures et du sang.

Ébranlé, je me redressai et remontai en selle.

— Inutile de demander ce qui a pu faire ça, arguai-je.

— Ce sont des lamparögs, lâcha une voix dans mon dos.

Je tournai aussitôt la tête. À l'instant où je croisai le regard mauvais de Magnus, j'eus l'impression que le temps venait de s'arrêter. Pourquoi fallait-il que je tombe sur lui au seul moment où je me risquais en ville ?

— Tu finiras la tête tranchée, Søren Sturla..., me lança-t-il.

— La tienne tombera avant la mienne, rétorquai-je tout aussi sèchement.

Sans me quitter des yeux, il dégaina son épée. Je songeai à la malheureuse dague coincée dans ma ceinture. Je savais que je ne ferais pas le poids contre lui, surtout en n'étant pas au meilleur de ma forme. Ma seule issue se résumait à la fuite. Je talonnai mon cheval avec énergie. Il partit aussitôt au galop droit devant, sautant par-dessus les corps disséminés dans la rue. Derrière moi, j'entendis Magnus pousser un cri semblable à celui d'un attaquant prêt à en découdre, puis le martèlement des sabots de son cheval se mêla à celui du mien.

Au dernier moment, je virai dans la voie qui longeait l'océan. L'odeur des embruns, chargée de celle du sang des cadavres, me retourna presque l'estomac. Des dizaines de questions tourbillonnèrent dans mon esprit survolté tandis que ma monture galopait. Comment des lamparögs avaient-ils pu faire un tel carnage ? Et où étaient-ils à présent ? Avaient-ils disparu comme celui qui m'avait attaqué près de la grotte ?

Magnus s'engagea à ma suite. Je changeai à nouveau de trajectoire en jetant un regard inquiet par-dessus mon épaule. Son épée brandie en l'air, tel un drapeau, il battait les flancs de son cheval sans discontinuer pour le pousser toujours plus loin dans ses limites afin de me rattraper. Contraint d'en faire autant si je voulais conserver une bonne distance entre nous, je me mis à circuler entre les habitations, raccourcissant chaque fois un peu plus le champ d'action de ma monture. Ses mouvements devinrent secs et brusques. Malgré cela, Magnus ne me lâchait pas. Je tirai alors brutalement sur ma rêne droite. Mon cheval tourna si vite que son épaule râpa contre l'arête d'une maison. Il poussa un hennissement puis s'emballa, creusant à nouveau un bel écart entre Magnus et moi.

Je m'orientai vers les bois en prenant garde à ne pas me diriger vers la grotte où mes frères et sœurs avaient trouvé refuge. Je slalomai entre les arbres, Magnus m'imita. Brusquement, au détour d'un passage, une épaisse branche s'affaissa d'un coup, comme si le vent avait décidé de me barrer le chemin par son entremise. Pris de peur, mon cheval se cabra. Son mouvement fut si rapide et inattendu que je n'eus pas le temps de m'accrocher à sa crinière ni de me pencher en avant pour faire corps avec lui. Je tombai lourdement à terre.

Sonné par le choc, je restai immobile, une douleur sourde irradiant dans mon dos. Alors qu'une nuée de points noirs dansait devant mes yeux, je redressai la tête et regardai en direction de Magnus.

Il sauta de son cheval à peine celui-ci arrêté et se dirigea vers moi, son épée toujours en main.

62
SØREN

Je tentai de me relever pour remonter en selle, mais Magnus frappa sèchement du plat de la main sur la croupe de mon cheval. Affolé, celui-ci fit une ruade puis partit à toute vitesse. À l'instant où il s'éloigna, je compris que l'affrontement était inévitable. Tout en pivotant vers Magnus, je sortis ma dague et la brandis devant moi en guise d'avertissement. S'il s'approchait trop, je n'hésiterais pas à lui balafrer le visage, il pouvait en être sûr.

— Tu veux me tuer, Søren Sturla ? lâcha-t-il en faisant un pas dans ma direction avec l'assurance qui l'avait toujours caractérisé.

Plus il avançait, plus je reculais. J'espérais encore pouvoir échapper à ce combat, non par peur, mais parce que je me savais encore fragilisé par les coups de fouet dans mon dos.

— Alors bats-toi ! aboya-t-il soudain en fondant sur moi.

Il abattit son épée vers mon épaule et je ne trouvai d'autre solution pour l'éviter que de me jeter au sol.

— Quel imprudent tu fais de te montrer en ville après ton évasion ! continua Magnus en projetant à nouveau son arme vers moi. Les traitements du veilleur de la tour t'ont-ils fait perdre la raison ?

Je roulai sur le côté, sa lame se planta dans la terre. Il l'ôta rageusement, puis tenta une fois de plus de m'atteindre. Je roulai tantôt sur la droite, tantôt sur la gauche, jusqu'à ce qu'enfin, l'opportunité de me redresser se présente à moi.

— Je ne veux pas te tuer, Magnus !

Ses lèvres se tordirent dans un rictus de colère. Il m'en voulait d'avoir échappé à mon sort, ce n'était pas une surprise.

— Mais moi si ! cracha-t-il.

Face à ses paroles qui ne laissaient plus aucun doute sur ses intentions à mon égard, je projetai ma main armée en avant pour parer un énième coup de sa part. Nos lames se percutèrent dans un bruit métallique et un bras de fer s'engagea entre nous. Plus les secondes s'écoulaient, plus Magnus gagnait du terrain, et bientôt il serait à même de me trancher la gorge. Je refusais de m'offrir en pâture à sa vindicte. Je ne voulais pas lui laisser l'opportunité d'en finir avec moi.

— Tu croyais pouvoir t'en sortir si facilement ? grinça Magnus.

— Je ne mérite... pas la mort ! ripostai-je en tentant de repousser son arme.

— Si tu avais fait ta part, nous n'en serions pas là !

— Je ne suis pas... une matrice !

— Eh bien, dans ce cas, il n'y a plus aucune raison que tu restes en vie.

La force que je mettais dans ma résistance vacilla dangereusement. L'épée de Magnus se rapprocha de mon visage dont le reflet tronqué se refléta sur la lame. Je luttai, les muscles de mon bras armé poussés jusqu'à leurs limites, dans l'espoir de reprendre le terrain que j'étais en train de perdre. Chaque mouvement ravivait les douleurs dans mon dos, mais je m'entêtai à résister.

Une goutte s'écrasa soudain sur mon front, puis une seconde et encore une autre. Il ne manquait plus que la pluie s'invite pour compliquer un peu plus notre face à face mortel. Tandis que je m'entêtais à repousser Magnus, je remarquai le pli qui venait de se creuser entre ses sourcils. Il sembla tout à coup troublé par ma vue. Lui, si véhément jusque-là, prit le risque de lever la tête vers le ciel. Pas longtemps, mais suffisamment pour m'offrir sur un plateau l'avantage inespéré dont j'avais besoin pour reprendre le dessus. De ma main libre, je le repoussai sèchement en arrière. Il vacilla un court instant, puis bascula sur le dos alors que la pluie se renforçait. Haletant, je plaquai une paume sur le tronc de l'arbre contre lequel Magnus m'avait acculé, le temps de récupérer un peu mon souffle. J'étais désormais prêt à faire face à une seconde attaque. Mais Magnus, au lieu de se redresser, garda les yeux fixés vers le ciel, comme s'il venait d'y apercevoir quelque chose de terrible.

— Quel est ce sort ? lâcha-t-il d'une voix qui laissait transparaître une peur évidente.

J'écarquillai les yeux en réalisant soudain que les gouttes qui s'écrasaient sur son visage étaient d'un rouge sombre. Elles glissaient sur ses joues comme s'il pleurait du sang.

— Ton visage... Qu'arrive-t-il à ton visage ? ne pus-je m'empêcher de souffler.

Au lieu de répondre, il s'entêta à regarder le ciel. À mon tour, je braquai les yeux en l'air. Semblable à du marbre veiné de rouge, le ciel déversait sur nous et notre environnement une pluie incarnate. Je m'avançai pour sortir de sous l'arbre qui me protégeait en grande partie de cette étrange averse et tendit une paume vers le ciel.

Des gouttes s'écrasèrent sur ma peau en millions de minuscules perles écarlates.

— Du sang..., s'anima soudain Magnus. Il pleut du sang !

Déstabilisé, j'essuyai ma main sur mes braies.

— C'est elle... C'est elle qui fait ça ! lâcha Magnus en peinant à reprendre le dessus sur son effarement.

— Qui ça, *elle* ?

Il me regarda enfin, un éclat presque fou au fond des yeux.

— Freya ! C'est Freya !

Ses paroles me firent l'effet d'une gifle monumentale en pleine figure et ma respiration se bloqua pendant un instant. *Freya...* Tout à coup, tout sembla s'éclaircir dans mon esprit et mes interrogations sur l'apparition du lamparög qui m'avait attaqué devant la grotte avant de partir en fumée furent balayées en un instant. Il y avait eu cette créature, puis le carnage dans le centre-ville, et maintenant cette pluie de sang. Freya était encore en vie ! Et Freya se trouvait dans la tour aux rêves.

Le sentiment de colère que j'éprouvais à l'égard de Magnus se retourna vers mes frères et sœurs en réalisant qu'ils m'avaient menti, Deva la première. À présent, je comprenais mieux son attitude fuyante, sa façon d'éluder mes questions au sujet de Freya, et surtout son insistance à prétendre que tout allait s'arranger pour les Sturla. Avec une véritable matrice sur la roue, tout aurait dû s'améliorer, oui. À condition que Freya accepte ce rôle. Je regardai le sol se gorger de sang. Le trop-plein commença à former des flaques un peu partout. De toute évidence, Freya n'était pas disposée à agir en matrice disciplinée. Elle n'était donc pas restée dans la tour de son plein gré, cela aussi était incontestable à mes yeux.

J'oubliai la pluie, son odeur et sa tiédeur écœurante. Quand Magnus se redressa enfin, je fonçai sur lui sans réfléchir afin d'abréger ce combat qui n'avait que trop duré. Dans un cri de rage, je me baissai et projetai ma dague vers son genou droit. La lame s'enfonça dans la chair jusqu'à heurter sa rotule. Magnus laissa échapper un hurlement dont l'écho se répercuta à l'infini autour de nous. Je retirai alors mon arme d'un coup sec.

— Maintenant, c'est ton sang qui coule, crachai-je en le regardant s'effondrer comme une masse.

Malgré ce que je venais de lui infliger et la souffrance qui déformait ses traits, il se redressa lentement. Je tentai aussitôt de m'emparer de son épée. Il me donna un furieux coup d'épaule pour m'en empêcher. Déséquilibré, je reculai de trois pas. Il en profita pour taper dans mon poignet avec sa lame. Une douleur semblable à une brûlure irradia sur ma peau tandis que la dague m'échappait. Je tentai de la récupérer, mais Magnus parvint à placer la pointe de son épée sur ma gorge avant que j'aie eu le temps de me baisser. Je m'immobilisai en sentant le métal me piquer. Magnus avança, une jambe raidie par sa blessure, me forçant à reculer encore jusqu'à ce que mon dos se retrouve à nouveau plaqué contre l'arbre derrière moi.

— Je vais te tuer une bonne fois pour toutes ! vociféra-t-il avec férocité.

La pointe de son épée commença à s'enfoncer dans ma chair. Doucement, comme s'il cherchait à faire durer le plaisir. Je bloquai ma respiration pour souffrir moins tout en tentant de trouver un moyen d'échapper au sort funeste qui se dessinait sous mes yeux.

— Et ensuite... je m'occuperai de ta famille ! continua Magnus.

L'atmosphère était à présent chargée d'une odeur fétide, semblable à celle de cadavres en décomposition. Dans le lointain, il me sembla entendre des hurlements provenant du centre de Drömlik.

Magnus enfonça un peu plus son épée dans ma gorge. La douleur s'intensifia alors que la coupure s'élargissait au fil des secondes. Mon propre sang glissait dans mon cou, se mêlant à celui qui tombait du ciel.

— Søren ! résonnèrent soudain des voix, au loin.

Magnus tourna la tête dans leur direction. Ce fut le moment que je choisis pour sauver ma vie. Ma dernière chance d'y parvenir. Je repliai une jambe et donnai un coup de pied énergique dans le genou blessé de Magnus. Il poussa un nouveau hurlement. Privé de tout équilibre, il tomba à la renverse et son dos s'écrasa dans une flaque de sang. Je me dégageai et m'éloignai de lui avant qu'il ne trouve la force de se redresser. Je sifflai ensuite mon cheval tout en observant avec une inquiétude croissante les deux chevaliers qui arrivaient vers nous au galop. J'étais prêt à me battre s'il le fallait, mais si je pouvais éviter une nouvelle confrontation, j'aimais autant. À présent que j'avais retrouvé ma liberté, il n'était pas question que j'accepte de me laisser reprendre, peu importe par qui.

En reconnaissant Olan et Leif malgré leurs cheveux et leurs visages maculés de sang, je lâchai un soupir de soulagement. Ils arrêtèrent leur monture avec sécheresse. Leurs yeux se posèrent sur Magnus et j'en fis autant après avoir réussi à attraper les rênes de mon cheval. Tandis que je revenais vers eux, Magnus était parvenu à se relever et tentait avec peine de remonter en selle. En prenant conscience de la présence de mes frères, il reporta sa main sur la poignée de son épée, visiblement toujours prêt à en découdre malgré son état. Leif sauta aussitôt à terre et se dirigea vers lui tout en tirant la sienne de son fourreau.

— Laisse-le partir, lui intimai-je.

— Tu n'es pas sérieux ?

— Laisse-le partir, insistai-je.

Magnus termina de se hisser sur sa selle, puis me toisa alors que Leif s'arrêtait à mi-chemin entre lui et moi.

— On se retrouvera, Søren.

— N'y compte pas trop, rétorquai-je.

Il lança son cheval au galop. Mes frères et moi le regardâmes s'éloigner pour regagner le centre de Drömlik.

Quand il ne fut plus visible, je me détournai, puis allai récupérer ma dague. Tout en la rengainant, je retournai vers mon cheval. Leif arriva vers moi.

— Pourquoi l'as-tu laissé filer ? Il va nous traquer à présent.

Je calai une main sur le pommeau de ma selle et me hissai dessus.

— Le tuer ne servirait à rien. Et détrompe-toi, cet affrontement était une bonne chose. Une excellente chose, même, me contentai-je de répondre avec une certaine froideur.

Leif remonta sur son cheval et échangea un regard avec Olan que je ne manquai pas de remarquer. Un regard qui en disait long.

— Rentrons, ajoutai-je avant de m'élancer au galop sans les attendre.

63
SOREN

Nous reprîmes le chemin de la grotte, non sans jeter des coups d'œil incessants en arrière de crainte que des soldats se soient lancés à notre poursuite. Pour ce qui était de Magnus, je doutais fort qu'il s'inflige une telle torture avec son genou blessé ; je me félicitai d'avoir frappé au bon endroit. Heureusement, personne ne nous suivait. J'augurai qu'avec le chaos semé en ville par les lamparögs, ils avaient bien autre chose à penser qu'à me mettre la main dessus.

Lorsque nous arrivâmes devant la grotte, la pluie de sang cessa d'un coup, comme si les réserves s'étaient taries.

— Regardez ça ! s'exclama Olan en fixant ses mains, puis ses vêtements. Le sang a disparu !

Nous descendîmes de nos montures et fîmes de même. Le sang qui nous avait recouverts de la tête aux pieds, qui avait maculé d'un voile rouge les robes de nos chevaux, n'avait laissé aucune trace à peine la pluie s'était-elle arrêtée. Tout comme avec les lamparögs, il s'était évaporé, comme s'il n'avait jamais existé. Cela ne voulait dire qu'une chose selon moi : Freya s'était réveillée.

— En tout cas, nos cheveux sont toujours aussi poisseux, grogna Leif en passant une main parmi ses mèches.

Sur ce point, je ne pouvais qu'être d'accord avec lui.

Peu à peu, le ciel avait repris sa teinte bleutée, bien que de fines marbrures plus sombres demeurent encore visibles à l'œil nu. Une fois nos chevaux mis à l'abri, nous rejoignîmes la cavité occupée par nos sœurs.

— Vous allez bien ? Nous avons vu cette pluie de sang depuis la grotte. C'était terrifiant, s'exclama Solveig tandis que nous entrions.

Le goût de la trahison remonta dans mon palais et m'empêcha de prononcer un mot, mais le regard que Leif et Olan jetèrent à Deva, assise sur l'un des bancs, ne m'échappa pas. J'eus la sensation d'un dialogue silencieux entre eux. Quelque chose dont j'étais exclu, et pour cause. Ils n'avaient pas fait que me mentir, ils m'avaient aussi mis de côté. Pour quelle raison ? Je n'en étais pas très sûr, mais j'avais ma petite idée sur le sujet. Je m'éloignai d'eux et gagnai ma couche. Puis j'entrepris d'ôter mes vêtements humides.

— Que s'est-il passé ? entendis-je Deva demander à mes frères.

J'enfilai de vieux habits qui, bien qu'un peu usés, avaient le mérite d'être propres et secs, puis observai durant quelques instants Leif et Deva en train de chuchoter près du coffre à nourriture. J'ignorais de quoi ils discutaient au juste, mais leurs coups d'œil réguliers dans ma direction me laissèrent supposer que si je n'étais pas le sujet principal de leur conversation, j'en faisais largement partie. C'était seulement maintenant que je connaissais la vérité à propos de Freya que certaines attitudes des miens me sautaient aux yeux. Les regards en biais, les chuchotements, les questions éludées et le manque de réaction de Leif après l'attaque du lamparög. Son refus même de confirmer ma description de notre agresseur, me faisant par la même occasion passer pour un malade en train d'halluciner. Sauf que plus ça allait, plus les choses empiraient. Lequel d'entre eux aurait pu nier la pluie de sang alors que nous avions été trois à la subir de plein fouet ? Elle avait beau avoir disparu sans laisser de traces visibles, elle restait gravée dans notre esprit.

Je retournai vers la sortie de la grotte. Deva se précipita aussitôt vers moi et referma ses doigts sur mon poignet une fraction de seconde avant que je franchisse le seuil de la cavité. Je m'immobilisai et braquai la tête vers elle.

Je me dégageai sèchement de son étreinte et la fixai avec plus de dureté que je ne l'aurais voulu. J'étais trop en colère et je peinais à oublier que tout ce qui arrivait maintenant était en partie la faute de mes frères et sœurs. Mais sans doute aussi la mienne.

— Je vais juste chercher de l'eau et bouchonner les chevaux, cela te pose un problème ?

— Tu t'es dérobé une fois à notre attention, tu ne le feras pas deux fois. Et de l'eau, il y en a dans le baquet. Elle n'est peut-être pas chaude, mais elle suffira à vous nettoyer tous les trois. Quant aux chevaux, ils peuvent attendre un peu.

— Cesse de me donner des ordres comme si j'étais encore un enfant, Deva. Je suis un soldat et je n'ai pas besoin de ton aval pour faire ce que j'ai à faire, m'agaçai-je, soudain excédé.

Elle ne me lâcha pas du regard et je compris qu'au-delà de mon refus de lui obéir, le problème entre nous était ailleurs. Il était peut-être temps de percer l'abcès. Trop de mensonges et de non-dits existaient entre mes frères, mes sœurs et moi. Je rebroussai alors chemin et allai m'asseoir devant le feu.

— Eh bien ? Viens, Deva. Je crois que nous avons des choses à nous dire, toi, Solveig, Leif, Olan et moi.

Elle me considéra avec une certaine perplexité, mais je n'en démordis pas et conservai mon regard frondeur. Elle adressa un signe de la main aux autres qui se joignirent à nous. Tous sauf Olan qui avait pris place dans le baquet et se frottait de manière un peu trop énergique pour être naturelle. Lorsque sa tête disparut sous l'eau, je me reconcentrai sur Deva.

— Qu'as-tu à nous dire, Søren ? Pourquoi es-tu allé en ville sans nous en avertir au préalable ? demanda Leif.

— Vous m'avez menti, crachai-je soudain, éludant délibérément la question de Leif.

— Pardon ? s'exclama-t-il, presque offusqué par mon accusation.

Je découvrais une nouvelle facette des miens que je n'étais pas certain d'apprécier.

— Nous te protégeons de notre mieux, et toi tu files en douce ? déclara Deva sur un ton glacial. Mais pour aller où ? Pour faire quoi ? Et si Magnus t'avait retrouvé ? Tu imagines que nous aurions fait tout cela pour rien !

— Eh bien, tu vois, s'il m'a effectivement retrouvé, il ne m'a pas attrapé.

— Il s'en est quand même fallu de peu, fit remarquer Leif.

J'ignorai sa réflexion et me focalisai sur Deva, comme si nous étions seuls. Je me moquais bien de son avis sur la question de Magnus. Et en attendant, celui qui était reparti avec une blessure conséquente, ce n'était pas moi.

— Je remercie les dieux d'avoir mis Magnus sur mon chemin.

— Je crains que tu n'aies encore un peu de fièvre, mon frère. Tu es en train de délirer.

— Absolument pas, Deva. Grâce à lui... je sais que Freya est vivante.

Leif écarquilla les yeux tandis que Deva serrait les mâchoires. À l'opposé de Solveig qui baissa légèrement la tête, ils demeurèrent parfaitement immobiles, comme pétrifiés.

— Vous l'avez laissée dans la tour ! À ma place ! ajoutai-je en haussant le ton.

— Magnus t'a raconté des sornettes.

— Magnus ne m'a pas menti, Deva. C'est vous qui m'avez menti ! Ce qui arrive est la preuve même que Freya est en vie ! Quand a-t-il plu des seaux de sang sur Drömlik ? Dis-le-moi ! Dites-le-moi, tous autant que vous êtes !

— Ne raconte pas n'importe quoi ! Il n'y a aucun lien entre Freya et cette pluie de sang, aboya Leif.

— Ah non ? Et ce monstre qui m'a attaqué à l'entrée de la grotte avant de s'évaporer comme par magie ? Quand je suis allé en ville, des dizaines de cadavres jonchaient le sol, tués par des lamparögs qui se sont évanouis dans la nature eux aussi ! Osez prétendre que vous ignorez d'où cela provient et de quoi il s'agit ! Osez un seul instant ! Freya est en train de rêver et ce que nous vivons en ce moment n'est ni plus ni moins qu'un de ses cauchemars !

— Nous n'avions pas d'autre choix ! s'écria soudain Solveig.

Leif, Deva et moi tournâmes la tête vers elle dans un même mouvement.

— Je... je suis désolée, je n'ai pas voulu...

— Tais-toi, petite sotte ! lui asséna Deva avec une telle sécheresse que les yeux de Solveig s'embuèrent.

Je demeurai silencieux en comprenant que Solveig venait, malgré elle, d'avouer que Deva m'avait menti délibérément. La déception que je ressentais déjà à l'égard de mon aînée renforça un peu plus le goût amer qui m'emplissait la bouche. Après m'être senti trahi par notre père, c'était ceux en qui j'avais le plus confiance qui me plantaient un couteau dans le dos. Lorsque Deva se reconcentra sur moi, son regard avait changé. Il disait « c'est vrai, nous avons laissé Freya là-bas... mais nous ne regrettons rien ». C'était un mélange de dureté et de culpabilité non assumée dont le contraste ternissait sa beauté.

— Pourquoi, Deva ? Pourquoi infliger cela à Freya ?

— Il faut une matrice à Drömlik, tu le sais aussi bien que moi, aussi bien que nous tous réunis.

Je me mordis la joue pour m'empêcher de répondre trop rapidement. Je devais être mesuré, ne pas réagir à chaud et avec mes seuls sentiments. Rien n'était plus difficile quand on se sentait trompé ou déçu par les siens.

— Lorsque la völva nous a désignés comme matrices, Freya et moi, j'ai moi aussi estimé que la place de Freya était dans la tour aux rêves, avouai-je. J'ai presque supplié Magnus pour qu'il la choisisse, elle, plutôt que moi. À mes yeux, les choses devaient se passer ainsi, seulement à présent que j'ai expérimenté ce rôle de matrice, je ne peux souhaiter à personne de me succéder sur la roue. Personne, tu comprends, Deva ?

— Que proposes-tu, alors ? s'enquit soudain Olan.

Je le regardai s'installer près de Leif, fraîchement lavé et les cheveux encore dégoulinants sur sa tunique propre tandis qu'une douce odeur savonneuse flottait autour de lui comme une aura invisible. Je considérai mes frères et sœurs un à un. Je les aimais tant que j'aurais tout fait pour eux. Et même si, à cet instant, ils me donnaient l'impression d'être devenus des étrangers, je ne pouvais pas leur en vouloir d'avoir tout tenté pour me sortir de la tour. Je savais qu'ils avaient agi ainsi par amour, pour me protéger. Pour autant, je ne pouvais accepter d'abandonner Freya à son sort dans cet endroit lugubre avec, pour seule compagnie, le veilleur et son fouet.

— Il va falloir la libérer, lâchai-je.

64
FREYA

Les paupières toujours closes, je ne dormais pourtant plus. J'avais encore l'esprit plein de ce dont je venais de rêver. Des flots de sang se déversant des corps mutilés des Drömliens, du sang tombant du ciel et maculant la végétation d'un épais voile pourpre. Je voyais les villageois courir, hurler… je voyais l'apocalypse. J'avais découvert la puissance, et surtout le côté le plus obscur de mon don. Cette noirceur avait quelque chose de grisant. Moi qui avais toujours fait preuve de gentillesse et d'empathie envers mes semblables, j'avais l'impression de m'être muée en monstre. Je ne me reconnaissais pas. Et malgré la part d'horreur que mes capacités m'inspiraient, rien de ce que je faisais ne parvenait à éteindre la colère sourde qui bouillonnait en moi. Il n'y avait plus de place pour la culpabilité, pour la compassion ou le pardon. Il n'y avait plus qu'elle. Cette haine que j'éprouvais comme jamais je n'en avais éprouvé à l'encontre de personnes en qui j'avais cru. Mais pas seulement. J'en avais après Drömlik tout entier, pour le manque de respect de ses habitants, pour leur oisiveté. J'en avais après la reine qui avait mis en place ce système de matrice sans se soucier de l'humain qui se trouvait derrière ce mot. Ce même humain qui finissait comme un insecte pris au piège dans une toile d'araignée géante. Et cet humain, c'était désormais moi.

— Freya, lança une voix masculine dans la salle.

Je feignis de ne pas l'entendre et m'obstinai à garder les paupières fermées. J'aurais voulu ne pas me réveiller pour prolonger les cauchemars des Drömliens un peu plus longtemps. Mes réveils intempestifs étaient ma faiblesse et une chance pour les habitants de cette contrée.

— Freya ! appela la voix plus fort.

Je me décidai à ouvrir les yeux. Ma position ne me permit de voir que la structure du dôme de verre brisé. Je me revoyais au moment de mon rêve, alors que la pluie de sang se déversait sur moi. Il avait beau avoir disparu à présent, je continuais à ressentir la présence de ce liquide sur ma peau, dans mes cheveux ; épais et poisseux, il continuait à coller à mon âme.

Le grincement de la manivelle me tira de mes pensées emplies de ténèbres. La roue se replaça à la verticale et je posai les yeux sur le veilleur qui venait de se camper devant moi. Il semblait abattu – pire encore, totalement effondré. Tant mieux, songeai-je.

— Qu'avez-vous fait ? me lança-t-il d'une voix accablée.

Je le considérai sans un battement de cils.

— J'ai créé un monde à l'image des Drömliens, n'est-ce pas ce que vous m'avez demandé ?

— Ce n'est pas du tout… ce que je vous ai demandé.

— Il ne vous plaît pas, ce monde ? J'y ai mis tout mon cœur, pourtant.

Il ne répliqua pas, se contentant de me fixer d'un œil brillant. À l'expression qui barrait son visage, je devinai qu'il était désorienté et ne savait comment réagir. Bien à l'abri dans sa tour de pierre, il était bien moins à plaindre que les gens à l'extérieur. Il méritait néanmoins que l'on se penche sur son cas. Après tout, il était celui entre les mains de qui les matrices passaient… et souffraient.

— Vous êtes une très puissante matrice, sans doute la plus puissante que j'ai jamais connue, mais…

— Semeuse de rêves, rectifiai-je en songeant que l'on ferait mieux de m'appeler semeuse de cauchemars, désormais.

— Votre don ne doit pas être utilisé à mauvais escient.

— Qui l'a ordonné ? La reine ? C'est mon don et j'en fais ce que je veux. Mais si vous me décrochez de cette roue en échange d'une chaise ou d'un lit, je vous promets de faire un effort.

Il secoua négativement la tête et un frisson de colère me traversa.

— Libérez-moi ! insistai-je.

— Je ne le peux, j'en suis navré.

— Et me donner à manger, vous le pouvez ? Je suis affamée !

— Pas tant que vous ne reviendrez pas à de meilleurs sentiments à l'égard de notre royaume.

Mon estomac grogna de mécontentement, ma bouche était sèche et pâteuse, mais je venais d'une contrée où avoir le ventre plein tous les jours ne faisait pas partie des certitudes. Je pouvais encore tenir un moment. Combien de temps ? Je l'ignorais, mais si je mourais, je me promettais d'emporter le peuple de Drömlik avec moi.

À cette pensée, une onde de chagrin, surgie des profondeurs de mon esprit, monta en moi. Comme une explosion, elle inonda tout sur son passage et je manquai de me laisser submerger. Je sentais mon désir de revanche chanceler, comme si mon inconscient me faisait savoir que cela suffisait, que j'en avais assez fait. Il me fallut y mettre toute l'énergie qui me restait pour repousser cette idée loin de moi. Je ne voulais pas offrir au veilleur la vue d'une semeuse de rêves perdue. Je devais me montrer forte et impassible. Un peu cruelle aussi. Tout ce que je n'avais jamais été, en vérité.

— Eh bien, en ce cas, votre cauchemar va continuer, me repris-je.

— Je vous en conjure, cessez cela ! Pensez à tous ces pauvres gens, à leurs enfants... vous deviez être notre sauveuse et vous êtes devenue notre bourreau.

Je crispai les lèvres pour les empêcher de trembler. *Ne fais pas cela, Freya. Ce n'est pas toi, arrête à présent,* me supplia une voix au fond de mon esprit. Pour la faire disparaître, je me forçai à faire revivre en moi le moment où Deva et Leif m'avaient clouée de force sur cette roue. Je repensai aux paroles acerbes de Deva. J'étais la vie, d'après elle, celle qui alimenterait tout Drömlik. À présent, je voulais être la mort. Pour eux, comme pour moi.

Comprenant que je ne répondrais pas à sa dernière supplique, le veilleur baissa les yeux pour la première fois depuis que j'avais croisé son chemin. Je me rendis compte que ses mains tremblaient et que la sueur perlait sur son front. Avait-il peur de ce qui se passait au-dehors ou bien du sort que la souveraine de ce royaume maudit lui réservait lorsqu'elle se déciderait à réagir ? Peu m'importait au final et j'étais bien assez empêtrée dans cette profusion de sentiments contradictoires qui m'étreignaient pour ne pas, en plus, devoir me soucier de son sort.

Il ne se donna même pas la peine de replacer la roue comme elle l'était avant son arrivée. Cela ne me dérangeait pas, je pouvais rêver aussi bien à l'horizontale qu'à la verticale. Je le regardai quitter la pièce. Il abaissa la tenture sans même m'accorder un dernier regard et à nouveau, je me retrouvai seule avec mon désarroi et ma colère enchaînés l'un à l'autre.

La possibilité de m'échapper resurgit dans mon esprit, comme elle s'y était déjà immiscée à plusieurs reprises. J'aurais pu ébaucher dans mon esprit une créature quelconque, suffisamment grande et puissante pour me libérer de mes entraves. J'aurais pu utiliser à nouveau l'avaleur de cadavres, même. Il m'aurait alors emporté loin, même si le fait d'être endormie pouvait compliquer un peu les choses. Et puisque personne n'était venu réparer le dôme, il m'aurait été aisé de repasser par où j'étais entrée avec les Sturla sur le dos du Hræsvelgr. Seulement, il était trop tôt pour partir. Il fallait que je reste là.

Pour me venger.

Il me semblait que je devais offrir une bonne leçon aux habitants de ce royaume. Ils avaient besoin de comprendre qu'utiliser une personne pour vivre en puisant dans son essence jusqu'à la tuer était cruel et inhumain. Peut-être mes actes étaient-ils un mal pour un bien, finalement. Et si j'avais décidé de demeurer dans cette tour, c'était non seulement parce qu'elle me permettait de projeter mes songes ténébreux sur l'ensemble de Drömlik, mais également pour ne pas avoir à moi-même subir les conséquences de ce que je comptais infliger à autrui. Les pluies de sang que je recevais étaient si peu de choses en comparaison de ce qu'enduraient les Drömliens sous mon joug.

Désormais, j'étais l'élément central de Drömlik, et même si au fond de moi, une voix me criait que mes actes étaient mauvais, il n'en demeurait pas moins que j'avais pris le dessus sur la souveraine, ne lui en déplaise.

— Et en parlant de reine, murmurai-je.

Je choisis de donner un peu de répit aux Drömliens, le temps de ramasser leurs morts et d'éponger le sang qui maculait leurs rues. Le moment était venu de m'occuper d'Ynglinga en personne.

Je fermai les yeux et pris une profonde inspiration.

65
SØREN

— Il n'en est pas question, protesta Deva avec véhémence.

Je m'emparai d'une chope dans laquelle je versai un peu d'eau. J'avais bien conscience que tous suivaient le moindre de mes mouvements. J'avalai une gorgée du liquide glacé tout en m'exhortant mentalement au calme malgré cette rage intérieure qui ne m'avait pas quitté depuis mon affrontement avec Magnus.

— Søren ? Tu m'entends ? insista Deva.

Je reposai ma chope et la considérai d'un œil sombre.

— Bien sûr que je t'entends, Deva, répliquai-je avec douceur. Je comprends ce que vous avez essayé de faire. Crois-moi, je comprends l'état d'esprit qui vous a poussé à agir de la sorte et je vous en serai toujours redevable. Je sais aussi que Drömlik a besoin d'une matrice, mais…

— Mais quoi ? intervint Leif.

— Je vous l'ai déjà dit, après mon entrevue avec la völva, j'étais d'opinion que Freya devait être celle qui irait dans la tour. Je pensais sincèrement que c'était sa place et non la mienne.

— Pourquoi as-tu changé d'avis, alors ? Si elle est une semeuse de rêves, les choses sont en ordre à présent, déclara Olan.

Je secouai la tête.

— Non, vous ne comprenez pas. Depuis le moment où je suis entré dans cette tour, je n'ai eu l'occasion de descendre de ma roue qu'au moment de manger, à savoir une fois par jour, et au moment où l'on me fouettait pour me forcer à rêver. Je ne peux pas accepter qu'une autre personne subisse les mêmes tortures sous prétexte qu'elle aurait un don de semeuse. Et encore moins une jeune fille comme Freya.

Deva soupira, Leif croisa les bras en arborant son air buté. Quant à Solveig et Olan, ils baissèrent la tête, visiblement plus touchés que leurs aînés par le portrait que je venais de brosser de la vie d'une matrice.

— Je suis désolée, reprit Deva. Vraiment, je t'assure. L'idée de savoir Freya dans cette tour me peine... mais il n'est pas question de la libérer.

— Pourquoi mens-tu ? Tu te moques de savoir qu'elle souffre.

— Elle n'est même pas de notre famille ! renchérit Leif un ton plus haut.

— Et alors ? J'ai vécu la souffrance des matrices, j'ai compris que ce que nous faisions était mal ! Pourquoi refusez-vous de le comprendre, vous aussi ?

— Parce que c'est ainsi que nous vivons, Søren.

Je tournai la tête vers Solveig. J'eus envie de la serrer dans mes bras en voyant ses yeux briller comme deux diamants, mais si je faisais cela, cela signifierait que j'étais d'accord avec ses paroles et que je renonçais à mes nouvelles convictions. C'était vrai, c'était notre façon de vivre. Un mode de vie auquel j'avais toujours adhéré parce que je ne connaissais rien d'autre. Mais depuis, j'avais vu le cadavre de notre mère, j'avais appris ce qu'elle avait enduré pendant tant d'années, j'avais subi les assauts et maltraitances des gargölls, j'avais passé des nuits entières, les yeux grands ouverts, à souffrir de froid, de faim. J'avais envie de ruer, de crier que tout ce que j'avais subi ne devait pas l'avoir été en vain. Tirer des leçons de chaque expérience, voilà ce que notre père nous avait appris lorsque nous étions enfants. Et c'était ce que je faisais avec celle-ci : j'en tirais une leçon.

— Il faut la libérer, insistai-je sur un ton beaucoup moins cordial que jusque-là.

— Deva vient de te dire non, rétorqua Leif.

— Va donc te laver les cheveux, ripostai-je. Ils empestent le sang et les tripes.

— Et toi, c'est ton esprit qu'il faudrait laver à coups de brosse de fer, Søren.

Je lui jetai un regard de défi. Il l'affronta sans une once d'inquiétude. Que je sois soldat ou non, il ne me craindrait jamais.

— Dis-moi, Leif, tu aimes tant que ça être couvert de sang ? Parce que c'est ce qui risque d'arriver tous les jours si vous laissez Freya dans la tour. Chaque fois qu'elle s'endormira, nous aurons droit à des nuées de lamparögs, à des pluies de sang, et que sais-je encore ? Sauver Freya n'a pas seulement pour but de lui rendre sa liberté volée, c'est aussi et surtout nécessaire pour le salut de Drömlik.

— Elle va se calmer. Pour le moment, elle est en colère et...

— Et c'est bien normal, coupai-je Deva. Exploiter les matrices est mal... Ça l'a toujours été, mais je n'en ai pris conscience qu'après avoir été placé dans ce rôle. C'est cruel et malhonnête.

— Tu pourras tourner les choses dans tous les sens que tu voudras et les répéter en boucle, cela ne changera pas le fait que Drömlik a besoin d'une matrice. Lorsque Freya aura compris que ses agissements ne servent à rien, elle rentrera dans le rang et se comportera comme on attend qu'elle se comporte en tant que semeuse de rêves, reprit mon aînée.

— Combien es-tu prête à parier sur ça ? Connais-tu assez Freya pour savoir si elle peut renoncer à sa colère si facilement ?

— Tu ne la connais pas plus que moi.

— Aucun de nous ne la connaît. C'est justement pour cela que nous ne devons pas tirer des conclusions de simples suppositions. Il est possible qu'elle se calme, oui, mais il se peut aussi que ce ne soit pas le cas. Que va devenir le peuple si elle continue à lui infliger ces souffrances ?

Le silence retomba entre nous. Je butai contre le mur formé par mes frères et sœurs. Ce même mur que j'avais loué, quelques jours plus tôt, alors que les miens venaient de m'arracher à mon sort dans la tour. Je me retrouvais maintenant dans la position de celui qui devait affronter ceux qu'il aime pour défendre son point de vue. Je me retrouvais éjecté de l'unité que nous avions toujours formée, à l'épreuve de tout. C'était la première fois de ma vie que cela m'arrivait et c'était douloureux, mais néanmoins nécessaire.

— Aide-moi à la sauver, Deva. Je n'y parviendrai pas seul, repris-je avec l'espoir qu'elle cède enfin.

Son mouvement de tête m'indiqua que j'avais de nouveau échoué. Et lorsque Leif se redressa pour se diriger vers le baquet d'eau pour se laver, que Solveig et Olan retournèrent chacun vers leur lit de peaux, je compris que mon échec était définitif. La conversation était close, je le voyais sur les traits de Deva. Elle se leva à son tour et se dirigea vers un coin de la grotte où elle avait laissé une broderie en cours. Je ravalai péniblement la boule de dépit qui entravait ma gorge. Je ne pouvais pas accepter que les choses se terminent ainsi.

— Notre mère était une matrice, lâchai-je alors.

Tous se figèrent à l'endroit où ils se trouvaient. On aurait dit qu'un sort venait de les changer en blocs de granit. Intérieurement, je me félicitai presque d'avoir provoqué une telle réaction chez eux, même si j'augurais que les prochaines minutes allaient être difficiles pour tout le monde. Deva pivota vers moi, Leif abandonna sa tunique près du baquet et revint au pas de charge. Olan et Solveig me fixèrent sans bouger, comme tétanisés.

— Qu'as-tu dit ? demanda Deva.

— Vous avez très bien entendu.

— Répète-le pour voir, répliqua sèchement Leif.

— Si tu insistes... La matrice qui vous a fait vivre jusque-là, qui vous a permis d'avoir toujours de quoi manger, qui a fait fructifier les atouts de notre royaume... c'était notre mère.

— Non ! C'est faux ! tempêta Solveig d'une voix tremblante.

Je tournai la tête vers elle. Olan l'entourait de ses bras.

— Je suis désolée, Solveig, mais c'est la pure vérité.

— Ce que tu fais est mal, Søren. Inventer de pareilles sornettes pour te venger de notre refus, me lança Olan.

— Je ne mens pas. Même Magnus est au courant de cela depuis des années. Mais je comprends que vous soyez choqués, je l'ai été tout autant que vous, sinon plus... Parce que moi, je me suis retrouvé devant son corps dans la tour alors qu'elle venait de rendre l'âme. J'ai vu son visage amaigri par les mauvais traitements, j'ai vu ses cheveux blanchis comme si elle avait deux fois son âge. J'ai senti l'odeur de la mort sur elle.

— Comment peux-tu prétendre cela, Søren ? reprit Deva. Notre mère est morte en couche. Elle est morte en te donnant la vie, l'aurais-tu oublié ?

Je m'emparai de ma chope et avalai presque la totalité de son contenu. Leur scepticisme n'avait pas de fin. J'aurais pu leur mettre la dépouille de notre génitrice sous les yeux qu'ils auraient continué à nier.

— Je dis la vérité, mais le mieux pour vous est peut-être de demander à Père. Après tout, c'est lui qui a livré notre mère à Ynglinga parce qu'elle était une semeuse de rêves.

Ce fut le choc de trop pour Solveig qui s'effondra dans les bras d'Olan. Ce le fut également pour Deva dont le visage s'était vidé de ses couleurs. D'un pas chancelant, elle revint s'asseoir face à moi, sans doute pour éviter à son tour de se trouver mal, comme Solveig, puis elle enfouit son visage entre ses mains.

Je comprenais leur réaction face à la violence de mes paroles. Je compatissais. Mais cela ne changeait rien à ce que je désirais à cet instant.

— Si nous ne secourons pas Freya, nous ne vaudrons pas mieux que notre père, terminai-je.

66
PENDANT CE TEMPS

Ynglinga tournait et virait depuis de longues minutes déjà. Son époux, lui, restait assis sur son trône. Tout en suivant ses va-et-vient du regard, il poussa un soupir qui en disait long sur son agacement de la voir s'agiter de la sorte.

— Vous devriez venir vous rasseoir, ma douce, vous allez finir par creuser une tranchée avec tous ces allers-retours.

La souveraine se retourna d'un coup et planta ses yeux dans les siens. Son visage, jusque-là torturé par l'état de Drömlik et le massacre sanglant de la veille, se mua en un masque de colère.

— Me calmer ? aboya-t-elle. Me calmer ? Comment voulez-vous que j'accomplisse ce miracle quand mon royaume part en lambeaux ?

Le souverain haussa les épaules.

— Peut-être est-il temps de songer à vivre sans matrice puisqu'elle n'apporte que tracas et mort, très chère.

Ynglinga ravala les larmes qui lui brûlaient les yeux. Elle n'avait guère l'habitude de pleurer, et encore moins devant son époux. À terme, elle avait toujours pensé que ce serait lui qui s'effondrerait le premier face à la situation dramatique de Drömlik, lui qui appréciait tant de se laisser porter par la facilité. Cependant, il semblait s'en moquer éperdument et cela la déstabilisait.

Elle revint sur ses pas et prit place sur son trône sans prendre la peine de lisser l'arrière de son imposante robe de velours rouge comme elle le faisait à chaque fois qu'elle s'y installait. Elle resta un instant à fixer le tissu qui recouvrait ses cuisses. Rouge… elle avait choisi une tenue rouge alors que la veille, le sang pleuvait à verse sur son royaume. Alors que peu de temps encore avant cela, c'était celui d'une partie des villageois qui s'était répandu dans les rues sous les assauts de monstrueuses créatures sorties du néant. Pourquoi diable avait-elle choisi cette tenue ?

— Il n'est pas question de vivre sans matrice, Herulf. Et d'ailleurs, qui vous dit que cela vient d'elle ?

Le roi la considéra un instant, une expression indéfinissable au fond des prunelles puis, dans un geste qui se voulait affectueux, il caressa la main d'Ynglinga, posée sur l'accoudoir de son trône.

— Il ne sert à rien de faire l'autruche. En plusieurs décennies, rien de tel n'est jamais arrivé à Drömlik. Vous changez de matrice, et voilà que le royaume tombe en poussière ? Cela devrait vous mettre la puce à l'oreille. Très sincèrement, si j'avais été Søren Sturla et que j'avais appris que la précédente matrice était ma mère, je crois que j'aurais eu, comme lui, envie de me venger. Vous l'avez privé de sa mère durant toute sa vie, il vous rend la pareille, rien de plus.

Ynglinga le toisa puis dégagea sa main de la sienne.

— De quel côté êtes-vous, exactement, Herulf ? s'indigna-t-elle face à ses paroles.

— Mais du vôtre, cela va sans dire.

On pourrait en douter, songea-t-elle à répliquer, mais elle resta silencieuse. Au fond d'elle, elle savait que son époux avait raison. Il suffisait de voir l'état de Drömlik pour comprendre que Søren n'était toujours pas décidé à accomplir son devoir. Mais s'il voulait la faire payer, elle ne comprenait pas pourquoi il avait si soudainement emprunté un chemin plus tortueux et sombre que l'inaction dont il jouait depuis le début.

— Si le problème vient bien de Søren, je vais devoir me déplacer moi-même dans la tour pour le raisonner. Et s'il refuse de m'écouter, j'exigerais qu'on tue un par un son père ainsi que ses frères et sœurs.

— Et vous ferez empirer la situation en lui infligeant une souffrance de plus, en conclut-il.

— Quelle autre solution, alors ?

— Il n'y en a qu'une, Ynglinga.

— Et laquelle donc, mon ami, vous qui semblez tout à coup avoir réponse à tout ? lui demanda-t-elle en le fixant sans aménité.

— Renoncer à la matrice.

La reine ferma les yeux, inspira profondément dans l'espoir de garder le contrôle de ses nerfs. Herulf et elle ne seraient jamais d'accord sur ce point.

Elle abandonna l'idée de poursuivre cette discussion stérile avec lui et laissa courir son regard dans la pièce. La souveraine de Drömlik se sentait seule à cet instant. Terriblement seule, et tout cet espace autour d'elle l'oppressait au lieu de l'aider à mieux respirer. Ses yeux s'arrêtèrent brusquement sur une tache noire sur le mur d'en face. De là où elle se tenait, elle ne pouvait guère savoir de quoi il s'agissait tant le point sombre était petit, mais elle était certaine d'une chose : il ne s'y trouvait pas lorsqu'elle avait marché de long en large, quelques minutes plus tôt. *Mon château est en train de pourrir.*

Cette pensée accentua un peu plus le désarroi qui l'habitait depuis des jours. Elle porta sa main à son visage et se couvrit les yeux, comme pour masquer des larmes qu'elle peinait de plus en plus à retenir.

— Bien, je vais vous laisser réfléchir à tout cela, très chère.

Lorsque son époux se redressa, elle ne daigna ni lever la tête ni acquiescer aux paroles de ce dernier. Il pouvait bien partir, qu'il soit là ou non ne changeait rien, de toute façon. Elle avait toujours été seule quand il s'agissait de trouver une résolution à un quelconque problème, et cette fois-ci ne serait pas différente des précédentes.

Elle ne bougea pas d'un pouce quand elle entendit la porte donnant sur les quartiers royaux se refermer.

— Tous des incapables, murmura-t-elle en se frottant nerveusement les paupières.

Un nouveau bruit troubla soudain son silence concentré.

Comme un battement d'ailes.

Trop occupée à ne pas sombrer dans l'apitoiement, Ynglinga n'y porta pas la moindre attention. Elle réfléchissait à toutes sortes de choses en même temps, mais plus particulièrement à l'absence de Magnus alors qu'il était supposé lui ramener Ingemar. Pourquoi tardait-il tant ? N'était-il donc pas encore revenu de Tudag ? Elle souffla, plus qu'agacée. Elle savait bien qu'il ferait un mauvais meneur d'hommes et elle en avait la preuve à présent. Ce n'était pas pour rien qu'elle lui avait préféré Søren, malgré sa jeunesse. Magnus était un incapable...

Un nouveau battement d'ailes troubla ses pensées.

— Bon sang, ne puis-je pas réfléchir tranquille ? grommela-t-elle en relevant la tête.

Ses yeux s'écarquillèrent soudain dans une expression d'effroi teinté d'affolement.

— Mais que...

67
PENDANT CE TEMPS

Le mur sur lequel elle avait vaguement discerné ce qui ressemblait à une tache tout aussi vague en était à présent couvert. Il y en avait tant que même les pierres qui le composaient avaient totalement disparu. Soudain, la paroi sembla bouger alors que des milliards de papillons s'envolaient pour le laisser réapparaître. Ynglinga poussa un hurlement de terreur tandis que les petites créatures aux ailes ténébreuses envahissaient la pièce de leur présence et de leurs battements d'ailes. Du coin de l'œil, elle vit le mur sur sa droite s'assombrir à son tour. Dans un geste mécanique, elle braqua les yeux sur la gauche. La paroi était elle aussi noire de papillons qui se joignirent aux précédents. Bientôt, un épais nuage de lépidoptères se forma sous les yeux de la reine horrifiée. Figée sur place, presque tétanisée par cette présence inexplicable alors que toutes les fenêtres étaient fermées, ce ne fut qu'au bout de longues secondes qu'Ynglinga parvint à surmonter suffisamment son effroi pour s'animer. Les yeux brouillés de larmes, elle se redressa. Les papillons continuaient à voleter dans un étrange petit bourdonnement. Il était infime, et pourtant, elle n'entendait que cela.

— Ne les regarde pas, se murmura-t-elle à elle-même. Ne les regarde pas.

Elle esquissa un pas sur le côté puis, lentement, commença à reculer en direction de la porte empruntée par Herulf, quelques minutes plus tôt. Elle aurait voulu l'appeler, mais la peur que son cri n'affole les papillons l'en dissuada. À la place, elle continua à marcher à reculons.

Elle sentait la sueur perler sur son front, glisser sur ses tempes. Une sueur glacée. Elle avait bien conscience de sa respiration hachée par la peur, mais elle ne pouvait rien y faire. Elle qui détestait les insectes, qu'ils volent, rampent, voire les deux, elle ne pouvait concevoir qu'il y en ait tant en sa propre demeure.

— Ignore-les, s'exhorta-t-elle d'une voix frémissante.

Elle reculait sans parvenir à détacher ses yeux de ce nuage menaçant et à la fois indifférent. C'était une chance pour elle. Elle songea à la matrice et la pensée de faire égorger Viggo Sturla pour les actes de son fils fit une brève incursion dans son esprit. Et puis la peur reprit le dessus bien qu'Ynglinga soit désormais tout près de la porte. Sans doute cette même peur fut-elle responsable du fait que sa cheville se tordit. La reine pencha dangereusement sur la droite tandis que le talon de sa chaussure laissait échapper, en se brisant, un petit bruit qui troubla le bourdonnement du nuage. Ynglinga déglutit péniblement et se figea. Les papillons avaient interrompu leur immuable mouvement, comme si tout à coup, ils n'étaient plus que des feuilles suspendues dans les airs. C'était tout à fait impossible, comme ce bourdonnement, pourtant cela avait lieu sous ses yeux même.

En un éclair, ils fondirent sur elle et le nuage se mua en une traînée d'ailes.

Ynglinga poussa un nouveau hurlement, si strident qu'il lui vrilla les tympans. Puis elle pivota et se rua vers la porte, supprimant, seconde après seconde, la distance qui la séparait encore de son salut. Dans son dos, le bourdonnement avait repris. Si menaçant qu'elle eut l'impression qu'un essaim de frelons s'était lancé à sa poursuite. Elle saisit la poignée comme si elle cherchait à l'arracher puis la tourna, d'abord dans le mauvais sens.

— Non ! Non ! cria-t-elle d'une voix suraiguë.

Contrôle-toi ! gémit-elle intérieurement.

Elle inversa son mouvement et la porte s'ouvrit sur un long couloir éclairé par des torchères fixées aux parois. Ynglinga se précipita hors de la pièce et referma le battant dans un claquement. Haletante, elle sursauta toutes les trois secondes en entendant comme des coups sourds frappés de l'autre côté de celui-ci. Des rafales de bruits donnant l'impression que les insectes s'écrasaient dessus dans un fracas terrible. Encore quelque chose d'impossible… mais de réel. Parfaitement réel.

— Søren Sturla, je te tuerai de mes mains ! vociféra-t-elle entre deux sanglots.

Le vacarme cessa enfin. Ynglinga s'adossa contre le mur et ferma les yeux. Elle s'efforça de retrouver le cours normal de sa respiration tout en soupirant de soulagement. Son cauchemar éveillé avait beau n'avoir duré que l'espace de quelques instants, son cœur peinait à s'en remettre et son esprit tout autant.

Elle se reprit néanmoins ; elle n'avait aucune envie de rester là. La reine se remit en mouvement et avança en boitillant dans le couloir. Les torchères généraient une lueur du plus bel orangé. Sur les murs, des ombres s'étiraient et s'étrécissaient au gré des ondulations des flammes. Le souffle irrégulier, Ynglinga continua à marcher à pas lents. Elle aurait préféré courir, mais ses jambes semblaient être devenues semblables à du coton, sans compter sa cheville qui la faisait souffrir depuis qu'elle se l'était tordue. Si elle ne voulait pas s'effondrer sur le carrelage, elle n'avait d'autre choix que d'y aller en douceur.

— Herulf ! appela-t-elle, arrivée à mi-chemin du couloir.

Aucune réponse ne lui parvint. Cela n'avait rien d'étonnant, la chambre qu'elle partageait avec son époux était encore loin et le roi n'était pas réputé pour la finesse de son ouïe.

Un roulement dans le lointain capta son attention. Elle ralentit le pas tandis qu'une onde d'inquiétude remontait en elle. Sa gorge se serra à la pensée des papillons qui avaient envahi la salle du trône et le goût amer de la peur emplit de nouveau son palais. Non, pas ça, pria-t-elle.

Elle accéléra le pas malgré la douleur. Le roulement amplifia. Elle accéléra encore plus ; sa souffrance s'intensifia, elle aussi. Le roulement se mua tout à coup en un grondement sourd et une ombre se dressa au bout du couloir devant elle. Une ombre gigantesque.

Son cœur fit un bond dans sa poitrine en même temps que sa respiration se bloquait.

— N… on, bredouilla-t-elle.

Mais il était trop tard pour espérer que les choses s'arrangent. Devant elle, une vague de sang d'une hauteur impressionnante s'abattit dans le couloir, souillant murs et plafond en même temps. Ynglinga n'eut le temps d'hésiter qu'une fraction de seconde entre revenir vers la porte derrière laquelle les milliards de papillons l'attendaient sans doute et se précipiter vers sa chambre. Elle choisit la seconde option et, malgré son incapacité à reprendre son souffle, elle s'élança à toute allure pour rejoindre la pièce en question avant que la vague ne l'atteigne.

Elle courut.

La vague retomba au sol dans un fracas semblable au tonnerre. Le sang, épais et à l'odeur écœurante d'entrailles, se déversa droit vers la reine.

Elle courut.

La porte était si proche et pourtant si loin à la fois. Le cœur d'Ynglinga cognait jusque dans ses oreilles.

Elle courut.

La vague remonta, comme mue par une force invisible.

La souveraine et la colonne rubiconde se percutèrent de plein fouet. La violence de l'impact projeta Ynglinga en arrière. Son dos se fracassa contre la surface du liquide épais, puis elle s'enfonça lentement. Son crâne cogna durement le sol tandis que le sang la recouvrait de la tête aux pieds.

Alors, le ressac cessa et la vague furieuse se changea en une rivière tranquille dans laquelle le corps de la reine se mit à flotter, telle une brindille.

Une brindille écarlate.

68
SOREN

Le silence avait envahi la grotte. Même si j'étais celui qui avait décidé de se murer dans le silence, mes frères et sœurs m'avaient finalement imité. Sans doute notre dernière discussion les avait-elle mis de mauvaise humeur. Rien de très surprenant vu la façon dont elle s'était terminée.

Malgré tous mes efforts pour les persuader, j'avais échoué… Deva refusait obstinément de sortir Freya de la tour aux rêves. Peu importe qu'elle sème la zizanie à Drömlik, peu importe ma révélation sur notre mère… Rien n'était parvenu à convaincre notre sœur aînée. Je ne la reconnaissais plus, comme si soudain, sa douceur et son empathie avaient été remplacées par un cœur de pierre.

Deva avait même réussi l'exploit de me faire douter… Je me retrouvais désormais face à un dilemme. Soit je restais dans le camp des miens, que j'aimais et connaissais depuis toujours, soit je me rangeais dans celui de Freya dont je ne savais pas grand-chose, mis à part que j'éprouvais pour elle ce petit quelque chose qui m'attirait, comme un papillon vers la lumière. Un sentiment indéfinissable mais bien présent dans un coin de mon cœur… En théorie, et même si j'estimais Freya victime de nos actes, le choix était vite fait : ma famille avant tout. En pratique cependant, je me rendais compte que ce n'était peut-être pas totalement vrai et que je n'étais plus forcément disposé à suivre les décisions de ma sœur, quoi qu'il arrive. Finalement, ce n'était peut-être pas Deva et les miens qui avaient changé ; c'était moi.

Je terminai de me laver dans l'eau glacée du baquet, puis me séchai et m'habillai. Plus loin, mes sœurs étaient occupées à coudre dans leur coin et Leif affûtait son épée. Quant à Olan, il n'était nulle part en vue. D'un coup, je me souvins l'avoir aperçu en train de se diriger vers la cavité où logeaient les chevaux.

J'ajustai ma ceinture, puis enfilai mes bottes avant de gagner le couloir menant à l'extérieur.

— Søren.

— Je vais juste voir Olan, lâchai-je sans même accorder un regard à Deva.

Elle n'insista pas et je poursuivis mon chemin.

Je repérai mon frère en train de bouchonner son cheval. Il me jeta un bref coup d'œil avant de m'ignorer de nouveau. Je récupérai moi aussi une grosse poignée de paille et commençai à faire de même avec celui que j'avais monté. Pendant un petit moment, aucun de nous ne prononça un mot. Lassé par l'indifférence calculée de mon frère, je finis par poser un regard insistant sur lui. Il contourna alors son cheval pour me tourner le dos. Je soupirai. J'étais peut-être le plus jeune de la fratrie, mais certainement pas le moins mature.

— Être une matrice n'est pas un cadeau, tu sais, lâchai-je.

— Pourquoi me dis-tu cela ? rétorqua-t-il sans même prendre la peine de pivoter pour me faire face.

— Tu sais pourquoi.

Il se tourna enfin et me considéra d'un air grave. Il me sembla même discerner un éclat de tristesse dans ses prunelles.

— Crois-tu vraiment que cela a été un plaisir pour nous de laisser Freya là-bas ? Sincèrement, Søren, tu nous connais, nous ne sommes pas des monstres.

Je gardai le silence, conscient que ce que me renvoyaient ses yeux n'était pas tant de la tristesse que de la déception vis-à-vis de ma réaction.

— Nous avons pesé le pour et le contre, je peux te le certifier, et nous avons décidé d'agir pour le mieux. Nous devions te sauver, mais également nous assurer que Drömlik retrouve son équilibre.

— Son équilibre ? Tu trouves que les choses sont équilibrées désormais, Olan ?

Il jeta son bouchon de paille au sol.

— Je n'ai pas dit ça. Seulement nous ne pouvions pas prévoir que Freya allait se comporter comme un démon. Elle était… elle était si…

— Gentille ? le coupai-je.

Il referma la bouche et hocha la tête en guise de confirmation. Je me délestai à mon tour de la paille coincée dans ma main et m'approchai de mon frère. J'étreignis son épaule.

— Olan, je ne veux pas juger votre refus de sauver Freya. Vous êtes ma famille et je sais que vous avez agi au mieux. Mais en ce qui me concerne, je ne peux pas la laisser souffrir à ma place.

— Nous t'avons sorti de là grâce aux rêves de Freya ; si tu es de nouveau arrêté, nous ne pourrons plus te venir en aide. Et puis, si Freya ne veut pas rester dans la tour, pourquoi n'utilise-t-elle pas tout simplement son don ? Elle en a le pouvoir. Elle a beaucoup de pouvoir.

— Je l'ignore. Peut-être que quelque chose l'en empêche. Quoi qu'il en soit, si elle n'a pas la capacité de se libérer d'elle-même, alors je dois la sortir de là. Et je serai prudent, personne ne m'attrapera. Seulement tu dois me permettre de prendre un peu d'avance avant de le dire aux autres. Le feras-tu ?

— Mais comment veux-tu entrer dans la tour ? C'est impossible sans un don de semeuse !

— Le feras-tu ? répétai-je en ignorant sa question.

Il resta stoïque pendant de longues secondes. Je sentais bien sa nervosité et son hésitation. Elles exsudaient par chaque pore de sa peau. À ma grande surprise, il acquiesça. Son hochement de tête fut faible mais bien présent.

— Tu dois me promettre que tu vas être prudent.

— Je te le jure, Olan.

— Et que tu renonceras si tu ne peux entrer dans la tour.

— Je reviendrai, quoi qu'il arrive, je te le promets.

— Très bien, je te donne une avance de trente minutes. Au-delà de ce temps, je préviendrai Deva et les autres de ton départ.

— J'ai besoin que tu me prêtes ton épée, je n'en ai plus depuis que Magnus m'a privé de mes armes.

Il baissa les yeux sur cette dernière, bien au chaud dans son fourreau. D'un geste lent, il fit sauter les crans du ceinturon et me le tendit.

— Merci, mon frère.

Je m'empressai de l'accrocher autour de ma taille puis enchaînai sur le harnachement d'un des chevaux.

— Patiente quelques instants, je vais te couvrir, me souffla Olan avant de quitter la cavité pour retourner vers les autres.

Je harnachai rapidement Vallad, puis montai en selle. Les rênes coincées dans une main, j'attendis ensuite à la lisière de la cavité.

— Vous n'avez pas vu le chiffon de moire ? J'en ai besoin pour lustrer la robe de mon cheval et je ne le trouve pas, entendis-je Olan demander à voix haute.

— Dans le coffre aux peaux, lui répondit Deva.

— Ah non, il n'y est pas.

— Bien sûr qu'il y est, objecta Solveig. Je l'y ai rangé moi-même.

— Je vous assure que non, venez vérifier par vous-mêmes.

Je penchai légèrement la tête et vis mes sœurs disparaître de mon champ de vision. C'était le moment ou jamais. Je quittai la cavité, puis lançai ma monture au galop.

Je savais que chaque minute qui allait désormais s'égrener dans le sablier du temps allait devenir précieuse. De même que chacune de mes décisions. Et je comptais bien mettre tout cela à profit.

69

SOREN

J'arrêtai mon cheval à l'orée de la forêt et laissai courir mon regard sur l'horizon. Les maisons dont les toits étaient battus par la pluie semblaient crouler sous le poids d'une profonde affliction. C'était un paysage austère et glaçant que j'avais sous les yeux, loin de tout ce que j'avais jamais connu. Ce panorama était au final assez proche de ce que l'on trouvait à Tudag, ou ailleurs sur ce continent. Cela me démontrait, d'une certaine façon, que vivre sans matrice n'était peut-être pas si impossible que cela et qu'affronter la vie réelle, même si elle n'était pas toujours merveilleuse, n'était peut-être pas non plus une souffrance en soi. Sans doute notre peuple, s'il acceptait de se passer de la matrice, serait obligé d'établir de nouvelles règles, de se salir les mains et de suer comme jamais. Rien n'était gagné d'avance, c'était certain, mais pourquoi ne pas essayer ? La vision des corps éventrés que j'avais eu l'horreur de découvrir avant que Magnus ne me prenne en chasse resurgit dans mon esprit. Je doutais que cette vision me quitte jamais, désormais. Freya avait choisi un chemin jonché de ténèbres pour nous montrer qu'une matrice était aussi capable du pire. Quant à Ynglinga, elle, c'était le chemin de l'inaction pour lequel elle avait opté. Sans doute pensait-elle, comme Deva, que cela ne durerait qu'un petit temps, que Freya se lasserait et finirait par rentrer dans le rang. Seulement, au vu de l'intensité des plaies qui s'abattaient sur notre royaume, j'en doutais fort. Freya me faisait l'effet d'un volcan en pleine éruption. Elle répandait lave et nuages de cendres sur notre monde. J'en arrivais à ne plus savoir si je devais continuer à l'excuser pour ses actes ou bien la haïr.

Au loin, le château se dressait sur sa colline, surplombant ses sujets. Seulement il n'avait plus rien de la magnifique forteresse qui constituait le joyau de Drömlik. Des jours plus tôt encore, sur le chemin de l'école, les enfants de Drömlik s'extasiaient en le regardant, des étoiles plein les yeux. Des villageois par dizaine progressaient dans l'allée menant au château pour venir y livrer victuailles et øl fraîche. Ils en profitaient pour humer les douces senteurs florales qui les accompagnaient tout du long. Maintenant, la somptueuse demeure royale n'était plus que l'ombre d'elle-même. Le palais d'Ynglinga et d'Herulf n'était plus qu'empilements de pierres sombres rongées par le temps, que toits aux ardoises brisées par endroits. Désormais, sa vue m'était désagréable. Il ressemblait à un vieux monument abandonné au vent et aux intempéries. Un cadavre de roche prisonnier du temps qui s'était arrêté pour lui sous le joug de Freya. C'était un étrange retournement de situation, en vérité, à présent que je savais que les matrices avaient toujours été captives des maîtres de ce même château.

Le vent se renforça et je frissonnai. Dans mon dos, les ramures des arbres s'agitaient de plus en plus et les quelques feuilles qui se cramponnaient aux branches bruissaient avec une puissance inhabituelle. Je n'y prêtai pas attention, trop occupé à penser à mon rôle dans tout ce gâchis. Parce que j'en avais un, il n'y avait aucun doute là-dessus. Je me sentais en partie responsable de tout cela, de cette déchéance, de la mort des pauvres villageois tombés sous les griffes des lamparögs, de l'exil volontaire de mes frères et sœurs depuis qu'ils m'avaient sauvé, et du sort de Freya. Si j'avais été en capacité de rêver comme on me le demandait, Freya ne se serait pas retrouvée à ma place. Et si elle ne nous avait pas accompagnés pour aller au-devant de la völva de Tudag, je ne l'aurais même jamais rencontrée. Elle aurait eu une chance de continuer sa vie paisible dans son royaume tandis que j'aurais endossé mon rôle sans rechigner. Mais voilà, tout s'était passé différemment, les drames et les morts n'avaient pu être évités. Parce que même avec toute la volonté du monde, rien ne pouvait barrer la route au destin, peu importe la force qu'on y mettait. Les choses devaient se dérouler ainsi, parce que c'était écrit… Parce que les dieux l'avaient décidé.

Je repris ma progression en longeant la lisière des bois afin d'accéder à la tour aux rêves par l'arrière. Après avoir affronté une fois Magnus, je n'avais aucune envie de le recroiser. Un mouvement sur ma gauche capta soudain mon attention et je tournai la tête. Mes yeux s'agrandirent de stupeur lorsque j'aperçus un arbre dont les branches semblaient se tordre d'une bien étrange façon. Je me frottai machinalement le visage ; je devais être fatigué, cela ne pouvait être que ça. J'abaissai ma main et fixai à nouveau l'arbre en question dont les branches continuaient à s'agiter comme si elles avaient pris vie.

— Bon sang, mais qu'est-ce que c'est que…

Mon cheval hennit subitement puis se mit à trépigner sur place.

— Eh, du calme, que t'arrive-t-il, mon beau ?

Je perçus de la peur dans son nouveau hennissement. Sa croupe s'éleva brusquement de quelques centimètres, mais sa ruade s'arrêta à mi-chemin et ses sabots retombèrent lourdement sur le sol. Affolé par son étrange et inhabituel comportement, je le talonnai pour quitter cet endroit au plus vite, mais il ne bougea pas, comme s'il était cloué sur place.

— Avance ! lui ordonnai-je.

Au lieu de cela, il se mit à reculer, comme si une force l'entraînait en arrière contre son gré. Je regardai aussitôt derrière moi et découvris avec horreur des branches enroulées autour de sa queue tandis que l'arbre dont elles provenaient penchait anormalement, tel un vieil homme recourbé.

— Par tous les dieux, il faut…

Je n'eus pas le temps de terminer ma phrase que mon bras gauche se retrouva soudain comprimé par quelque chose qui se resserrait de plus en plus sur lui. Je reportai les yeux dessus. Une branche s'était enroulée autour de mon poignet et le tirait vers l'arbre auquel elle était rattachée. La panique m'envahit totalement lorsque, tiré avec force, je chutai. L'impact de mon corps contre le sol, à quelques centimètres des sabots de ma monture, me coupa net la respiration pendant un instant. Mon agresseur végétal continua cependant à m'attirer vers l'intérieur des bois. De ma main libre, je tentai de me saisir de mon épée. À mesure que la branche m'éloignait de mon cheval, je vis des racines d'arbres prendre vie à leur tour et se jeter littéralement sur ses jambes. Il essaya de s'en libérer sans y parvenir.

— Vallad ! criai-je alors qu'il vacillait dangereusement.

À l'idée qu'il tombe et se blesse mortellement, ma terreur fit place à de la rage et je levai mon épée aussi haut que je le pus. J'abattis la lame sur la branche qui m'emprisonnait, puis sur celle qui commençait à s'enrouler autour de l'une de mes chevilles. Je me redressai aussitôt. Autour de moi, le vent mugissait de plus en plus fort, agitant la végétation avec fureur. Je me précipitai vers ma monture dont les hennissements traduisaient à présent un affolement total. Je me jetai à ses pieds, tranchai une à une les racines qui l'empêchaient de bouger, puis me hissai sur son dos et le talonnai avec force.

— Allez ! hurlai-je.

Les branches qui retenaient sa queue résistèrent encore alors que ses sabots patinaient dans la boue. Je le talonnai encore et encore. Il se cambra, puis rua et enfin, elles cédèrent sous la violence de ses mouvements. Je le talonnai encore et il partit au triple galop. Le vent sifflait dans mes oreilles tandis que nous traversions la lisière de la forêt à toute allure. Dans ma vision périphérique, je voyais les arbres continuer à se tordre, projetant leurs bras dans notre direction pour nous atteindre, mais nous allions trop vite pour qu'ils y parviennent. Vallad fit plusieurs sauts au détour du chemin pour éviter des racines alors que je restais penché en avant au cas où il se cabrerait à nouveau.

Bientôt, la pluie glacée se mua en autre chose de plus tiède et de plus épais. Le paysage commença à se troubler d'un voile rubicond. Les gouttes de sang s'écrasaient sur nous et sur le sol dans un bruit semblable à de la chair qu'on écrase d'un coup de botte. Le brouillard incarnat nous suivit jusqu'à ce que la tour des rêves se profile dans mon champ de vision. Je m'éloignai alors des arbres et tirai avec sécheresse sur mes rênes. Vallad ralentit de mauvais cœur en ronflant de peur.

— Du calme, tout va bien à présent, lui murmurai-je en tapotant son encolure.

Hors d'haleine, il repassa au pas. Je levai les yeux vers le ciel veiné de longs entrelacs de sang. Un ciel digne d'une apocalypse.

— Freya est une völva, ni plus ni moins, soufflai-je.

Si gentille, si candide, j'aurais aimé qu'elle le reste, mais c'était forcément trop demander après son enfermement dans la tour. Le veilleur lui infligeait-il également le fouet pour sa désobéissance et ses désirs de détruire tout ce que les précédents souverains de Drömlik avaient bâti ? Je n'en étais pas très sûr. À l'instant présent, je n'étais pas certain que lui-même soit en capacité de l'approcher ; encore moins de l'arrêter vu l'étendue de son pouvoir qui se révélait un peu plus à mesure du temps qui s'écoulait. Si je comprenais la raison qui la poussait à commettre ces actes innommables, je ne pouvais les cautionner. J'aurais voulu qu'elle fasse preuve de plus de discernement et n'inflige pas la mort et la terreur aux villageois qui n'étaient pour rien dans cette réclusion forcée.

J'aurais préféré ne pas éprouver ce mélange de pitié et de rejet pour elle, moi qui haïssais les völur. Mais je réalisais que tout n'était ni totalement blanc, ni totalement noir. Le chemin de ténèbres emprunté par Freya n'avait pour but que d'étancher toute cette colère tapie au fond d'elle. J'avais beau vouloir la détester, je n'y parvenais pas. Je me souvenais de chacun de ses gestes lorsque j'avais été blessé par ce lamparög à Tudag. La douceur dans le ton de sa voix, son dévouement alors qu'elle ne me connaissait pas, sa robe qu'elle avait souillée dans le seul but de m'abreuver. Elle ne pouvait être une mauvaise personne, j'en avais la conviction. Non, en vérité, elle ne cherchait qu'à nous atteindre, nous, les Sturla. Parce que mes frères et sœurs l'avaient abandonnée dans cette tour comme on abandonne un chien.

Nous étions fautifs, et à cause de nous, Drömlik payait le prix fort.

70
PENDANT CE TEMPS

Magnus remonta l'allée jusqu'à se retrouver devant le palais. Étonnamment, les deux portes à l'issue du petit pont étaient fermées. Elles ne l'étaient jamais d'ordinaire. Magnus y vit un signe de plus que les souverains avaient enfin pris acte de la situation qui empirait à Drömlik et sans doute avaient-ils compris, par la même occasion, qu'ils pouvaient pâtir de villageois tentant de forcer l'entrée du château en guise de représailles pour leur inaction. Peut-être même était-ce déjà arrivé lorsqu'il s'occupait à autre chose. Affronter Søren, par exemple. Ou bien soigner son genou blessé…

La reine et son époux voulaient se protéger, c'était légitime, mais Magnus aurait surtout aimé qu'ils réagissent pour régler ce problème de matrice. Mais, il l'avait bien compris, c'était à lui qu'incombait de régler ce problème. À présent qu'il se sentait crouler sous cette charge, avec tous les ennuis qui en découlaient, il se surprit presque à regretter d'avoir pris la place de Søren. Mais puisqu'il l'avait tant convoitée, il allait devoir assumer jusqu'au bout. Il se campa devant la porte où deux gardes se tenaient, chacun d'un côté de celle-ci.

— Je dois voir la reine de toute urgence, leur lança-t-il.

Sans discuter, les deux hommes tirèrent sur les énormes anneaux aux attaches scellées dans les panneaux de bois. Les battants s'écartèrent dans un grincement sonore et inquiétant. Magnus reprit sa progression et, les rênes de son cheval posées sur son encolure, il pénétra dans la première cour. Sans descendre de sa monture, il continua à avancer jusqu'aux portes de la seconde, elles aussi closes et gardées.

Cette fois-ci, il n'eut pas besoin d'indiquer la raison de sa venue, les deux sentinelles s'empressèrent de lui ouvrir. Tout en inspirant et expirant lentement pour calmer la douleur qui palpitait dans son genou, comme autant de cœurs malades. Magnus en franchit le seuil. Un palefrenier vint à sa rencontre. Le chevalier ne manqua pas de remarquer son air affligé et sa pâleur.

Il s'efforça de descendre sans montrer que son genou le faisait souffrir, puis tendit ses rênes à ce dernier.

— Quelque chose s'est passé au château ? demanda-t-il.

Le palefrin hocha nerveusement la tête.

— Des villageois en colère ont envahi les cours du palais. Ils ont réclamé audience auprès de la souveraine, mais les gardes les ont refoulés avec beaucoup de mal.

— D'où les portes closes, lâcha Magnus, plus pour lui que son interlocuteur.

— Oui, chevalier. Nous avons désormais ordre d'empêcher quiconque d'entrer en dehors des soldats royaux.

— Faites en sorte que la surveillance des accès reste accrue, se contenta-t-il de répliquer avant de gagner l'escalier de pierre.

Sans un regard en arrière, il le gravit, marche après marche, pour ne pas exacerber la douleur. Sa progression lui parut extrêmement longue. Le couloir, lorsqu'il l'atteignit, lui fit le même effet. En songeant à tous les sujets épineux qu'il allait devoir aborder avec la reine, il se dit cependant que celui-ci ne serait jamais assez long pour lui donner le temps de se préparer à cette entrevue qu'il craignait houleuse.

Quand il se retrouva devant la porte de la salle du trône, son estomac se tordit quelque peu.

— Tout va bien se passer, souffla-t-il dans l'espoir vain de se rassurer.

Il frappa deux coups brefs, puis ouvrit. La première chose qu'il aperçut fut le siège vide d'Ynglinga. Puis il aperçut Herulf qui, lui, était bien assis sur le sien. Magnus referma la porte et avança en boitant dans sa direction sans le quitter des yeux. Son genou le lançait méchamment et il se serait volontiers accordé une petite pause à mi-chemin, mais cela aurait été montrer de la faiblesse, et il ne pouvait pas se le permettre. Il appréhendait déjà de devoir se prosterner. À coup sûr, la douleur risquait d'être assez violente pour l'empêcher de se redresser.

— Approchez, chevalier, l'invita le roi.

Magnus lui trouva un drôle d'air, comme si ses traits n'étaient pas aussi relâchés et inexpressifs qu'à l'accoutumée. Et pour une fois depuis qu'il le connaissait, il lui sembla qu'Herulf était parfaitement visible dans la pièce. Il s'immobilisa à quelques pas de ce dernier et s'apprêta à plier le genou, son visage grimaçant déjà.

— Vous semblez souffrir, releva le roi. Restez donc debout.

Malgré l'étonnement que la proposition du souverain suscita en lui, Magnus ne se fit pas prier pour la mettre en application, trop heureux de s'épargner cette souffrance supplémentaire.

— Merci, Votre Altesse.

— Que vous est-il arrivé ? Pourquoi boitez-vous ?

Magnus se mordilla un instant l'intérieur des joues. Son intention première n'était pas d'exposer son histoire de blessure, mais puisqu'Herulf le mettait au pied du mur, il allait devoir remanier l'ordre de préférence des points qu'il souhaitait aborder. Et à défaut de pouvoir s'en prendre directement à Søren, supposément enfermé dans la tour, il était bien décidé à accabler la famille de ce dernier. Le temps de son trajet jusqu'au château, il avait réfléchi à la personne qu'il comptait incriminer pour cette douloureuse blessure. Dans son esprit, il avait revu très nettement le regard hostile que lui avaient jeté Olan et Leif lorsqu'ils étaient arrivés pour aider leur frère. Le choix de Magnus était alors devenu évident. Il avait opté pour celui dont la réputation à Drömlik était déjà assez écornée pour endosser sans mal le rôle du coupable idéal.

— Eh bien, j'étais venu pour faire part à la souveraine, entre autres choses, du fâcheux évènement qui a engendré cette blessure.

— Mon épouse ne peut vous recevoir. Toutefois, vous pouvez vous en remettre à moi et je l'informerai de notre conversation lorsqu'elle ira mieux.

— La reine est souffrante ? s'inquiéta Magnus.

— Quelque peu, effectivement. Vous n'êtes pas sans savoir que la matrice nous joue de vilains tours, ces derniers temps. Elle en a joué un très mauvais à notre chère Ynglinga qui peine à récupérer. Mais passons cela, dites-moi tout sur cette blessure malheureuse.

Magnus songea à Freya. Après tout ce qu'elle avait infligé aux Drömliens, cette ribaude s'attaquait à présent à la reine. Voilà qui n'augurait rien de bon. Ynglinga allait sans doute vouloir se rendre dans la tour, persuadée que Søren était responsable de tout ce désordre. Et alors elle découvrirait l'échange de matrices dont elle n'avait jamais été informée. Le veilleur le trahirait pour sauver sa peau, Magnus en était certain. Il se demanda si le roi serait, lui, à même de le pardonner s'il lui expliquait posément les choses.

— Eh bien ? Avez-vous perdu votre langue, chevalier ?

— Non, Votre Altesse. J'étais dans les bois à la recherche de marauds dont on m'a confié qu'ils volaient le gibier.

— Pourquoi diable volerait-on du gibier ?

— Parce qu'il se raréfie dangereusement, Votre Altesse, et que la nourriture commence à manquer. Je me suis donc rendu là-bas et me suis retrouvé nez à nez avec une troupe de cavaliers.

— Des cavaliers ? Sont-ce les marauds dont vous parliez ? Des gens de notre royaume ?

Magnus acquiesça, prêt à dispenser son premier mensonge à Herulf.

— Certes, oui. Il s'agissait de la fratrie Sturla.

Les prunelles du monarque s'agrandirent de surprise.

— Les enfants Sturla ? Mais... ce ne sont point des marauds et je doute qu'ils aient besoin de dérober du gibier pour se nourrir.

— Avec ce qui se passe en ce moment, tous les habitants de Drömlik sont susceptibles de le faire, Votre Altesse. Toujours est-il que je me suis opposé à eux. Les garçons étaient assez véhéments et j'ai dû recourir à mon armement pour me protéger des assauts de l'un d'entre eux, en particulier, qui voulait absolument en découdre. Il a profité d'une faille durant notre combat pour plonger sa dague dans mon genou avant de prendre la fuite avec les siens.

— Auquel des enfants Sturla faites-vous allusion ?

— À Leif, Votre Altesse. C'est lui qui m'a attaqué.

Le roi ne répondit pas immédiatement. Une moue perplexe sur les lèvres, il fourragea dans son épaisse barbe rousse. Magnus lui trouva l'air parfaitement idiot, mais fit mine de rien.

— Pour quelle raison aurait-il fait cela ?

— Par vengeance, Votre Majesté. Son frère est enfermé dans la tour, les Sturla ont toutes les raisons d'en vouloir au pouvoir et je suis un représentant de ce pouvoir.

— La vengeance, répéta Herulf toujours aussi pensif.

Magnus attendit qu'il reprenne, mais il semblait avoir plongé tête la première dans un abîme de réflexion. Le chevalier décida alors d'enchaîner afin de profiter autant qu'il le pouvait de la bonne disposition du roi à son égard.

— Je suis surtout venu pour vous exposer d'autres points importants, notamment en ce qui concerne la matrice.

— Ah, la matrice… Cette chère matrice.

Magnus ne comprit pas ce que le souverain voulait insinuer par ces paroles, mais il passa outre et se concentra sur son second mensonge.

— Comme vous le savez, votre épouse m'a envoyé mander Ingemar, la völva de Tudag.

— En effet. Et où est-elle donc, cette fameuse völva qui terrifie tant de monde ?

— Eh bien… justement. Elle… eh bien, elle…

— Elle est morte ? interrogea le roi.

Magnus ignorait comment Herulf pouvait en être arrivé à cette conclusion, mais il se contenta de continuer à jouer son rôle, baissant ostensiblement les yeux par crainte qu'Herulf finisse par s'apercevoir qu'il mentait de bout en bout. Quoiqu'à cet instant précis, le souverain avait vu juste : la völva était bel et bien passée de vie à trépas…

— Malheureusement, Votre Altesse. Lorsque je suis entré dans sa cabane, je l'y ai trouvée morte. Quelqu'un l'a occise avant même que mes hommes et moi arrivions et je m'en désole.

— Un client insatisfait, sans doute.

— Très certainement, oui.

— Aucune importance, nous n'avons nullement besoin d'elle, lâcha Herulf avec un étrange détachement.

Magnus allait de surprise en surprise avec cette nouvelle facette du roi. Pour ne jamais l'avoir vu manifester un quelconque intérêt pour aucune affaire de la cour, le voilà qui tenait des propos en totale contradiction avec ce que son épouse aurait déclaré. C'était perturbant… mais cela arrangeait Magnus.

— Bien, et qu'avez-vous d'autre à m'annoncer avant que je ne prenne les décisions qui s'imposent ?

De plus en plus troublé par l'attitude du souverain, Magnus se demanda soudain s'il devait s'en réjouir ou s'en inquiéter.

Parce qu'à l'évidence, si la matrice avait changé, le roi s'était lui aussi mué en un autre personnage.

74
SOREN

Lorsque j'arrivai enfin à l'arrière de la tour, le malaise diffus qui m'avait envahi depuis ma mésaventure avec les arbres était toujours présent en moi. La vue de cet édifice n'arrangea rien et me donna presque l'envie de tourner les talons. Pour tous les moments difficiles que j'y avais passés, pour la souffrance qui avait étrillé mon corps et mon âme, pour la découverte macabre de ma mère. Mais à présent que j'étais là, il n'était pas pensable pour moi de revenir en arrière. Après tout, j'étais venu ici avec un but précis.

Je mis pied à terre, nouai mes rênes autour d'un tronc parfaitement immobile et flattai l'encolure de mon cheval pour le tranquilliser. Puis je plaquai mon dos contre la paroi de la tour. Le froid qui émanait des pierres traversa mes vêtements et me fit frissonner. Je progressai avec lenteur, m'assurant chaque instant que je me tenais toujours dans l'ombre du bâtiment, conscient qu'à un moment, je me retrouverais forcément à découvert.

À mesure que je me rapprochais de l'entrée, je réalisai qu'Olan avait raison quand il m'assurait que pénétrer dans la tour ne serait pas une mince affaire sans l'aide d'une semeuse de rêves telle que Freya. Ma seule option demeurait la porte à l'avant du bâtiment. Là où je serais totalement visible et où il n'y avait guère de chance, sinon aucune, que le gardien des lieux m'ouvre. Je me rappelai soudain les gargölls qui veillaient sur la matrice et la vision du Hræsvelgr les dévorant, lambeaux de chair après lambeaux de chair... Trop peu de temps s'était écoulé depuis ce moment pour qu'ils aient été remplacés. En toute logique, il aurait fallu aller en chercher à Fostüdi. Le voyage prenait des jours par la mer, encore plus par la terre. Le retour en demanderait tout autant. Alors si le veilleur était seul, peut-être avais-je finalement une chance de pénétrer dans le bâtiment sans trop de mal.

Du sang, porté par une rafale de vent, gicla sur mon visage alors que j'arrivai dans la zone à découvert. Je l'essuyai d'un revers de manche. En vain ; une autre prit la relève et macula mes joues. Cette fois-ci, je ne tentai même pas de l'enlever et me concentrai plutôt sur les environs. Au loin, j'aperçus des silhouettes courant dans une rue, sans doute pour aller se mettre à l'abri. Je fis un pas en avant, puis un second, jusqu'à me retrouver totalement à découvert. Alors que je pivotais vers la porte de la tour, un hurlement dans le lointain me figea sur place. Je jetai un nouveau coup d'œil sur les environs. Si j'étais certain que ce hurlement provenait du centre-ville, je ne voyais pas ce qui en était responsable. Quand d'autres cris percèrent et qu'un vent d'affolement plomba l'atmosphère, je compris que Freya faisait de nouveau des siennes.

— Quels monstres a-t-elle encore envoyés sur Drömlik ? murmurai-je.

Je me forçai à ignorer les appels au secours des villageois et me reconcentrai sur la porte. En l'état, la seule chose que je pouvais faire pour aider les gens qui souffraient à cet instant précis était de m'occuper de Freya. Plus vite je l'arracherais à son sommeil, plus vite les créatures qui ponctuaient le paysage de Drömlik disparaîtraient. Je refermai mon poing et tapai sèchement sur le battant.

À l'instar des cris qui perduraient, le silence semblait total dans la tour. Je collai mon oreille contre la porte et tentai d'écouter. Je n'entendis rien. Si le veilleur refusait de m'ouvrir, alors j'allais devoir recourir à une solution plus radicale. Je tirai mon épée de son fourreau, la brandis dans les airs et l'abattis sur la poignée de toutes mes forces. Métal contre métal, la lame vibra sous l'impact. Je réitérai mon geste en visant le support de celle-ci. Mon coup fut plus précis, plus brutal que le précédent, et le résultat bien meilleur. Je secouai l'encadrement. Il était désormais branlant. Encore un coup de lame et il se désolidariserait complètement du bois sur lequel il était fixé.

La pluie de sang s'intensifia juste au moment où j'abattais mon épée dessus. La poignée tomba par terre dans un bruit étouffé par la terre détrempée. Je rengainai mon arme, puis tirai de toutes mes forces l'encadrement de fer. Lorsqu'il se retrouva dans mes mains, la porte s'entrebâilla. Je lançai le bout de métal plus loin.

Du pied, je poussai le battant, les doigts repliés sur la poignée de mon épée au cas où le veilleur aurait la mauvaise idée de se jeter sur moi. Elle s'ouvrit plus grand et le corridor entra dans mon champ de vision. Vide. Le cœur battant la chamade, je pénétrai dans la tour, prêt à dégainer.

L'endroit me parut plus sinistre que dans mes souvenirs tandis que mon regard courait le long des murs maculés de sang, comme si on les avait repeints avec cette matière. Le sol, les tapisseries, tout était dans le même état. Souillé. Je refermai la porte du pied. Je gagnai la seconde porte. Elle était entrebâillée. Prudemment, je la poussai. Le spectacle ici qui m'apparut ne fut pas différent de ce que je venais de voir, mis à part l'odeur âcre de la mort qui flottait dans l'air. Mon regard se braqua aussitôt sur l'endroit où s'était trouvée la dépouille de ma mère. Le rideau occultant était fermé et masquait le lit. Troublé, je me dirigeai vers l'alcôve, pris une inspiration pour me donner le courage qui me manquait soudain, et tirai le rideau d'un coup sec.

Je sursautai presque en découvrant le corps qui gisait là.

72
PENDANT CE TEMPS

Il ne restait désormais plus à Magnus qu'à parler du point essentiel de sa visite : la matrice. Il demeurait toujours indécis quant à l'idée d'avouer que Søren n'était plus dans la tour aux rêves. Le roi avait beau être plus conciliant que son épouse, ne risquait-il pas d'informer cette dernière de cela ? La réponse était si évidente que Magnus ne prit même pas la peine de la formuler mentalement. C'était décidé, il n'en ferait pas mention. Et puisqu'il avait accusé Leif de l'avoir agressé, justement à cause de l'emprisonnement de Søren, alors que celui-ci était en réalité aussi libre que l'air, Magnus se serait une fois de plus fait épingler sur ses mensonges.

— L'état actuel de Drömlik requiert votre plus grande attention, Votre Altesse. Les choses s'aggravent et la famine menace désormais. Vous devez prendre une décision quant à l'avenir de la matrice.

— Hmm, j'entends bien. Hier encore, des villageois sont venus quérir de l'aide auprès de mon épouse, mais vous connaissez Ynglinga.

Hélas, oui, eut-il envie de répondre. La reine n'avait jamais été réputée pour sa douceur et son empathie, tant s'en faut.

— Si je peux me permettre, Votre Majesté, je crois qu'il serait plus judicieux que la matrice actuelle soit démise de ses fonctions et supprimée. Nous en trouverons une nouvelle qui soit plus réceptive.

— Vous pensez qu'une autre matrice pourrait remplacer celle-ci ? Vraiment ?

— Bien sûr, il doit bien en exister ailleurs que dans nos environs. Nous ferons un peu plus de route, mais nous finirons par en localiser une digne de confiance. C'est le prix à payer pour retrouver le calme et redonner sa grandeur à Drömlik.

Le monarque secoua négativement la tête tout en laissant son regard se perdre dans la pièce. Magnus ne sut comment interpréter cette réaction, mais il craignit que cela signifie l'inverse de ce que lui, suggérait.

— Votre Altesse, reprit-il avec plus d'insistance. Des gens ont été tués par de funestes créatures assoiffées d'entrailles, le sang se déverse du ciel et ruine les semailles. Et à présent, des villageois mendient dans les rues, signe d'une famine proche. Sans compter la colère qui gronde parmi la population. Vous ne pouvez ignorer tout cela et rester les bras croisés sans réagir !

Herulf le considéra pendant de longues secondes sans prononcer un mot. Magnus retrouva en lui le roi qu'il avait toujours connu. Un être amorphe, indifférent. Insignifiant. Tout à coup, l'homme se redressa. Lentement, il descendit de son trône. Les mains croisées dans son dos, il fit quelques pas, les yeux rivés sur le mur qui lui faisait face. Perplexe, Magnus pivota pour le suivre du regard.

Arrivé à quelques mètres de la paroi, le roi s'immobilisa.

— Vous savez, Magnus..., commença-t-il en se retournant vers le chevalier. J'ai toujours éprouvé le sentiment que personne ici ne me prenait très au sérieux.

— Je ne comprends pas, Votre Altesse.

— Je sais que je n'ai jamais, ou très rarement, exprimé mon avis sur les sujets de la cour. Mais pour autant, je suis loin d'être aussi bête que vous le pensez. Ce n'est pas parce que je ne partage pas mes opinions en public que je n'en ai aucun.

— Je suis désolé, Votre Altesse, mais je ne vois pas où vous voulez en venir.

— Simplement au fait que j'ai mon avis sur la matrice et que, puisque mon épouse n'est pas en mesure de donner le sien, c'est le mien qui prévaudra.

Magnus baissa respectueusement la tête en guise de respect, même si, le concernant, il méprisait le roi depuis toujours. Il espéra cependant que celui-ci ferait preuve d'assez de sagesse pour aller dans son sens.

— Et donc, il me semble plus judicieux de laisser la matrice en place.

Le chevalier eut un sursaut de stupeur face aux paroles du souverain et la douleur dans son genou s'aviva.

— Mais, Votre Altesse, vous n'y pensez pas !

Les sourcils d'Herulf se froncèrent et son expression se durcit à nouveau.

— Si, justement, j'y pense. Et plus j'y pense, plus j'estime que ma décision est la bonne.

Magnus ne sut quoi répondre à cela. Il ne comprenait pas ce choix et le souverain avait beau prétendre qu'il était loin d'être bête, le chevalier ne put s'empêcher de se demander si, au contraire, il ne l'était pas plus qu'on ne le prétendait.

— La reine est-elle en accord avec vous sur ce point ? se risqua-t-il.

Les lèvres d'Herulf se crispèrent et tout le reste de son visage suivit le mouvement.

— Oseriez-vous remettre mes décisions en doute ?

— Non, bien sûr que non, Votre Majesté. Je disais juste que…

— La dernière fois que mon épouse s'est trouvée dans cette salle, les murs se sont couverts de papillons aux ailes enténébrées, le coupa-t-il avec sécheresse. Ils se sont jetés sur elle comme des bêtes avides. Par chance, elle a pu leur échapper, mais elle a alors dû affronter une vague de sang qui a manqué de la noyer dans le couloir menant à nos appartements privés.

Magnus écouta avec attention et effroi ce qui était arrivé à la reine. Cela lui rendait d'autant plus incompréhensible la volonté du souverain de garder la matrice en place après ce qu'elle avait fait subir à sa moitié.

— Dieu merci pour elle, Ynglinga s'en est sortie. Mais malgré sa terreur, elle s'entête à penser qu'une matrice est vitale pour notre royaume.

— Ça l'est, Votre Altesse.

Herulf s'avança vers Magnus. Lorsqu'il ne fut plus qu'à quelques pas de lui, il s'immobilisa et le considéra sans douceur.

— Ça ne l'est pas. Depuis des décennies, notre peuple dépend des semeuses de rêves, que ce soit pour bloquer les saisons, pour l'apport de nourriture et pour nos infrastructures. Or, nous sommes en capacité de pallier tout cela par nous-mêmes, comme nos voisins de Tudag et d'ailleurs. Nous ne pouvons continuer ainsi, nous devons gagner en autonomie et si Ynglinga ne peut l'entendre, moi je l'entends parfaitement.

— Mais dans ce cas… pourquoi tenez-vous tant à ce que la matrice reste en place ? N'est-ce pas un peu contradictoire ?

— Je vous le concède, chevalier. Mais si vous connaissiez ma femme plus personnellement, vous comprendriez qu'il lui faut plus qu'une nuée de papillons et un tsunami de sang pour la persuader d'abandonner ce en quoi elle a mis tous ses espoirs. Elle pense que sans matrice, le peuple ne la révérera plus, mais bien sûr, elle se trompe. Ynglinga est et restera la souveraine de tous ici.

— Vous désirez que la matrice sème plus encore le chaos pour convaincre votre épouse d'y renoncer ?

Le monarque ébaucha un sourire en guise de confirmation.

— Elle finira par arriver à la conclusion que ce genre de créature n'a plus sa place au sein de notre royaume. Je veux qu'elle comprenne, voyez-vous. Je veux qu'elle apprenne que nous pouvons vivre sans cet artifice.

— Et ensuite ? Que se passera-t-il lorsque la reine se sera rangée à votre opinion ?

— Ensuite ? Eh bien, il faudra se débarrasser de la matrice. Je ne vois guère d'autre solution.

Le souverain posa une main sur l'épaule de Magnus qui se tendit aussitôt de la tête aux pieds, comme s'il avait pressenti que l'homme allait ajouter quelque chose de déplaisant à son encontre.

— N'allez pas croire, chevalier, que je sois ignorant au point de ne pas savoir que la matrice a été remplacée par une autre au nez et à la barbe de la reine.

Magnus ouvrit la bouche sur une réponse muette, entre stupeur et inquiétude. Cela fit sourire davantage Herulf.

— Eh oui… Figurez-vous que je suis allé rendre une petite visite à cette fameuse matrice dont tout le monde parle en ce moment. Je m'attendais à voir le dernier fils Sturla, et voilà que j'ai eu le loisir de discuter avec une jouvencelle du nom de Freya. Une bien jolie créature, il est vrai. Mais avec un cœur empli de colère pour ceux qui l'ont placée sur cette roue.

— Ce n'est pas...

— Le veilleur m'a tout raconté. C'est un mauvais tour que vous nous avez joué là, Magnus. À cette jeune fille comme à vos souverains. Un tour qui déplairait fortement à Ynglinga si je le lui rapportais.

— Je n'ai rien fait à Freya, ce sont les Sturla, les responsables.

— Il n'empêche que vous nous avez menti. Deux matrices ont été désignées par la völva, et non une seule. Vous méritez une sévère punition pour cela.

Magnus recula d'un pas, comme si s'éloigner du roi allait le protéger des paroles de ce dernier. La douleur dans son genou le rappela à l'ordre et le força à s'arrêter de nouveau.

— Je vais vous expliquer, Votre Altesse. Les choses ne sont pas aussi simples, lâcha-t-il sur un ton qui trahissait sa nervosité soudaine.

— Je n'ai que faire de vos explications. Vous nous mentez, vous fomentez des plans dans notre dos. Et quoi d'autre encore ? Je ne serais même pas étonné que vous ayez tué de vos mains la völva de Tudag.

Il reporta les yeux sur le genou de Magnus dont le front luisait de sueur. Une tache de sang avait réussi à percer au travers de son pansement et imprégnait à présent le tissu de ses braies.

— Vous fabulez sans retenue sur ceux qui vous agressent.

— Je n'ai pas menti ! protesta Magnus.

— Vous voulez dire que Leif Sturla avait une véritable raison de vous planter une dague dans le genou ? Ne serait-ce pas plutôt son frère Søren, par vengeance ? Parce que vous l'avez fait enfermer dans la tour et lui avez spolié son poste de meneur de troupes. J'aurais été à sa place, je n'aurais pas hésité à vous estropier, voire même pire encore.

Herulf s'interrompit un instant, reprit son souffle, puis haussa les épaules d'un mouvement nonchalant.

— Mais il m'importe finalement peu de savoir quel Sturla souhaite le plus en finir avec vous. Ma priorité du moment, c'est Ynglinga. Je vous interdis donc formellement d'agir de quelque manière que ce soit pour empêcher la matrice de continuer son œuvre. Lorsque mon épouse aura concédé à abandonner toute exploitation de ce genre de don, alors vous aurez la voie libre pour vous occuper de cette Freya pour de bon. Est-ce assez clair pour vous ?

Magnus déglutit péniblement. De toute évidence, la balle n'était plus dans son camp, et ce, depuis plus longtemps qu'il ne le pensait. Il ne partageait en aucun cas l'avis du roi sur la matrice, mais s'il refusait de se plier à ses ordres, il savait où il terminerait ses jours.

— En attendant, je vous accorde une chose, chevalier, et une seule.

— Laquelle, Votre Altesse ?

— Débarrassez-vous de Søren Sturla, je ne veux pas qu'il interfère dans mes décisions. Et si l'envie vous en prend, occupez-vous aussi de Leif, je fermerai les yeux.

73
SOREN

Du bout des doigts, j'effleurai le bras du veilleur. Je ne savais pas à quoi je m'attendais, la couleur grise de son visage indiquait clairement qu'il n'était plus en vie, tout comme sa poitrine parfaitement immobile. Pourtant je ne repérai aucune trace de blessure sur son corps et je n'envisageai pas même une seconde de le retourner pour vérifier s'il pouvait en avoir une dans le dos. Il était mort et je n'avais ni besoin ni envie d'en savoir plus. Son visage, barré par un rictus d'effroi, semblait néanmoins un indice du dernier sentiment qu'il avait dû éprouver juste avant d'expirer. Qu'est-ce qui avait pu le terrifier peut-être au point de le terrasser sur place ? Dans mon esprit, le prénom de Freya résonna comme un écho sans fin. L'avait-elle tué en lui infligeant une des horreurs dont elle était responsable ? Si c'était le cas, la froideur de sa peau indiquait que sa mort ne venait pas de survenir, même si elle ne remontait pas à bien longtemps. Une journée, peut-être deux.

Je reculai et pivotai vers la tenture qui masquait la troisième pièce. Celle-là même où j'avais fait l'expérience de la souffrance. Un frisson me parcourut, comme si soudain, la peur s'était emparée de moi à l'idée de me retrouver face à Freya. La crainte qu'elle ne me tue moi aussi. J'avais beau tenter de me persuader du contraire, j'avais toutes les raisons de croire qu'elle pouvait le faire. Parce que j'étais un Sturla et que son destin avait été scellé à l'instant où j'avais recouvré ma liberté.

Malgré mon inquiétude, je remisai mon épée dans son fourreau et me forçai à ignorer cette petite voix au fond de moi qui me sommait de fuir. À mesure que je progressais vers la tenture abaissée, mon pouls s'accéléra et mon cœur se mit à battre plus vite dans ma poitrine. Je pouvais presque sentir l'adrénaline circuler dans mes veines en un fluide glacé qui faisait tressaillir chacun de mes organes.

Je posai une main sur le lourd rideau occultant. Il était humide et légèrement poisseux. Il empestait le sang et la bile. J'attrapai ensuite le cordon qui permettait de le soulever et, lentement, tirai dessus. La tenture s'éleva peu à peu, dévoilant tout d'abord un sol sur lequel je pouvais voir des gouttes rubicondes tomber et alimenter les nombreuses flaques qui le souillaient. Puis la roue m'apparut et mon regard remonta le long des jambes de Freya jusqu'à son cou. Quand son visage m'apparut, je retins un instant mon souffle. Les doigts crispés sur le cordon, je la fixai. Ses cheveux n'étaient plus blonds, mais rouges, maculés de ce liquide dont elle usait à outrance pour terrifier le peuple de Drömlik. Humides, ils pendaient sur ses épaules que je voyais frémir sous l'effet de l'air glacial qui emplissait les lieux. Tout comme la mienne, sa peau était constellée de taches écarlates. Le sang glissait sur ses pommettes comme des larmes de douleur et se perdait dans son cou.

Ses paupières étaient closes.

Freya dormait.

Freya rêvait.

Je me décidai à entrer dans la pièce.

— Freya, l'appelai-je.

Elle n'eut aucune réaction.

— Freya ! haussai-je le ton.

Mais rien n'y fit, elle continuait à dormir, respirant avec régularité. J'allais réitérer mon appel dans l'espoir qu'elle sorte enfin de sa transe lorsqu'un léger craquement m'arrêta dans ma lancée. Dans un réflexe, je regardai par-dessus mon épaule. Je ne vis rien.

— Freya ! Réveillez-vous ! criai-je en me reconcentrant sur elle.

Il y eut un nouveau bruit et mon cœur s'agita dans ma poitrine. Je me raidis. Je savais que quelqu'un se tenait dans mon dos, non loin de moi. Je pouvais sentir sa présence. Elle dégageait une odeur sauvage, une odeur de fauve qui empuantissait l'air. Lentement, je tournai la tête.

Immobile à mi-chemin entre la porte de métal et la tenture, un lamparög me fixait, les mâchoires retroussées et suintantes de bave. Ses yeux luisants ne semblaient plus voir que moi.

À l'instant où un grognement s'échappait de sa gueule, je fonçai droit vers la roue et sautai sur le pied de fer qui la supportait pour me hisser dessus. Le lamparög se précipita dans ma direction mais, plus grand que moi, son long museau heurta la tige métallique glissée au bas de la tenture insuffisamment relevée pour lui permettre de passer sans devoir se baisser. Au lieu de cela, il entra dans une fureur absolue et se mit à déchirer le tissu de ses griffes. À présent que je devais me servir de mes deux mains pour atteindre Freya, il était inutile d'espérer pouvoir dégainer mon épée en parallèle. J'avais choisi la solution qui me semblait la plus sûre pour faire disparaître ce monstre et le danger imminent qui allait avec : réveiller Freya. Les muscles de mes bras se crispèrent tandis que je me hissais sur la roue. Je grimpai encore un peu pour me retrouver au niveau du visage de Freya, puis je bloquai ma position avec mes jambes. Je saisis alors sa main et, de mon autre main, refermai mes doigts sur son épaule.

Le lamparög expulsa un grognement tonitruant tandis qu'il continuait à mettre la tenture en pièces. Je secouai plus fort l'épaule de la semeuse de rêves.

— Freya ! Réveillez-vous, par tous les dieux ! Réveillez-vous !

Un nouveau grognement m'indiqua que le lamparög était enfin entré. Je braquai les yeux dans sa direction en déglutissant avec peine. Si cela avait été possible, j'aurais juré qu'il souriait. J'étais une proie facile et je n'avais aucun moyen de lui échapper. Il ralentit sa progression, avançant presque sur la pointe des pattes, comme s'il craignait de réveiller la semeuse de rêves. La gorge nouée, je regardai les empreintes sanglantes qu'il laissait dans son sillage.

— Freya ! criai-je. Freya !

Chaque seconde qui s'écoulait, le lamparög se rapprochait un peu plus de moi. Quand il fut au pied de la roue, il leva une patte pour essayer de me crocheter la cheville. Sans relâcher la main de Freya, je repliai aussitôt ma jambe et tentai de me hisser plus haut encore dans un équilibre de plus en plus précaire. La roue commença à dangereusement vaciller à l'horizontale. Je cessai de m'agiter. Si je montais plus, elle basculerait fatalement et si je descendais, le lamparög m'arracherait la jambe, sinon les deux. Je n'avais aucune solution, sinon celle de me faire éventrer à côté de la responsable de ce qui allait m'arriver.

Cette pensée éveilla en moi une colère noire et brute. Je refusais de mourir parce que Freya refusait, elle, de se réveiller. Ma main s'éleva dans les airs et retomba sur sa joue dans un claquement sonore. *Que cette créature disparaisse !* priai-je mentalement.

Freya ouvrit les yeux d'un coup.

Mais le monstre ne disparut pas...

74
FREYA

Je peinai à sortir du brouillard qui m'obscurcissait l'esprit. Tout ce que je percevais était de l'ordre du physique. Ma joue qui brûlait, mon cœur barbouillé, mon estomac affamé, ma gorge sèche et ma main que quelque chose semblait bien décidée à broyer. Je pris soudain conscience d'une présence à côté de moi, presque collée à mon flanc. Elle s'agitait, faisant osciller la roue. Je me forçai à tourner la tête.

— Sø... ren ? bredouillai-je, stupéfaite.

Occupé à projeter une de ses jambes vers le bas de la roue, comme s'il cherchait à frapper quelque chose, il ne me répondit pas.

— Que faites-vous ici ? murmurai-je d'une voix pâteuse.

Il continua à m'ignorer. Je cessai alors de le fixer et laissai mon regard glisser le long de son bras tendu vers moi. Mes yeux s'arrêtèrent sur sa main et je compris, en la voyant cramponnée à la mienne, d'où provenait cette douleur insidieuse qui m'écrasait les phalanges. Il serrait tant que je ne cherchai même pas à me libérer. Je manquais trop d'énergie pour ça et lui semblait en avoir à revendre. Je reportai mon attention sur ses jambes qui continuaient à remuer avec force.

Ma respiration se bloqua durant une poignée de secondes en découvrant un lamparög au pied de la roue. Il essayait d'attraper la jambe de Søren qui ne cessait de la replier puis de la déplier pour tenter en vain de lui asséner des coups dans la gueule. La pensée de ce à quoi je rêvais avant que Søren ne m'arrache à mon sommeil me revint en tête. J'étais en train de visionner des dizaines de créatures semblables à celle qui se tenait là. Je les avais dispersées dans les rues de Drömlik. Puis j'avais essayé de terrifier le veilleur en recouvrant les murs de la tour de sang. Ce même sang qui, comme le lamparög, n'avait pas disparu lui non plus.

— C'est impossible..., lâchai-je dans un murmure.

— Pourquoi ne disparaît-il pas ? me cria soudain Søren.

Je fixai le lamparög avec incrédulité tandis que les paroles du chevalier se frayaient un chemin dans mon esprit. Quelque chose n'allait pas. Quelque chose d'anormal s'était produit. À présent que j'étais éveillée, toutes mes créations auraient dû se dissoudre dans le néant. Elles le faisaient toujours. Mais le monstre qui tentait d'arracher la jambe de Søren était pourtant là, en chair et en os.

— Je... je ne sais pas. Je ne comprends pas...

La créature parvint brusquement à crocheter son talon.

— Non ! criai-je alors que le tissu de ses braies se déchirait en même temps que le lamparög lui lacérait la jambe en lui arrachant sa botte.

Le sang commença à glisser le long de son mollet, se répandant goutte à goutte au pied de la roue. La créature se jeta sur le sang tiède. Tandis qu'elle lapait le sol, Søren tenta de se hisser plus haut sur la roue. Affaibli, il retomba d'où il s'était élevé.

Le lamparög se redressa, laissa échapper un grognement dont l'écho résonna partout autour de nous, puis revint à la charge. De ses deux pattes, il essaya à nouveau de harponner la jambe blessée de Søren. S'il y parvenait, ça en serait fini de lui.

— Accrochez-vous ! Ne me lâchez surtout pas ! lui criai-je.

La pression de sa main sur la mienne se renforça et la douleur s'intensifia au point que je serrai les dents de toutes mes forces pour contenir un gémissement. De sa main libre, il s'efforça d'atteindre son ceinturon. Il essaya ensuite de saisir la poignée de son épée, mais les secousses sur la roue, provoquées par les assauts de la bête, mettaient à mal chacune de ses tentatives.

Malgré la douleur qui s'accroissait toujours plus dans ma main, je m'obligeai à fermer les yeux. Je gommai mentalement le lamparög de la pièce. Puisque c'était moi qui l'avais fait naître, j'étais donc en mesure de lui donner la mort comme je lui avais donné la vie. Je me fis violence pour garder ma concentration intacte et ignorer les bruits de lutte de Søren et les secousses de plus en plus prononcées de la roue. *Tu n'existes pas ! Disparais ! Disparais !* ordonnai-je mentalement à la créature.

Un nouveau cri de Søren m'informa que mes suppliques intérieures n'avaient pas fonctionné. *Ce n'est pas possible !* m'exclamai-je intérieurement. *Pourquoi le lamparög est-il toujours là ?*

Je continuai à intimer dans mon esprit l'ordre à ce dernier de s'effacer du paysage, mais il n'y avait rien à faire, je n'y parvenais pas. J'avais perdu le contrôle de mon don, j'étais totalement déboussolée par ce pouvoir qui m'échappait de cette façon pour la première fois de mon existence. Près de moi, un homme allait mourir, son corps presque collé au mien, sa main serrant toujours plus fort la mienne. Mes lèvres tremblaient entre mes efforts pour me concentrer et les larmes qui commençaient à me brûler les yeux. Moi qui avais tant espéré que l'un de ces monstres aux dents et aux griffes acérées s'en prenne à un membre de la famille Sturla, l'idée même que Søren se fasse étriper et dévorer me faisait horreur. Et ensuite, qu'arriverait-il ? Sans aucun doute, la bête s'attaquerait à moi et, attachée comme je l'étais, je n'avais aucune possibilité d'en réchapper. Le visage de mon petit frère fit une brève incursion dans mon esprit. Ses traits poupins, ses boucles blondes volant au vent, je ne le reverrais jamais…

— Søren ! cria soudain une voix féminine.

J'ouvris aussitôt les yeux. Deva, Solveig, Leif et Olan entrèrent dans mon champ de vision brouillé de larmes tandis qu'ils arrivaient au pas de course vers nous. L'un après l'autre, ils franchirent la tenture. Le lamparög pivota aussitôt vers eux en grondant. Ils se figèrent comme un seul homme. Le monstre se précipita vers eux. J'eus tout juste le temps de voir Olan et Leif sortir leur épée d'une main, et repousser leurs sœurs en arrière de l'autre, avant que la créature bondisse sur eux.

Je tournai la tête vers Søren. Les yeux luisants sous l'effet de la souffrance, il me fixa. Mon cœur se serra devant toutes ces horreurs que j'avais laissé filtrer de mon esprit dans le seul but de me venger. Ce n'était définitivement pas moi. Et il avait fallu que je croise l'éclat qui palpitait au fond de ses prunelles pour me le rappeler.

— Je suis… désolée, lui murmurai-je.

— Lâche Søren ! m'intima Deva.

En les découvrant, elle et sa sœur, au bas de la roue, je me demandai comment elles étaient arrivées jusque-là sans que la bête ne les attrape.

— Lâche-le ! réitéra Deva en enroulant une main autour d'une des jambes de son frère, aussitôt imitée par Solveig.

Par ses seules paroles, elle réussit l'exploit de faire remonter ma colère à peine évanouie à la surface. Évidemment, les Sturla n'étaient pas revenus pour me sauver, mais pour le sauver, lui.

— Comment le pourrais-je puisque c'est lui qui me tient et non l'inverse ? rétorquai-je avec froideur.

Deva reporta alors son regard sur son frère.

— Lâche-la ! lui ordonna-t-elle d'un ton péremptoire.

Il garda sa main cramponnée autour de la mienne, les yeux toujours rivés sur moi. Sa vue me glaça, comme s'il était sur le point de mourir… Par ma faute.

— Faites-le, lui soufflai-je en m'efforçant de lui offrir un sourire aussi bienveillant que ceux que j'adressais à mon petit Linus.

L'étau de sa main sur la mienne se desserra alors peu à peu, puis il se laissa tomber. Ses sœurs réussirent à lui éviter de heurter le sol de plein fouet et l'allongèrent au pied de la roue sans plus se soucier de moi. Je cessai de les observer à mon tour et, tout en ravalant mes larmes, je reportai mon attention sur Leif et Olan. La pièce qui, pendant des jours, avait été plongée dans le silence le plus absolu résonnait à présent des bruits de lutte entre le lamparög et les deux frères qui tentaient tant bien que mal de lui asséner un coup d'épée mortel. La bête se battait avec une hargne extraordinaire, projetant ses pattes griffues partout où elle avait l'espoir de pouvoir les atteindre. Plusieurs fois je les vis perdre du terrain et les griffes de la créature toucher leur peau, mais dès que l'un d'eux était en difficulté, l'autre s'engageait un peu plus avant pour repousser le lamparög. Dans cette atmosphère devenue humide de sueur et de sang, je refermai les yeux afin de m'enfermer dans ma bulle. J'essayai de songer à de belles choses.

Les bruits de combat cessèrent soudain et je m'extirpai de mon isolement. Les vêtements ensanglantés, Leif et Olan reprenaient leur souffle. Le corps de la bête gisait à quelques centimètres d'eux, une épée plantée dans le poitrail.

Ils avaient gagné.

Ils avaient tué l'une de mes créations.

— Olan, tu es blessé ! s'exclama Solveig.

— Ce n'est rien, répondit-il en dévoilant les traces sanglantes de griffures sur son bras.

Je me faisais l'effet d'une spectatrice et la scène qui se déroulait devant moi me donnait presque l'impression de ne plus appartenir au monde des vivants.

Quand les yeux des Sturla se posèrent sur moi, un frisson glacé me hérissa les poils. Je me pensais devenue invisible, je réalisai que c'était tout l'inverse et leurs regards emplis de colère se chargèrent de me le rappeler.

— Comment as-tu fait pour garder cette créature en vie alors que tu es éveillée ? me lança Deva.

Je conservai un silence crispé. J'étais pourtant consciente que tous attendaient une réponse de ma part. Incapable de la leur fournir, je détournai la tête et fixai ma main sur laquelle l'empreinte des doigts de Søren était encore visible sur ma peau. *Le lien, ma petite Freya. N'oublie pas le lien*, résonna subitement une voix lointaine dans mon esprit.

Une voix qui me rappela étrangement celle d'Ingemar.

Je fronçai les sourcils sans cesser de fixer mes doigts que je pliai et dépliai comme je le faisais depuis des jours pour éviter qu'ils s'ankylosent. Se pouvait-il qu'en me tenant la main, Søren ait modifié le cours de mes cauchemars ? Se pouvait-il que son don de matrice se résume à cela ? *Oh, par tous les dieux...*, songeai-je.

Une boule se forma dans ma gorge en me rappelant soudain des lamparögs que j'avais lancés sur la ville peu de temps avant de retrouver Søren à mes côtés, sur la roue. Le souffle me manqua à l'idée que toutes ces créatures couraient en ce moment même à Drömlik si ce que je pensais concernant Søren était juste. J'avais considéré que le lien entre lui et moi était sa famille, mais je m'étais trompée, ce n'était pas cela. C'était autre chose. Quelque chose de bien plus puissant. Je pouvais rêver et lui pouvait rendre mes rêves réels.

— Le lien, répétai-je tout bas en rivant mes prunelles sur les siennes.

75
FREYA

Leif et Olan abandonnèrent la dépouille du lamparög et rejoignirent leurs sœurs agenouillées auprès de Søren. Je les suivis du regard tandis qu'ils s'accroupissaient à leur tour au pied de la roue. Deva aidait Søren à bander sa jambe lardée de griffures avec les bouts de braies déchirées par le lamparög. Solveig essayait au mieux de faire de même avec le bras d'Olan et Leif se débrouillait comme il pouvait avec ses multiples écorchures.

Je me souvenais de mon envie d'appartenir à leur fratrie lorsque je me trouvais encore parmi eux. Ce désir parfaitement stupide qui m'avait confiné à la naïveté de croire qu'eux aussi me portaient un certain attachement, tout du moins Deva et Olan. Mais durant mon enfermement et ces longues heures à m'affaiblir petit à petit, j'avais eu tout le loisir de réfléchir, et surtout de comprendre que personne ne pouvait s'attacher à une étrangère en si peu de temps. À leurs yeux, je n'étais rien d'autre qu'une inconnue sans le sou dotée d'un don qu'ils avaient convoité à l'instant où ils avaient réalisé que j'étais une semeuse de rêves.

Ils m'avaient utilisée comme un vulgaire outil pour sauver Søren. Je les détestais pour m'avoir trahie et abandonnée ici. Pourtant, tout au fond de moi, je ne pouvais m'empêcher de continuer à les admirer pour leur capacité à demeurer unis et pour l'amour profond qu'ils portaient à leur plus jeune frère. Ils ne cessaient de me rappeler que, contrairement à eux, je n'avais pas hésité à abandonner le mien en fuyant de la ferme familiale, comme une lâche que j'étais. Je me détestais pour avoir fait passer en premier mon envie d'évasion.

J'avais rêvé pendant des jours et le résultat se bornait à des litres de sang et à la souffrance infligée à tous ces gens.

— Ce n'était pas moi, ce n'était pas moi, murmurai-je comme pour me convaincre qu'une autre Freya s'était chargée de la basse besogne pendant que la vraie restait pelotonnée quelque part, au fond de mon esprit.

Les Sturla levèrent à nouveau les yeux vers moi. Søren me considéra, une expression de gravité altérant ses traits. La façon dont il me fixa me fit l'effet d'un couteau plongeant dans ma poitrine. Ça faisait mal, mais certainement pas autant que sa blessure à la jambe.

— Il faut la libérer, déclara-t-il.

— Nous sommes venus pour cela, rétorqua Deva après une seconde de silence.

Une nouvelle bordée de larmes franchit la barrière de mes cils. J'étais convaincue qu'ils n'étaient là que pour leur frère, mais une fois de plus, je m'étais fourvoyée. Malgré toutes les calamités que j'avais infligées à leur royaume, ils étaient revenus me libérer. Leur geste était plus important encore que ma propre capacité à me délivrer moi-même. C'était, pour moi, la preuve qu'ils avaient pris conscience de l'injustice et de la cruauté de leur acte à mon égard. Je ne fis rien pour ravaler mes larmes et les laissai dévaler mes joues.

Tandis qu'Olan et Deva aidaient Søren à se relever, Leif sortit une dague de son ceinturon, puis commença à escalader la roue. Lorsqu'il se retrouva au niveau de mes bras, il enroula l'un des siens autour du segment de bois pour se maintenir en place puis, de sa main libre, inséra la lame de son arme dans le bracelet qui entravait mon poignet droit. Il força l'attache jusqu'à ce qu'elle cède et mon bras retomba le long de mon corps, comme une branche morte. Pendant que Solveig se chargeait de libérer mes chevilles, Leif sauta à terre puis grimpa de l'autre côté de la roue pour délivrer mon autre bras. Je commençai à glisser ; Leif agrippa ma taille pour me retenir.

— Mer… ci, soufflai-je.

Il me fixa, l'espace de quelques secondes, comme si ma vue le mettait mal à l'aise. Sans doute se remémorait-il ce moment où il m'avait lui-même attachée ici sans le moindre remords. Peu m'importait ce qu'il pensait de moi à cet instant, je savais que j'avais causé assez de mal comme ça. À présent, je n'aspirais plus qu'à retourner à ma vie d'avant. Celle où les reproches de mes parents me sembleraient dérisoires en comparaison de l'enfer que je venais de vivre et de faire vivre à Drömlik. Leif me fit descendre aussi doucement qu'il le put, puis Solveig prit le relais lorsque mes pieds touchèrent enfin le sol. Leif sauta à terre, rangea sa dague dans sa ceinture et alla récupérer son épée plantée dans le corps du lamparög.

— Il est temps de partir, déclara-t-il en se dirigeant vers la tenture réduite en lambeaux.

— Olan, va aider Freya avec Solveig, je vais me débrouiller, lui ordonna Søren.

Ce dernier lâcha son frère qui reporta son poids sur Deva pour compenser cette béquille en moins. Olan se plaça alors à ma gauche tandis que Solveig me maintenait de l'autre côté. Chacun une main placée dans mon dos, ils me firent avancer doucement. Je grimaçai à chaque pas, mais m'obligeai à contenir ma souffrance et à ne pas m'arrêter.

— Estime-toi heureuse, tu es juste ankylosée. Ce n'est pas le cas de Søren, me lança Olan avec une dureté que je ne lui avais jamais vue.

Mais bien sûr, les choses avaient changé entre nous. Si nous n'étions pas exactement des ennemis, nous n'étions pas des amis et je doutais que nous le devenions un jour.

— Laisse-la tranquille, Olan, le houspilla Søren. Si elle est dans cet état, c'est notre faute.

— Et si tu es dans cet état, toi, c'est la sienne, lui fit remarquer Leif en pivotant vers nous.

— Non, c'est la faute d'un lamparög.

Nous progressâmes lentement tandis que Leif ouvrait le chemin. Arrivés à mi-chemin de la pièce suivante, mon regard se posa sur la table et mon ventre émit un grondement de mécontentement. Mais par-dessus tout, ma gorge sèche se rappela à moi.

— Je voudrais… boire un peu, soufflai-je.

— Il n'y a pas d'eau ici, lança Leif.

— Mais le veilleur en a, insistai-je.

— Le veilleur est mort, lâcha soudain Søren qui continuait à avancer en boitant, soutenu par Deva.

— Qu… quoi ? bredouillai-je, médusée.

Søren intima à sa sœur de s'arrêter, puis ils pivotèrent tous deux vers moi.

— Il est mort, Freya, répéta-t-il comme si je n'avais pas saisi.

J'avais cependant parfaitement intégré ses paroles, je ne voyais juste pas comment cela avait pu arriver sans que j'en aie connaissance. À la façon dont tous me considéraient, je compris qu'ils me pensaient responsable de cela aussi, mais je n'y étais pour rien. Sans le veilleur, je ne pouvais pas boire et si je pouvais largement me passer de nourriture, habituée aux famines ponctuelles de Tudag, l'eau m'était vitale.

— Ce n'est pas moi, me défendis-je.

Pourtant, cela n'empêcha pas les questions des uns et les affirmations des autres fuser autour de moi.

— C'est forcément toi, intervint Leif.

— Pourquoi as-tu fait ça ? ajouta Solveig.

— Non ! protestai-je. Je ne l'ai pas tué, je le jure !

— Tu es responsable de la mort de dizaines de villageois à cause des monstres venus tout droit de tes rêves. Qui d'autre pourrait l'avoir occis ? Tu étais seule avec lui dans la tour, ça ne peut être que toi, ne démordit pas Leif.

— Ce n'est pas un lamparög qui a tué le veilleur, intervint Søren. Il ne portait aucune trace de blessure qui le suggère, répondit-il à son frère sans me quitter des yeux. Freya, quand l'avez-vous vu pour la dernière fois ?

— Euh, laissez-moi réfléchir.

Je me concentrai tant bien que mal malgré les douleurs qui sinuaient dans tout mon corps et consumaient chacun de mes muscles.

— Tu ne le sais pas ? s'étonna Deva.

— Si… si, je le sais. C'était…

Mon estomac grogna à nouveau et Deva continua à me fixer sans un battement de cils.

— C'était hier, dans l'après-midi, il… il est venu m'apporter de l'eau. En fait…

— En fait ? demanda Søren alors que je laissais ma phrase en suspens.

— Je… je ne l'ai pas revu… depuis la visite du roi.

— Du roi ? s'exclamèrent-ils tous en chœur.

76
SØREN

— Qu'est-ce que le roi serait venu faire dans la tour ? demandai-je à Freya.

Elle secoua négativement la tête, comme si elle regrettait d'avoir parlé de lui. Cela renforça un peu plus ma curiosité.

— Freya ? insistai-je.

Son regard erra autour d'elle sans parvenir à s'attacher à quoi que ce soit. Puis son visage déjà pâle se vida littéralement de ses couleurs. Pendant un instant, je lui trouvai le même teint que ma mère lorsque je l'avais découverte passée de vie à trépas. Voilà à quoi ressemblait soudain Freya : à une morte.

— Elle n'a pas l'air bien, me glissa Deva au creux de l'oreille.

J'acquiesçai.

— Trouvez-lui à manger et à boire, lançai-je à l'attention de mes frères.

Puis, d'un signe du menton, j'indiquai à Solveig la chaise près de la table. Elle entraîna Freya, dont les jambes flageolaient, vers celle-ci et la fit s'asseoir.

— Søren, il ne faut pas traîner ici, m'avertit Leif.

— Si Freya ne peut pas suivre le mouvement, ce sera pire encore. Donne-nous quelques minutes.

Il soupira, puis repartit en quête de victuailles.

— Depuis combien de temps n'avez-vous pas mangé ni bu, Freya ? lui demandai-je.

— J'ai un peu perdu la notion du temps, mais… plusieurs jours pour la nourriture. Le veilleur refusait de me laisser manger tant que…

— Vous ne faisiez pas ce qu'il exigeait de vous ? terminai-je à sa place.

Elle confirma d'un mouvement de tête ce que j'avais déjà compris. Notre vécu semblait similaire, et pourtant, il était différent. J'avais souffert du fouet des gargölls parce que j'étais incapable de rêver et Freya avait été privée de nourriture parce qu'elle rêvait de mauvaises choses. Mais au final, cela revenait au même, la fonction de matrice que nous avions tous les deux expérimentée nous avait brisés.

— Aide-moi, Deva.

Sans un mot, elle me mena jusqu'à la table. Je m'assis sur celle-ci. Mes yeux se posèrent un instant sur ma jambe. Les bandages de fortune que nous y avions appliqués, Deva et moi, étaient à présent gorgés de sang. Je me focalisai sur Freya pour oublier la douleur qui pulsait dans ma chair meurtrie.

— Dites-moi ce que le roi est venu faire dans la tour. Vous parler ou bien parler au veilleur ?

Comme elle restait silencieuse, je tendis un bras vers elle et posai une main sur la sienne. Doucement, j'exerçai une pression dessus en accompagnant mon geste d'un sourire un peu tordu par la souffrance. J'espérais qu'elle comprendrait qu'aucun mal ne lui serait fait, désormais, et que j'y veillerais.

— Il… il s'attendait à vous voir, vous, finit-elle par lâcher dans un murmure.

— J'imagine.

— Il… il m'a proposé un pacte.

— Un pacte ? s'étonna Olan en revenant vers elle, une outre dans une main et une demi-miche de pain dans l'autre.

Il les déposa devant Freya.

— Je n'ai trouvé que ça, mais ça te remplira un peu le ventre.

Elle ne perdit pas de temps à le remercier et se jeta sur l'outre. Nous la regardâmes boire à toute vitesse. Puis elle s'empara du pain et creusa à l'intérieur pour y récupérer des poignées de mie qu'elle enfourna sans s'arrêter.

— Doucement, Freya. Tu vas t'étouffer, lui lança Deva.

En vain ; elle ne l'écouta pas et continua à bâfrer.

— En quoi consistait le pacte proposé par le roi ? m'enquis-je.

Elle cessa brusquement de mâcher. Une boulette de mie encore coincée dans la main, elle nous dévisagea les uns après les autres avant de fixer à nouveau son attention sur moi.

— Il… il m'a demandé de continuer à semer le chaos à Drömlik.

77
SØREN

— Søren, il faut vraiment partir, entendis-je Leif me lancer depuis la porte de métal près de laquelle il s'était posté.

Malgré ses paroles, je restai assis, miné par la révélation de Freya. Le roi désirait le chaos. Lui qui avait toujours manifesté une parfaite indifférence aux affaires du royaume voulait que la matrice fasse l'inverse de ce à quoi elle était supposée servir ! Non seulement, je découvrais qu'il agissait dans le dos de la reine elle-même, mais en plus, je ne comprenais pas le but de sa démarche. Pourquoi tenait-il tant à voir Drömlik ravagé par les cauchemars d'une semeuse de rêves ? Et tous ces villageois morts à cause des lamparögs, ce sang qui avait ravagé les semailles, ces arbres qui avaient failli nous tuer, mon cheval et moi… tout cela ne lui faisait-il rien ? Le goût du ressentiment et de la déception était particulièrement prononcé et amer pour moi qui avais choisi de prêter allégeance aux époux royaux. Je croyais Magnus excellent manipulateur, mais je découvrais que le souverain Herulf semblait en être un bien meilleur.

— Tu as accepté ? lui demanda Deva comme si elle avait compris que je m'étais perdu dans un flot de sombres réflexions.

Freya détourna ostensiblement la tête. Pas assez vite, cependant, pour m'empêcher de discerner le sentiment de honte qui venait d'altérer ses traits fins. Visiblement, elle n'était pas très fière d'elle. Et pour cause. J'avais été prêt à la pardonner pour ses actes répréhensibles puisque je considérais que mes frères et sœurs l'avaient trahie, et donc, moi aussi par leur entremise, mais à présent, je n'étais plus si sûr de pouvoir y parvenir.

— Freya, réponds ! intervint Olan en élevant la voix, lui pourtant si mesuré d'ordinaire.

Je comprenais néanmoins son irritation. Ce que nous venions de découvrir n'était ni plus ni moins qu'un complot. Non seulement instigué par le roi, mais exécuté par Freya en personne. Et si elle s'y était rattachée de son plein gré, alors elle méritait un châtiment à la hauteur de ses actes : la mort.

— Oui ! s'écria-t-elle brusquement. Oui j'ai accepté ! C'est tout ce que vous méritiez après m'avoir abandonnée.

— Le problème, c'est que c'est tout Drömlik qui a souffert à cause de tes caprices de semeuse ! C'est un peuple entier que tu as trahi ! aboya Deva.

Je posai une main sur le bras de ma sœur.

— Du calme.

Deva me renvoya un regard furibond, mais n'ajouta rien.

— Freya, repris-je. Nous comprenons votre colère vis-à-vis de nous. Elle est justifiée, mes frères et mes sœurs croyaient bien faire, mais ils se sont fourvoyés. C'est pourquoi je suis revenu dans la tour... et qu'ils m'ont finalement prêté main forte. Mais les villageois, là, dehors, ne sont en rien responsables de cette injustice. Pourquoi les laisser se faire tuer par des lamparögs ? Pourquoi leur infliger tout cela ?

Ses yeux s'embuèrent, mais elle resta murée dans le silence. Je ne pouvais pas imaginer que Freya ait accepté de passer un pacte aussi cruel. Moi qui me trompais rarement sur la bonté qui se dégageait des personnes croisant mon chemin, j'étais troublé.

— Nous t'avions dit de la laisser dans la tour à son sort, lâcha Leif. Freya n'est pas qu'une semeuse de rêves, c'est avant tout une völva. Elle porte le mal en elle. Nous avons assez attendu comme ça, partons.

— Encore un instant.

— Søren, chaque minute compte ! Et plus encore maintenant que nous savons que le roi est un traître.

— Justement, s'il tient tant à voir la matrice rester à sa place, il ne viendra pas ici. Personne ne viendra.

Tout à coup, on tapa violemment à la porte de la tour et je manquai de m'étrangler avec mes dernières paroles.

— Personne, tu disais ? me lança Leif, un reproche dans la voix.

Il dégaina son épée et Olan se précipita vers lui en sortant la sienne à son tour. Par l'entrebâillement du battant de métal, j'entrevis des soldats qui investissaient la première salle.

— Ici ! cria l'un d'eux en apercevant mes frères.

— Comment sont-ils entrés ? s'exclama Solveig d'une voix paniquée.

Je ne répondis pas, mais je le savais. Pour avoir moi-même brisé la poignée de la porte, elle ne fermait forcément plus. Tout comme mes frères et sœurs, je l'avais oublié, trop ébranlé par les aveux de Freya.

— Aide-moi ! intimai-je à Deva tandis que je me redressais.

— Tu es blessé, laisse tes frères s'en occuper.

— Pas question, rétorquai-je en sortant mon épée.

Elle n'insista pas, glissa une main autour de ma taille et m'aida à rejoindre Leif et Olan qui se trouvaient désormais dans la pièce où la dizaine de soldats se tenait.

— Où est le veilleur ? s'enquit l'un d'eux.

— Il dort, répondit Leif sur un ton cassant.

— Voyez-vous ça ! lança une voix que je reconnus sur-le-champ.

Accompagné de Deva, je franchis le seuil de la porte de métal et me figeai presque en regardant Magnus pénétrer à son tour dans le bâtiment. Mon premier réflexe fut de poser les yeux sur son genou blessé. Je vis les taches de sang qui maculaient ses braies. Il fit de même avec ma jambe et ébaucha un petit sourire grimaçant, à mi-chemin entre la souffrance et la jouissance. Nous étions presque à égalité en matière de blessures.

— Søren Sturla et sa famille, quelle surprise !

— Que fais-tu ici, Magnus ? Tu n'es pas encore mort ?

— Toi, tu ne sembles pas loin de l'être. Je venais voir la matrice, mais puisque ta fratrie et toi avez quitté les bois dans lesquels vous vous cachiez, je vais faire d'une pierre deux coups.

Il sortit son épée et avança lentement vers moi en boitant. Je ne bougeai pas, mais affermis ma prise autour de la poignée de mon arme tandis que mes frères se préparaient à affronter les soldats.

— La matrice ne souhaite pas te parler, et nous non plus, crachai-je. Va-t'en d'ici. Va dire à Herulf que Freya vient de mettre fin au pacte qui les unissait.

— Tu es donc au courant ?

— J'aurais bien dû me douter que tu étais impliqué dans cette histoire.

— Ce n'est pas le cas, je viens de l'apprendre, et crois-moi ou non, je ne partage pas l'avis du roi. Néanmoins, je suis d'accord avec lui sur le fait que tu doives disparaître du décor. Je vais donc régler ton sort comme il se doit pendant que mes hommes se chargeront de tes frères et sœurs. Et ensuite, je m'occuperai de Freya.

— Tu peux toujours courir, gronda Leif.

À peine eus-je esquissé un pas dans la direction de Magnus que les soldats sortirent leurs épées et se placèrent devant lui en guise de bouclier. Mes frères s'intercalèrent entre eux et moi tandis que je repoussais Deva dans mon dos. Magnus chassa les soldats d'un geste de la main et ébaucha un pas vers moi sans cesser de le toiser.

— Je vais t'occire, maudite matrice défectueuse, proféra-t-il.

Je fis signe à Olan et Leif de s'écarter.

— C'est ce que nous allons voir, ripostai-je.

78
FREYA

Les bruits d'épées glissant sur les lames d'autres épées emplissaient la pièce voisine alors que Solveig et moi étions toujours près de la table. Si je n'avais qu'une vue parcellaire de ce qui se passait au-delà de la porte de métal entrouverte, j'apercevais cependant Olan qui croisait le fer avec plusieurs soldats. Nul doute qu'il en était de même pour Leif et Søren. J'aurais voulu moi aussi m'emparer d'une arme pour lutter, mais je n'en avais ni les compétences ni la force. Bientôt, le combat commença à devenir plus âpre et à empiéter sur la pièce dans laquelle Solveig et moi attendions. Si personne ne nous portait la moindre attention, la situation n'en était pas moins angoissante pour nous. Peu à peu, les frères Sturla reculaient de plus en plus face au nombre trop important de soldats. Chaque pas en arrière était une défaite de plus pour eux et une inquiétude croissante pour Solveig et moi. Et lorsque Deva se rua dans notre direction, je crus que mon cœur allait exploser dans ma poitrine.

Elle harponna le poignet de Solveig.

— Vite, il faut se replier dans la salle de la roue !

— Mais elle n'a pas de porte ! Nous n'y serons pas en sécurité !

— Nous y serons un temps, dans l'espoir qu'Olan, Leif et Søren parviennent à repousser les soldats.

Solveig me força à me redresser et Deva se positionna de l'autre côté pour l'aider à me soutenir. Puis elles marchèrent d'un pas si rapide que j'eus l'impression de voler sous leur impulsion. Tandis que nous approchions de la tenture déchirée, je jetai un regard apeuré en arrière. Mes yeux tombèrent pile sur Søren et Magnus qui luttaient avec hargne. Les deux ressemblaient à des marionnettes branlantes qui peinaient à garder leur stabilité. Chacun vacillait tantôt à droite, tantôt à gauche, néanmoins, ils parvenaient à rester debout et à se porter d'habiles coups d'épée.

Mon attention se reporta sur Leif qui tombait à la renverse sous les coups d'un soldat. Mon cœur rata un battement quand je réalisai que son arme lui avait échappé. Son adversaire leva alors la sienne pour l'embrocher, mais Leif roula sur le côté pour éviter le coup fatal. Il récupéra son épée et projeta sa lame en avant. Celle-ci traversa la poitrine du soldat tandis qu'un autre plantait la sienne dans le mollet de Leif. Solveig lâcha un hurlement et je compris que je n'étais pas la seule qui avait pris le risque de regarder en arrière.

— Dépêchez-vous ! nous ordonna Deva.

J'eus tout juste le temps de jeter un dernier coup d'œil vers Søren et de le voir dangereusement vaciller avant d'entrer dans la pièce. Dans son empressement à repartir aider ses frères, Deva me poussa vers la roue un peu trop énergiquement. Son geste eut raison de mon affaiblissement et je basculai en avant. Mes genoux percutèrent le sol couvert de sang et une onde de douleur s'enroula autour de mes rotules. Elle ne s'en aperçut même pas et se précipita vers la zone de combat.

— Deva, n'y va pas ! lui cria Solveig.

Mais il était déjà trop tard, elle était trop engagée pour changer d'avis. Je tentai de me redresser avec peine, les mâchoires serrées sur un gémissement.

— Attends, je vais t'aider.

Surprise, je gardai les yeux posés sur la main tendue de Solveig. La douceur dans son ton me sembla si surfaite, et pourtant, elle était on ne peut plus naturelle. Je la saisis et Solveig me tira jusqu'à ce que je parvienne à déplier mes genoux douloureux et à me relever. Elle glissa alors un bras autour de ma taille.

— Par ici, me souffla-t-elle en me désignant un pan de mur du menton.

Nous nous installâmes contre la paroi glacée et, pendant de longues secondes qui s'éternisèrent, nous nous contentâmes d'écouter les fers se croiser. Solveig tourna la tête vers moi. Si mes larmes s'étaient désormais taries, les siennes roulaient sans discontinuer sur ses joues. Je voyais bien qu'elle essayait de se retenir, mais son désarroi me tordit l'estomac. Je posai une main hésitante sur ses cheveux, comme je le faisais chaque fois que je voulais consoler mon jeune frère. Ils étaient si lisses, si doux. Bien qu'elle soit un peu plus âgée de Søren, Solveig me donnait l'impression d'être une petite fille. Une enfant si peu habituée à autre chose qu'à sa vie sans surprise, sa routine paisible et sans vagues, qu'elle croulait sous les émotions qui se déversaient en elle à cet instant. Elle ne chercha pas à se libérer de mon geste et laissa ma main glisser lentement sur ses mèches brunes.

— Tu pourrais faire quelque chose, chuchota-t-elle soudain.

— Quoi, par exemple ?

— Je ne sais pas... pourquoi ne pas évoquer des lamparögs dans un de tes rêves ? Ainsi, ils apparaîtraient dans la tour et pourraient tuer les soldats.

— Et ensuite, ils se chargeraient de trucider tes frères et ta sœur avant de s'en prendre à nous. C'est vraiment ce que tu veux ?

Elle lâcha un sanglot sonore en secouant négativement la tête.

Bien sûr que non, ce n'était pas ce qu'elle souhaitait, pas plus que je ne le désirais moi-même. Si j'avais été certaine de pouvoir maîtriser mes cauchemars, je me serais empressée d'opter pour cette possibilité. Seulement, depuis ce qui était arrivé avec le lamparög, je doutais de mes capacités à les contenir s'ils devenaient fous. En l'état, cependant, il me semblait difficile de croire que les Sturla allaient venir à bout des soldats et de Magnus. Je savais au fond de moi que la partie était perdue d'avance, et chaque seconde qui s'écoulait, je m'attendais à voir Magnus entrer, son épée en main, et se diriger vers moi pour me couper la tête en guise de trophée.

Soudain, je songeai à quelque chose. C'était encore à l'état de brouillon dans mon esprit, mais il me sembla que quelque chose de plus précis s'ébauchait au travers du brouillard qui m'habitait.

— Solveig, murmurai-je.

Elle me dévisagea dans un reniflement. La fragilité qui affleurait chez elle me rappela que je n'étais pas cette victime faible dans le rôle de laquelle je m'étais glissée, ces derniers jours. Au contraire, j'avais de la force. Et cette force résidait dans mon don.

— Écoute-moi bien attentivement, Solveig.

— Pour… pourquoi ?

— Ton frère Søren, il peut nous sauver.

— Que… quoi ?

— Il a un don lui aussi, comme moi.

Elle secoua la tête avec énergie

— Tu dis n'importe quoi ! Si mon frère avait un don, il…

Je m'emparai de sa main et la coinçai dans la mienne.

— Écoute-moi… Vous, les Sturla, allez devoir m'accorder votre confiance pour cette fois encore. Je vais m'endormir. Je vais rêver. Et lorsque mon songe prendra forme, tu devras faire en sorte que Søren me prenne la main.

— Je ne… comprends rien de ce que… tu racontes. Tu m'as dit que les monstres de tes rêves ne pouvaient pas nous sauver…

— Peu importe mes précédentes paroles, fais ce que je te demande. Force-le à prendre ma main et surtout, veille à ce qu'il ne la lâche en aucun cas, c'est bien compris ?

— Mais pourq…

— Si tu ne le fais pas, alors nous mourrons tous, sans exception, la coupai-je.

Elle hocha nerveusement la tête, ses prunelles luisantes rivées sur moi. Je la libérai, puis pris une profonde inspiration avant de fermer les yeux tandis qu'en bruit de fond continuait à résonner l'écho du combat en cours.

79
SOREN

— Tu vas regretter tout ce que tu m'as fait subir ! aboya Magnus en tentant d'atteindre ma gorge de son épée.

Je parai le coup en plaçant la mienne en travers de sa route. Les vibrations du métal remontèrent jusque dans ma paume.

— Je n'ai commis aucun acte qui ne soit aussi répréhensible que les tiens !

Je le repoussai en arrière tandis que la douleur dans ma jambe s'avivait. L'espace d'un instant, je me sentis basculer sur le côté, mais Magnus, guère plus vaillant que moi, ne saisit pas l'opportunité de reprendre le dessus qui se présentait à lui, à mon grand soulagement. Je parvins à me rétablir plus solidement et projetai à nouveau mon épée dans sa direction. Mon geste fut maladroit et le réflexe de Magnus de se baisser lui épargna une atteinte mortelle. Je n'en pouvais plus, j'étais épuisé, laminé par ma lutte contre le lamparög, et maintenant par le combat que je devais mener contre un adversaire de poids et résistant malgré sa blessure au genou.

Dans mon sillage, un cri perça au travers du vacarme ambiant. Persuadé d'avoir reconnu la voix d'Olan, je détournai machinalement la tête un instant. Rien qu'un petit instant que, cette fois-ci, Magnus mit à profit pour me transpercer l'épaule. Sa lame encore plantée dans ma chair, la douleur explosa en moi et je lâchai mon épée en même temps qu'un grognement de douleur. Magnus la retira d'un grand coup sec tandis que je reculais en vacillant et la douleur qui me consumait de l'intérieur empira. Je ne réussis à me maintenir debout que grâce au mur que mon dos venait de heurter. Mais j'étais pris au piège, désormais, et le sourire carnassier de Magnus me confirma qu'il en était aussi conscient que moi.

— Søren ! cria Deva, sa dague brandie en avant.

— Non ! lui hurlai-je en retour tandis qu'elle se précipitait dans ma direction en même temps que Magnus fondait sur moi.

À l'instant où je tendais la main vers ma sœur pour m'emparer de son arme, Magnus cessa de me viser avec la sienne et retourna son attaque contre Deva. Le tranchant de son épée déchira le tissu de sa manche et s'enfonça dans son bras.

— Éloigne-toi ! lui aboyai-je.

Elle ne bougea pas, comme tétanisée par la peur et la douleur combinées. Magnus éleva son épée pour lui porter un second coup. En un éclair, je plongeai la dague prisonnière de ma main sous la mâchoire de celui-ci. Il s'immobilisa, son arme toujours en l'air. Une sorte de râle s'échappa de ses lèvres à peine entrouvertes. J'enfonçai ma lame jusqu'à la garde ; elle transperça sa langue et son palais, avant de terminer sa course. Et comme pour expulser toute la frustration et la rancœur pour lui que j'avais profondément enfouies en moi depuis tous ces mois, je fis tourner la lame sur elle-même pour renforcer sa souffrance déjà intense.

Le sang gicla hors de sa bouche en un flot rubicond et ruissela dans son cou, imbibant le col de sa tunique.

— Je t'avais promis que tu paierais cher pour tes erreurs, Magnus.

Je retirai ma lame d'un coup et Magnus tomba sur le sol comme une marionnette de chiffon.

Je tournai la tête vers Deva qui me considérait, de l'horreur dans les yeux, puis vers mes frères. Leif continuait à se battre avec âpreté tandis qu'Olan jouait des jambes pour repousser l'ennemi, à défaut d'avoir toujours son épée.

— On se replie ! leur ordonnai-je.

Ils se ruèrent vers moi. Chacun m'empoigna par un bras et ils m'entraînèrent vers la salle de la roue. Ensemble, la douleur vibrant dans chacun de nos muscles et de nos blessures, nous courûmes aussi vite que nous le pûmes, Deva nous précédant de peu. Conscient que les soldats encore sur pied nous emboîtaient le pas, je savais que nous n'en avions pas terminé avec ce combat, mais j'espérais nous accorder un peu de répit en battant en retraite.

Nous franchîmes la tenture. Leif me lâcha pour tenter d'abaisser ce qu'il en restait, histoire de faire perdre un peu de temps à nos poursuivants. Olan, Deva et moi nous arrêtâmes brusquement sous l'effet de la surprise. Perché sur la roue, un immense oiseau nous contemplait avec ses yeux semblables à deux prismes jaunes dans lesquelles perçait cette sauvagerie que j'avais déjà vue le jour où il m'avait secouru dans la tour.

— Le Hræsvelgr ! s'écria Olan.

Solveig jaillit d'un coup, comme surgie de nulle part.

— Søren ! Tu dois prendre la main de Freya !

— Quoi ? Mais pourq...

— Elle m'a explicitement demandé que tu le fasses, me coupa-t-elle tout net.

— Nous n'avons pas le temps pour...

— Si elle l'a exigé, c'est qu'il doit y avoir une raison ! Obéis et ne te pose pas de questions, m'intima aussitôt Deva.

— Si vous avez un plan, dépêchez-vous de le mettre en œuvre, nous n'allons pas pouvoir tenir encore longtemps ! cria Leif alors que les premiers soldats commençaient à franchir la tenture, arme à la main.

— Olan ! Avec moi ! aboya-t-il en tirant son épée.

Olan se saisit de ma dague et se précipita vers lui tandis que Deva et Solveig me menaient près de Freya. Assise, les jambes repliées et le dos calé contre une des parois, elle avait la tête penchée sur le côté et les yeux clos, une étrange expression de sérénité peinte sur le visage, comme si elle rêvait de belles choses au milieu de tout ce chaos.

Je m'agenouillai en serrant les dents. La douleur de mes blessures ne faisait qu'augmenter à mesure que le temps passait, réduisant mes gestes à des mouvements raides et saccadés.

— Prends sa main ! m'intima Solveig. Vite !

Je lui jetai un bref coup d'œil, puis glissai mes doigts entre ceux de Freya.

— Et maintenant ? demandai-je.

— Maintenant, réveille-la.

80
SOREN

— Si je fais ça, le Hræsvelgr disparaîtra et nous ne pourrons pas nous enfuir sur son dos ! protestai-je.

— Réveille-la ! insista-t-elle, des doutes pourtant plein les yeux.

Comme je ne m'y résolvais pas, Deva s'en chargea à ma place. Sans douceur, elle secoua l'épaule de la jeune semeuse de rêves.

— Freya, réveille-toi ! Freya !

Les paupières de cette dernière s'ouvrirent lentement. Tout d'abord, elle nous considéra, un à un, d'un air décontenancé, comme si elle ignorait la raison de sa présence ici et pourquoi nous étions tous autour d'elle, à lui voler son oxygène. Puis elle reporta son attention sur l'oiseau gigantesque. La créature tourna la tête, tordant presque son cou recouvert d'élégantes plumes chatoyantes. Elle plongea les yeux dans ceux de Freya, comme si elle attendait un signal de sa part. Un sourire étira les lèvres de Freya. Et subitement, je pris conscience d'une chose : l'oiseau de ses rêves était toujours là alors que Freya était, elle, éveillée. Le Hræsvelgr n'avait pas disparu, tout comme le lamparög lorsque j'étais venue la secourir.

— Comment est-ce possible ? lâchai-je dans un souffle.

Freya baissa la tête sur nos mains unies.
— Nous sommes liés, chuchota-t-elle.
— Comment ça, *liés* ?
Elle me dévisagea avec gravité.
— Mon don de semeuse est de donner naissance à mes rêves, le vôtre est de les rendre réels. Définitivement, irrémédiablement réels.
— Alors, le lamparög, c'était…
Elle acquiesça. En saisissant la main de Freya à ce moment-là, j'avais insufflé la vie dans le corps de cette créature. C'était ma faute alors que je pensais que tout venait de Freya.
J'étais interloqué et cela devait se lire sur mon visage. Je me fis néanmoins violence pour m'arracher à la sensation de flottement qui m'avait envahi. Nous n'avions pas le temps de nous appesantir sur cette révélation, même si j'avais conscience qu'elle allait changer mon existence, d'une façon ou d'une autre.
— Je peux vous lâcher la main à présent ?
— Oui, à présent que l'oiseau est réel, il ne va plus disparaître. Montons sur son dos !
Le Hræsvelgr, comme s'il avait entendu les mots de Freya, quitta son perchoir. Les bruits du combat cessèrent d'un coup, alors que les soldats levaient des visages éberlués et effrayés sur la créature qui s'élevait dans les airs. D'un battement d'ailes puissant, elle les força à reculer. Puis elle se posa au sol tout près de nous. Durant une poignée de seconde, je ne pus m'empêcher de garder les yeux rivés sur elle, impressionné par sa taille immense et l'envergure de ses ailes.
— Søren ! Maintenant !
La voix de Deva m'arracha à ma contemplation et je me redressai avec son aide pendant que Solveig se chargeait de Freya.
Le Hræsvelgr baissa la tête, ouvrant ainsi un passage aisé vers son dos. Freya fut la première à s'y installer, puis ce fut à mon tour avant que Solveig ne vienne se caler contre mon dos.
— Les garçons ! appela Deva avant de grimper elle aussi sur l'oiseau.
Leif et Olan jetèrent un dernier coup d'œil en direction des soldats qui peinaient à reprendre leurs esprits. Ils profitèrent de leur trouble pour se précipiter vers le Hræsvelgr. Leif aida son frère à monter puis s'accrocha à l'une des ailes de la créature qui commençait à s'élever. Nous tendîmes tous

une main vers lui pour le tirer alors que ses jambes pendaient dans le vide. Son corps glissa sur le tapis de plumes et il parvint enfin à prendre place derrière Olan.

— C'est bon ! s'écria-t-il une fois bien installé.

Comme s'il avait entendu Leif, le Hræsvelgr replia ses ailes et s'envola. Son bec fendit l'air, telle une lame tranchante tandis qu'il franchissait l'ouverture béante du dôme brisé. Le vent nous cingla le visage à l'instant où nous nous retrouvâmes à l'extérieur.

Le Hræsvelgr monta encore un peu dans le ciel, puis ralentit sa vitesse et stabilisa son allure.

Freya tourna alors légèrement la tête sur le côté, comme pour me parler sans totalement rater la beauté du panorama que notre moyen de locomotion original nous offrait.

— Mon petit frère, me dit-elle.

— Que dites-vous ?

— Mon petit frère, Linus... le roi m'a dit qu'il lui trancherait la tête si je refusais de continuer à semer le chaos à Drömlik.

— Comment savait-il que vous aviez un petit frère ?

— Il m'a interrogé sur ma famille et j'ai... j'ai eu la sottise de le lui dire en pensant qu'il me voulait du bien. J'étais arrivée au bout de ma vengeance, je voulais cesser de nuire aux Drömliens, je vous le jure... Mais il m'y a contrainte.

— Je vous crois, Freya. Je vous crois... Le roi vous a-t-il expliqué pourquoi il souhaitait que vous causiez tout ce tort ?

— Il avait l'espoir que son épouse accepte de libérer Drömlik de l'influence des matrices. Et pour cela, il voulait lui prouver qu'une semeuse de rêves était plus néfaste que l'inverse. C'est pourquoi il m'a demandé d'aller dans ce sens.

— De mauvaises actions pour une bonne cause, hein ? rétorquai-je avec une certaine amertume.

Elle acquiesça, puis baissa les yeux, visiblement toujours honteuse du chantage auquel elle avait cédé.

Un frisson me parcourut en songeant que les actes du souverain étaient à l'opposé de ce que je m'étais imaginé. Il voulait faire le bien en cessant l'exploitation des matrices. Et pour cela, il avait choisi la voie du mal. Quelque part, je n'étais pas si étonné que cela. Avec sa perpétuelle image de faiblard et de monarque insipide, sa démarche maladroite lui ressemblait finalement. À l'inverse d'Ynglinga, Herulf n'aurait jamais les épaules pour mener notre royaume vers les hauteurs divines.

— Tout ça pour ça, me murmurai-je à moi-même.

Je m'en voulus d'avoir cru que Freya avait pris un malin plaisir à laisser des gens mourir juste pour se venger de nous, les Sturla. Je ne la connaissais pas assez pour être sûre qu'elle ne l'aurait jamais fait, mais au fond de moi, je sentais que c'était une bonne personne. Je l'avais senti dès l'instant où mon regard avait croisé le sien. En vérité, Freya était également une victime.

Une victime à qui j'avais à cœur d'offrir ce qui avait dû lui manquer le plus durant tous ces jours de souffrance.

Une victime et une semeuse de rêves.

Tout comme moi.

— Où voulez-vous que nous allions ? me demanda-t-elle.

— Nous allons juste faire un léger détour par le palais royal.

Ses traits se crispèrent d'un coup, comme si je venais de lui proposer de rencontrer le roi des démons en personne.

— Je vous ai fait confiance en prenant votre main, Freya, accordez-moi la vôtre à présent.

Elle resta aussi immobile que silencieuse pendant une poignée de secondes.

— Très bien, acquiesça-t-elle.

— Et ensuite, nous irons retrouver votre petit frère, ajoutai-je.

81 FREYA

L'écho généré par le bruit de nos bottes emplissait le couloir. Søren menait le groupe, avec moi presque collée à son dos. Derrière nous, ses frères et sœurs nous suivaient. Nos pas étaient discordants. Les blessures de chacun influaient sur notre allure, mais tous, nous étions fermement décidés à affronter Herulf et Ynglinga. Même moi, malgré la peur qui rampait en moi. À mesure que nous avancions, je pouvais sentir la colère qui croissait, surtout chez Søren. J'avais une très bonne idée de ce qu'il pouvait ressentir.

Nous avions tous une arme en main, mais à la différence des Sturla qui portaient épées et dagues, j'avais opté pour un arc. J'étais bonne tireuse et je trouvais les épées aussi lourdes que difficiles à manier. Pour obtenir ce petit arsenal, nous avions fait un crochet par la maison des Sturla.

J'avais senti plus qu'un froid entre Viggo et ses enfants. Olan m'avait alors parlé de leur mère. D'après lui, Søren avait appris que leur géniteur l'avait livrée à la reine en tant que matrice. Je n'étais pas certaine d'avoir bien compris, mais le seul fait d'entendre le mot matrice dans sa phrase d'explication avait suffi à me glacer de la tête aux pieds et je n'avais pas insisté pour en apprendre plus. Autant l'appellation de semeuse de rêves suggérait de belles choses, autant celle de matrice m'inspirait du dégoût et de l'horreur.

Nous avions ensuite franchi les portes du château, non sans quelques petites difficultés face aux résistances des sentinelles. Par chance, Leif, Olan et Søren frappaient plutôt fort. Cependant, nous n'avions pas beaucoup de temps devant nous avant que les soldats enfermés par nos soins dans l'écurie royale ne se réveillent et donnent l'alerte.

Søren s'arrêta juste devant un battant et, noyée dans mon angoisse à l'idée de croiser à nouveau le regard du roi, je heurtai son dos. Il tourna aussitôt la tête vers moi.

— Pardon, je suis désolée…, soufflai-je.

— Concentrez-vous tous. Je vais parler et vous resterez en arrière. Tant qu'aucun soldat ne sera à proximité de nous, Ynglinga et Herulf ne feront rien, murmura-t-il à l'intention de tout le monde.

Ses frères et sœurs acquiescèrent en silence.

Søren referma alors une main sur la mienne qui généra un frisson dans tout mon corps. Je m'étais bien gardée d'y songer un seul instant depuis que j'avais croisé son chemin, mais à cet instant, il me sembla que nous partagions plus qu'un lien de semeurs de rêves. Il y avait autre chose que je pouvais lire dans son regard, dans ses gestes. Quelque chose de plus profond, de plus pur.

— Prête ?

— Prête, mentis-je.

Son épée rangée dans son fourreau, il ouvrit la porte. L'immense salle nous apparut, avec ses deux trônes et ses souverains surpris en pleine conversation. Søren me tira pour me forcer à marcher tout près de lui, comme si nous étions nous aussi un couple, avec la couronne en moins et les boiteries en plus. Derrière nous, Leif, Olan, Deva et Solveig avançaient eux aussi et je me dis que nous tous réunis, nous devions offrir un piètre spectacle, entre nos vêtements déchirés par endroits, le sang qui maculait ces derniers et nos mines aux traits creusés.

Ynglinga nous fixait d'un regard qui me sembla étrangement vide tandis que l'inquiétude barrait le visage de son époux. Je me remémorai les papillons de ténèbres et la vague de sang que j'avais déversée sur la souveraine dans un de mes rêves. Je l'avais fait, exhortée par le roi à tout tenter pour la terrifier, et je constatai qu'elle n'avait pas bien vécu cet épisode. Cela se voyait autant dans ses prunelles que dans les légers tremblements de ses mains.

Elle pointa soudain un doigt accusateur vers Søren. S'il s'était agi d'une arme, nul doute qu'elle lui aurait transpercé la poitrine.

Et comme si cela avait été le cas, il s'arrêta net.

— Toi ! Comment est-ce possible ? Que fais-tu ici ?

— Vos Altesses, les salua-t-il sans se soucier des paroles de la reine ni esquisser le moindre signe de déférence à son intention.

— Où sont les gardes ? aboya-t-elle.

Elle tourna la tête vers son époux.

— Où sont les gardes ? Herulf, faites venir les gardes ! Je ne veux pas des Sturla dans mon palais !

— Vos sentinelles sont actuellement occupées et nous ne comptons pas nous attarder assez longtemps pour les attendre. Je suis ici parce que j'ai des choses à vous dire, reprit Søren tandis que son regard faisait la navette entre la reine et son conjoint.

— Je n'ai rien à te dire, Søren Sturla ! Tu devrais être dans la tour à rêver ! Au lieu de quoi, tu te trouves ici après nous avoir infligé les pires des tortures ! Tu as essayé de me tuer !

— Non, c'est moi, l'interrompis-je en lâchant la main de Søren.

Le silence retomba d'un coup, aussi lourd qu'une chape de plomb.

82
FREYA

— Mais qui es-tu donc, petite impertinente ? Certainement pas une Sturla !

— C'est une matrice, Ynglinga, déclara Søren. Et plus précisément celle qui m'a remplacé lorsque je me suis évadé de la tour.

— Comment as-tu réussi à t'échapper ? C'est… impossible !

Søren esquissa un sourire qui n'allait pas forcément de pair avec sa jambe en sang et son épaule blessée. Contrairement à moi, il semblait avoir une capacité à dissimuler ses souffrances derrière un masque d'impassibilité. Sans doute celle d'un soldat habitué à contenir ses émotions. Toujours est-il qu'il y parvenait presque à la perfection.

— Je ne viens pas de m'échapper, Votre Altesse. Je suis libre depuis plusieurs jours déjà.

La reine écarquilla les yeux et son visage se chargea d'une expression indéfinissable.

— Vous avez préféré écouter Magnus plutôt que me laisser vous expliquer les choses, continua-t-il.

— Où est Magnus ? Je veux voir Magnus ! s'exclama-t-elle brusquement.

— Magnus est parti rejoindre les dieux, Votre Majesté, lui signala Leif, un sourire non feint à la commissure des lèvres.

Elle tourna la tête vers son époux, comme si elle avait soudainement oublié notre présence.

— Je ne comprends rien de ce que ces individus racontent ! lui lança-t-elle.

Mais le souverain ne l'écouta pas. Les yeux rivés sur moi, il affichait un malaise évident à ma vue. Sans doute avait-il pris conscience que si Søren et sa fratrie étaient là, c'était parce qu'ils étaient tous au courant de ce qu'il m'avait forcée à faire au lieu de me laisser éteindre la colère qui bouillait en moi.

— Ce que Søren essaye de vous expliquer, c'est qu'il existe deux matrices, déclarai-je alors. Lui et moi avons été désignés par la völva Ingemar.

— Deux… matrices ? bredouilla la reine dont les traits s'affaissaient à mesure que nous distillions la vérité.

— Deux, oui, confirmai-je.

— Et Magnus a décidé de vous mentir à ce propos en me présentant comme unique matrice, reprit Søren. Il tenait tant à me voler ma place de meneur de troupes et à humilier ma famille qu'il a profité de cette opportunité. Malheureusement, il a fait un mauvais choix puisque je n'ai pas le pouvoir que l'on peut attendre d'une matrice, d'où mon incapacité à accomplir ce que vous escomptiez de moi durant des jours. Vous souvenez-vous d'avoir dit « telle mère, tel fils » lorsque Magnus m'a livré à vous ? Eh bien, vous vous êtes trompée, je ne suis pas comme ma mère. Je suis très différent et je refuse de vous laisser vous servir de moi comme vous l'avez fait avec elle.

— Il en va de même pour moi, que ce soit pour le meilleur comme pour le pire, ajoutai-je.

Le roi se redressa brusquement. Étonnamment, devant son trône, il me fit l'effet d'une personne sans la moindre envergure alors que sa présence dans la tour aux rêves m'avait impressionnée. La vision que l'on pouvait avoir des gens, je m'en rendais compte à cet instant, dépendait sans doute de la position dans laquelle on se trouvait soi-même. Libre de mes mouvements plutôt qu'attachée à une roue, je voyais les choses et les individus sous un tout autre angle.

— Cela suffit à présent, sortez de cette pièce ! Immédiatement !

Sa fureur feinte n'eut aucun effet sur nous et ni Søren ni moi ne bougeâmes. À l'instant où le roi ébaucha un pas aux airs menaçants dans notre direction, Leif, Olan, Deva et Solveig en firent un également, puis un second. Lorsqu'ils furent à notre niveau, ils s'immobilisèrent, leurs armes bien visibles dans les mains.

— Asseyez-vous, lui ordonna Søren sur un ton cassant.

— Je ne vous permets pas de vous adresser à moi de la sorte !

— Pourquoi donc, Votre Altesse ? Craignez-vous quelque chose de ma part ?

Les traits du souverain se crispèrent et une onde d'inquiétude s'attarda dans ses prunelles sombres. Mais cela n'empêcha pas Søren de continuer sur sa lancée :

— Que je parle de la mort suspecte du veilleur, par exemple ? Ou bien de votre responsabilité dans les drames qui se sont joués à Drömlik depuis l'instant où Freya a été enfermée à ma place dans la tour aux rêves ?

L'homme tressaillit.

— Parce que vous le saviez, n'est-ce pas ?

À ces mots, Ynglinga détourna aussitôt son attention de nous pour fixer sur son époux.

— Vous étiez au courant et vous en avez profité pour vous venger de votre femme, la reine en personne, termina Søren sur un ton venimeux.

83
FREYA

— Que veut-il dire par là ? lui demanda-t-elle.

Blanc comme un linge, le roi recula d'un pas maladroit et se laissa retomber sur son trône.

— Souhaitez-vous que nous l'expliquions à votre épouse ou bien préférez-vous le faire vous-même ? s'enquit Søren.

Le roi se contenta de baisser les yeux.

— Herulf ?

Il releva faiblement la tête et se décida à affronter le regard de la souveraine.

— Je voulais juste…

— Juste quoi ? grinça-t-elle.

— Que vous compreniez que Drömlik n'avait plus besoin de matrice, désormais.

— Et pour vous convaincre, il s'est livré à un odieux chantage… La vie du frère de Freya en échange du chaos à Drömlik, reprit Søren.

— La mort de dizaines de villageois, des pluies de sang, des arbres prêts à tuer quiconque passe près d'eux, ajouta Deva.

La reine laissa échapper un son inintelligible. Le silence qui s'en suivit s'accompagna d'une gifle retentissante sur la joue d'Herulf.

— Vous vous êtes joué de moi !

— Je suis désolé… mais il fallait que vous compreniez à quel point cette créature est nocive, trouva-t-il néanmoins le courage de répondre en me désignant du doigt. Elle peut détruire Drömlik d'un simple clignement de paupières et vous ne le voyez même pas, Ynglinga.

— Écoutez donc les sages paroles de votre époux, Votre Altesse. Je suis capable de tout cela, et même de bien pire encore.

— Tu es un démon ! me cracha-t-elle soudain en me toisant.

— Je suis juste une humble semeuse de rêves.

— Non, tu es…, commença à tempêter la reine en se levant à son tour.

Leif et Søren eurent le réflexe de me pousser en arrière dans un mouvement de protection.

— Freya va rétablir l'ordre à Drömlik, tout replacer tel que les choses étaient auparavant afin que les Drömliens reprennent le cours de leur existence, déclara Søren. Ensuite, je me chargerai de donner vie définitive à ses rêves puisque mon pouvoir se borne à cela. En échange, notre condition sera que plus jamais, je dis bien, jamais, vous ne cherchiez à utiliser ni à contraindre une semeuse de rêves à faire ce que vous êtes capables d'accomplir par vous-même. C'est-à-dire…

Il tourna la tête vers moi, attendant que je complète sa phrase.

— Accepter les intempéries telles qu'elles viendront, respecter les saisons et en tirer profit au bon moment pour vos récoltes, construire des routes et rebâtir votre royaume, mais à la sueur de votre front, cette fois-ci.

— Il n'en est pas question ! Appelez la garde ! glapit la souveraine.

Un bruit de course dans le lointain, provenant du couloir, retentit. Les Sturla tournèrent tous la tête vers la porte ouverte de la salle du trône. Je les imitai tandis que les battements de mon cœur se faisaient plus rapides. Les soldats arrivaient, nous n'avions plus guère de temps avant de devoir user de nos armes pour nous défendre.

Je ne voulais pas d'un autre combat. J'avais vu assez de sang pour une vie entière. Et je devinai que ni Søren, ni ses frères et sœurs ne le souhaitaient non plus.

— Que cela vous plaise ou non, Drömlik vivra sans matrice…, reprit Søren.

— Ou ne vivra pas, terminai-je en me repositionnant entre lui et Leif. Vous savez de quoi je suis capable, non ?

Je tournai la tête vers Leif. Il acquiesça en guise de réponse en comprenant ce que j'attendais de lui.

Et comme une volonté de prouver à la reine ce que j'avançais, je fermai aussitôt les yeux. En une seconde, je me sentis basculer en arrière et des mains arrêtèrent ma chute. Celles de Leif.

Je me concentrai sur l'espace libre dans mon esprit. Une toile blanche attendant que j'y esquisse mes premières pensées sous forme d'images. D'abord une trace noire, semblable à une bavure d'encre sur un papier, qui, très vite, prit la forme de deux ailes sombres et duveteuses. Le papillon de ténèbres que je venais d'ébaucher se mit à voleter dans la pièce. Il chemina vers le trône de la reine, se posa sur sa main.

— Enlevez-moi ça ! Herulf, enlevez-le !

Le cri d'Ynglinga, si strident, me vrilla les tympans, mais je résistai et laissai d'autres papillons envahir les lieux. Tous virevoltèrent autour de la souveraine, se posant dans ses cheveux, sur ses épaules, sur ses bras. Elle gesticula dans tous les sens comme une aliénée. Ses mains sur sa gorge, son corps se mit à onduler douloureusement, comme si mes créations lui arrachaient des morceaux de chair. Bientôt, elle se mua en une vague forme humaine recouverte d'ailes aussi sombres que la nuit. Ses cris s'étouffèrent alors que les papillons commençaient à s'engouffrer dans sa bouche.

— Arrêtez cela, je vous en conjure ! supplia le roi.

Je l'ignorai et laissai les insectes continuer leur œuvre.

— Je vous en prie. Vous pouvez vous en aller. Partez loin d'ici et personne ne cherchera à vous retrouver, je vous en fais le serment !

Une main se referma sur mon épaule et la serra assez fort pour me faire comprendre que cela suffisait et qu'il était temps de mettre un terme à mon rêve.

À l'instant où mes paupières se soulevaient, Ynglinga retomba sur son trône en toussant comme une damnée. J'eus presque envie de lui demander si elle avait avalé quelque chose de travers, mais le regard larmoyant du roi me dissuada d'insister sur la terreur que je venais d'occasionner à sa chère et tendre épouse. Leif lâcha mon épaule.

— Estimez-vous heureux, Vos Altesses, que je n'aie pas tenu la main de Freya au moment de son rêve, leur lança Søren. Sans quoi, il aurait définitivement pris corps dans la réalité. C'est ce que nous vous promettons, elle et moi, si vous ne tenez pas vos engagements. Un cauchemar sur Terre.

Tandis que le souverain demeurait penché sur Ynglinga qui peinait à se remettre, Søren adressa un signe de tête à ses frères. Leif et Olan se dirigèrent vers l'une des larges fenêtres. Dans un mouvement synchronisé, ils tirèrent chacun un battant. L'air glacé s'engouffra dans la salle, enveloppant de sa froideur chacune des personnes présentes. Deva et Solveig rejoignirent Leif et Olan.

Søren et moi jetâmes un regard vers la sortie de la pièce où les soldats, enfin arrivés, s'amassaient devant l'embrasure de la porte dans une volonté évidente de bloquer le passage.

— À présent, il est temps pour nous de nous retirer, annonça-t-il aux époux royaux avant de reporter les yeux sur moi dans un hochement de tête entendu.

Søren me gratifia d'un sourire que je lui rendis, puis referma sa main sur la mienne.

— Avaleur de cadavres ! criâmes-nous d'une seule et même voix.

Le sifflement du vent redoubla, portant avec lui le claquement d'un puissant battement d'ailes. Le Hræsvelgr s'engouffra dans la pièce, arrachant les vantaux de la fenêtre sur son passage, et se posa sur le sol.

Sous le regard terrifié des époux royaux et des soldats figés dans l'embrasure de la porte, nous nous hissâmes sur son dos.

— Longue vie au nouveau Drömlik ! clama Søren tandis que notre monture ailée s'élevait dans les airs.

— Longue vie au nouveau Drömlik ! répétèrent Leif, Olan, Deva, Solveig et moi-même.

L'oiseau franchit le pas de la fenêtre où un petit crachin nous accueillit. Mais ce n'était pas grave, désormais, nous étions libres.

Libres de rêver de ce que nous souhaitions, où nous le voulions et quand nous le voulions.

Libres de nos mouvements.

Peut-être pourrions-nous alors tenter d'explorer cet étrange sentiment qui nous liait et donnait à la réalité un goût plus sucré que celui des rêves…

REMERCIEMENTS

Merci à mon éditrice de permettre à ma semeuse de rêves de voir le jour sous ce bel écrin.

Merci également à Marine Stengel, une collègue et amie qui m'a soutenue tout au long de l'écriture de mon histoire.

Merci à vous, lecteurs, de m'offrir encore une fois la chance de pouvoir être lue et de faire voyager ma semeuse ailleurs que dans mes rêves.

Achevé d'imprimer en Septembre 2022
Dépôt légal, Septembre 2023
Imprimé en France par SEPEC

PEFC 10-31-3532 / Certifié PEFC / Ce produit est issu de forêts gérées durablement et de sources contrôlées. / pefc-france.org